KB237644

문학, 잉여의 몫

이수형 비평집

문학, 잉여의 몫

펴 낸 날 2012년 9월 28일
지 은 이 이수형
펴 낸 이 홍정선
펴 낸 곳 ㈜문학과지성사
등록번호 제10-918호(1993. 12. 16)
주   소 121-840 서울 마포구 서교동 395-2
전   화 02)338-7224
팩   스 02)323-4180(편집) 02)338-7221(영업)
전자우편 moonji@moonji.com
홈페이지 www.moonji.com

ⓒ 이수형, 2012. Printed in Seoul, Korea

ISBN 978-89-320-2349-6

＊ 지은이는 2007년 대산문화재단 대산창작기금을 받았습니다.

:: 이수형 비평집

문학, 잉여의 몫

문학과지성사
2012

시인이자 비평가였던 임화가 1938년에 쓴 「작가와 문학과 잉여의 세계」는 '작품-작가의 의도=어떤 잉여'라는 간단한 뺄셈에서 출발한다. 간단하다고 했지만, 이 도식이 비평가적 존재 기반으로서의 이념을 잃고 착잡한 상황을 마주해 모색과 고민을 거듭한 끝에 이른 도달점이라는 사실을 모르지 않는다. 몇 년간 썼던 글들을 간추려 얇은 책 한 권을 묶으면서 '잉여의 몫'이라는 제목을 떠올린 것은, 누군가가 겪었을 고민의 정도에 미치지는 못할지언정 저 간단한 도식이 문학을 대하는 기본적인 출발점(어쩌면 궁극적으로 다다를 지점이기도 한)이리고 새심 느꼈기 때문이다.

결과와 의도 사이의 차(差)가 잉여라면, 그것이 유독 문학에서만 발견될 리 없다. 범위를 좁혀 언어로 국한하더라도 모든 말에는 그것에 내재한 의미와 실제로 미치는 영향 사이에서 차이가 드러난다. 그런데 이러한 차이를 수행성이라는 개념으로 고찰했던 유명한 철학자 오스틴이 농담이나 시는 진지하지 않은, 곧 무의미한 말이므로 여기서 논외라고 잘라 말했다는 사실이 흥미롭다. 물론, 농담이나 시의 언어가 뭔가를 하지 않는다는 것이 아니다. 오히려 놀라운 것은 참이나 거짓을 판단할 수 없는 말이 뭔가를 할 수 있다는 사실이고, 그렇다면 이는 문학에서는 애초에 내재한 의도나 의미보다 잉여 자체가 본질적이라는 뜻이며('결과-의도＝잉여'인데 '의도＝0'이면 곧 '결과＝잉여'이므로), 고로 문학은 잉여 중의 잉여이다. 문학이 고민하고 마침내 떠맡으려 하는 삶의 문제들을 비롯해 그것이 씌어지고 읽히는 과정에 이르기까지, 문학이 주거나 받을 수 있는 거의 모든 가치들이 잉여의, 잉여로서의 몫과 관련된다면, 그 잉여는 아마도 자유롭고 관대한 윤리로 나아가는 도정 위에 있을 것이다.

이런 문학과 만날 수 있어 반갑고 고맙다. 짧은 머리말을 쓰면서 여러 번 썼다 지운 고마운 분들의 이름은 마음속에 간직하려 한다.

2012년 9월
이수형

차례

| 문학이 할 수 있는 것

문학의 무상성(無償性)

1. 작가와 독자의 관대한 협약

자기가 원한 만큼, 혹은 정당하다고 예상한 만큼 만족스럽게 주어지지 않을 수는 있겠지만, 대개의 경우 사람들은 자신이 기울인 노고에 대한 대가를 기대하고 또 요구한다. 문학 작품을 쓰는 것 역시 남다른 노고가 필요하다는 점에 대해서는 의심의 여지가 없다. 그렇다면 문학을 하는 작가 역시 어떤 식으로든 대가를 요구하는가? 그것이 당연하다면, 그 대가는 어떤 형태로 보상되어야 하는가? 왜 문학을 하는가라는 질문에서 시작해보자.

예술적 창조의 주된 동기의 하나는 분명히 세계에 대해서 우리 자신의 존재가 본질적이라고 느끼려는 욕망이다. 내가 드러낸 들이나 바다의 이 모습을, 이 얼굴의 표정을, 나는 화폭에 옮기면서 또는 글로 옮기면서 고정시킨다. 나는 그 모습들을 긴밀히 관련시키고 질서가 없던

곳에 질서를 만들고 사물의 다양성에 정신의 통일성을 박아 넣는다. 그러면 나는 그 모습들을 만들어내는 것이라고 생각한다.[1]

사르트르는 『문학이란 무엇인가』의 "왜 쓰는가"라는 항목에서 자신이 수동적인 피조물이 아니라 본질적인 존재, 즉 자유의 존재임을 느끼려는 창조적 동기에 의해 글쓰기(창작)가 촉발된다고 말한다. 이런 점에서 글쓰기가 작가의 자유로운 행위이며 또 자유로운 상상력의 산물이라는 것은 틀림없지만, 그렇다고 해서 이것만으로 창조의 과정이 완결될 수는 없다. "창조는 오직 읽기를 통해서만 완성될 수 있기 때문에" 독자를 필요로 하며, 따라서 "쓴다는 것은 내가 언어라는 수단으로 기도한 드러냄을 객관적 존재로 만들어주도록 독자에게 호소하는 것"이다. 이런 맥락에서 쓰기가 요구하는 대가는 읽기이며, 마찬가지로 작가의 쓰기는 독자의 읽기에 의해 보상받는다고 할 수 있다.

읽기란 작가와 독자 사이에서 맺어진 관대함의 협약이다. 서로가 상대방을 신뢰하고, 상대방에게 기대하고, 자기 자신에게 요구하는 만큼 상대방에게도 요구한다. 그러한 신뢰 그 자체가 관대한 마음이다. 왜냐하면 그 누구도 작가로 하여금 독자가 자기의 자유를 행사하리라고 믿도록 강요할 수 없고, 또 독자로 하여금 작가가 자기의 자유를 행사했다고 믿도록 강요할 수도 없기 때문이다. 그 신뢰는 양자가 다 같이 취한 자유로운 결단에서 나오는 것이다. 이리하여 변증법적인 왕래가 양자 사이에서 성립된다.[2]

---

1) J.-P. 사르트르, 『문학이란 무엇인가』, 정명환 옮김, 민음사, 1998, p. 59.
2) 위의 책, p. 80. '고매함generosity'을 '관대함'으로 수정.

쓰기와 읽기의 관계에 내재하는 근본적인 문제는 작가가 독자에게 읽기를 강요할 수 없다는 데서 비롯한다. 읽기는 전적으로 독자의 자유에 속한다. 그럼에도 불구하고 쓰기와 읽기가 대칭적으로 교환될 수 있다면, 그 이유는 작가와 독자가 서로 자유를 행사하리라고/했으리라고 신뢰하기 때문일 것이다. 작가는 쓰는 데 들인 자신의 노고가 독자의 독서에 의해 보상받으리라는 믿음에서, 독자 또한 읽는 데 들인 자신의 노고가 작가의 글에 의해 보상받으리라는 믿음에서 각각 쓰고 읽을 수 있다. 쓰기─읽기는 눈앞에 놓인 상품을 사고팔 때와 같은 즉각적인 교환이 아니다. 그것은 결과가 확실하지도 않고 또 누가 강요하지도 않지만, 당사자 간에 서로 믿고 주고받음으로써 실현된다는 점에서 자유롭고 너그러운, 관대한 교환이다.

그러나 교환의 양측이 모두 언제나 관대할 수 있겠는가라는 의문이 드는 것이 어쩔 수 없는 현실이다. 사르트르 스스로도 현실적 독자와 잠재적 독자를 구별하지 않을 수 없었던 것처럼, 독자가 자신의 자유를 요구해오는 작가에게 보답하지 않을 수도 있고, 작가 역시 독자의 자유를 믿고 존중하기보다는 독자를 판매부수를 늘려줄 수단쯤으로 간주할 수도 있다. 이때 작가는 독자의 자유는 물론 자신의 자유까지 포기하는 셈이다. 왜냐하면 이런 작가의 글쓰기는 이미 자유로운 창조적 동기에 의한 것이 아니라 타율적인 상업적 동기에 의한 것에 지나지 않기 때문이다. 아무튼 관대한 교환이란 것은 이런저런 이유로 인해 제대로 작동하지 않기 십상이다. 이 문제에 대해서 별반 뾰족한 묘책이 있는 것은 아니지만 그래도 좀더 생각해볼 필요가 있다면, 쓰기─읽기의 교환에서 먼저 주는 쪽은 작가이므로 아무래도 그의 고민이 좀더 비중 있게 다뤄져야 할 것이다.

2. 대가를 요구하지 않는 = 억압하지 않는

　김현의 「한국문학의 위상」은 "문학은 해서 무엇하느냐"라는 질문에 대한 대답을 탐색하는 과정을 반영하고 있다. 이 글은 표면적으로는 문학의 쓸모없음(써먹지 못함, 유용하지 않음)에 대해 말하고 있지만, 그 배경에는 작가가 들인 노고의 대가에 대한 문제제기가 깔려 있다. 김현이 문제 삼고 있는 것은 작가가 자신이 쓴 책을 지배계급에 속한 후원자에게 헌정하고 그 대가로 생활을 보장받는, 따라서 후원자의 눈치를 봐야 한다는 점에서 부자유하지만 반면에 생활에 있어서는 비교적 안정적일 수 있는 처지로부터 자의로든 타의로든 이탈한 상황이다.

　범박하게 말하면, 문학은 문학이 아무짝에도 쓸모가 없는가라는 질문에 대한 대답으로 시종했다고 할 수 있다. 문학이 아무짝에도 쓸모가 없다는 나의 어머니의 비난 속에도 숨어 있는 것이지만, 그 주장은 문학이 권력이나 치부의 수단이 되지 못한다는 생각에서 연유한다. 열심히 생각하고 열심히 표현한 줄은 알고 있지만, 그것에 상당한 보수는 지불할 수 없다. 아니 그런 보수를 지불하는 것 같지 않다. 그러니 문학을 해서는 무엇하는가. 사실상 문학의 효용성이 논의되기 시작한 것은 권력과 문학이라고 우리가 오늘날 부르고 있는 것과의 관계가 순탄스럽지 않게 된 때부터이다.[3]

"문학이 아무짝에도 쓸모가 없"다는 것은 작가가 "열심히 생각하고 열심히 표현"하지만 그 글쓰기의 노고에 "상당한 보수"가 지불되지 않는다는 것이다. 따라서 문학이 쓸모없다는 것은 쓰일 데가 없다거나 유용하지 않다는 것 이전에, 문학 혹은 문학을 하는 것이 그 대가를 보상받을 수 없음을 의미한다. 그 이유는 우선, 작가가 문학의 대가를 청구할 파트너가 없어졌기 때문이다.

물론 구지배계급의 몰락과 함께 기존의 후원자가 사라졌다고 해서 모든 독자층이 사라진 것은 아니며 게다가 새로운 독자층이 형성되기도 했으므로 작가―독자의 관계가 여전히 지속될 것임에는 틀림이 없다. 또 이 경우 작가가 문학의 대가로 기대하거나 요구하는 것이 반드시 권력이나 부(富) 같은 것에 한정되지 않을 수도 있다. 그런데 김현은 이러한 문제들을 검토하는 대신 문학이 보상받지 못한다는 사태의 이면에 숨은 의미의 역전을 밝히는 데 주력한다. 그것은 '문학은 아무 대가도 받지 못한다'라는 진술을 '문학은 아무 대가도 요구하지 않는다'로 변환함으로써 포착된다. 그리고 대가 없음의 이와 같은 승화를 통해 비로소 김현은 "문학은 유용한 것이 아니기 때문에 인간을 억압하지 않는다"라는 진술을 얻을 수 있다.

요구란, 요구하는 사람에게 지극히 정당한 것이라 해도 요구를 받는 사람에게는 일종의 강요로 받아들여질 수 있다. 게다가 어느 한쪽으로 권력과 부가 치우쳐 있거나 해서 서로가 공평하게 자유롭지 않다면, 한쪽에게는 정당한 요구가 다른 한쪽에게 당연히 강요로 받아들여지며 또 당연히 억압이 된다. 반면, 요구가 없다면 억압도 존재

---

3) 김현, 『한국문학의 위상/문학사회학』, 김현문학전집 1, 문학과지성사, 1991, p. 40.

하지 않는다. 요컨대, 보상이 주어지지 않는다는 점에서 문학은 쓸모 없는 것이지만, 동시에 보상을 요구하지 않는다는 점에서 문학은 억압하지 않는 것이다. 무용(無用)의 똥이 무상(無償)의 선물이 되는 순간, 쓸모없던 문학은 억압하지 않는 문학으로 격상된다.

남은 일생 내내 나에게 써먹지 못하는 문학은 해서 무엇하느냐 하는 질문을 던지신 어머니, 이제 나는 당신께 나 나름의 대답을 하지 않으면 안 되겠다. 확실히 문학은 이제 권력에의 지름길이 아니며, 그런 의미에서 문학은 써먹는 것이 아니다. 그러나 역설적이게도 문학은 그 써먹지 못한다는 것을 써먹고 있다. 문학을 함으로써 우리는 서유럽의 한 위대한 지성이 탄식했듯 배고픈 사람 하나 구하지 못하며, 물론 출세하지도, 큰 돈을 벌지도 못한다. 그러나 그것은 바로 그러한 점 때문에 인간을 억압하지 않는다. 인간에게 유용한 것은 대체로 그것이 유용하다는 것 때문에 인간을 억압한다. 〔……〕 억압하지 않는 문학은 억압하는 모든 것이 인간에게 부정적으로 작용하는 것을 보여준다. 인간은 문학을 통하여 억압하는 것과 억압당하는 것의 정체를 파악하고, 그 부정적 힘을 인지한다. 그 부정적 힘의 인식은 인간으로 하여금 세계를 개조하지 않으면 안 된다는 당위성을 느끼게 한다.[4]

「한국문학의 위상」의 주제는 "문학은 억압하지 않되 억압에 대해서 생각하게 만든다"라는 명제로 요약할 수 있다. 부연하자면, 문학은 "저항한다는 구호에 의해서, 명백한 고발에 의해서"가 아니라 단지

---

4) 앞의 책, pp. 49~50.

"억압하지 않는 것이 있다는 것을 보여줌으로써" 억압에 대해 생각하게 만드는 것이다. 되풀이해 말하지만, 억압하지 않는다는 것은 요구하지 않는다는 것이다. 이에 대해서는 다음과 같이 이해할 수 있다.

쥐꼬리만 한 임금을 주는 대가로 가혹한 노동을 요구하고, 새 마을이나 잘사는 나라를 만들어주겠다는 청사진을 대가로 막대한 희생을 요구하던 것이 「한국문학의 위상」이 씌어질 1970년대 당시 한국의 현실이다. 관대하기는커녕 정당한 높을 놀려수는 것소자 불온시할 뿐 아니라 뭔가를 주면서 훨씬 더 많은 것을 내놓으라고 요구하던 것이 당시의 현실이다.[5] 이에 반해 작가에게서 독자에게로 주어진 문학은 아무것도 요구하지 않는다. 문학은 아무 요구도 수반하지 않는 증여(선물)다. 공짜가 없는 세상에서, 어떤 식으로든 대가를 요구하고 강요하고 억압하는 세상에서, 아무것도 요구하지 않는 선물로서의 문학이 존재한다는 것은, 그것이 담고 있는 내용 이전에 그 자체로 이미 세상이 반드시 지금처럼만 돌아갈 이유는 없다는 진실을 드러낸다.

---

5) 이와 관련하여 이청준의 『당신들의 천국』은, 다소 변형시켰을지언정, 지배자와 피지배자 간의 불평등한 관계에서 비대칭적 요구가 발생하는 1970년대의 현실을 진지하게 반영하고 있다(이 다음에 이어지는 글 「배반과 복수의 곤경에서」 참조). 김현은 "문학비평가로서의 내가 소설가로서의 그에게 빚지고 있는 상당량의 부채를 갚고 싶다는 의욕"에서 『당신들의 천국』의 해설을 쓰게 되었다고 말하고 있거니와, 「한국문학의 위상」을 발표할 당시 김현과 이청준 사이의 긴밀한 교류에 대해서는 박준이라는 소설가를 등장시켜 '작가는 왜 글을 쓰는가'라는 강연을 진행하는 이청준의 단편 「지배와 해방」에서도 확인할 수 있다. 작가와 독자가 자신의 자유를 행사할 수 있는 문학이라는 공간을 찾는 과정을 다룬 「지배와 해방」은 '문학은 무엇을 할 수 있는가'라는 김현의 논의에 대한 소설 버전이라 할 만하다.

3. 순수·참여의 대립 너머

"문학은 그 써먹지 못한다는 것을 써먹고 있다"라는 김현의 진술을, 문학의 자율성 테제의 자장 안에서 문학은 문학 이외의 다른 것을 위한 수단이나 도구가 될 수 없으며 나아가 문학은 현실에서 유용하지 않다는 의미로 축소·환원하려는 경우가 있을지도 모르겠다. 이른바 문학을 위한 문학이라는 개념이 지닌 오명을 비롯해 문학의 자율성 자체를 면밀히 따질 여유는 없으므로, 다시 한 번 문학 혹은 문학하는 것의 대가에 대한 질문을 던져보자.

예컨대 순수주의적 입장에서 예술을 하는 경우, 예술인은 비예술인들에 대해 은연중에 (또는 공공연하게) 일종의 속물적인 경쟁의식을 갖게 됨을 본다. 비교적(秘敎的)인 예술에 종사한다는 자부심으로써 개인적인 악의 없이도 다른 모든 사람들의 심기를 불편하게 만들기도 하고, 속인들이 가진 것을 못 가진 데 대한 심리적 보상작용으로서 원래 어느 정도 근거 있던 자부심이 병적인 오만으로 변하거나 숫제 속인을 뺨치는 현실주의로 탈바꿈하기도 한다. 참여라는 것이 우리의 사회에 너무나 흔한 이런 작태에 반대한다는 뜻이라면 그것은 일단 무조건 긍정되어야 한다. 하지만 앞서 말한 〈참여주의〉적 결단에서 예술을 하는 경우도 작품의 질적 수준에 민감한 사람이면 사람일수록 그 나름의 소심한 타산과 불안에 시달리지 않을 수 없다. 즉 그가 설정한 정치적·사회적 목적을 위해서 우수한 작품이 질적으로 저급한 작품보다 더 효율적일는지, 그 한없이 복잡미묘한 계산을 끊임없이 해봐야 되고, 반드시 그렇지 못할 때—이런 경우는 순수주의자들이 주장하는 것만큼 빈번하지는 않지만 얼마든지 있을 수는 있는 터인데—그는 혹은 문학의 〈무력함〉을 탄식하기도 하고 혹은 자기 개인의 역부족에 절망하기도 한다. 이렇게 동분서주·노심초사하다 보면 끝내는 이런 절절한 고생을 몰라주는 민중에 대한 원한이 쌓이고 마는 것도 예상할 수 있는 결과 중의 하나다.[6]

김현과는 별개의 맥락이긴 하나 백낙청 역시 문학의 보상에 대해 언급하고 있다는 것은 흥미로운 일이거니와, 순수와 참여의 경우를 각각 살피는 이 논의에서 문학에 대한 보상은 주로 심리적인 차원에서 검토되고 있다. "문학을 문학 이외의 무엇에 대한 결단으로 구속하지 않는"다거나 "작품은 도구가 아니"라면서 순수문학을 표방하는 작가가 은연중에 심지어 공공연하게 문학하는 것을 남들에 대한 경쟁의식이나 자부심을 충족시키기 위한 도구로 삼는 이율배반을 노정한다면, 그것은 "심리적 보상작용"이라는 말이 명시하듯 문학하는 것에 대한 대가를 왜곡된 방식으로 보상받으려는 심리의 산물인 것이 명백하다. 그런데 "존재하는 실체치고 엄격한 의미에서 완전히 자율적인 것은 생각할 수 없"으며 "보통 〈문학적〉이라고 부르는 기술·능력·산물 등도 문학이 아닌 다른 일에 동원되어야 할 때가 있게 마련"이라고 판단하는 경우는 어떤가? 참여문학을 선택했으나 정치적·사회적 목적과 작품 사이에서 고민하다가 좌절하고, 그 좌절감을 민중에 대한 원한으로 돌린다면, 채무법, 즉 준 만큼 받아야 된다는 원칙에서

---

6) 백낙청, 「문학적인 것과 인간적인 것」, 『한국문학과 세계문학 I』, 창작과비평사, 1978, p. 113.

발생한 것으로 설명되는 니체의 원한 감정을 굳이 참조하지 않더라도, 그 원한 역시 노고의 보상에 대한 (실패한) 요구에서 비롯된 것이 아닐 수 없다.

문학이라는 것이 그 자체로서 또는 어떤 수단으로서 귀중하고 좋은 것이라는 주장이 아무리 많이 나오더라도, 착한 사람이 그 착한 마음에서 정녕 안 하지 못하여 하는 일이 아닌 한 문학이건 무엇이건 구태여 할 필요가 없겠다는 오히려 가벼운 마음을 오늘의 현실은 조금씩 길러주고 있는 것이다.[7]

이 문제를 어떻게 할 것인가? 백낙청은 "문학하는 자세"로서 순수하고 착한 마음이나 양심, 사명 등을 강조한다. 사실, 달리는 방도가 없다. 문학이 그 자체로 혹은 어떤 대의를 위한 도구나 수단으로 가치 있는 것이라는 데 동의하여 문학을 한다 해도, 그뿐 아니라 다른 모든 가치 있는 일을 수행함에 있어서도, 그것을 행하는 사람이 자신의 노고에 대한 대가를 보상받지 못하는 경우는 숱하게 많다. 그럴 경우 그는 다른 경로로 보상받기를 꾀하다가 애초의 결의를 배신하기도 할 것이고, 아니면 좌절하거나 원한을 품기도 할 것이다. 그러지 않으려면 어떤 일이든 오로지 순수하게 의무로서, 즉 "착한 마음에서 정녕 안 하지 못하여 하는 일"로서 행해야 한다. 왜냐하면, 의무를 행하는 것만이 그에 대한 대가를 요구하지 않을 수 있으며, 또 그럼으로써 보상의 좌절이나 억울함, 원한으로부터 벗어날 수 있기 때문이다.

---

7) 앞의 책, pp. 84~85.

이때의 의무가 이렇게 하라 저렇게 하라는 명령을 따르는 것이 아님은 물론이다. 문학을 한다는 것이 "문학의 〈자율성〉 또는 〈타율성〉에 대한 어떤 고정 이론이 아닌, 양심과 양지의 판단을 그때그때 받아야 할 일"이라는 백낙청의 말대로, 이때의 의무는 자율적으로 판단하고 행위하되, 그것이 단지 자신에게만 타당한 것이 아니라 보편적으로도 타당할 수 있도록 그렇게 하라는 칸트적 정언명령을 따르는 것에 가까울 것이다. 문학이 대가를 요구하지 않는다면, 그것은 순수하기 때문이거나 참여하기 때문이 아니라 문학에 잠재되어 있는, 관대하고 윤리적인 가능성 때문이다.

4. 문학의 재생산 혹은 뒤늦은 보상

어제오늘 일만은 아니지만 문학이 읽히지 않는다는 소식이 끊임없이 들려오고, 그에 대해 읽힐 만한 문학을 하기 위해 여러 방면으로 노력하자는 처방도 잇달아 나오고 있다. "하나의 작품이 그것을 이해하고 평가하는 자기 대중을 '발견'할 때면, 그것은 거의 언제나 우연의 일치의 효과, 부분적으로 독립적인 일련의 우연들 사이의 만남의 효과"일 뿐 "거의 결코— 그리고 아무튼, 결코 완전하게— 고객의 기대에, 또는 주문이나 수요의 제약에 의식적으로 적응하려고 추구한 산물이 아니"라는 부르디외의 말에 동의하는 한도 내에서,[8] 다양한 시도의 의의는 십분 인정될 수 있을 것이다. 여하간 이렇게 하면 읽

---

8) P. 부르디외, 『예술의 규칙—문학장의 기원과 구조』, 하태환 옮김, 동문선, 1999, pp. 329~30.

힌다 저렇게 하면 읽힌다는 식의 예측이 들어맞기란 요원하기 때문에 (그것은 거의—그리고 아무튼, 전적으로—호사가들의 낚시질에 지나지 않는다), 이렇게도 해보고 저렇게도 해보는 많은 작가들은 무상의 노고를 감내하는 역정을 거치지 않을 수 없다. 그 의무에 가까운, 무상의 노고는 물론 자신이 원했던 창작의 과정을 완결하기 위한 것이기도 하지만, 또한 독자를 위한 것이기도 하다. 그렇다면, 독자가 읽을지 읽지 않을지 알 수 없는 글을 쓰기 위해 이처럼 무상에 가까운 노고를 기울인다는 것은 좀 억울하지 않은가?

물론 억울한 일이지만, 처음부터 작가였던 사람은 없으며 작가 역시 독자에서 출발했다는 점을 상기한다면 좀 덜 억울할는지 모른다. 대개의 경우 우연한 기회에 읽은 작품에서 많든 적든 어떤 특별한 것 (김현이 말한, 억압을 생각하게 되는 것뿐 아니라 다른 다양한 것)을 얻게 되고, 대체로 그렇게 독서 이력이 시작되고 쌓일 것이다. 작품을 읽는다는 것은 독자에게 뭔가를 주지만 그에 대한 대가는 거의 아무것도 요구하지 않는다는 점에서 일종의 선물이다. 그런데 곰곰이 생각해보면, 선물을 받은 사람도 알게 모르게 뭔가 답례를 주게 마련이다. 물론 그 답례는 등가적인 것도 강제적인 것도 아니지만, 어쨌든 그렇다.

작가에 대한, 작가의 선물에 대한 독자의 답례는 한 작품에서 얻은 재미와 감동의 기억을 보존하면서 이것저것 계속해서 다른 작품들을 섭렵하는 방식을 통해 이루어진다. 그리고 그런 방식만으로는 충분치 않다고 느끼는 독자가 있다면, 아마도 그는 작가가 될 것이다. 부모로부터의 증여를 자신이 부모가 되어 자식에게 증여함으로써 보답한다는 말처럼,[9] 독자로서 어떤 작가로부터 선물을 받은 누군가는 그 자신이 작가가 되어 다른 독자들에게 선물을 주는 셈이다. 이런 맥락에서, 지금 무상의 노고를 기울이고 있는 작가는 앞선 선배 작가들로부터 받은 선물에 뒤늦게 답례하는 것이라고 할 수도 있다. 이런 식으로 문학은 보상하지 않는 듯하지만 보상하면서 재생산된다. 그리고 그 재생산 시스템은 예상외로 강해서 쉽게 붕괴되지 않는다.

〔2007〕

---

9) "부모가 자식을 키운다는 것은 증여다. 그러나 부모가 답례를 기대하는 일은 없다(실제로 답례를 기대하는 부모가 있기는 하지만). 아이가 어엿한 성인으로 자라면 그것이 (부모에게는) 답례인 것이다. 옛날부터 이런 말을 해왔다. '부모에게 효도하고 싶은 때는 이미 부모가 없다. 그렇다고 해서 묘에 이불을 덮어줄 수는 없다.' 부모에 대한 효도는 보통 자신이 부모가 되는 일로써 다한 것이다"(가라타니 고진, 『일본 정신의 기원』, 송태욱 옮김, 이매진, 2003, p. 176).

배반과 복수의 곤경에서

　소록도에 천국을 건설하겠다는 거창한 사업의 전말을 추적하고 있는 『당신들의 천국』에서 대역사를 둘러싼 갈등이 고조되고 끝내 파국에 이르는 극적인 사건이 전개되는 장(章)을 위해 '배반 I' '배반 II'라는 제목을 마련했던 작가 이청준은 그뿐 아니라 "도대체 모든 것이 배반의 연속이었다" "피할 수 없는 운명의 배반이었다" 등과 같이 되풀이되는 진술을 통해 스토리의 도처에 산재하는 배반의 혐의를 상기시키고 있다. 그 혐의는 표면적으로는 조백헌 원장과 원생들 혹은 섬사람들과 육지 주민들 간의 대립에서 비롯된 듯 보이지만, 곰곰이 살펴보면 그것이 서로 분명하게 구별되는 '건강인'과 '문둥이'의 관계에만 잠복해 있는 것은 아님을 알 수 있다. 아버지 이순구로 대표되는 배반과 복수의 기억을 감추고 있는 이상욱 과장이 "처지가 달라지면 섬사람들은 누구나 또 이 섬과 섬사람들을 배반하게 되리라"는 황 장로의 불길한 예언을 끝내 떨쳐내기 어려웠던 것처럼, 『당신들의 천국』의 심층에는 어느 누구라도 다른 누군가에 대해 배반자가 될 수 있다는 비관적인 인식이 자리잡고 있다.

배반(배신)이란 말 그대로 믿음을 등지고 돌아서는 것이다. 그런데 왜 하필 배반인가? 믿음을 저버리지 않는 것이 더 바람직한 행동이라는 데에는 의심의 여지가 없는데, 그럼에도 불구하고 끊임없이 배반 운운하는 것은 이청준 스스로도 비교적 솔직하게 고백하고 있는 바대로 "겁 많고 옹졸스런 인간관"이나 "의혹과 불신" 같은 부정적 태도에서 비롯된 것은 아닌가? 이청준 소설을 특징짓고 있는 배반의 의미를 파악하기 위해 그것이 발생하는 원장면을 살펴보기로 하자.

「키 작은 자유인」에서 도시의 상급학교에 진학하기로 되어 있던 '나'는 자기 몸을 의탁할 친척에게 체면치레를 하기 위해 값으로 따지기에는 누추할망정 자기 나름에는 소중한 선물(도시로 떠나기 전날 어머니와 함께 갯가에서 잡은 게)을 전달하지만, 그것이 아무 소용도 없는 쓰레기로 버려지는 장면을 목격한다. '나'가 뭔가를 선물한다는 행동에는 상대방이 그 선물을 받을 것이라는 기대(믿음)가 전제되어 있다. 그런데 「키 작은 자유인」에서처럼, 만약 '나'의 기대를 저버리고 상대방이 선물 받기를 거부한다면 어떻게 할 것인가? 언뜻 생각하기에는 선물을 마다할 사람이 얼마나 있겠으며 또 설령 선물 수령이 거부된다고 해서 '나'가 아쉬울 게 뭐가 있겠느냐고 할 수도 있겠지만, 문제가 그렇게 간단한 것만은 아니다.

선물이란 애초부터 답례를 바라지는 않았다 하더라도 대제로 보답을 받게 마련이다. 물론 선물에 대한 답례가 반드시 등가일 필요는 없다. 누군가는 값어치가 큰 선물에 대한 답례로 단지 감사의 마음만을 돌려받는 경우도 있을 텐데, 그가 그 감사의 마음을 자신의 선물에 상응하는 것으로 인정하고 거기에 만족한다면 그것으로 충분하다.

그러나 상징적인 것이든 물질적인 것이든 답례를 받지 못한다면 문제가 발생한다. 요컨대, 모스M. Mauss가 인류학(인간학)적 차원에서 선물 메커니즘의 성격을 "줄 의무—받을 의무—되돌려줄 의무"로 규정했던 것처럼, 선물에는 주는 계기만이 아니라 돌려받는 계기 또한 포함되어 있다. 이런 맥락에서 「키 작은 자유인」의 '나'는 대단히 곤란한 상황에 처했음을 알 수 있다. 어린 '나'가 돌아올 잇속을 계산하고 선물을 했을 리는 없지만, 아무튼 도시의 친척이 선물 받기를 거부한 순간 '나'는 그로부터 아무것도 받지 못하게 되고 그 결과 누구하나 도와주지 않는 처지에서 고단한 도시 생활을 꾸려나갈 수밖에 없을 것이기 때문이다.

　　그러고 보면 내가 그 도회살이에 섞여들지 못한 것은 그 도회가 나를 끼워주지 않아서보다 그 원죄와도 같은 내 시골내기로서의 초라한 열등감의 허물이 더 컸는지도 모른다. 그래 그 고질병 때문에 지레 그 도회살이에 대한 복수심과 자기보상의 방책(현실적 힘없음에 대한 자기회복과 확인, 확보의 이상주의적 기제)으로 이 소설이라는 것을 쓰고 싶어졌는지 모른다.[1]

　　이청준 소설의 인물들이 겪는 배반은 기본적으로 자기가 준 것에 상응하는 만큼을 돌려받지 못한다는 형태로 나타난다. '나'가 준 것을 상대방이 받지 않기도 하고(이때 '나'는 당연히 아무것도 돌려받지 못한다), 혹은 받고도 그에 대한 답례를 돌려주지 않기도 하고, 어떤 경

---

1) 이청준, 「나는 왜, 어떻게 소설을 써 왔나?」, 『오마니』, 문학과의식, 1999, p. 192.

우에는 '나'가 준 것을 오해하여 전혀 엉뚱한 것을 되돌려주기도 하는 등, 그 양상은 실로 다양하다. 또 이의 연장선상에서 자신의 소설이 복수 혹은 보상으로서의 글쓰기의 산물이라고 밝힌 이청준의 의도를 짐작할 수 있다. 복수와 보상은 모두 '갚다'의 의미를 지닌다. 무엇을 갚는 것인가? 이는 준 만큼 받지 못해 청산되지 못한 몫(빚)에 관한 것이다. "눈에는 눈, 이에는 이"라는 오래된 격률이 전하는 메시지대로, 복수는 상대방이 '나'에게 한 만큼을 되돌려줌으로써 비대칭적인 주고받음에서 대칭적인 상태를 회복하려는 경향을 반영하고 있다.

「숨은 손가락」의 동준은 오랜 친구인 현우의 배신으로 감당하기 힘든 고초를 겪은 끝에 정확히 "내가 네게 신세를 진 만큼만"을 현우에게 돌려줌으로써 복수하려는 계획을 세운다. 「벌레 이야기」의 아내 역시 자신의 아들을 유괴 살해한 범인에 대해 "아이가 당한 것 한가지로 손목을 뒤로 묶어 지하실에 가두고 목을 졸라 땅바닥에 묻"음으로써 복수하고 싶어 한다. 주는 만큼 받는다는 원칙의 변형인 당한 만큼 갚아준다는 원칙은 겉으로 보기에는 지극히 간단하고 정당한 것 같지만, 실제로는 지켜질 수 없다. 가령, '나'의 눈 한쪽이 상한 대가로 누군가의 눈 한쪽을 상하게 했을 때, 그가 '나'만큼 괴로워하지 않는다면 어떻게 할 것인가? 그렇다고 해서 그의 다른 한쪽 눈까지 요구할 수 있는 것인가? 복수는 언제나 너무 모자라거나 너무 넘치는 것이어서 어떤 경우에도 대칭적인 주고받음에 이르는 것은 불가능하다. 모자란 복수는 여전히 빚을 남기며, 넘치는 복수는 또 다른 복수로 이어질 뿐이다.

물론 배반, 또 그에 대한 복수의 혐의에 주목하는 것을 과도한 의혹과 불신의 탓으로 치부할 수도 있다. 배반을 걱정하고 복수를 꾀하기보다는 서로 믿는 것이 여러모로 나을 테지만, 실상은 믿을 만한 사람들에 한정하여 관계를 맺기 때문에 배반과 복수를 염려하지 않는 것일 뿐이며, 따라서 믿지 못할 사람이나 한두 번 배반했던 사람은 그 믿음의 공동체에서 아예 배제된다고 하는 편에 가깝다. 상호 신뢰에 대한 피상적인 강조가 허약하기 그지없다는 사실을 인정하지 않을 수 없다면, 그보다는 오히려 마땅히 그러해야 한다고 판단하거나 진정으로 그러기를 원하기 때문에 상대방이 되돌려주는 반응에 상관없이 '나'는 줄 것이라는 식의 태도가 배반과 복수의 곤경을 넘어설 수 있는 보다 근본적인 실마리를 제공할 수 있다.

다시 『당신들의 천국』으로 돌아오자. 천국 건설 사업이 교착상태에 빠진 후 섬을 떠났다가 몇 년 뒤 돌아온 조 원장은 그간의 사정을 회고하면서 "내가 꾸민 천국을 믿지 않으려는 이유, 나의 동기나 천국을 허심탄회하게 받아들일 수 없었던 이유, 섬에 대한 내 나름대로의 성실한 봉사를, 나의 선의와 노력을 자기도취적인 동정으로만 폄하하려는 이유"가 무엇인지를 묻는다. 진심에서든 동정에서든 조 원장이 뭔가를 주려 했다면, 원생들은 그저 받아들이면 되었던 것 아닌가? 그러나 전임 원장에게서 보았던 비극을 통해 원생들은 뭔가를 받으면 반드시 되돌려줄 '의무'가 발생한다는 것을 잘 알게 되었다. 조 원장에 앞서 천국 건설을 약속했던 전임 원장은 동상(銅像)으로 상징되는 가시적인 성과를 거둠으로써 원생들에게 어느 정도 혜택을 나눠주기는 했지만, 그에 대한 대가로 원생들은 더 많은 것을, 견디기 힘든 노동을 제공하고 나아가 목숨까지를 바쳐야 했다. 그들은 받은 것보다 많이 돌려주었기 때문에, 즉 준 만큼 돌려받지 못했기 때문에 항상 배신당한 희생자였고 피해자였다는 사실을 잘 알고 있으므로, 더 이상 받지도 않고 따라서 주지도 않으려 한다.

"원장님의 실패도 아마 원장님께 그런 선의나 희생이나 의욕이 없어서가 아니라, 원장님의 다스림을 받는 원생들과의 관계에서의 실패일 것"이라는 이정태 기자의 판단이 보여주듯, 원생들을 위해 일하려는 조 원장의 선의와 의욕을 굳이 의심할 필요는 없을 것이다. 그는 과감하게 구태를 뜯어고쳐 원생과 건강인 간의 접촉 규정을 철폐하고, 직원 지대와 병사 지대의 경계를 가르고 있던 철조망을 철거하고, 미감아(未感兒) 아동들과 직원 지대 아이들의 공학 수업을 단행한다. 그러나 조 원장 쪽에서는 자신이 약속한 병원 운영 방침을 하나하나 실행으로 옮기는 데 반해 원생들 쪽에서는 아무런 응답이 없다. 조 원장에게 그들은 "무엇을 생각하는지, 그리고 언제까지 그런 눅눅한 침묵만 계속하고 있을 것인지 속을 짚어낼 수 없는 사람들"이다.

이런 상황에서 조 원장이 성공 여부를 장담할 수 없는 천국 건설을 계획한 것은, 한편으로는 그의 조급함에서 빚어진 것이기도 하지만, 다른 한편으로는 조 원장의 약속이 단지 한 사람만의 약속에 그치지 않고 섬사람 모두의 약속이 되기 위해 어쩔 수 없이 치러야 하는 과정이기도 하다. 마침내 조 원장과 원생들은 "배반이 없게 하자고 똑같이 서로 서약"하고 천국 건설 사업을 시작한다. 그 사업은 어느 한 쪽이 일방적으로 약속하고 그 약속을 지키는 것으로 이루어지는 것이 아니라, 조 원장 쪽에서는 일신(一身)을 위해 물 한 모금 사사로이 취하고 않고, 어떤 공훈이나 명예도, 보답도 바라지 않겠다는 약속을, 원생들 쪽 또한 자발적이고 열성적으로 바다를 메울 둑을 쌓겠다는 약속을 상호적으로 이행할 때에만 실현 가능한 것이다.

'당신들의 천국'은 절반은 실패고 절반은 성공이다. 아마도 그들은 서로에 대한 약속을 지키기 위해 최선을 다했을 것이다. 그러나 바다를 메우는 데 들인 자신들의 노고에 대한 보답이 주어지지 않는 한, 원생들은 배반당한 것이며, 원생들이 그 배반에 대한 복수로 조 원장에게 "문둥이들만 몰아대지 말고 너도 한번 우리 손에 물구멍으로 죽어 들어가"라고 요구하는 순간, 조 원장 역시 배반을 겪게 된다. 어느 누구도 배반할 의사가 없었고 오히려 약속을 지키기 위해 최선을 다했지만, 결국 배반은 발생했다는 점에서 '당신들의 천국'의 기획은 실패를 맞는다. 곧, 자신이 들인 노고에 대한 정당한 몫을 돌려받는 상태에는 끝내 이르지 못한다.

그러나 절반은 성공이다. 배반과 복수로 점철된 실패극 끝에 섬을 떠났던 조 원장이 5년 뒤 마침내 귀환하지만, 그렇다고 해서 뭔가 달라진 것은 없다. "애초의 약속과 희망대로 원생들로 하여금 그들이 땀을 흘려 일한 만큼 그들의 몫을 차지하게 해"주지 못했고, "일이 저렇게 되고 보니까 원생들의 불신은 전보다도 더 심해졌"고, 그 결과 "섬사람들과 원장 사이의 눈에 보이지 않은 갈등을 해소"한다는 계획도 성과를 내지 못한다. 이런 상황에 처해 "이 섬은 미치지 않고는 견뎌낼 수가 없단 말요"라고 말하는 조 원장의 심정을 이해하기란 그리 어렵지 않다. 그럼에도 불구하고 조 원장은 때로는 성자와 같은 태도로, 또 때로는 광인과 같은 태도로 섬사람들을 위해 일하기를 포기하지 않는다.

자신의 몫을 돌려받겠다는 것은 전혀 부당하지 않으며 오히려 지극히 정당한 요구다. 아마도 현실을 움직이는 원리는 그 요구로부터 찾아져야 할지도 모른다. 문제는, 그럼에도 불구하고 현실은 그 요구들을 전적으로 만족시키지 못해 곳곳에 빈틈을 드러낼 수밖에 없으며,

그 결과 정당한 요구가 배반을 낳고 그 배반이 복수를 낳고 그 복수가 또 다른 복수를 낳는 악순환을 피할 수 없다는 사실이다. 이청준 소설은 처음부터 배반과 복수의 부도덕성을 단죄하지도 않고 마찬가지로 용서와 희생의 미덕을 치켜세우지도 않는다. 그보다는 오히려 의혹과 불신을 끝까지 밀고 나간 끝에 도달한 곤경을 보여준다. 그러한 곤경을 겪은 끝에 '나'가 배반과 복수의 마음을 버릴 수 있다면, 이는 '나'의 선의나 후의 때문이라기보다는 그럴 수밖에 없기 때문이라고 보는 편이 타당할 것이다. '그럴 수밖에 없음'이란 한편으로는 운명이면서 다른 한편으로는 의무이자 윤리이며, 이 둘이 교묘하게 결합된 것이 "자생적인 공동 운명"이다. 운명이므로 저절로 용서하고 희생하게 되는가? 그러나 그 운명은 또한 '나'의 의해 자발적으로 선택되어야 한다. 그럴 수밖에 없는 운명을 자발적으로 선택하기, 이 묘한 이율배반을 통해 『당신들의 천국』은 배반과 복수의 복마전을 넘어설 수 있는 통로를 제시하고 있다.

[2007]

근대문학의 기획

1. 반복되는 질문

문학이란 무엇인가, 또 무엇을 할 수 있는가 등과 같은 질문은 지금까지 꾸준히 제기되어왔거니와, 다소 과장해서 혹은 폄하해서 말한다면 이런 질문은 언제 어디서나 제기할 수 있는 성격의 것일지도 모른다. 이와 관련된 주제를 다룬 한 좌담의 참석자들 역시 그러한 사실을 감지하고 있음이 좌담 전반에 걸쳐 드러나는데, 가령 김행숙과 서동욱은 다음과 같은 말로 서두를 떼고 있다.

일단, 저는 지극히 근본적인 질문을 오늘 우리가 '다시' 하고 있다는 것에 주목할 필요가 있다고 생각합니다. 근본적인 것, 자명한 것은 질문의 형태로 주어지는 것이 아니라 전제로 깔려 있는 것, 그래서 질문이 망각되는 것 아니겠어요?

앞서 언급된 대로, 낡은 논의가 새롭게 위장하고서 필연성을 가장한 채 반복되는 것은 아닌가, 우리는 이미 일어났던 일을 자꾸 잊어버리고 마치 새로 일어나는 것처럼 여기는 게 아닌가 하는 의구심이 들 때가 있지요.[1]

위에 인용된 발언은 두 참석자의 논지를 대표하기 때문이 아니라 단지 반복되는 질문에 대해 취해질 수 있는 일차적인 반응의 사례로서 선택된 것이다. 양자는 모두 반복의 조건으로 망각을 꼽고 있다. 전자는 자명한 전제로 간주되었던 탓에 그 질문 자체를 잊어버렸음을, 후자는 그 질문에는 답이 이미 제출되었다는 사실을 잊어버렸음을 지적한다. 이 두 경우를 어떤 문제에 접할 때 우리가 보일 수 있는 일반적인 반응이라고 할 수 있다면, 어느 쪽이 더 옳으냐를 묻는 것은 무의미하다. 예컨대, 삶에서 부딪치는 문제들은 항상 특수한 것이지만 또 어느 정도는 개념화가 가능하므로 그와 유사한 문제를 이전에 어떻게 해결했는지를 참고하는 것은 여러모로 온당한 태도다. 또, 새삼 떠오른 질문이 앞선 사례에 비춰볼 때 자명한 답이 있는 것으로 밝혀진다면 그것으로 족하다. 그런데 결국은 자명한 것으로 밝혀진다 할지라도 질문이 반복된다면, 설령 그것이 '단순한' 실수라 해도, 좀 더 생각해볼 여지가 없지 않다. 프로이트에 의하면, 사소한 말실수든 보다 심각한 증상이든 반복은 억압된 것의 귀환이기 때문이다. 문학이란 무엇인가, 무엇을 할 수 있는가라는 질문을 망각하고 또 그 질문을 상기하기를 반복하는 것은 뭔가가 억압되어 있기 때문인가? 최

---

1) 심보선·서동욱·김행숙·신형철, 「감각적인 것과 정치적인 것 사이에서 — 오늘날 시는 무엇을 할 수 있는가」, 『문학동네』 2009년 봄호, p. 364, p. 368.

근 논의되는 문학과 정치 혹은 문학의 정치라는 주제와 관련된 한 측면으로부터 시작해보자. 이 역시 반복되는 주제이므로 과거의 사례를 되돌아보는 것에서 출발해도 좋을 것이다.

2. 문학과 정치 혹은 정치소설

박은식 번역의 『서사건국지(瑞士建國誌)』는 빌헬름 텔의 활쏘기로 유명한 스위스의 민중 봉기를 다룬 소설이다. 이것이 과연 '소설'인지에 대해서는 좀더 생각해봐야 하겠지만, 아무튼 지금으로부터 백여 년 전인 1907년 '정치소설 서사건국지'라는 표제를 달고 출간된 이 작품은 "공공연히 정치소설이란 명을 붙인 유일의 서책"으로 알려져 있기도 하다.[2] 서문에서 '독립 자유'라는 정치적 목적을 단적으로 밝히고 있는 『서사건국지』는 출간 4개월 만에 국한문혼용에서 순국문판으로 바뀌어 재출간될 정도로 환영을 받았지만 1912년 일본 총독부에 의해 금서 목록에 올랐던 만큼, 급박하게 돌아가던 당시 정치 현실의 중심에 있었음을 가히 짐작할 수 있다.

대저 소설이라는 것은 사람을 감동시키기 가장 쉽고 사람에게 파고 듦이 가장 깊어서 풍속 계급과 교화 정도에 관계가 매우 큰지라, 그런 까닭에 서양 철학자가 말하였으되 "그 나라에 들어가 어떤 종류의 소설이 성행하는가를 물으면 가히 그 나라의 인심 풍속과 정치사상이 어

---

2) 임화, 「신문학사」, 『조선일보』, 1939. 12. 12.

떠한 것인가를 볼 수 있다"고 하였으니 좋은 말이로다. 이런 까닭에 영국·프랑스·독일·미국 등 각국에 학교가 늘어서고 서재(도서관)가 많고 일체가 백성들이 진보와 교화의 방법이 지극하고 다하였으되 더욱이 그 소설의 좋은 표본으로써 필부필부에게 경종을 울리고 독립 자유의 대표를 짓고 동양의 일본도 유신의 시절에 일반 학사가 다 소설에 온 힘을 쏟아 국민성을 배양하고 민지(民智)를 열고 이끌었으니 그 공로를 세움이 어찌 크지 아니한가?[3]

『서사건국지』가 명백히 정치적 목적에 의해 출간되었으며 또 어느 정도 소기의 목적을 달성했다는 사실을 받아들이는 것은 어렵지 않으나, "그 나라의 인심 풍속과 정치사상"을 확인함에 있어 마치 소설보다 중요한 것은 없다고 주장하는 듯한 박은식의 서문을 읽다 보면 다소 어리둥절하지 않을 수 없다. 소설이 그렇게 대단한 것이었단 말인가? 이런 의문은 "계몽주의 이래 유럽 철학사를 살펴본 이라면 누구나 유럽 철학사가 미적 문제들에 이상하게도 높은 순위를 부여하는 것에 놀라게 될 것"이라고 짐짓 당황한 척하는 이글턴에게서도 비슷하게 찾아볼 수 있다.[4] 그의 말대로 칸트, 헤겔, 키르케고르, 쇼펜하우어, 니체, 마르크스, 프로이트, 하이데거, 루카치, 아도르노 등, 서구의 수요한 철학자·사상가 들은 거의 예외 없이 미적인 것 혹은 예술에 특권에 가까운 지위를 부여하고 있다. 다시 한 번, 예술이 그렇게 대단한 것이었단 말인가?

---

3) 박은식의 서문은 국한문혼용인데, 이 인용은 현대어역에서 따왔다. 임규찬·한진일, 『임화 신문학사』, 한길사, 1993, p. 137.

4) T. 이글턴, 『미학사상』, 방대원 옮김, 한신문화사, 1995, 서론 참조.

위의 논의를 좀더 따라가보면 이러하다. 18세기에 정립되기 시작한 미학은 애초에는 "예술과 관련된 것이 아니라 그리스어 aisthesis가 시사해주듯이 개념적 사유의 영역과 대비되는 인간의 지각과 감각의 영역 전체와 관련되는 말"이었으며, 따라서 "'미적인 것'이라는 말이 최초로 강요하는 것은 '예술'과 '생'의 구별이 아니라 물질적인 것과 비물질적인 것, 사물과 사유, 감각과 관념의 구별"이었다.[5] 이 무렵, 감각적인 것이 미학이라는 이름으로 주목받기 시작한 이유는, 봉건적이거나 절대주의적인 압제 기구에 의존하는 지배술의 한계에 봉착한 정치권력으로서는 사회질서를 유지하기 위해서 구성원들의 감정, 정서, 공감, 습관과 같은 주관적인 경험 영역에 관심을 갖지 않을 수 없었기 때문이다.[6] 따라서 정치권력의 입장에서만 본다면 미적인 것(감각적인 것)에 대한 관심은 결국 그것을 식민화해 지배 수단의 하나로 이용하는 데 지나지 않을 수도 있으며, 또 이럴 경우 미적인 것은 이른바 지배 문화를 형성하는 한 요소에 불과할 수도 있다. 그런데 반드시 그런 것만은 아닐지도 모른다. 다시 『서사건국지』로 돌아가보자.

박은식의 『서사건국지』는 중국의 것을, 중국의 것은 다시 "서양어문에서 일본어로 번역한 것"을 저본으로 삼고 있으니,[7] 다소의 이견

---

5) 헤겔이 미와 예술을 다루는 학문을 뜻하는 용어로 Ästhetik가 적절하지 않다고 말한 것 역시 이런 이유에서였다(G. W. F. 헤겔, 『헤겔미학 1』, 두행숙 옮김, 나남출판, 1996, p. 26).

6) T. 이글턴, 앞의 책, 1장 참조.

7) 당시 유명한 저널리스트였던 정관공의 『서사건국지』 역시 '정치소설'이라는 표제를 단 중국 최초의 소설이다. 박은식의 서문은 중국 판본에서 많은 영향을 받았다(서여명, 「한·중 『서사건국지』에 대한 비교 고찰」, 『민족문학사연구』 35, 2007, p. 161).

이 있기는 하나 한·중·일 삼국에서 번역·출간된 정치소설 『서사건
국지』의 원본을 실러의 『빌헬름 텔』로 보는 데 크게 무리는 없다.
『빌헬름 텔』은 자연 상태의 질서 안에서 생활하던 스위스 민중들이
역사의 개입, 곧 오스트리아의 압제에 맞서 훼손된 질서를 회복해가
는 단계를 통해 자유에 대한 의식을 각성하는 과정을 형상화하고 있
다. 중요한 것은 이러한 사건 전개가 실러의 『인간의 미적 교육에 관
한 편지』에 나타난 미학관과 많은 부분 조응한다는 사실이다.

  인간의 자연적 권리들을 실현하려는 프랑스혁명의 목표에 열광했
으며, 정치적 혁명이 실제로 완수되었다면 "시의 여신과 작별하고 모
든 예술작품들 가운데 가장 훌륭한 작품, 즉 이성의 왕국에 나의 모
든 활동을 바치려 했"던 실러는 혁명이 자의적인 테러로 변질되자 크
게 실망하여 문화의 영역, 곧 미학과 예술의 역할에 기대를 걸게 된
다. 그에 의하면, 정당한 정치권력이란 어떤 존재도 거부할 수 없는
동의에 근거해서만, 다시 말해 이성의 통일성과 자연의 다양성(감성
적 감정)을 조화롭게 결합시킴으로써 주체의 특수성을 강압 없이 보
편자의 요구에 적응시킬 때만, 그리하여 개체와 유(類)가 화해를 이
룰 때만 가능하다. 이와 같은 이성적 관점과 경험적 관점은 좀처럼
일치를 보기 어려우나, 예컨대 어떤 예술에서 미(美)를 경험하는 순
간 이성적 능력과 감성적 능력은 일종의 자유로운 유희로서 균형에
이를 수 있다.[8]

  그런 것[미적인 것]들은 논쟁을 하고 분석을 해서가 아니라 단지 바

---

8) G. 플룸페, 『현대의 미적 커뮤니케이션 1』, 홍승용 옮김, 경성대출판부, 2007, 3장 참조.

라보고 살펴보는 것만으로도 우리가 아름답다고 동의할 수 있는 객체
들이기 때문에 우리 피조물적 생의 내부에서 자발적 합의가 생겨나게
되고, 그와 더불어 그 생이 자의적이고 모호한 것처럼 보임에도 불구
하고 어떤 점에서는 진정 이성적 법칙처럼 영위될 수 있을 것이란 약
속이 제시된다. 〔……〕 주관적 감정의 변덕스러움과 오성의 가차없는
엄격함을 회피하는 제3의 길로 미적인 것에 주목하게 될 것이다.[9]

실러의 미학관은 정치적 목표 안에 배치되어 있기는 하나, 그 자체
가 이상적 사회에 대한 특정한 정치적 인식을 제시하는 것은 아니다.
또한 이성이 아닌 감성에서 출발하기는 하나, 그 최종적인 도착지는
결국 이성적인 어떤 것과의 합치에서만 찾을 수 있는 듯 보이기도 한
다. 아마도 그 때문에 '감성론'이 '미학'으로 정착되었을 것이다. 어떤
것을 아름답다고 판단하는 것은 자의적이고 우연적인 감성의 영역에
속하며 주관적인 것이지만(감성론), 동시에 일정한 형식을 가지며 일
반적인 합의를 얻을 수 있는 것이기 때문이다(미학). 또, 이런 관점
에서 미적 판단은 개별적 사례에서 보편적인 것을 이끌어내는 반성적
판단이며, 주관적인 동시에 보편적인 것이며, 법 없이 합법적인 것이
된다. 요컨대, "미적 대상의 신비는 그 감각적 부분들이 완전히 자율
적인 것으로 나타나면서도 전체성의 '법'을 구현하는 데에 있"다.

---

9) T. 이글턴, 앞의 책, p. 6.

3. 감정교육, 혹은 감각에서 공통감각으로

자세한 사정을 속속들이 이해하기는 쉽지 않지만, 아무튼 개인적이고 감성적인 것으로부터 출발해 보편적이고 이성적인 것에 이를 수 있다는 시나리오 자체는 대단히 매력적이며, 물론 정치의 영역에 있어서도 그 매력은 줄지 않는다. 『서사건국지』의 서문에서 말하고자 하는 것 역시 소설(예술)이 '독립 자유'와 같은 정치적 메시지를 전파하는 데 유용하다는 사실만이 아니라 바로 그 소설에 의해 대중들 개개인이 공동의 정치적 목표에 자발적으로 동의할 수 있다는 사실 아니겠는가? 정치 교과서 안에서 자주독립을 말하고 민주주의를 말하는 것은 언제 어디서나 가능한 일이지만, 그러나 소설을 통해 경험의 차원에서, 감각의 차원에서 자주독립과 민주주의가 재현될 때 비로소 그것은 "그 나라의 인심 풍속과 정치사상"이라는 이름에 값할 수 있을 것이다. 이 연장선상에서 개인들의 경험적이고 감성적인 영역으로부터 출발하여 보편적인 합의에 이르는 과정에 대해 이광수는 좀더 자각적이다. 그가 강조한 '(감)정(교)육'은 실러의 '미적 교육'과 비슷한 맥락에서 읽을 수 있다.

현시 오인(吾人) 상태를 관찰하건대 상하 귀천을 물론하고 소위 의무라 도덕이라 하여 일시 사회의 제재와 공중 면목에 좌우한 바가 되어 거의 색책적(塞責的) 우(又)는 표면적으로 구차히 행동할 뿐이요 능히 자동자진(自動自進)으로 자유자재(自由自在)하여 자기 심리를 불기(不欺)하고 도덕 범위 내에 활동하는 자가 무(無)하고 사회 제재의 노예가 되어 신성한 독립적 도덕으로 행동을 자율치 못하나니 〔……〕 오호라 인류를 위하여 조직한 사회 국가가 도리어 인(人)에게 고통을 여(與)하는 기계를 작(作)하며 인을 위하여 성립한 법률 도덕이 도리어 인을 오(誤)하는 망(網)과 정(穽)을 작하였나니 여사(如斯)코 어찌 사회 국가가 안보함을 득하며 법률 도덕이 창연함을 기하리오.[10]

이광수가 파악한 현실 안에서 개인들은 사회와 국가, 법률과 도덕 아래 꽁꽁 묶여 타율적이고 강제적인 상태에 놓여 있다(계몽의 변증법?). 사회·국가, 법률·도덕이 인류를 위해 조직된 것이라면 개인들은 '자동자진'하고 '자유자재'한, 지극히 자유롭고 자율적인 상태에서 그것을 실천에 옮기는 것이 마땅할 텐데, 어째서 사회·국가는 인류에게 고통을 주는 기계를 만들며 법률·도덕은 인류를 속박하는 그물과 함정을 만들 수밖에 없는가? 이광수는 "정육(情育)을 힘쓰라 정육을 힘쓰라"고 역설한다. 그리하면 "자동적으로 효(孝)하며 제(悌)하며 충(忠)하며 신(信)하며 애(愛)케" 될 것이다. 감정을 기르는 데 힘쓰기만 하면 '자동적'으로 효제충신하며 사랑하게 되는(그뿐이겠는가? 애국하게도 되고 나아가 인류 공영에 이바지하게도 되는) 메커니즘에 대한 체계적인 설명은 대담하게 건너뛰고 있지만, 이광수의 감성론은 칸트나 실러의 그것과 그리 다르지 않아 보인다. 그리고 이로부터 이광수의 감성론 역시 다음과 같은 요지의 미학(문학관)으로 귀

---

10) 이광수, 「금일 아한(我韓) 청년과 정육(情育)」, 『이광수 전집 1』, 삼중당, 1971, p. 526.
11) 이광수, 「문학의 가치」, 위의 책, p. 546.

결된다. "원래 문학은 다만 정적 만족, 즉 유희로 생겨났음이며 또 다년간 여차(如此)히 알아왔으나 점점 이것이 진보 발전함에 급(及)하여는 이성이 첨가하여 오인(吾人)의 사상과 이상을 지배하는 주권자가 되며 인생문제 해결의 담임자가 된지라."[11]

개인마다 특수할 수밖에 없는 감정이 '일반의지'를 통해 전체의 선(善)으로 전화하는 연금술적인 메커니즘에 대해서는 쉽게 설명할 수 없지만, 그럼에도 불구하고 공동체의 사회적 결속의 근원을 감정에서 찾는 것은 그렇게 위태로운 일만은 아니다. 이글턴의 말대로, "감각들의 연대, '자연스러운' 동정과 본능적 충성의 연대보다 더 강력하고 더할 나위 없는 연대가 어디에 있겠는가?" 그래서 오늘날의 정치인들 역시 국민을 감동시켜야 하고 국민의 공감을 사야 한다는 주문을 외고 있는 것 아니겠는가?

감성적인 연대가 가져다준 정치적 성공의 사례로서 가장 널리 알려진 것은 아마도 베네딕트 앤더슨이 '상상의 공동체'라고 명명한 국민nation의 형성에서 찾을 수 있을 것이다. 그는 국민국가의 탄생에 있어 신문과 더불어 소설의 역할을 중시하는데, 이는 소설이 정치적 메시지를 직접적으로 전파하기 때문이 아니라 경험적인 스토리 안에서 따로 노는 인물들을 하나로 연결하는, 곧 우연한 사건을 동시적으로 파악할 수 있게 하는 '한편meanwhile'이라는 접속어로 대표될 만한 어떤 상상력을 제공하기 때문이다.[12] "사실 얼굴을 마주칠 수 있는 원초적 마을보다 큰 공동체는 (그리고 아마 이 마을조차도) 상상의 산물"이라면, 이때의 상상력은 "상상력의 종합은, 비록 선험적으로 행

---

12) B. 앤더슨, 『민족주의의 기원과 전파』, 윤형숙 옮김, 사회비평사, 1991, 2장 참조.

사된다 해도, 항상 감성적"이라는 칸트의 말처럼,[13] 현실에서 지각할 수 있는 잡다한 표상들에서 출발해 경험 너머로 우리를 이끌 것이다.

개인적이고 주관적인 감각을 보편적인 이성으로 매개하는 계기는 상상력에서 찾아진다. 그것은, 말하자면 감각에서 공통감(각)으로의 확장인바, "우리의 감각은 우리 자신의 인격을 넘어선 적도, 넘어설 수도 없"지만 상상력(가장 큰 감각적 능력)에 의해 "타인이 어떻게 느끼고 있는가에 대해 우리가 생각해볼 수 있"는 것이 가능해진다. 그리고 자신의 정체성을 유지하는 동시에 타인의 입장이라면 어떻게 느끼고 생각할까를 상상함으로써 편파적인 이해득실interest로부터 자유로워진 대표성을 얻는 것을 정치의 목표로 설정하는 아렌트에 이르러서는, 상상력을 통한 감각에서 공통감으로의 확장은 비단 미학이나 예술의 주제만이 아니라 명실상부하게 정치적인 주제가 된다.

근대 미학 전체를 특징짓는 이 미(취미)의 기준에 대한 탐구는 더욱 본질적인 것으로 보인다. 왜냐하면 모더니티 일반의 중심 문제가 가장 난해하고 가장 결정적으로 제기되는 것이 바로 그 차원에서이기 때문이다. 그 문제는 곧 어떻게 주관성에 근거하여 객관성을, 내재성에 근거하여 초월성을 확립시킬 수 있는가라는 문제이다. 다르게 말하면, 각 개인들로부터 출발하여 공동체를 재구성한다는 사회의 관계방식을 어떻게 생각할 수 있는가 하는 것이다. 〔……〕 이 문제가 순수한 상태로 읽힐 수 있는 곳이 바로 미학의 영역이라는 것이다. 개인과 공동체, 주관과 객관 사이의 긴장이 가장 심화되는 것이 바로 그곳이기 때문이다.[14]

---

13) I. 칸트, 『순수이성비판 1』, 백종현 옮김, 아카넷, 2006, p. 338.
14) L. 페리, 『미학적 인간』, 방미경 옮김, 고려원, 1994, p. 37.

결국 근대 미학은 비단 미(아름다움)의 문제뿐 아니라 "개인과 공동체, 주관과 객관 사이의 긴장"을 가장 첨예하게 다루는 영역이다. 미학이 다루는 주제가 근대 일반의 핵심적인 문제라면, 그것을 굳이 정치에 한정시킬 이유는 없지만 정치와 분리시킬 이유는 더군다나 없을 것이다.

4. 문학의 자율성 혹은 사회 체계의 분화

프랑스혁명에 이은 실러의 미적 기획(혁명)에 의해 자유로운 주체들의 공동체라는 정치적 모델이 성공적으로 실현되었다면 예술과 사회는 일치하게 되었을 것이고, 이는 굉장한 유토피아였을 것이다. 그러나 불행히도 현실은 그렇지 못했으며, 예술과 미의 영역은 하나의 체계로 분화된다. 이에 대해서는 예술이라는 부분 체계로부터 자유로운 공동체의 출현을 기대하는 희망적인 태도와 소외된 현실 속에 유일하게 남아 있는 자율적 영역의 잔재를 발견하는 다분히 체념적인 태도가 엇갈릴 수 있겠지만, 아무튼 이러한 상황은 무시할 수 없는 모순을 초래한다.

예술의 자율성은 미라는 매체를 통해 어떤 총제화하는 실천을 시작하고 주입하기 위한 조건이다. 그리고 이러한 실천은 사람들로 하여금 자유로운 주체들의 연합을 통해 강압 없이 서로 결합하고 자신의 감성적 본성이나 이성적 강요에 의해 일방적으로 테러당하지 않을 수 있게 해주어야 하는 것이다. 그러나 예술은 단지 종교나 정치 혹은 과학과의 오랜 결합으로부터 예술을 분리시켜주는 어떤 사회적 세분화의 결과로서만 "자율적"이다. 〔……〕 이 대목에서 그의 전체 논의는 상당한 여파를 초래하는 자체모순에 빠진다.[15]

모순의 핵심은 한편으로 예술은 감성적 본성이나 이성적 강요 어느쪽도 편들지 않은 상태에서 자유로운 주체들의 연합을 가능하게 하며또 그래서 자율성에 이를 수 있지만, 다른 한편으로 그 자율성은 체계 분화의 한 양상이며 따라서 자유로운 공동체를 완성하기 위해서는분화의 산물인 예술의 자율성 자체를 해소해야 한다는 점에 있다.곧, "자율적 예술 자체는 이러한 과정〔체계 분화〕의 한 가지 결과이지만 그러한 분화를 되돌려놓고 이로써 그 자체의 존재를 위한 전제들을 지워버려야 하는" 딜레마에 봉착한다.

이 지점에 이르러 우리는 위에서 인용했던 이글턴의 말을 거꾸로되돌려(혹은 비로소 상식적인 의미로 바로잡아) 미학이 "물질적인 것과 비물질적인 것, 사물과 사유, 감각과 관념의 구별"이 아니라 "예술과 생의 구별"을 전제로 한 담론을 의미하는 것으로 바뀌고 있음을볼 수 있다. 상식의 세계에서 예술은 자율적인 것으로 규정되는바,이때 자율성은 해방의 기획이나 자유로운 공동체와 같은 의미를 내포하기보다는 기껏해야 미적 판단이 다른 가치의 개입 없이 오로지 그자체의 기준에 의해서만 수행되어야 함을, 다시 말해 진위나 선악 등의 기준에 의해 작동하는 다른 의사소통 체계와는 분화된 미적 의사소통 체계를 형성해야 함을 의미하는 데 그친다. 그런데 예술이 이런

____

15) G. 플룸페, 앞의 책, p. 165.

식으로 자율적인 것이라면, 앞서 살펴보았던 예술의 현실적·사회적 맥락은 사라지고 글자 그대로 예술과 삶의 구별만이 전면화된다.

1968년 이후 이데올로기 비판 논쟁이 벌어졌던 수년 동안, 예술과 사회에 관한 문제로 사람들의 의견은 유물론적 진영과 관념론적 진영으로 나누어졌다. 〔……〕 18세기에서 19세기로 넘어가는 전환기를 시점으로 해서 이루어진, 예술의 미적 자율성으로의 해방은 모든 사회적 작용에 대한 거부를 전제로 했다는 것, 그리고 그러한 해방은 미적 가상의 왕국을 시민적 삶의 모든 실천과 분리시켰으며, '제도 예술'을 학문, 경제, 법, 도덕 등 마찬가지로 자립화된 가치영역들에 대립시켰다는 것, 그리하여 미적인 것과 현실적인 것의 분리를 예술의 생활 실천으로의 혁명적인 지양을 통해 극복하는 후속 문제를 남겼다는 것 등이 그 개념〔자율적 예술〕에 내포되어 있었다. 예술의 생활 실천으로의 혁명적 지양은, 주지하다시피 20세기의 현대적 아방가르드들의 "직접 행동"으로서 시도되었지만 실패했다.[16]

예술이 단지 분화된 사회 체계의 하나로서 삶과 유리된 채 유토피아적 해방의 기획을 망각해갈 때 상황주의자들을 중심으로 한 최후의 현대적 아방가르드들에 의해 "미적인 것과 현실적인 것의 분리를 예술의 생활 실천으로의 혁명적인 지양을 통해 극복"하려는 시노가 이루어졌지만 끝내 실패했다. 야우스에 의하면, 그 실패가 문학사적 의미를 부여받은 것은 1968년 이후인바, 그것은 단지 분화된 체계로서

---

16) H. R. 야우스, 『미적 현대와 그 이후』, 김경식 옮김, 문학동네, 1999, pp. 195~96.

의 예술의 자율성이 정착되었음을 의미하는 데 그치지 않고, "미적 혁명의 유토피아적 요구, 예술의 미적 자율성으로의 완전한 해방, 평등의 이상을 성취할 미적 국가를 목표하는 미적 교양의 프로그램, 그리고 이와 더불어 시민적 시대의 이상주의 문화 전체"에 대한 전면적인 소송(이 소송이 실러의 미적 기획이 지닌 의의에 대한 단순한 문제제기를 넘어 그에 대한 전적인 거부로 확대될 것은 불 보듯 뻔하다)으로 이어졌다.

근대적 삶(나아가 정치)의 핵심 기반 중 하나인 미적 혁명에 대한 부정은 근대와의 단절, 그리고 '근대 이후'의 승인이라는 단계를 밟으면서 포스트모던 논쟁의 일환으로 포섭된다. 이 지점에서 "포스트모던적 단절 현상들로 간주되는 현상들이 사실은 미학적 예술 체제의 가능성들 내부에 포함된다"는 주장을 적극적으로 개진함으로써[17] "우리의 시대를 예술 또는 정치의 '종언'의 시대라고 선언"하는 데 맞서려는 랑시에르는 일종의 미학적 근대주의자의 자리를 지킨다.

정치행위는 감성의 분할을 새롭게 구성하게 하고 새로운 대상들과 주체들을 공동 무대 위에 오르게 한다. 또한 정치행위는 보이지 않았던 것을 보이게 하며, 쿵쿵대는 동물로 취급되었던 사람을 말하는 존재로 만든다. 그런 까닭에 "문학의 정치"라는 표현은 문학이 시간들과 공간들, 말과 소음, 가시적인 것과 비가시적인 것 등의 구획 안에 문학으로서 개입하는 것을 의미한다. 문학의 정치는 실천들, 가시성 형

---

17) 「리오타르와 숭고의 미학」에서 랑시에르는 칸트 미학에 근거한 모던 예술과 칸트의 '숭고'에 대한 리오타르의 반(反)미학을 토대로 한 포스트모던 예술이 서로 단절되지 않았음을 밝히려 한다.

태들, 하나 또는 여러 공동 세계를 구획하는 말의 양태들 간의 관계 속
에 개입한다.[18]

정치가 "공동체의 공동의 것을 규정하는 감성의 분할을 재구성"함
으로써 "새로운 주체와 대상들을 공동체에 끌어들이"는 일이라면(정
치의 미학), 미학과 정치의 관계를 문제 삼을 수 있는 지점 역시 "공
동체의 공통적인 것에 대한 감각적 경계설정의 수준"이며 이때 미학
은 지배의 감각과는 다른 감각에 속하는 예술을 식별함으로써 감성
분할로서의 정치를 수행한다(미학의 정치).[19] 이처럼 감성 분할(의 중
지)을 수행한다는 점에서 정치와 미학은 "그들 자신이 되기 전에 연
결돼 있으며" 따라서 정치와 예술은 근본적으로 연속선상에 있다.[20]
요컨대 랑시에르는 개인과 공동체의 관계를 문제 삼는 두 핵심 영역인
미학과 정치(민주주의)의 근대적 연속성을 포기하지 않으며, 따라서
미적 혁명 역시 포기하지 않는다.

5. 문학 체계 안에 억압된 것

이 글의 서두에서 던졌던, 왜 이 시점에서 새삼 문학이 무엇을 할
수 있는가라는 질문이 제기되는지 돌이켜보자. 다른 사정이나 이유도

---

18) J. 랑시에르, 『문학의 정치』, 유재홍 옮김, 인간사랑, 2009, p. 12.
19) J. 랑시에르, 『미학 안의 불편함』, 주형일 옮김, 인간사랑, 2008, p. 63.
20) 이와 함께 모던 예술과 포스트모던 예술 혹은 예술을 위한 예술과 참여예술이라는 교과
　　서적이고 낯익은 구분은 미학의 정치 내부로 견인되어 예술의 삶―되기의 정치와 저항
　　적 형태의 정치로 재구성된다(J. 랑시에르, 『미학 안의 불편함』, pp. 80~81).

있겠지만, 2004년 도입된 가라타니 고진의 「근대문학의 종언」에서 그 질문의 한 맥락을 발견할 수도 있을 것이다.

　　나는 왜 문학을 그만두었는가를 물었습니다. 그는 자신이 문학을 했던 것은 문학이 정치적 문제에서 개인적 문제까지 온갖 것을 떠맡는다, 그리고 현실적으로 해결할 수 없을 것 같은 모순조차도 떠맡는다고 생각했기 때문인데, 언제부터인가 문학이 협소한 범위로 한정되어버렸다, 그런 것이 문학이라면 내게는 필요가 없었다, 때문에 그만두었다는 것입니다. 나는 동감을 표했습니다.[21]

「근대문학의 종언」에서 서술되는 여러 층위의 상황 분석에도 불구하고 가라타니 고진이 근대문학의 종언을 말한 근본적인 이유는 위의 몇 줄로 요약된다. 온갖 것을 떠맡고 현실에서 해결할 수 없을 모순도 떠맡는 문학은, 물론 미적 혁명으로서의 문학이다. 그리고 감성분할을 둘러싸고 수행되는 '미학의 정치'는 바로 '근대문학의 종언'에 대한 전면적인 반대다. 그것은 '문학과 정치'라는 과제로부터 벗어났기 때문에 근대문학이 끝났다는 주장에 대해, 역사적 식별 체제로서의 '미학적 예술 체제'(사실 이는 '근대적 예술 체제'의 다른 이름이다)에서 여전히 수행되고 있는 미학의 정치를 주장한다. 요컨대, 그것은 '포스트모던과 비정치'에 대해 '모던과 정치'로 대답한다. 랑시에르의 입장은 우리가 직면한 문제의 핵심 구도를 재확인해주었다는 데서 그 일차적 의의를 찾을 수 있거니와, 이와 관련된 논의의 향배가 중요한

---

21) 가라타니 고진, 『근대문학의 종언』, 조영일 옮김, 도서출판 b, 2006, p. 49.

것도 이 때문이다.

　문학과 정치라는 과제는 여전히 중요한가? 대답하기 곤란한 질문이다. 그런데 무엇보다, 문학에서 정치가 중요하다고 생각되던 시절에도 그 정치는 문학 체계 안에서 늘 은폐된(억압된) 것으로 존재했다는 사실을 상기할 필요가 있다.[22] 이는 분화된, 곧 진위나 선악을 준거로 한 여타의 체계와는 다른 체계로서의 문학은 그 자체의 코드(법)에 의해 판단되는 것으로 전제되었지만, 동시에 자신의 체계 외부에서 '정치적인 것'이 수시로 귀환할 수밖에 없었음을 의미한다. 그런데 이제 문학과 정치라는 과제가 중요하지 않다면, 문학과 '무엇'이 남을 수 있을까? 일차적으로 생각할 수 있는 것은, 또 궁극적으로도 그럴 수밖에 없는데, '무엇'의 자리가 소거되는 상황, 다시 말해 문학과 '무엇'이 아니라 '그냥' 문학만이 남는 상황일 것이다. 그렇다면 이는 문학 안에 억압된 것이 소거되고, 문학이 순전히 그 자체의 코드에 의해 판단된다는 것을 의미하는가? 형식논리상으로는 그렇게 보는 것도 가능하지만, 실은 문학 자체의 코드 따위는 없다는 것이 문제의 핵심이다.

　우리는 문학 교과서를 통해 문학은 문학만으로 읽어야 하며, 문학을 비문학적인 것으로 판단하는 것은 오답이라고 배워왔다. 그런데 문학과 비문학을 나누고 또 문학을 그 자체로 판단하도록 하는 규정으로서의 코드는 어디에 있는가? 그런 것은 없지 않은가? 실은, 문학을

---

22) 『일본근대문학의 기원』의 서문에서 가라타니 고진은 19세기 말 정치운동의 좌절로부터 '정치소설'의 영향력을 벗어난 근대문학이 시작되었다고 말한다. 곧, 정치적인 것은 문학 안에 억압된 상태로 존재한다. 그런데 1970년대에 그런 일이 반복되자 근대문학은 종언을 고한다. 정치의 첫번째 억압은 근대문학의 기원으로, 두번째 억압은 종언으로?

문학만으로 판단해야 한다는 것은 주어진 코드 없이 판단해야 한다는 것이지 않은가? 문학을 문학으로 판단한다는 것은 언제나 감성의 분할을 재구성하고 그 분할선을 재설정한다는 것이다.

따라서 문학이라는 체계는 애초부터 정해진 코드가 없다는 사실을 은폐(억압)한 채 하나의 체계를 이루고 있던 셈이다. 말을 바꾸면, 문학 체계 안에서 코드의 자리는 항상 빈 상태로 남아 있었다. 문학 자체는 분화된 체계로서, 제도의 하나로서 화석화된 자율성을 보장받을 수 있을 테지만, 진정한 문학의 자율성은 바로 주어진 코드로부터의 자유, 혹은 자유라는 이름의 코드에서, 다시 말해 자신에게 자율적이면서 타인에게도 보편적일 수 있는 코드를 만들어내는 데서 비로소 찾을 수 있을 것이다(코드 없는, 곧 법 없는 합법성). 서두에서 지적한 것처럼 문학이란 무엇인가, 문학으로 무엇을 할 수 있는가 등의 질문이 반복적으로 수면 위로 부상할 수밖에 없는 이유는, 이처럼 문학을 문학이게 하는 근본적인 코드를 묻는 질문이 문학 체계 안에 억압되어 있기 때문이다. 이러한 질문은 기존의 문학 체계를 불안정하게 만든다. 그러나 우리 문학은 그 질문에 자유라는 대답을 돌려주곤 함으로써 끊임없이 자신의 체계를 갱신해왔다. 그 자유는 우선은 문학의 정치성이 아니라 문학의 본성 자체에서 비롯된 것이지만, 그렇다고 그 자유를 정치적인 것과 무관하다고 말할 까닭은 없다.

〔2009〕

욕망과 상상력
―「근대문학의 종언」에서 헤겔적인 것과 칸트적인 것

1. 근대문학의 종언과 역사의 종언

가라타니 고진이 "문학이 중요하다고 생각하고 있는 사람은 이젠 적"고, 따라서 '근대문학(=근대소설)의 종언'은 소리 높여 외칠 필요도 없는 단적인 사실이라는 말로 「근대문학의 종언」의 서두를 뗐을 때, 그 말은 자명한 전제와 애매한 결론을 연결시킨 것처럼 들렸다. 그 애매함이란 일단 "그런데 하필 왜 지금인가?"라는 질문으로 현상된다. 호기심 많은 호사가로서는 우선 "근대문학의 종언을 정말 실감한 것은 한국에서 문학이 급격히 영향력을 잃어갔기 때문〔……〕일본은 이렇게 될지라도 한국만은 그렇게 되지 않을 것이라는 느낌이 들었던 것"(종언, 48)이라거나 "근대문학의 종언을 말할 경우, 그것은 학자적인 관점에서 말하는 것이 아니다. 나는 진정으로 낙담했던 것"(종언, 10)이라는 말에 대한 해명을 좀더 듣고 싶었을 것이다.[1]

개인적인 호기심을 떠나서도 "왜 지금인가?"라는 질문은 여전히 유효한데, 「근대문학의 종언」과 함께 수록된 다른 좌담의 참석자가 "1970년대에 '근대문학의 종언'을 선고하는 것은 비평적이고 예언적인 임팩트를 가질 수 있었던 데 대해, 지금은 그런 것을 말해도 기정 사실에 대한 단순한 사후 확인에 지나지 않는다는 실망감만 남을 뿐"(종언, 213)이라고 말할 때의 느낌과 유사한 것을 이 질문 역시 공유하고 있기 때문이다. 이에 대해 가라타니 고진 역시『일본근대문학의 기원』을 쓰고 있던 1970년대 말에 이미 "어떤 의미에서 '일본근대문학의 종언'이 시작"되고 있었다고 말한다.

내가 '기원'을 쓰게 된 것은 바로 그것이 끝나가고 있었기 때문이었습니다. 근대문학의 특성이 '내면성'이고, 그것이 어떤 전도에서 생겨났다는 것을 이해할 수 있었던 것은 그 시기 그와 같은 내면성을 부정하는 작품이 나왔기 때문입니다. 다만 그때는 근대문학이 끝나면 그로부터 뭔가 새로운 것이 생겨날 가능성이 있다고 생각했습니다. 내가 생각하고 있던 것은 넓은 의미에서 근대이지만, 협의의 근대적 내면성을 물리치는 형태, 예를 들어 르네상스적인 것의 회복이 가능할지도 모른다는 것이었습니다. 〔……〕 그러나 최근은 이미 그런 것을 생각할 수 없게 되어버렸습니다. '근대문학의 종언'에서 나올 게 아무것도 없습니다. 끝은 단적으로 끝입니다. 글을 쓰는 이가 없어졌다기보다

---

1) 이후 인용된 글은 가라타니 고진, 『일본근대문학의 기원』, 박유하 옮김, 민음사, 1997; 가라타니 고진, 『근대문학의 종언』, 조영일 옮김, 도서출판 b, 2006; 황종연, 「문학의 묵시록 이후」, 『현대문학』 2006년 8월호. 각각 '종언', '기원', '이후'로 약칭하고 쪽수만을 병기한다.

독자가 없어진 것입니다.(종언, 180~81)

그의 말을 따라가보면, 일본문학에서는 한참 전부터 근대적 내면성을 부정하는 소설이 등장하기 시작했고 그래서 근대문학의 종언이 예고되었기는 했지만, 그보다 더 중요하게는 넓은 의미에서의 근대의 가능성을 점치는 소설마저 어느 시점에 이르러 더 이상 읽히지 않는다는 사실이 근대문학의 종언을 선언하게 한 계기가 되었음을 알 수 있다. 그러므로 그가 "근대소설의 특징은 누가 뭐래도 리얼리즘"이라고 말했다 해서, 손쉽게 다른 길, 예컨대 모더니즘 같은 것을 떠올릴 수는 없다. 그에게 리얼리즘이란 이전에는 없던 '풍경=내면'을 발견하는 방법이고, 그것은 또 "익숙한 것을 낯설게 하려는 끊임없는 과정"이며, 따라서 "이른바 반리얼리즘 작품, 예를 들면 카프카의 작품도 리얼리즘"이 될 수 있다(기원, 41). 게다가 리얼리즘과 모더니즘의 구도를 설정하기 이전에 이미 광의의 근대성에 대한 어떠한 기대도 난망이라면, 그가 말하는 근대문학의 종언은 단지 특정 시기 특정 형태의 '문학의 종언'에 그치는 것이 아니라 '근대의 종언' 담론의 일환으로 받아들이는 것이 더 타당해 보인다.

냉전구조, 즉 미소의 이원구조가 있던 시기는 어떤 의미에서는 편했습니다. 그 쌍방을 비판하고 상대화하는 식의 자세를 취하고 있으면 됐기 때문입니다. 〔……〕 그들이 존재하는 한 그저 부정적이기만 하면 뭔가 하고 있는 듯한 기분에 빠져 있을 수가 있었습니다. 1989년에 이르기까지 저는 미래에 대한 이념을 경멸하고 있었습니다. 자본과 국가에 대한 투쟁은 미래에 대한 이념 없이도 가능하고 현실에 발생하는 모순에 대해 끝없이 투쟁하는 일 외에는 다른 길은 없다고 생각하고 있었습니다. 그러나 그것은 소련 등이 반영구적으로 존속할 것이라는 전제가 있었기 때문입니다. 그러나 그들이 붕괴했을 때 저는 나 자신이 역설적으로 그들에게 의존해왔던 것을 깨달았습니다.[2]

어떻게 보면, 냉전의 종식과 '자유민주주의의 승리'를 한 시대(그것을 근대라 부르든 그러지 않든)의 종언에 대한 표지로 해석하는 것은 거대 담론의 상투적 수법일 수 있다. 가라타니 고진의 경우 역시 1990년대에 닥친 소련의 붕괴와 전지구적 자본주의의 확산으로부터 새로운 문제틀이 출발한다는 점에서는 크게 다르지 않다. 그런데 한 시대가 끝장나는 것을 새로운 시대의 개막이 아니라 그 시대의 바깥(외부)에 대한 가능성의 종말로 상정하고 있다는 점에서, 그의 인식은 전형적인 헤겔주의자의 것을 따르고 있다. 요컨대, 종언을 맞은 시대나 세계는 더 이상의 변화 가능성이나 부정성을 갖지 못하고, 따라서 그 상태 그대로 영속한다는 것.

황종연이 지적하고 있듯이, "가라타니의 종언 서사는 코제브가 휴머니즘적이고 실존주의적인 헤겔 읽기를 통해 제시한 역사관에 크게 빚지"고 있다(이후, 199). 물론, 제2차 세계대전 직후 역사의 종언을 얘기한 코제브나 반세기 후 냉전의 종식을 맞아 같은 제스처를 반복했던 후쿠야마와 가라타니 고진의 태도가 꼭 같지는 않다. 전자는 역사의 종언 이후에 세계의 바깥이 사라졌다는 것을 실정적으로 수긍한다면, 후자는 그렇지 않기 때문이다. 그래서 가라타니 고진은 『트랜

---

2) 「해외석학대담 1—가라타니 고진」, 『교수신문』, 2002. 5. 7.

스크리틱』 등의 작업을 통해 여전히 "현실에 발생하는 모순에 대해 끝없이 투쟁"하고 있지만, 이제는 그것만이 아니라 '미래에 대한 이념', 즉 현 세계의 바깥에 대한 가능성까지를 동시에 사유해야 한다는 이중의 짐을 짊어지게 된다.

물론, 서구 혹은 일본을 대상으로 한 위의 발언을 한국에 그대로 옮겨오는 것에 무리가 따를 수 있다는 것은 당연한 반응이다. 남북 분단과 군사적 대치 상황을 들어 가라타니 고진이 그토록 강조하는 근대국가, 곧 '네이션＝스테이트'가 한국에는 있어본 적조차 없다고 반박할 수도 있고, 또 서구에서는 수십 년 동안 진행되어온 작업이 한국에서는 비교적 최근에서야 본격화되었다고 해명할 수도 있다. 이러한 한국의 특수성에 대한 진단은 사회운동에 대해서만이 아니라 문학 영역에도 그대로 적용된다.

그의 종언론에 대한 한국 측의 공통된 반응은 그가 말한 의미에서의 근대문학은 한국에서는 아직 끝나지 않았다는 것이다. 문학의 정치화가 끈질긴 관행으로 남아 있는 한국의 실정을 고려하면 그것은 어쩌면 옳은 진단일지 모른다. 그러나 한국문학의 새로운 유행 중에는 미처 헤아리지 못했을 뿐이지 근대문학이 끝나버린 증상이나 아니면 끝난다는 징조에 해당하는 뭔가가 있을지도 모른다. 한국에서 문학은 아직 하찮은 짓거리가 아니라고 생각한다면 바람직한 것은 근대문학의 어떤 이상을 고집하며 문학집단들의 무능과 타락을 고발하거나 아니면 근대문학의 어떤 자질이 한국문학에 아직 살아 있다는 증거를 찾아내려고 부심하는 일이 아니라 근대문학 이후에도 문학이 존재할 이유를 생각하는 일이다. (이후, 197)

어쨌든 이 글에서는 가라타니 고진의 논지를 좀더 좇아가보는 방향을 취할 것인데, 이는 황종연의 지적처럼 근대문학의 인식론적·미학적 원리에 해당하는 자율성, 전체성, 주체성 등의 가치들이 점점 약화되고 있는 것이 분명하다고 판단하기 때문이다.

2. 주인과 노예의 변증법

황종연은 『일본근대문학의 기원』과 「근대문학의 종언」을 비교하면서 "전자가 다분히 푸코적이라면 후자는 상당히 헤겔적"(이후, 199)이라고 논평한다. 『일본근대문학의 기원』이 당시까지 자명한 것으로 받아들여졌던 '일본근대문학'이라는 표상을 해체하는 작업을 수행한다는 점에서 그러한 지적은 타당하지만, 한편으로 『일본근대문학의 기원』 역시 중요한 지점에서 헤겔의 주인과 노예의 변증법을 참조하고 있다는 사실을 지적하는 것도 필요하다.

『일본근대문학의 기원』은 일본의 근대소설에서 이런저런 타자적인 것들이 배제됨으로써 리얼리즘적인 풍경과 근대적인 주체의 내면이 형성되는 과정을 계보학적으로 고찰하고 있다. 다른 영역의 근대화와 마찬가지로 근대소설의 형성 역시 폭력적이거나 억압적일 수밖에 없으며, 그 반대편에 예컨대 소설 양식뿐 아니라 프라이N. Frye가 로망스나 고백, 해부 등으로 분류했던 다양한 픽션 장르를 실험함으로써 "차이를 통합시켜버리는 근대문학의 허구에 대한 투쟁"(기원, 238)을 포기하지 않았던 나쓰메 소세키 같은 작가가 있다.

　이렇게 요약하면 『일본근대문학의 기원』은 푸코식의 주체 비판의 연장선상에서 이해되기 쉽다. 그뿐 아니라, 이런 식의 근대문학이라면 그것이 종언한다고 해서 그리 아쉬울 것도 없어 보인다. 실제로도 우리는 근대(성) 비판의 일환으로 한동안 기꺼이 근대문학의 정전을 공격해왔으며, 또 앞으로도 한동안은 그럴 것이기 때문이다. 그러나 단지 텍스트를 해체하는 선에서 그치는 근대 비판이란 현실과 유리된 텍스트 안에서 상대주의적 해석 놀이를 즐기는 것과 크게 다르지 않다. 문제는 이럴 수도 있었고 저럴 수도 있었다고 말하는 것이 아니라, 근대화를 위한 단선적인 경로가 정해졌던 것은 아니지만 역사적으로 그 경로를 따라왔다면 왜 그럴 수밖에 없었는가를 밝히는 것이다. 그것을 결정하는 최종 심급을 우리는 대문자 역사 혹은 현실이라고 부를 수 있을 텐데, 『일본근대문학의 기원』에서 그것은 정치로 불린다. 이때의 정치는 제도 정치를 넘어 '정치적인 것the political'에까지 확장된 개념으로 볼 수 있다.

　가라타니 고진은 『일본근대문학의 기원』의 판본이 바뀔 때마다 후기를 통해 자신의 작업이 일반적인 주체 비판으로 이해되는 것에 여러 차례 이의를 제기하고 있다. 말하자면, 자신의 주체 비판은 일본 근대문학의 내면(주체)의 기원에 감춰진 정치적 경험을 밝혀 보여주는 것임에 반해, 1980년대에 일반화된 주체 비판은 반대로 주체의 정치성을 지우는 것으로 기능한다는 점에서 결정적으로 갈라진다는 것이다.[3] 그는 메이지 20년대(대략 1890년대)에 정치적으로 좌절한 세

---

3) 이러한 구별은 정치에서 문학으로 전향했다는 점에서 동일한 양상을 보인 메이지 20년 대와 1970년대의 일본문학이 왜 다를 수밖에 없는가에 대한 대답이기도 하다. "정치적 좌절로 인해 내면＝문학으로 향하는 패턴은 그 이후에도 되풀이된다. 실제로 내가 본문

대가 외형적으로는 비정치적인 방식을 통해서 실은 정치적인 행위를 하고 있음을 발견한다.

메이지 국가가 '근대 국가'로 확립되는 것은 빨라야 메이지 20년대 이후의 일이다. '근대 국가'는 중심화에 의한 동질화로서 처음으로 성립한다. 물론 이것은 체제 측에 의해 형성되었다. 중요한 것은 그와 거의 같은 시기에, 말하자면 반체제 쪽으로부터 '주체' 또는 '내면'이 형성되었다는 것이며, 그들의 상호 침투가 시작되었다는 것이다. 현대의 문학사가가 메이지 시대 문학인들의 투쟁 또는 '근대적 자아의 확립'을 평가할 때, 이미 그것은 우리가 빠져 있는 이데올로기를 추종하는 일밖에 되지 않는다. 예를 들면, 국가 정치의 권력과 자기나 내면에 대한 성실함을 대치시키는 발상은 '내면'이야말로 정치이며 전제 권력이라는 사실을 무시하는 일이다. '국가' 쪽에 선 사람과 '내면' 쪽에 선 사람은 서로 보완하는 관계에 지나지 않는다. (기원, 127)

자유주의적인 민권운동이 패배하고 군국주의적인 근대국가 체제가 들어섰을 때 자유민권운동에 동조했던 반체제 인사들이 문학으로 돌아섰으며 그들에 의해 주체 또는 내면이 형성되었던 현상은, 가라타니 고진에 의하면 비정치적인 것으로의 전향이 아닐뿐더러 '국가 정치의 권력'이 정치적인 만큼이나 '자기나 내면에 대한 성실함' 역시

을 통해 제시하고자 했던 것은 그러한 일이 1970년대 일본에 되풀이되고 있다는 점이었다.' 그러한 내면화는 불가피하다. 그러나 그것이 이미 문학적 언술로서, 안정된, 더 이상 의문시되지 않는 구조로서 존재하는 일로 돌아가는 일인 이상, 평범하고 흔해빠진 일이다. 그것이 메이지 20년대에 완성되었다는 것은 말할 필요도 없다. 그것은 앞에서 말한 바와 같은 정치적 구조를 소거시켜버리고 마는 것이다"(기원, 61).

정치적인 것이다. 비근한 예로, 그는 다신교에서 일신교로 개종하여 '주인에 대한 복종'을 완수함으로써 기독교인의 내면이 형성되는 과정이 천황, 장군, 영주 등이 병립하던 권력 체제에서 천황을 주권으로 하는 체제가 성립하는 과정과 대응한다고 말한다. 다시 말해, "기독교가 초래한 것은 '주인'임을 포기함으로써 '주인(주체)'으로 남아 있게 되는 정신적 역전이다. 그들은 주인임을 포기하고 신에게 완전히 복종함으로써 '주체'를 획득한 것이다"(기원, 115). 따라서 일본근대문학의 내면성은 니체식으로 말하면 노예 도덕이 승리한 결과이고, 헤겔식으로는 주인과 대등하게 인정받게 되는 노예의 자기 해방의 산물, 곧 정치적 투쟁의 산물이다.

일본근대문학의 내면성이 현실 정치에서의 '주인'과 대결하고 있으며, 그런 한에서 "보완하는 관계에 지나지 않"지만 또한 정치적일 수 있었다는 주장은 「근대문학의 종언」에서 약간 변형된 형태로 다시 반복된다. 여기서 연애, 문학 등으로 표출된 근대적 내면성을 형성한 기반으로서의 기독교의 위상은 입신출세주의라는 현실적 이데올로기와 대립 구도를 형성한다. 봉건시대의 신분제를 부정하고 근대 일본인의 정신적 원동력으로 등장한 학력에 의한 입신출세주의가 '세속적 금욕'을 통해 체제 안에서 인정받으려는 욕망에 의해 추동된 것이라면, 기독교는 "입신출세를 강요하는 사회에 대항하여 자립"하려는 욕망에 의해 선택된 것이다(종언, 77). 정치가 입신출세주의라는 이데올로기로 바뀌었을 뿐, 「근대문학의 종언」의 기본 플롯은 『일본근대문학의 기원』과 거의 동일하다. 곧, 입신출세에서의 성공과 기독교(문학)를 맞바꿈으로써, 작가는 현실에서는 노예이지만 내면의 주인으로 인정받을 수 있었으며, 이런 점에서 입신출세주의와 기독교는 여전히 "서로 보완하는 관계"에 있다.

그런데 이와 같은 인정 욕망의 메커니즘은 어느 시점에 이르러 급격히 해체된다. 「근대문학의 종언」은 타자에게 인정받고 싶다는 욕망을 둘러싼 상호 투쟁이 종결되고 그 욕망이 실현됨으로써, 다시 말해 주인과 노예의 구별이 사라지고 무조건적으로 서로를 인정해주는 체제가 들어섬으로써, 역사가 끝나고 문학 역시 끝났다고 말한다. 이는 역설적으로 작가가 되려는 욕망을 낳았던, 실패한 자유민권운동이 어느새 역전에 성공한 덕분이기도 하다. 적어도 학력에 의해 주인과 노예가 갈리는 식의 불평등이 해소될 만큼은 자유민권운동이 성공했지만, 그 성공과 동시에 자유민권운동과 그 주요한 일환으로서의 근대문학의 역할은 시효를 다한다.

예를 들어 도쿄대학을 정점으로 어느 대학에 들어가는가에 의해 '신분'이 결정되는 학력주의라는 체계가 계속 있어왔습니다. 〔……〕 그런데 그것이 1990년대 이후의 세계화 속에서 급속히 해체되고 있는 것처럼 보입니다. 학생 쪽도 그렇습니다. 오랜 수험경쟁을 통해 마침내 좋은 회사에 들어갔음에도 불구하고, 미련 없이 그만두는 사람이 많습니다. 그리고 '프리타'가 됩니다. 그들은 소설을 쓸지도 모릅니다. 그러나 거기에는 입신출세코스로부터 탈락하고 배제됨으로 생겨나는 근대문학의 내면성, 르상티망 등은 없습니다. 사실 나는 그것은 나쁘지 않은 경향이라고 생각합니다. 다시 말하자면, 그런 사람들은 문학 따위를 하지 않아도 좋습니다. (종언, 78)

가라타니 고진에 의하면 일본근대문학의 내면성의 핵에 정치적으로 좌절된 구 막부(幕府) 출신 인사들이 문학을 통해 인정받으려는 욕망이 자리 잡고 있었는데, 그러한 욕망이 이제는 사라졌기 때문에 근대문학 역시 종언을 고할 수밖에 없다는 것이다. 이러한 메커니즘은 한국문학에도 어느 정도 적용될 수 있지 않을까? 우리가 비정치적인 순수문학의 선구자라고 알고 있는 김동인이 『창조』 창간에 대해 "정치 운동은 그 방면 사람에게 맡기고 우리는 문학으로"라고 언급할 때, 여기서 주목해야 하는 것은 정치와 문학의 구별이 아니라 정치와 동급에 놓이는 문학의 위상일 것이다. 결국 일제 치하의 한국문학이란, 조선어학회가 "학술단체를 가장한 독립운동단체"로 몰렸다는 사실이 암시하는 것처럼, 한국어 글쓰기라는 점에서 직접적으로든 간접적으로든 주인인 일본과 대결하는 노예의 투쟁이라는 속성을 띨 수밖에 없었던 것 아닌가?

나아가 해방 이후의 한국 작가들의 내면 역시, "아비는 종이었다"에서 "아비는 남로당이었다"로 이어지는, 주인에 대한 노예의 원한감정resentiment을 핵으로 한 인정투쟁의 산물이라고 이해한들 크게 틀리지는 않을 것이다. 그리고 이런 맥락에서라면 '80년대 중반에 들어서면서 나는 점점 불안해졌다. 자유의 발현이 역사의 자기 법칙이라는 이 헤겔주의에 내가 오랫동안 기대고 있었던 것인데, 그 역사가 이젠 끝장났을지도 모른다는 생각이 든 까닭이었다"라는 김윤식의 고백은 당연한 귀결이다.[4] 식민지에서의 해방, 공업화(경제발전), 민주화에 어느 정도 성공한 시점에서 주인과 노예의 변증법이라는 틀이 더 이상 유효하지 않은 국면이 도래했기 때문이다.[5]

---

4) 김윤식, 『소설현장비평』, 문학사상사, 1997, p. 7.
5) '어느 정도'는 말 그대로 '아무것도 아닌nothing'과 '전부everything' 사이의 어디쯤이다.

90년대란 과연 무엇일까요. 구소련 해체를 두고 '역사의 끝장'론을 편 것은 헤겔주의자 F. 후쿠야마였지 않습니까. 이번에 닥친 역사의 끝장론은, 정작 근대를 주도해온 본바닥, 그러니까 세계사적 시각에서의 논의가 아니었겠습니까. 헤겔식으로 말해, 역사의 끝장 이후의 인류사란, 그러니까 승인욕망(주인·노예의 변증법)이 사라진 장면이 아니겠는가. 인간다움을 상실한 기묘한 역사 공간이라 할 수 없겠는가. 이런 상황을 두고 탈근대주의(포스트모더니즘)라 부르고 있습니다. 이데올로기도 노사 문제도 이미 쟁점일 수 없는 역사 공간, 그러니까 어떤 욕망(열정)도 적극적 의의를 가질 수 없는 시대에 접어든 것일까요. 이런 시대의 문학이란 무엇인가. 그동안 겪어온 역사적 과제에 대한 '인간은 벌레가 아니다'의 명제가 한갓 후일담에 지나지 않는 것일까.[6]

헤겔, 코제브 그리고 덧붙여 후쿠야마의 역사철학적 입장에서 1990년대란 주인과 노예의 구별이 사라진 시대, 따라서 "이데올로기도 노사 문제도 이미 쟁점일 수 없"고 "어떤 욕망도 적극적 의의를 가질 수 없는 시대"이며, 근대 이후 나아가 역사 이후일지도 모른다. 한국근대문학사를 헤겔주의자의 시선으로, 즉 주인과 대등하게 인정받기 위한 노예의 인정투쟁의 관점에서 바라보고 정리하려고 했을 뿐

"해방 60년의 한국 현대사를 세 개의 시기로 나누어보는 것이 가능하다고 생각한다. 분단국가의 건설, 권위주의적 산업화, 민주화가 그것"이라는 말이 '어느 정도 성공한 해방, 공업화, 민주화'의 실상을 좀더 잘 반영한 것일 수 있다(최장집, 『민주주의의 민주화』, 후마니타스, 2006, p. 261).
6) 김윤식, 『발견으로서의 한국현대문학사』, 서울대출판부, 1997, p. 214.

아니라, 그 자신이 워낙 "내가 왜 문학을 하게 되었는지는 나도 잘 모르지만, 〔……〕 노예선의 벤허처럼 눈에 불을 켜야만 나는 사는 것이었다"라고 출사표를 던진 또 한 명의 노예였기에,[7] 김윤식은 역사의 종언 혹은 근대문학의 종언이라는 사태에 누구보다 자각적이고 또 민감했다.

"인간은 벌레가 아니다"라는 명제는 실은 "나는 노예가 아니라 인간이다"라는 명제의 번역이다. 그러니까 인간으로 인정받기 위해 혹은 인정받는 인간이 되기 위해 문학을 선택했던 시대가 끝난 1990년대의 초입에서, 당시 젊은 작가였던 윤대녕에게서 "인간은 벌레다, 연어다"라는 메시지를, 또 다른 젊은 작가였던 신경숙에게서 "무엇인가 거대한 것이 사라졌음에 대한 형언할 수 없는 안타까움"을 발견했던 김윤식이 이를 인정투쟁으로서의 역사에 대한 고별사로 의미화하려고 했던 것은 별로 이상한 일이 아니다.

3. 금지가 금지된 시대의 욕망

그런데 과연 오늘날은 타자가 욕망하는 것을 욕망하기, 혹은 타자의 인정을 욕망하기와 같은 메커니즘, 요컨대 인정투쟁이 막을 내린 시대인가? 그러한 욕망이 모조리 실현된 시대인가? 「근대문학의 종언」에서 가라타니 고진이 언급했듯이, 코제브는 제2차 세계대전 이후 미국의 대량생산, 대량소비 사회에서 역사의 종언을 본다. "세계사,

---

7) 김윤식, 「천료소감(薦了所感)—모든 너에게」, 『현대문학』 1962년 8월호, p. 101.

즉 인간들과 인간의 자연과의 교호 작용 사이에서 일어나는 상호 작용의 역사란 전투적 주인과 노동하는 노예 사이의 상호 작용의 역사이다. 그러므로 역사는 주인과 노예 사이의 구별 대립이 해소되는 순간 정지"한다는 말은 대단히 묵시록적이고 관념적인 것처럼 들리지만, 이를 "인정을 구하기 위하여 상호 투쟁하고, 또 노동에 의해 자연과 싸우"던 인간들이 "상호 인정하면서 싸우는 일도 없고 최저한의 노동밖에 하지 않"게 되는 상태의 실현으로 말을 바꿔보면,[8] 자유민주주의 체제 안에서 법적으로 평등하고 또 적은 노동으로 물질적 풍요를 향유하던 전후 미국인들의 생활양식에서 역사의 종언을 본 코제브의 '아메리칸 드림'을 이해하지 못할 바도 아니다. 미국에 대한 환상과 무관하게, 우리 역시 민주화와 경제발전을 통해 좀더 대등한 인간들의 사회를 만들기를 기대했고, 앞으로도 그럴 것이기 때문이다.

물론 미국 사회가 상호 인정이나 물질적인 풍요를 완벽하게 실현했다거나 앞으로 실현할 것이라고 예상하는 사람은 많지 않을 것이다. 이는 냉전의 종식을 미국의 승리로 해석하여 네오콘의 철학적 기반을 제공한 후쿠야마가 오히려 강조하고 있는 사실이기도 한데, 이러한 의혹에 대해 그는 낙관적인 비전을 제시하는 동시에 일종의 위협을 가하기도 한다. 『역사의 종언』이 출간되고 10년이 지난 뒤, 도처에서 발생하는 인종 간 종교 간 분쟁이 역사의 종언에 대한 반증이 될 수 있지 않는가라는 질문에 직면한 후쿠야마는, 만약 세계가 자유민주주의와 시장경제체제로 변화하지 않는다면 역사가 진보적이라는 생각 자체가 재고되어야 할 것이라고 말한다.[9] 이러한 독선이 가능한 것은

---

8) A. 코제브, 『역사와 현실변증법』, 설헌영 옮김, 한벗, 1981, p. 81.
9) F. 후쿠야마, 「"역사의 종언?" 10주년을 기념하여」, 『계간 사상』 1999년 가을호, p. 201.

결국 대안으로서의 다른 체제가 부재하기 때문이며, 가라타니 고진의 말을 빌리면 '미래에 대한 이념', 곧 현 세계의 바깥이 사라졌기 때문이다. 다른 길은 없는가?[10] 어쨌든 우리가 신자유주의라는 이름의, 바깥 없는 세계 체제에 더 깊숙이 연루될 것을 강요당하고 있는 것은 부정할 수 없는 사실이다.

문제를 좁혀 일정 수준의 민주화와 경제발전에 힘입어 과거에 비해 상대적으로 더 많이 상호 인정하고 더 많이 풍요로운 사회를 맞는다면 인정욕망이 과연 더 이상 필요하지 않게 되는가라는 질문을 던져볼 수 있을 것이다. 「근대문학의 종언」이 기반하고 있는 역사의 종언 담론에 대해, 황종연이 욕망의 충족 불가능성을 제기하며 의문을 제기하고 있는 것도 이 지점이다.

바꿔 말하면 커다란 현안 사항을 둘러싼 싸움이 거의 결론이 나버린 세계에서는 순수하게 형식적인 속물근성이 '우월 욕망'의, 즉 동료보다도 우수하다는 것을 인정받고 싶은 인간 욕망의 주요한 표현 형태가 되는 것이다. 미국에서는 공리주의의 전통이 예술에서조차 순수한 형식주의를 채용하는 것을 어렵게 만들고 있다. 예술가들은 자신이 미적 가치의 세계에 관련되어 있을 뿐 아니라 사회적으로도 책임을 지고 있

---

10) 월러스틴은 냉전의 종식을 자유민주주의와 자본주의의 승리가 아니라 '윌슨주의'와 '레닌주의'의 상호보완에 의해 유지되던 자유주의 세계 체제의 붕괴로 이해하고, 그 결과 시장과 민주화를 양축으로 한 자유주의적 진보 프로젝트가 더 이상 자명한 미래를 보장하지 못하는 '자유주의 이후'의 체제에 대해 모색한다(I. 월러스틴, 『자유주의 이후』, 강문구 옮김, 당대, 1996 참조). 이로부터 후발 국가 중 몇 안 되는 예외로서 뒤늦게 민주화와 경제 발전 대열에 합류한 한국이 월러스틴에 의해 이미 지난 체제로 간주된 민주주의와 시장경제의 병행 발전을 지탱할 수 있을까라는 문제도 떠오른다.

다고 생각하기를 좋아한다. 그렇지만 역사의 종국이란 한층 더 사회적으로 유용하다고 간주되기 쉬운 모든 예술이 막을 내리고 나아가서는 예술적 활동이 전통적 일본예술의 공허한 형식주의로 하강해 가는 것을 의미하고 있는 것이다.[11]

역사의 종언 이후에 출현하는 '최후의 인간'이 자신의 생활에 대한 부정성을 상실한 동물과 같은 존재가 될 것이라고 예측했던 코제브는 일본인들의 생활에서 다른 상황을 보게 되는데, 후쿠야마는 이를 "싸움이 거의 결론이 나버린 세계에서는 순수하게 형식적인 속물근성이 인간 욕망의 주요한 표현 형태"가 되는 것이라고 부연한다. 예술 영역도 거기서 예외는 아닌데, 가라타니 고진의 논지를 충실히 따른다면, 현실의 주인에게 패배한 노예의 원한 감정이 문학 행위로 나아가는 것과 단지 타자와 구별되기 위한 속물근성snobbism이 문학을 선택하는 것은 전혀 다른 것이다. 그가 후자를 두고 "강한 자의식은 있지만 내면성이 전혀 없는 타입"이라고 평가절하하거나 "문학은 그저 오락이 되는 것"이라고 예상하는 것도 이 때문일 것이다.

타자의 욕망에 대한 욕망이란, 세속적 금욕으로서의 입신출세주의와 종교적 금욕으로서의 기독교가 대칭적이었던 것처럼, 실은 일종의 금욕이다. 같은 맥락에서 정신분석에서는 "욕망은 욕망 자체에 대한 방어"라고 말하기도 하거니와,[12] 타자로부터 인정받기 위해서는 필연적으로 자신의 욕망이 억압되어야 하며, 이러한 과정을 통해 우리는 타자의 욕망을 욕망하는 법을 배워왔다. 근대소설에 의해 진정한 사

---

11) F. 후쿠야마, 『역사의 종말』, 이상훈 옮김, 한마음사, 1992, p. 468.
12) S. 지젝, 『이데올로기라는 숭고한 대상』, 이수련 옮김, 인간사랑, 2002, p. 206.

랑으로 전파되었던 낭만적 '연애'란 그러한 금욕, 혹은 욕망 실현의 지연을 위한 대표적 사례라고 할 수 있다. 물론, 지금의 젊은 세대에게 이런 연애가 더 이상 열광의 대상이 되지 못한다 하더라도 한동안 연애의 욕망법이 사라질 것 같지는 않지만, 그것이 단지 '밀고 당기기'로 치부되는 '형식적인 속물근성'에 지나지 않을지도 모른다는 의혹 앞에서 그 가치를 변호하기란 쉽지 않다.

욕망을 억압하고 노동 윤리를 중시했던 빅토리아 시대가 정신분석의 배경이라는 사실을 기억한다면, 라캉이 문명의 흐름을 '청교도주의적 스타일'에서 '자유방임의 스타일'로의 변화라고 말한 것이 그리 낯설지는 않다.[13] 요컨대, 금지하기가 금지된 오늘날, 주체를 바라보던 큰타자(주인 기표)의 시선이 사라지고 그 결과 '(즐기는 대신) 노동하라'에서 '즐겨라'로 명령의 무게가 이동한다. 전자가 부끄러움과 죄의식의 감정을 낳았다면, 후자는 뻔뻔함이라는 감정을 강요한다. 즐기라는 명령이 아무런 잉여도 남기지 않는다면, 즉 즐기라는 명령을 받은 주체가 액면 그대로 즐길 수 있다면 그것으로 충분하다고 말할 수 있을지도 모른다. 또 만약 그런 주체가 있다면 그에게는 무의식의 영역이 존재하지 않을 것이다. 무의식 없는 인간은 실은 동물이다. 그러나 그것으로 끝인가?

'~하지 말라'와 '~하라'는 내용에서는 정반대일 수 있지만 형식에서는 둘 다 명령이다. 그래서 여전히 명령은 억압을 낳고, 억압된 것은 무의식에 저장되고, 언젠가 조만간 회귀할 것이다. 이러한 회로 자체가 가까운 미래에 바뀌리라 믿는 것은 무리다. 그런 맥락에서,

---

13) J. A. 밀레르, 「섭리적 민주주의 사회에서의 '수치'의 기능」, 정과리 옮김, 『문학과사회』 2004년 봄호, p. 419.

"인간의 동물화가 대세라고 해도 주어진 자연과 문화를 부정하려는, 그것들에 의해 규정된 자신을 부정하려는 충동은 인간에게 남아 있다"는 황종연의 말은 사실의 차원에서 수긍할 수 있다. 한편, 그다음 이어지는 "그 부정성이 비록 그 자체로 '역사적 행위'를 이루지 못한다고 할지라도 그것의 활동은, 인간적 존엄성이라는 관념을 포기하지 않는다면, 발견되고 촉진되어야 한다"는 말은 당위의 차원에 속한다(이후, 210). 이와 관련하여 두 가지 정도를 얘기해보자.

먼저 배수아의 경우, 어떤 측면에서 그는 포스트모던에서 모던으로 역진화한 작가라고 할 수 있다. 1990년대 초반에 당시로서는 낯설었던 패션과 함께 등장한 배수아는 말 그대로 "순수하게 형식적인 속물근성"을 가장 노골적으로 드러냈으며, 가라타니 고진이 지적했던 내용 없는 단순한 상품 교환으로서의 인간관계를 '뻔뻔스럽게' 보여주기도 했다. 그러나 금지 없는 무시간의 공간 속에서 오히려 불안했던 배수아의 주인공들은 「동물원 킨트」 등을 거쳐 자기 스스로의 판단에 의해 금욕적인 '나'로 거슬러 가버렸다.[14]

둘째, 윤성희, 김애란 등의 소설에서 두드러지는 유머나 김연수 등의 소설에서 자주 발견되는 애도와 우울은, 비단 그들의 경우에만 국한되지 않는 요즘 소설의 주요한 경향이라고 할 수 있다. 유머와 애도―우울은 외현상 전혀 상반되는 것처럼 보이지만, 구조상 자아―초자아의 관계를 기반으로 발생한다는 점에서 공통된다.[15] 오늘날은 아무것도 금지되어 있지 않은 것처럼 보이지만, 실은 아무것도 가능하지 않으면서 공연히 욕망의 끝없는 폭주만을 낳는 시대인지도 모른

---

14) 이 책 3부의 「공동체와 타자」 참조.
15) S. 프로이트, 『정신분석학의 근본개념』, 윤희기·박찬부 옮김, 열린책들, 2003, p. 250.

다. 이때 초자아는 실패와 상실을 겪고 있는 자아를 폭주로 몰아가는 대신 '이쯤에서 잠시 그만'이라고 말해주는 작인일 것이다. 물론 유머에 비해 우울은 다분히 병리적이지만, 유머와 우울의 도입은 금지가 금지된 시대에 새로운 금지를 만들어내고 있는 것으로 이해할 수도 있지 않을까? 물론 이 금지는 일종의 금욕이며, 이에 의해 자아는 위로를 받거나 상실감에서 회복될 시간을 얻게 된다.

주인과 노예의 관계에서라면 금지란 대체로 나쁜 것이기 쉽다. 지금까지 우리는 금지를 어기고 넘어서는 것에서 낭만적 희열을 느끼곤 했지만, 완전시장perfect market처럼 모든 금지가 원칙적으로 불가능한 무차별적인 영역에서라면 달리 생각해볼 필요도 있지 않을까? 이로부터 모든 금지가 사라지는 상황만을 예상할 것이 아니라 좀더 가치 지향적이고 윤리적인 금지, 그리고 그로부터 타자를 염두에 두는 또 다른 욕망법의 출현을 기대할 수도 있을 것이다.

4. 상상력 혹은 정신의 확장

글의 서두에서도 언급했듯이, 가라타니 고진은 "문학이 중요하다고 생각하고 있는 사람은 이젠 적"다는 말로 문학의 종언 담론을 시작하고 있다. 그러면 이전에는 왜 문학이 중요했는가라는 질문에 "감성·감정이 지적·도덕적 능력(오성이나 이성)과 밀접하게 연결되어 있다는 것, 그리고 그들을 매개하는 것이 상상력이라는 사고(곧, 미학—인용자)가 등장"했기 때문이라고 답한다(종언, 50).[16] 이성에 비해 열등한 것으로 취급되었던 감성이 상상력에 의해 이성과 매개됨으로써 그 지위가 격상되었고, 덩달아 감성과 관련된 문학의 지위 역시 상승했다는 것이다. 그렇다면 문학은 감성 이전에 상상력의 종속변수가 아닌가? 또 그렇다면 근대문학의 종언 역시 실은 상상력의 종언이 아닌가? 공교롭게도 근대문학은 "글쓴이에게도 독자에게도 커다란 상상력을 요구하는 것이었습니다. 그러나 시청각적 미디어가 나오게 되자, 그런 필요가 없어지게 됩니다"라고 말할 때(종언, 58), 가라타니 고진은 상상력의 시효 소멸을 예기하고 있다.

　　"정신의 확장"은 『판단력 비판』에서 결정적인 역할을 한다. 이는 "우리의 판단을 타인의 실제적 판단이 아닌 가상적 판단과 비교함으로써, 그리고 우리 자신을 타인의 입장에 놓음으로써" 이루어진다. 이러한 것을 가능하게 하는 기능이 상상력이다. 〔……〕 비판적 사고는 분명 고립 속에서 진행되기는 하지만, 상상력의 힘에 의하여 타자들을 등장시킴으로써 잠재적으로 공적이며 모든 입장에 공개된 공간으로 들어가게 된다. 다른 말로 하자면, 그것은 칸트가 말하는 세계시민의 입장을 채택하는 것이다. 확장된 정신으로 생각한다는 것은 자신의 상상력을 통해 다른 곳을 방문하러 가도록 스스로 훈련시키는 것을 의미한다.[17]

　　이성과의 매개에 의해 감성이나 문학의 신분 상승을 꾀하는 것보다 더 중요한 상상력의 힘은 "실제적 판단이 아닌 가상적 판단"을 통해 개별적인 것들 사이의 소통을 가능하게 한다는 것이다. '확장된 심성 enlarged mentality'으로서의 상상력은 현실적으로는 개별자에 불과

---

16) A. 커넌, 『문학의 죽음』, 최인자 옮김, 문학동네, 1999, 1장 참조.
17) H. 아렌트, 『칸트 정치철학 강의』, 김선욱 옮김, 푸른숲, 2000, p. 93.

하고 또 여러 가지 필연적인 상황에 구속되어 있는 '나'가 아니라 전체의 대표인 '나'로서 사유하고 판단할 수 있는 능력을 제공하는 것이다. 가령 "사실 얼굴을 마주칠 수 있는 원초적 마을보다 큰 공동체는 (그리고 아마 이 마을조차도) 상상의 산물"이라는 앤더슨의 말처럼,[18] 현실에서는 자기 마을을 벗어나본 적조차 없는 누군가가 민족의 차원에서 뭔가를 생각할 수 있다면 그것은 상상력 덕분이다.

소설이 씌어지고 읽힌다는 것 역시 소통의 일종임은 두말할 나위 없다. 그 소통을 가능케 하는 상상력은 작가와 독자 양쪽에서 기능하고 있을 테지만, 가라타니 고진이 주로 작가 쪽의 욕망에 초점을 맞춰 근대문학의 종언을 얘기하고 있으므로 여기서는 독자 쪽의 상상력에 서보자. 마치 잘나가던 왕년을 떠올리듯 "문학으로 사회를 움직일 수 있"었고 "소설이 지식인과 대중 또는 다양한 사회적 계층을 '공감'을 통해 하나로 만들어 네이션을 형성"할 수 있었다고 말하는 것이 가능하다면, 그것은 단지 인정받고자 하는 작가의 욕망에 의해 소설이 씌어졌기 때문만은 아니다. 그것은 오히려 독자가 소설 속에 등장하는 민족이나 내면, 연애 등의 가치를 남 얘기로 돌리거나 외면하지 않고 받아들였기 때문이다. 물론 이 독자는 실제로는 국경은커녕 고향 밖을 벗어나본 적 없고, 생계에 바빠 내면 따위는 돌볼 여지가 없고, 연애는 한 번도 경험하지 못했을 테지만, 그의 상상력이 새로운 공간을 개방했던 것이다.

어쩌면 가라타니 고진은 근대문학의 작가와 독자가 상상해왔던 민족, 국가, 자아 등의 이미지가 이제는 실현되었기 때문에 굳이 그것

---

18) B. 앤더슨, 『민족주의의 기원과 전파』, 윤형숙 옮김, 사회비평사, 1991, p. 22.

을 상상할 필요가 없으며, 따라서 근대문학의 역할도 끝났다고 생각
하는 것인지 모른다. 그렇다면 문제는 더 이상 욕망할 것이 없다는
것이라기보다는 더 이상 상상할 것이 없다는 것 아닌가? 상상하지 않
는다는 것은 타자와 소통하지 않는다는 것이고, 그것은 제각각 개별
자로서만 논다는 것이고, 그것은 더 이상 타자의 욕망을 욕망하지 않
는다는 것이다. 요컨대, 상상하지 않는 인간이야말로 동물이다. 무엇
에 대한 상상력인가? 가라타니 고진이라면 아마도 외부에 대한 상상
력이라고 말했을 것이다.

반드시 소설이 아니어도 좋지만, 그러나 어떤 일을 개별자로서가
아니라 대표로서 사유하고 판단할 상상력이 존재하지 않는다면, 그래
서 "우리 자신을 타인의 입장에 놓"거나 또 "잠재적으로 공적이며 모
든 입장에 공개된 공간으로 들어가"는 것이 불가능하다면, 비단 문학
뿐 아니라 어떤 가치나 윤리의 정립이라는 과제 역시 불가능하다. 윤
리야말로 공적인 자리에 서는 것이기 때문이다. 말을 바꿔 그러한 상
상력이 존재한다면——꼭 소설을 읽고 써야 할 필연적 이유가 있는 것
은 아니지만——그것이 불가능할 리도 없다.

〔2006〕

Ⅱ 자유롭지 않으면서 자유로운

결정론적 세계의 증상
―편집증, 자기기만, 우울

1. 너무나 많은 자유

김수영은 「시여, 침을 뱉어라」에서 시의 내용과 형식에 대해 말하면서 "너무나 많은 자유가 있고, 너무나 많은 자유가 없다"라는 수수께끼 같은 진술을 한 적이 있다. 왜곡의 위험을 무릅쓰고 굳이 번역하자면, 이는 자유로운 동시에 자유롭지 않는 역설적인 상황을 가리키는 것처럼 보인다. 그래서 김수영은 한 외국 시인의 말을 인용해 다음과 같이 덧붙인다. "국민들이 그들의 〈과격파〉를 처형하거나 추방하는 것은 나쁜 일이고, 또한 국민들이 그들의 〈보수파〉를 처형하거나 추방하는 것은 마찬가지로 나쁜 일이다. 하시만, 사람이 고립된 단독의 자신이 되는 자유에 도달할 수 있는 간극이나 구멍을 사회기구 속에 남겨놓지 않는다는 것은 더욱더 나쁜 일이다―실사 그 사람이 다만 기인이나 집시나 범죄자나, 바보얼간이에 지나지 않는다 하더라도."[1]

이어령과의 논쟁에서 잘 드러나듯, 1960년대 후반 권위주의 정부가 '정치적 금기'(이어령이 말한 '에비')를 앞세워 자행하는 탄압 아래에서 최소한의 언론의 자유를 요구했던 김수영이 "사람이 고립된 단독의 자신이 되는 자유"를 강조하고 있다는 점은 흥미롭다. 단독의 자신이 되는 "진정한 의미의 자유"라는 관점에서 볼 때, 당시 한국 사회에 비해 훨씬 많은 정치적 자유를 누리던 서구의 시민들이 "대부분은 군거(群居)하고, 인습에 사로잡혀 있고, 순종하고, 그 때문에 자기의 장래에 대해 책임을 질 것을 싫어하고, 만약에 노예제도가 아직도 성행한다면 기꺼이 노예가 되는 것도 싫어하지 않"는 상황을 긍정하기란 불가능하다. 그렇다면 소위 "서방 측의 자유세계"는 자유로운 것처럼 보이지만 자유롭지 않다고 말할 수 있는가? 또 그렇다면 혹시 '에비'를 그냥 웃어넘길 수 없는 부자유한 사회에서 살고 있는 김수영 자신은 자유롭지 않은 것처럼 보이지만 자유롭다고 말할 수도 있는가?

기본적으로 자기가 원하는 것을 강제 없이 추구할 수 있는 상태를 자유라고 정의하곤 하지만, 정치적 자유가 보장된 서구 사회의 시민들이 스스로 노예 되기를 원하는 지점에 이르러서는 자기가 원하는 것이 과연 자유로운 선택의 결과인가 하는 문제를 고민하지 않을 수 없다. 자발적으로 원한다고 믿었던 것이 알게 모르게 혹은 어쩔 수 없이 수용한 타자원인으로부터 비롯된 것이라면 자유의 가능성은 근본적으로 의심받을 수밖에 없기 때문이다. 이로부터 어떤 행위가 현실의 인과관계로부터 전적으로 독립된 자기원인causa sui에서 비롯

---

1) 김수영, 「시여, 침을 뱉어라」, 『김수영전집 2』, 민음사, 1981, pp. 252~53.

된 것인가를 묻는 형식으로서의 자유가 대두된다. 자유주의적 자유가 독재 권력에 반대하는 자유라면, 이는 결정론과 반대되는 자유다.

김수영이 우려했던 것은 정치적 자유의 신장에 대한 요구가 반드시 자유를 보장하는 것은 아니라는 문제보다는(그 문제를 걱정하기엔 시기상조인 것이 분명했으므로), 정치적 자유가 관여할 수 없는 '혼란'이나 간극, 구멍으로서의 자유의 실재를 인정하지 않는다면 자유 자체가 부정될 수도 있다는 문제였다. 그래서 "너무나 많은 자유가 없"는 상황에서 정치적 자유를 요구하는 것은 반드시 필요하지만, 그것과는 다른 차원의 자유에 대해 언급할 수밖에 없었을 것이다. "너무나 많은 자유가 있다"고 할 때의 자유가 바로 그것이다. 그것은 자유의 서술이나 주장이 아니라 '자유의 이행'이며, 또 모험이다.

김수영은 번역을 하면서, 닭을 치면서, 처를 욕하면서, 시를 쓰면서, 아니면 '어느 날 고궁을 나오면서' 도처에서 '너는 자유로운가'라는 시험에 든다. 그러면서 그는 현실의 삶의 인과성에 속박되어 있는 자기를 발견하고, 또한 곳곳에 널린 그 많은 자유의 시험을 견딜 모험을 감행하지 못하는 자기를 본다. 예컨대, 그는 돈놀이를 하지 말라고 "여편네더러 되도록이면 그런 것은 하지 말라고 구두선처럼 뇌까리고 있기는 하지만 할 수 없"이 돈을 빌려주고 이자를 받는다. 또 자유를 이행하려면 희생당할 것도 불사할 각오를 해야 할 텐데, 그는 기껏해야 아내를 때리는 장면을 누가 봤을까 걱정하고, 버리고 온 우산을 아깝게 여긴다. 또 "여편네를 욕함으로써 자기만 잘난 체하고 생색을 내"면서 "문학의 악(惡)의 언턱거리로 여편네를 이용하는 것은 좀 졸렬한 것" 같아 불편해한다. 또 애꿎은 설렁탕집 주인과 야경꾼만 탓할 뿐, "언론의 자유를 요구하고 월남 파병에 반대하는 자유를 이행하지 못"한다.

스스로의 부자유에 대한 고백이 자기반성을 내포하고 있다는 것과는 별개로, 김수영은 현실의 인과성으로부터 자유롭지 못했고, 바꿔 말하면 현실에서 무수히 주어졌던 "너무나 많은 자유"의 모험을 이행하지 못한 채 그것을 봉합해버렸다. 그러나 반대로 생각하면, 그가 자유를 이행하지 못한 것은 생활고 때문이고 혹은 가부장제 따위의 관습 때문이고 어떤 경우에는 독재 권력 때문이다. 김수영뿐 아니라 어느 누구도 그런 조건들로부터 자유롭기는 어렵다, 아니 거의 불가능하다. 그것은 현실의 인과성을 벗어난 자유의 가능성이 부정된다는 의미이기도 하다. 김수영이 고리대를 할 수밖에 없다고 고백한 것에 바로 뒤이어 "인간은 신도 아니고 악마도 아니다. 그러나 건강한 개인도 그렇고 건강한 사회도 그렇고 적어도 자기의 죄에 대해서 몸부림은 쳐야 한다"고 말했을 때,[2] 이 말은 상식적인 도덕의 표백(表白)으로 받아들이기보다는, 생활고 때문에 어쩔 수 없는 과실(過失)이었다 할지라도 그것을 자신의 죄로 인정하고 책임을 져야 하지 않는가, 그것이 자유의 이행까지는 아니더라도 거기에 한 걸음 다가서는 길이 아닌가라는 문제제기로 이해해야 한다. 칸트에 기대어 "자유란 무엇이든 선택할 수 있다는 것을 의미하지 않는다. 실제로 해버린 일에 대해, 그것을 자유로워지라는 의무의 관점에서 보는 것을 의미한다. 바꿔 말하면 거기에서 책임이 나온다"라는 말을 상기해도 좋을 것이다.

"너무나 많은 자유가 없다"고 말할 때의 자유(가령 정치적 자유)는

---

2) 김수영, 「제정신을 갖고 사는 사람은 없는가」, 앞의 책, p. 141.

늘 부족하다. 반면에 "너무나 많은 자유가 있다"고 말할 때의 자유(가령 단독의 자신이 되는 자유)는 늘 넘친다. 따라서 전자의 자유는 앞으로도 계속 요구되어야 한다. 반면에 후자의 자유는 계속 잉여로 남아 있으며, 그래서 '나'로서는 어쩔 수 없었다고 해도 그만이고, 그와 반대로 어쩔 수 없었다 하더라도 '나'의 책임으로 인정할 수도 있다. 그리고 역설적으로 그 잉여의 영역에서만 우리는 자유로운 선택을 할 수 있다.

이런 가정은 부질없지만, 당시 한국 사회에 서구만큼의 정치적 자유가 허용되었더라면 김수영이 실정적으로는 좀더 자유로웠을지도 모른다. 그러나 잉여의 자유 앞에서는 동일한 고민이 여전히 되풀이되었을 것이다. 지금의 우리 역시 마찬가지다. 아마도 1968년보다는 정치적 자유가 좀더 허용되고 있을 우리 사회에서도 여전히 '나'로서는 어쩔 수 없는 상황들이 전개되고 있다. 오히려, 모든 방면에 연동된 이른바 전 지구적 시스템에서 연유하는 구조적 위기와 음모론 등에 끊임없이 시달리는 우리로서는 어쩔 수 없다는 무력함을 어느 시대보다도 절감하고 있을지 모른다. 이와 관련하여 박성원, 김경욱, 김연수의 단편들은 어쩔 수 없는 결정론적 현실에 대한 분석 혹은 반응 몇 가지를 보여주고 있다.

2. 결정론에 대한 사고실험

박성원의 『우리는 달려간다』에 수록된 「세상에 존재하는 모든 것」과 「우리는 달려간다 이상한 나라로」 연작은 자유의 불가능성이라는

주제를 단도직입으로 던지고 있다. 「세상에 존재하는 모든 것」의 제
목이 암시하는 것은 폐쇄성과 필연성이다. 다시 말해, 어떤 크기의
공간이든 그것이 폐쇄되어 있는 한, 거기에 존재하는 것이 결과적으
로 '세상에 존재하는 모든 것'이 된다는 역설이 발생한다. 또한 '바로
이것이 세상에 존재하는 모든 것'이라는 전제는 논리적으로 그것 이
외에 다른 가능성은 존재할 수 없음을 의미하기도 한다.

　무엇이 세상에 존재하는 전부인가? 계절학기 강의를 위해 '나'는
퇴락한 관광지의 모텔에 숙소를 정한다. 그러나 계절학기는 폐강되
고, 각기병이 악화된 '나'는 그곳에서 빠져나오지 못한 채 관리인, 옆
방 여자와 함께 며칠을 지낸다. 피라니아 수족관에 병적으로 집착하
는 관리인은 끊임없이 톱질을 하고 옆방 여자는 자신을 괴롭히는 정
체불명의 소리를 찾아 헤맨다. '나'는 의식불명 상태에 빠질 것 같다.
화자인 '나'를 포함한 세 인물은 미로에 갇힌 실험용 쥐처럼 외부와
단절된 채 사육되고, 그 과정에 대한 관찰이 '나'에 의해 보고된다.
이것이 「세상에 존재하는 모든 것」에 존재하는 모든 사건이다.

　「세상에 존재하는 모든 것」과 「우리는 달려간다 이상한 나라로」 연
작의 세계는 그 '이상한 세상' 안에서는 사건 전개에 있어 인과적으로
오류가 없지만 현실성 검사를 거부한다는 점에서, 한편으로는 사고실
험이며 다른 한편으로는 편집성 망상 담론의 일종이다. 거기서 세상
은 실재하는 어떤 것이 아니라 망상 그 자체다. 그곳의 주민들은 폐
쇄된 공간에서 어떤 원인에 의해 촉발된 행동을 기계적으로 수행할
뿐, 왜 그런 행동을 할 수밖에 없는가의 질문에 대해서는 어떠한 자
유를 누릴 여지도 없다.

당신은 내가 카드에 써준 대로 나를 보는군요. 대부분 그런 사람들은 세상이 보여주는 대로 믿고 따르는 법이지요. 〔……〕 제아무리 강한 피라니아라 할지라도 아마 자신이 몇 미터도 되지 않는 수족관에 갇혀 있다는 사실을 모를 겁니다. 그처럼 당신이 좋아하는 것, 당신이 생각하는 것은 당신이 좋아하도록, 그리고 당신이 그렇게 생각하도록 길들여지고 만들어진 것일 수도 있어요. 그러니까 제발 카드 운운하면서 엉터리로 작성한 카드에 기대지 말고, 또 보이는 것을 그대로 믿지 말고 혼자 여러 가지 가늠 좀 하면서 살아요.[3]

그 공간에 새로 진입한 '나'는 처음에는 당연히 그곳의 폐쇄성과 필연성에 동의하지 못한다. '나'는 관리인에게 "당신이 좋아하는 것, 당신이 생각하는 것은 당신이 좋아하도록, 그리고 당신이 그렇게 생각하도록 길들여지고 만들어진 것일 수도 있"다는 가능성을 상기시킨다. 그리고 옆방 여자에게도 그 소리가 실재하기나 한 것인지 확인할 것을 조언한다. 그러나 '나' 역시 곧 그들의 망상에 전염되어, 관리인의 몸을 톱질하고 밤새 정체불명의 소리를 듣는 착각에 빠진다.

"육식을 하는 사자에게 부처의 도를 가르쳐 살육을 그만두게 한다면 결국 초식동물을 살리려고 사자를 굶겨 죽이는 게 아닌가. 아무리 이성적으로 생각해도 나로서는 모를 일이다"라는 인과성의 역설을 프롤로그로 내세우는 「긴급피난 — 우리는 딜러간다 이상한 나라로 2」에서는 폐쇄성과 필연성이 보다 강화된다. "세상살이가 그물처럼 서로 촘촘히 엮여 있다는 것"에 대한 비유로서의 인타라망(因陀羅網),

---

3) 박성원, 「세상에 존재하는 모든 것」, 『우리는 달려간다』, 문학과지성사, 2005, p. 47.

즉 무한히 큰 그물은 그것의 바깥도 없으며, 또 그것에 걸리지 않고
빠져나갈 자유도 없다는 점에서 완벽한 폐쇄성과 필연성을 구현한다.
　폭설이 내리는 어느 날, 아내의 출산 소식에 급히 집으로 향하다
우연한 자동차 사고로 정신을 잃은 '나'는 한 사내에 의해 구조되어
산속 외딴집의 침대에 뉘어진다. 잠에서 깼을 때, '나'는 사라진 사내
가 그 집에 침입해 살인을 저질렀으며, 설상가상 생존자에 의해 자신
이 범인으로 오인되고 있다는 사실을 알게 된다.

　　당신이 몰라서 그렇지, 세상살이란 게 어망과 같아서 촘촘하게 엮여
　있어요. 그것도 질기고 질긴 나일론 줄로 말입니다. 한 사람이 행복하
　면 다른 한 사람은 반드시 불행한 게 세상살이입니다. 자신의 행복이
　다른 사람의 불행과 무슨 관련이 있나, 다들 이렇게 생각하지만 어디
　두고 보시오. 내 말이 틀리나. 한 사람의 입에서 웃음이 가득하면 다
　른 사람의 눈에서는 피눈물이 흐르는 법이지요.[4]

　잠시 정신이 든 사이에 사내가 언급했던 '긴급피난'이라는 법률용
어나 "세상살이란 게 어망과 같아서 촘촘하게 엮여 있어" 결과적으로
조금의 자유도 없다는 말을 이해할 수 없었던 '나'는 곧바로 자기가
그런 상황에 처해 있음을 깨닫는다. 사내가 "급박한 위난을 피하기
위해 부득이 취한 행위는 처벌과 배상할 책임을 지니지 않는다"라고
설명한 긴급피난을 지칭하는 영어 단어 'necessity'는 글자 그대로 필
연성 혹은 불가피한 인과성을 뜻한다. 사내가 자기의 생명을 위해

---

4) 박성원, 「긴급피난」, 앞의 책, p. 16.

‘나’에게 죄를 미루고 사라진 이상, ‘나’ 역시 그 상황으로부터 부득이, 어쩔 수 없이 피난할 수밖에 없는 것인가? 홀로 이성적인 재판을 주재한 ‘나’는 “저를 탓하지 마세요. 저는 법대로 할 뿐이니까 말입니다. 아마 당신이 제대로 생각할 수 있는 이성을 되찾았다면 내 생각에 충분히 동조하리라 봅니다”라는 판결을 내리고, 목격자를 없애기 위해 불을 지른 뒤 그 집을 빠져나간다.

「인타라망─ 우리는 달려간다 이상한 나라로 5」에서 여전히 외딴집의 침실에 누워 있는 ‘나’는 혼수상태에서 69일 만에 깨어났으나 온몸이 마비되고 기억마저 잃은 상태다. 뒤늦게 화재 현장에 나타난 그 집 아들은 언덕에서 추락해 정신을 잃은 ‘나’를 발견하고, ‘나’가 범인인지 목격자인지를 확인하기 위해 필사적으로 간병한다. 기억이 하나둘 복원되고 기쁨에 들떠 그에게 떠오르는 장면을 말하던 ‘나’는 자기가 처했던 선택의 상황에까지 연상의 고리가 닿게 된다. 그 순간 ‘나’는 깨어나지 않았기를, 차라리 이미 죽었기를 소망한다.

나는 그 모든 일이 폭설 탓이라고 말했다. 아니, 폭설이 아니라 나를 구해서 집으로 데리고 간 사내 때문이라고도 말했다. 나는 변명할 수 있는 모든 말을 꺼냈다. 〔……〕 왜 세상은 내 생각과 의지와는 아무 상관 없이 잘 돌아가고 있는 걸까? 내가 한 일이라곤 가장 합리적이고 이성적인 선택이었는데, 왜 나는 다시 이곳에 있어야 하는 걸까? 내가 남자에게 미안하다고, 잘못했다고 말하면 남자는 나를 용서해줄 것인가? 삶이란 게 고작 죽음을 향해 질주하는 것이라고는 하나, 그리고 이성적인 최선의 선택이란 게 결국 이기적으로 합리화하는 것이라고는 하나 어째서 죽음은 삶을 의식하지 못하고 삶의 논리만 이 세상

이 가득한 것인가.[5]

　죽음의 위기에서 구조되지만, 그 구원이 '나'를 필연의 곤경에 빠뜨리는 사건이 동일한 장소에서 반복되는 「우리는 달려간다 이상한 나라로」 연작은 마치 악몽을 꾸고 있는 것 같은 분위기를 전한다. 그 악몽, 망상의 세계는 '나'가 자기 보존을 위해 이성적으로 판단한 것이 예상치 못한 결과를 낳는 부조리한 공간이다. 그 부조리한 연쇄는 '이성적인 최선의 선택'이라고 믿은 것이 실은 전혀 옴짝달싹할 자유를 제공하지 않는, 강요된 선택임을 폭로한다. '나'는 스스로를 이성적이라고 생각하지만, 그러나 '나'의 그 이성적 선택이란 어쩔 수 없이 떠맡게 된 상황을 사후적으로 "이기적으로 합리화하는 것"일 뿐이니, 그 이면에 전제되어 있는, '나'의 이성, 의지와는 무관한 상황까지 판단에 넣기에는 절대적으로 역부족이다.

　목숨을 구하기 위한 필사적인 변명대로, '나'가 살인 방화에까지 이르게 된 것은 폭설 탓이고, 사내 탓이고, 또 알 수 없는 모든 것의 탓일지언정 '나' 스스로 선택한 것은 아니라는 말은 어느 정도 사실이기도 하다. 그런 점에서 「우리는 달려간다 이상한 나라로」 연작은 '나'가 우연히 맞닥뜨린 불운에 대한 이야기다. 그러나 그 세계는 우연인 동시에 필연이다. '나'의 살인 방화는 인타라망의 입장에서는 필연이고, 그 그물망에 걸려 있는 '나'의 입장에서는 우연이다. 그리고 필연이든 우연이든, 세계는 이미 "내 생각과 의지와는 아무 상관없이 잘 돌아가고 있"고, 그 결정론적 세계에서 '나'는 조금도 자유롭지 못하다.

---

5) 박성원, 「인타라망」, 앞의 책, pp. 193~94.

이쯤에서, 필연성을 강조하든 우연성을 강조하든 어느 쪽을 통해서든, 스스로를 세상사에 개입할 여지가 없는 자유롭지 못한 존재로 규정하려는 이유가 궁금하지 않을 수 없다. 단지 이성의 무력함, 자유의지와 무관하게 결정된 세계상 등을 제시하기 위해서라는 설명만으로는 부족하다. 우리의 실제 모습이 자유롭지 못하고 무력한 존재에 가깝다는 것과 그 사실을 굳이 재확인하고 심지어 극단적으로 상상하는 것 사이에 놓여 있는 또 다른 인과관계를 확인하기 위해 김경욱과 김연수의 소설을 읽어보기로 하자.

3. 우연을 즐기는 자기기만

김경욱의 「당신의 수상한 근황」에서 주인공 '나'는 보험회사 업무부에서 근무하다 6년 전 교통사고를 당한 후 보험사기 범죄를 다루는 조사 지원팀으로 자리를 옮긴다. "살아 있는 사람을 믿지 않는 것처럼 우연을 믿지 않는다"는 근무 신조에 충실한 '나'는 곧 사기 사건을 파헤치는 데 두각을 나타내 우수한 보험조사원으로 인정받는다. 그런데 6년 전의 교통사고는 단지 '나'의 업무만 바꾼 것이 아니다.

아내의 우울증은 6년 전에 당한 사고 때문이었다. 그 사고에는 석연치 않은 구석이 많았다. 지금도 나는 그것이 우연한 사고가 아니라고 확신한다. 주위 사람들은 운이 좋지 않았을 뿐이라고 위로했지만 나는 그 말에 동의할 수 없다. 운이 좋지 않았다고 말하기엔 그 사고로 내가 잃은 것이 너무나 뼈아팠다. 무엇보다 그 사고가 발생하기까지 덧칠해진 우연에는 고약한 냄새가 났다. 그것은 범죄의 냄새였다. 차라리 그 때 나는 죽어버렸어야 했다. 그러나 사고 다발 지역이라 함부로 추월을 시도해서는 안 된다는 것을 알면서도 무리하게 액셀을 밟았던 나는 무릎과 팔꿈치에 가벼운 타박상만 입었다. 조수석에 타고 있던 임신 8개월이던 아내의 머리에서는 피가 흘러내렸다. 사고 두 달 후 태어난 아이는 여태 말을 하지 못했다.[6]

교통사고로 '나'는 많은 것을 잃었다. 그 사고로 인해 아내는 우울증에 시달리고 딸은 언어 장애를 가진 채 태어난다. "운이 좋지 않았다고 말하기엔 그 사고로 내가 잃은 것이 너무나 뼈아팠"을 뿐만 아니라 정황상으로도 단순한 사고가 아니라 보험금을 노린 계획적 범죄였다는 것이 분명해 보였지만, 남들은 "자기 잘못을 남에게 덮어씌운다며 비겁한 놈이라고 비난"하고 심지어 아내마저 "부끄러운 줄 알라"고 '나'를 매도한다. 여기서 분명하게 드러나는 것은, '나' 스스로 자유롭지 못했다고 고집하는 이유가 책임 회피에 있다는 점이다. '나'는 차라리 죽어버리는 게 나았다고 토로할 만큼 그 사고로 인해 괴로워한다. 그 죄책감을 벗어나는 가장 손쉬운 방법은 '나'에게는 책임이 없음을 증명하는 것이고, 그것은 '나'가 어쩔 수 없는 상황에 처해 있었음을 증명하는 것이다. '나'의 보험조사원 노릇은 다른 누군가가 아닌 바로 자신의 유무죄를 조사하기 위한 방편이다.

그런데 만약 그 사고가 실제로 보험 사기와 관련이 있다면, '나'의 태도는 비겁하거나 부끄러운 것이 아니라 정당한 것이라고 할 수 있

---

6) 김경욱, 「당신의 수상한 근황」, 『장국영이 죽었다고?』, 문학과지성사, 2005, p. 39.

을까? 다른 장면을 보자. '나'는 10년 전 헤어진 옛 애인의 사고 조사를 자청한다. 자존심이 강했고 '나'를 남겨둔 채 미국 유학을 떠났던 그녀는 지금 도박 중독의 남편에게 구타당해 입은 상처를 사고로 위장해 보험금을 청구하고 있다. '나'는 "그때 그녀가 유학을 떠나지 않았다면 우리는 어떻게 되었을까" "내가 만약 붙들었다면 그녀가 유학을 포기했을까" 자문하고는 곧 부질없다고 고개를 젓는다.

교통사고에 비하면 그녀와의 이별에는 '나'의 의사가 개입할 수 있는 자유가 좀더 많았을 것이라고 추측할 수 있지만, '나'는 교통사고에 대해서와 마찬가지로 10년 전의 선택에 대해서도 어쩔 수 없었다고 책임을 회피하면서 자기방어를 수행한다. 교통사고가 '나'에게 죄책감을 유발하는 것과 같이, 그녀의 몰락도 '나'에게 일말의 죄책감을 상기시킨다. 그러나 그것이 어쩔 수 없는 결과라면, 당연히 '나'의 책임이 아니다. 「당신의 수상한 근황」이 전하고 있는 진실은 보험조사원인 '나'가 추적하는 어떤 범죄의 실마리와 관련된 것이 아니라, 교통사고든 연애든 매사의 결과에 결코 책임지고 싶지 않다는 자기방어 그 자체에 있다.

보험조사원과 달리 「낭만적 서사와 그 적들」의 '나'는 모든 것을 우연의 탓으로 돌린다. 그러면 그 둘은 정반대의 캐릭터인가? 그러나 자기방어의 측면에서 둘은 꼭 같다. 이혼한 전처와 미술관에서 우연히 재회한 '나'는 그녀와 처음 만났을 때로 거슬러 올라가 회상을 시작한다. '나'와 그녀는 대학 시절 극장에서 우연히 만나 연애를 시작했고 헤어졌고 다시 우연히 은행에서 만났고 결혼했고 그리고 이혼했다. '나'의 회상은 우연한 만남이 사랑이라는 의미를 획득했다가 상실해가는 과정을 복기하고 있다. 강제된 결혼이 아니라면, 특히 자유연애의 경우라면 결혼은 당연히 '나'의 자유로운 선택의 결과라고 해야 하지 않을까?

가령, 초기 근대소설에서 무수한 사례를 발견할 수 있듯이 전통적인 관습을 좇는 결혼은 자유를 제약하며, 따라서 그 결혼이 불행한 삶을 초래했다면 그것은 관습 때문이라고 할 수 있다. 그런데 이른바 자유연애는 글자 그대로 자유로운 것이라고 할 수 있을까? 자유연애가 결혼으로 이어지고 별 탈 없이 삶이 꾸려진다면 그것이 자유로운 선택이었는지 그렇지 않은지에 대한 고민은 그다지 중요하지 않을 것이다. 반면, 그 결혼이 실패한다면 자유연애라는 것이 실은 별로 자유롭지 않았음을 깨닫게 된다. 아마도 대개의 경우, 자기 자신이 진정으로 사랑했기 때문에 연애를 하고 결혼한 것이 아니라 이런저런 환경적 요인에 의해 다분히 어쩔 수 없이 결혼했다는 식으로 실패한 결혼 생활을 결산할 것이다. 그러나 이를 두고 위선적이라고 비난할 수만은 없는데, 왜냐하면 실제로도 그러했기 때문이다.

「낭만적 서사와 그 적들」의 똑똑한 화자 '나'는 주위 환경을 탓하는 결혼 실패자의 전형적인 변명은 교묘히 피하고 있지만, 어쨌든 사정은 마찬가지다. 결혼에 이르기까지의 '나'의 연애와 결혼 이후의 삶은 전혀 자유의 결과가 아니었다. 그 과정을 이끌었던 것은 "그 사람도 나 자신도 아닌, 바로 우리의 관계"였다고 '나'는 해명한다. '나'와 그녀가 '관계'를 만들어내는 것이 아니라 '관계'가 '나'와 그녀를 이리저리 휘둘렀다. 자기 자신도 온전히 제어하지 못하고, '나'가 과연 무엇을 원하는지도 모르는 처지인데, 타자와의 관계에 대해 대체 어떻게 예측하고 대응할 수 있겠는가? 그러므로 관계가 연애를 주도했다는 말은 '나'로서는 어쩔 수 없는 우연에 따랐을 뿐이라는 말과 같은 뜻이다.

　원인 없는 결과는 없으므로 세상에 우연이란 없다. 단지 원인을 파악하기 어려운 경우가 있을 뿐인데, '나'는 의도적으로, 또 과도하게 원인에 눈을 감는다. 그 결과 모든 것이 우연의 소산이 된다. "과거는 현재가 어떻게 이루어졌는가를 설명하는 데 필요한 모든 것을 포함한다는 점을 제외하면 없을수록 더 좋을 거대한 정보로 이루어졌다"라는 '나'의 언급은 마치 과거에 대한 기억의 더미 속에서 원인을 발견하는 수고에 대해 불평하는 것처럼 보이지만, 실은 원인을 보존하고 있는 과거 자체에 대한 불만을 드러내고 있다. 우연히 그녀와 재회한 '나'가 과거에 대해 입을 다무는 것이 그 증거다. 물론, 그 역시 책임 회피의 한 가지 방법이다.

　다시 만난 그녀와 나는 약속이라도 한 것처럼 과거에 대해 입을 다물었다. 그것은 한 번의 실패로부터 터득한 사려 깊은 기만 전술이었다. 상대로 하여금 나를 처음 만나는 사람으로 착각하도록 연기한 것이 아니라 상대가 처음 만나는 사람이라고 스스로를 속였다는 점에서 그것은 기만이되 자기기만이었다. 불안 때문이었다. 실패했던 과거가 반복되어서는 안 된다는 염려, 즉 과거의 영향력으로부터 현재를 지키기 위한 의도에서 비롯된 것이다. '영향에의 불안'에 굴복한 영혼에게 미래는 없다. 다시 시작하려는 연인들이 경계하고 또 경계해야 할 것은 결정론이다. 모든 결정론의 비극은 존재의 희화화에 있다. 신탁의 전모를 알고 있는 관객에게 오이디푸스의 고뇌에 찬 표정과 비장한 독백은 연민을 불러올 따름이다. 연민으로써 결혼 생활을 지탱할 수는 있지만 연애를 연장할 수는 없다. 결정론으로 닫힌 구조는 다가올 앞

의 날들을 '오래된 미래'로 전락하게 만든다는 점에서 불확정성을 숙주 삼는 연애의 치명적인 적이다.[7]

결국 '나'는 과거에서 미래로 흘러가는 단선적이고 일방적인 시간의 흐름 속에 세계는 이미 결정되어 있다는 사실을 잘 알고 있다. 거기에는 영혼이나 이성의 자유도 없고 따라서 어떤 불확정성도, 가능성도 없다. 다만 '나'는 그것을 모르는 척, 자기를 기만하고 있을 뿐이다. 그리고 우리 관객들 역시 그 기만에 동참한다. 그 결과 '나'는 결혼 실패에 대해서 부담, 책임 등을 포함한 불쾌한 긴장을 보유하지 않아도 되고, 심지어 과거의 실패가 아예 발생하지 않았던 것처럼 행동할 수도 있게 된다.

아내, 동년배인 H, 나이 어린 J 등, 세 여자 사이에서 갈팡질팡하는 「타인의 취향」의 주인공 역시 '나'와 흡사한 인물로, 제목 '타인의 취향'은 「낭만적 사회와 그 적들」에서의 '관계'와 마찬가지로 우연의 동의어이다. 채식주의자 아내가 가출하고 독신주의자 H가 갑자기 결혼을 선언하고 나이에 비해 조숙한 J가 폭주족의 오토바이를 타고 사라지지만 그 모든 것은 그들의 취향 탓일 뿐, '나'와는 조금도 상관없는 것이다. '나'는 그저 '헛웃음' 한 번 웃고 다시 시작하면 그만이다.

「타인의 취향」의 '나'가 익살꾼을 자칭하듯이, 이들은 나름대로 즐겁다. 자기기만을 통해 원인에 대한 맹목을 유지함으로써 '나'에게 세상사는 모두 우연일 뿐이며, 또 우연이기에 자유는 없지만 책임질 필요도 없이 사건들을 맞아들인다. 어쩌면 그 사건들은 실패로 귀결될

---

7) 김경욱, 「낭만적 서사와 그 적들」, 앞의 책, pp. 119~20.

지도 모르지만, 그렇다 한들 크게 문제될 것은 없는데, 왜냐하면 그 실패 역시 우연이므로 '나'는 과거의 실패에 과도한 리비도를 투여하는 대신, 가볍게 또 다른 우연한 사건으로 몸을 이전시킬 것이기 때문이다. 이를 자유 없는 세계를 살아가는 한 가지 방법이라고 할 수 있다. 또 이에 대해, 어떤 수를 쓰더라도 긴장을 최소화하려는 자아의 자기방어술로서의 쾌락 원칙에 봉사하는 자기기만이라고 이름 붙일 수 있다. 이에 대응되는 또 다른 방법은 무엇인가?

4. 필연을 견디는 우울

김연수의 「이등박문을, 쏘지 못하다」에서 성재는 장애를 가진 동생 성수의 신붓감을 구하기 위해 중국에 와 있다. 그가 보기에, 가지고 놀던 공이 사라지면 곧 공의 존재 자체를 잊어버리는 정도의 지각능력에서 멈춰버린 동생은 복선 없는 동화책 같은 세계에 살고 있다. 그는 "성수가 아는 세계에는 아무런 인과관계가 없었으며, 따라서 슬픔이란 게 없었다. 모든 일은 그저 인과관계 없이 일어나는 일에 불과하므로"라고 설명한다. 반면 그 자신은 지나치게 우울하다. 그 우울은 동생을 위해 하얼빈까지 와서 조선족 처녀를 논으로 사는 일을 떠맡았기 때문만은 아니다. 동생의 상태에 대한 진단에 미루어 보건대 그의 우울은 인과관계에서 기인한 것으로 추정된다.

인과관계에 관한 한, 성재에게 세상은 늘 짐작과는 다른 우연의 연속이었고, 그래서 어느 순간부터 그것을 이해하고 판단하기를 그치고 그저 받아들이기로 한다. 그 사소한 우연들이 모여 "이처럼 너저분"

한 그의 삶을 짜 맞췄을 것이다. 그 짐작과는 다른 우연들이 무엇이 있었는지는 밝혀져 있지 않다. 그러나 스스로 불행하다고 생각하는 데 객관적인 이유가 반드시 필요한 것이 아니듯, 그가 자신의 삶을 너저분하다고 느끼고 있다면 그것이 맞을 것이다. 문제는 왜 그 너저분한 삶을 바꾸려고 하지 않는가 하는 데 있다.

다른 경우를 보자. 「쉽게 끝나지 않을 것 같은, 농담」은 이혼한 전처를 우연히 만나 그녀와 함께 안국동 길을 정처 없이 걸었던 '나'가 다시 한 번 혼자서 그 길을 걸었다는 간단한 사건을 회상하고 있다. 많은 결혼 실패자들처럼 '나' 역시 어쩌다 이혼하게 되었는지 알 수 없고, 그 결과 "그건 내 잘못일 수도 있고 그녀의 잘못일 수도 있고 둘 다의 잘못이거나, 혹은 그 누구의 잘못이 아닐 수도 있다"라고 말할 수밖에 없다. 「낭만적 서사와 그 적들」의 '나'라면 그런 건 관계라는 이름의 우연의 장난일 뿐이니 '나' 자신이 어떻게 해볼 도리가 없지 않은가라고 익살을 부리겠지만, 그와 달리 '나'는 자기에게 닥쳐온 불운이란 "자신이 생각했던 인과관계의 규칙에서 벗어난 일들을 설명하기 위해 만든 단어일 뿐"이며, 그래서 그것이 "정말 우연한 것인지, 아니면 필연을 내포한 것인지 확인하고" 싶어 한다.

평범하다고도 평범하지 않다고도 할 수 없는 회사원이며 역사책 읽기로 소일한다는 간단한 자기소개에 걸맞게, '나'는 박지원이 살았던 무렵부터 갑신정변 즈음까지 안국동에서 벌어졌던 역사적 사실들을 하나씩 짚으면서, 그 과거의 사실과 '나'의 현재 삶을 견준다. 따라서 「쉽게 끝나지 않을 것 같은, 농담」은 제목 그대로, 우연한 경험을 필연으로 만들려는 농담 같은, 그러나 쉽게 판가름 나지 않을 것 같은 연금술을 수행하고 있는 셈이다.

역사라는 게 뭐라고 생각하는가? 우리가 왜 이혼했다고 생각하는가? 이런 질문에 쉽게 대답할 수 없다면 그건 우리가 살아가는 삶이 다만 며칠 굶은 짐승의 내장처럼 어둡고 습하고 꾸불꾸불한, 그러나 텅 비어 막히지 않고 계속 어디론가 이어지는 골목길과 같은 것이기 때문이다. 이것으로도 납득이 안되면 이렇게 덧붙이겠다. 갑신정변이 실패하고 홍영식이 비참하게 죽은 뒤, 민영익의 도움을 받은 알렌은 흉가가 된 홍영식의 집에다 최초의 서양식 병원인 제중원을 설립했다. 제중원의 뜰에는 나무 한그루가 서 있다. 박지원의 집앞에 있었던 나무. 홍영식의 집앞에 있었던 나무. 그날 길 잃은 아이들처럼 그녀와 함께 걸어다녔던 그 골목길들, 그 가운데 서 있던 나무. 그 나무 한그루 말이다. 그녀와 내가 헤어진 지금, 이 모든 일이 과연 우연일 뿐이라고 생각하는가?[8]

아마추어 역사 애호가의 역사관은 이렇다. "시작과 끝, 원인과 결과만을 두고 본다면 세상의 모든 일은 인과관계에 따라 움직"이는 것처럼 보이지만, 실은 "그 사이의 행로는 때로 매우 우연적이고 사소한 것들로 채워"져 있기 때문에, 따라서 역사책에 기록된 진실이란 "도중의 사소하고 우연적이고 꾸불꾸불한 과정을 과감하게 생략하고 단숨에 긋는 그린 선과 같은 것"이다. 그렇다면 다음과 같은 질문. "지나간 일들을 다시 떠올릴 때 늘 만나게 되는, 서로 연결될 수 없음에도 그어지는 그 많은 선들은 다 무슨 의미일까?"

---

8) 김연수, 「쉽게 끝나지 않을 것 같은, 농담」, 『나는 유령작가입니다』, 창비, 2005, p. 21.

예컨대, 역사는 갑신정변의 시작과 끝에 대해 이런저런 원인을 들이 대지만, 거기에는 또한 공식적인 역사 서술에서 배제된 것들, 박지원 의 집에 있던 지구본이며, 원래 북경이 최종 목적지였던 의료선교사 알렌의 우연한 조선행 등의 "사소하고 우연적이고 꾸불꾸불한 과정"이 개입해 있다는 것을 '나'는 안다. 지당한 말이다. 또 만약 그렇다면 지 구본이나 알렌 이외에도 무수히 많은, 알려지지 않은 다른 원인들도 있을 것이며, 그중 대부분은 끝내 알려지지 않으리라는 것도 능히 짐 작할 수 있다. 요컨대, 역사로 대표되는 과거에 대한 서술이 그 실재 를 완벽하게 재현하거나 설명하는 것은 불가능하다는 것, 그래서 '뿌 넝쉬〔不能說〕' 아니겠는가? 결코 완벽하게 말해질 수 없음에도 불구 하고, 출발은 했으되 결과로 이어지지 않는 그래서 우연에 그쳐버리는 무수한 선들을 세밀하게 복원해내는 작업이 『나는 유령작가입니다』에 수록된 단편들을 이끄는 에너지가 되고 있다는 점에서 「쉽게 끝나지 않을 것 같은, 농담」은 소설집 전체의 서문 격으로 읽힌다.

오랜 시간이 흐르고 하면 지금의 우연한 일들도 모두 필연이 된다는 뜻인가? 어린 백송도 천연기념물이 될 수 있다는 뜻인가? 우리가 만 난 것도, 헤어진 것도, 그날 길 잃은 아이들처럼 골목길을 한없이 걸 어다녔던 일들도 필연이 된다는 뜻인가? 〔……〕 결코 질문을 멈추지 않을 작정이었다. 나도 어디 버틸 수 있을 때까지 한번 버텨보기로 했 으니까. 육백살이 넘은 천연기념물과 이제 고작 서른네살이 된 따분한 인간, 둘 중 누구의 농담이 더 웃긴가 따져보기로 했으니까.[9]

---

9) 김연수, 「쉽게 끝나지 않을 것 같은, 농담」, 앞의 책, p. 28.

소설의 결말에서 '나'는 필연과 우연의 경계를 견뎌보겠다는, 알 수 없는 세상에 대한 일종의 대결의지를 드러내고 있다. 이제 '나'는 우연이 난무하는 세계에 대해 자유로운 주체인가? 그런데 여기서 필연과 우연은 의미의 유무에 따라 구분되고 있으며, 그래서 상식적이지만 근본적인 혐의로부터 벗어날 수 없다. 즉, 이미 과거가 되어버린 사건을 대상으로 한 사후 해석만이 새로운 의미를 만들어내거나 거둬들인다는 것, 따라서 현장성 혹은 사건에의 중실성에서 한 걸음 물러나 있다는 문제 말이다.

물론 과거의 사건이 고정된 실체라는 것도 아니고, 과거를 재구성하는 해석의 역동성을 부정하는 것도 아니다. 또는 해석의 자유의 정당성을 문제 삼으려는 것도 아니다. 이 글의 주제와 관련하여 문제가 되는 것은 해석 과정에서 발생하는 '나'의 심리적 고양(곧, 숭고)이다. 전처와 함께 골목길을 헤매면서 마치 "길 잃은 아이들처럼" 어리둥절해하던 '나'와 재차 그 길을 걸으면서(해석하면서) 끝까지 한번 버텨보기로 하는 '나' 사이에는 무시할 수 없는 차이가 존재한다. 앞의 '나'는 누군가에 혹은 뭔가에 이끌려 다닌 자유롭지 못한 타율적 존재였던 반면, 뒤의 '나'는 그렇지 않은 것처럼 보인다.

「쉽게 끝나지 않을 것 같은, 농담」의 제목에 들어 있는 '농담'에 대해 생각해보자. 물론 여기서 '농담'은 단순한 우스개, 익살이 아니다. 오히려 그것은 가상 하찮은 것이 가장 귀한 것과 어깨를 겨루는 일인데, 프로이트의 『농담과 무의식의 관계』에 따르면 그것은 농담이라기보다는 유머에 가깝다. 가령, 월요일에 교수대로 끌려가는 죄수가 "이번 주는 정말 멋있게 시작되는군"이라고 말할 때 발생하는 효과로서의 유머는 초자아의 응시에 의해 숭고해진 자아가 현실적인 이유

따위로는 상처받지 않을 만큼 고양된 상태를 지칭한다. 재미있게도 그 상태는 어른(이 된 시점)의 위치에서 아이(였을 때)를 바라볼 때의 우월성에 비유되기도 한다.

곧 교수대에 매달린다는 현실의 인과성 너머에서 세상을 관조하는 죄수의 유머처럼 현실의 필요로부터 벗어나 우연을 견뎌보겠다는 '나'의 농담은 숭고한 감정을 환기시킨다. 사후 해석이 그러한 자기고양을 가능하게 했다는 것, 그리고 자기고양이 단지 자기만족에 복무할 뿐인지 아니면 실제로 현실세계로부터 고양된 것인지를 점검할 필요가 있다는 것 등의 문제는 잠깐 지적하는 선에서 그치고, 여기서는 자기고양의 타락한 형태로서의 우울을 살펴보는 것으로 마무리하기로 하자. 「이등박문을, 쏘지 못하다」의 성재가 왜 너저분한 삶을 바꾸지 못하는지에 대해서 아직 대답하지 않았다. 실은, 바꾸지 못한 것이 아니라 바꿀 가치가 없었던 것이라고 하는 편이 더 적절하다.

송화강이 국경을 넘으면 아무르 강으로 바뀐다는 말을 들은 성재는 "자신도 그렇게 어딘가로 넘어가 다른 사람으로 살아갈 수 있다면……" 하는 소망을 내비치다가 곧바로 "하지만 우리는 누구도 다른 사람이 될 수 없는 존재다. 왜 사느냐면 바로 그 때문이다"라고 생각을 바꾼다. 불운한 삶이라도 끝까지 살아보겠다는 의지는 「쉽게 끝나지 않을 것 같은, 농담」에서 우연을 필연으로 버티는 그것과 유사하다. 그러나 '나'와 비교해 성재는 현저하게 피로하고 또 그만큼 비관적이다. 그러면서도 그가 삶을 바꾸지 않는 것은 자신의 불운을 보상받겠다는 현실적 필요에 대해서는 관심이 없기 때문이다. 현실 따위에 비해서는 자기가 우월하다고 생각하지만, 또 그 아무것도 아닌 현실조차도 감당하지 못하는 이중구속된 자기고양의 귀결이 우울이라면, 이는 곧 부자유한 상태에서 필연을 견뎌내려는 숭고한 의지가 무력해지는 경우이기도 하다.

5. De minimis non curat lex

'과연 우리는 자유로운가'에 대한 절박한 우려가 결정론석 세계에 대한 편집증적 악몽을 낳고, 혹은 그 부자유한 세계에서의 생존술로서 우연을 즐기거나 필연을 견디기 위한 증상을 형성한 것 아닐까? '우리는 자유로운가'에 대한 대답은 책임을 물을 때 가장 분명하게 '아니다'로 부정되어 되돌아온다. 조금 전까지만 해도 스스로를 자유롭다고 오인하고 자부하던 우리는 책임을 회피하기 위해 타자원인을 찾아내려 하고 또 대부분 이에 성공하기 때문이다.

몇 년 전 우리 사회를 뒤집어놓았던 줄기세포 논문 조작 사건을 예로 들어보자. 신문기사는 논문의 공저자들이 "한결같이 '나는 상황을 잘 몰랐고 다른 사람들에게 속았다'는 취지의 주장을 편 것으로 확인됐다"고 전한다.[10] 그들은, 누군가(만약 그 누군가가 있다면)에 의해 이리저리 끌려다녔고 결과적으로 조금도 자유롭지 못했다는, 결혼 실패자의 변명을 되풀이하고 있다. 자유의사에 의하지 않은 과실에 대해 재임을 물을 수 없는 것은 다음 문세다. 혹은 소위 '원천기술'을 지지하는 일군은 어떠한가? 그들의 가장 큰 방어술은 음모론이다. 요컨대, 누군가가 음모의 각본을 꾸며 사태를 자신의 의도대로 진행시

---

10) http://news.hankooki.com/lpage/society/200601/h2006013005143721600.htm

켰다는 것인데, 그 이면에는 각본대로 끌려다닌 자유롭지 못한 사람에게, 또 음모를 꾸민 누군가를 제외한 우리 사회에게 책임을 물어서는 안 된다는 변명이 다시 한 번 반복된다.

음모론에 대해 "부르주아적 질서가 합법적으로 제도화하지 못한 사회에 전형적으로 나타나는 문화현상"이라고 한 그람시의 진단은 어느 정도 타당하지만, 그렇다고 해서 구성원의 합의를 구하는 민주적 절차에 대한 법적·제도적 보장이 음모론을 해소할 수 있을까? 음모에 빠졌다고 말하는 것은 자유롭지 못하다고 항의하는 것과 같다. 그에 뒤따라, 그러니까 자유를 달라고 할 수도 있고, 그러니까 책임이 없다고 할 수도 있다. 어떤가? 후자가 더 유혹적일 때도 있지 않겠는가?

누군가의 직간접적인 명령에 따르거나 놀아난, 자유롭지 않은 사람에게 책임을 묻는 것은 적절치 않다. 문제는, 그렇다면 어느 누구도 자유롭지 못했(다고 변명할 이유를 대는 것이 가능하)기 때문에 아무도 책임지지 않는 상황을 맞을 수 있다는 것이다. 물론 법적 책임을 물을 수 있을 것이다. 그러나 법적 책임은 강제일 뿐, 그것이 자유를 보증하지는 못한다. 법은 사소한 일에는 관여하지 않는다De minimis non curat lex. 법이 보기엔 잉여로서의 자유(자유를 이행할 수도 있고, 하지 않을 수도 있는 자유)야말로 지극히 사소한 것이다. 그러므로 문제는 다시, 김수영이 도처에서 직면했던 "너무나 많은 자유"로 되돌아간다.

[2006]

고장 난 기계가 사랑을 꿈꾸는가

1. 우물 안으로 떨어지는 돌멩이

2000년대에 발표된 박성원의 단편을 모은 두 권의 소설집 『우리는 달려간다』와 『도시는 무엇으로 이루어지는가』에서 작가는 소설 속의 세계와 그 안에 존재하는 인물들의 삶을 결정하는 총체적인 틀frame을 탐구하고자 했다. 이러한 시도는 연작소설이라는 형태를 통해 상당한 집중력을 발휘한 결과 '인타라망'이라는 다소 낯선 이름으로 혹은 '도시'라는 비교적 익숙한 이름으로 명명된 모종의 틀을 제시하는 데 성공했다.

인타라망(因陀羅網)은 무한히 큰 그물인데, 이 책은 인타라망이라는 거대한 그물을 빌려 세상살이가 그물처럼 서로 촘촘히 엮여 있다는 것을 말하고 있어요.[1]

「우리는 달려간다 이상한 나라로」 연작에서 모든 사건들을 촘촘히 엮고 있는 큰 그물로서의 인타라망은 "자신의 행복이 다른 사람의 불행과 무슨 관련이 있나, 다들 이렇게 생각하지만 어디 두고 보시오. 내 말이 틀리나. 한 사람의 입에서 웃음이 가득하면 다른 사람의 눈에서는 피눈물이 흐르는 법이지요"라는 부연 설명에 의해 저주 가득한 운명으로 의미화된다. 이러한 운명적 예언이 박성원의 소설에서 근대성에 대한 회의와 비관으로 전환될 수 있는 이유는 사람들 사이에 발생하는 행불행의 충돌이 바로 합리성의 이름으로 수행/자행되기 때문이다. 그 결과 스스로를 "가장 이성적이고도 인간다운 사람"으로 자임하는 주체가 실은 "합리적인 괴수"에 불과하다는 사실이 밝혀진다.

그건 말이야, 전체와 규칙이 깨지기 때문이야. 너 하나 때문에 엉망이 되고 만단다. 이 세상 누구나 경기장에서 태어나 트랙에서 살고 있단다. 그래서 모든 사람들이 이어달리기 주자야. 어쩔 수 없는 일이란다. 그게 삶이고 운명이란다.[2]

한편, 「도시는 무엇으로 이루어지는가」 연작에서 고대로부터 인류 문명의 발상지였으며, 이제 문명의 첨단이라고 칭송되는 현대 도시는 전체와 규칙을 보존하기 위해 이어달리기로서의 삶을 강요하는 트랙

---

1) 박성원, 「인타라망—우리는 달려간다 이상한 나라로 5」, 『우리는 달려간다』, 문학과지성사, 2005, p. 178.
2) 박성원, 「도시는 무엇으로 이루어지는가」, 『도시는 무엇으로 이루어지는가』, 문학동네, 2009, p. 73.

으로 형상화된다. 그게 어쩔 수 없는 일이고 또 운명이라는 것인데, 이때의 필연적 운명은 하늘의 별자리나 신과 같은 초월적 존재에 의해 주어진 것이 아니라 시스템, 물론 사람이 만들었겠지만 "컴퓨터 안의 부속이 어떻게 생겨먹었든, 인터넷이 어떤 원리로 작동하든 알지 못"하는 것처럼 내부가 베일에 가려진 어떤 틀에 의해 주어진 것이다.

이어 출간된 『하루』의 서두에 놓인 표제작 「하루」는 전작의 '인타라망'이나 '도시'에 이어진 주제를, 그러나 그러한 명명을 의식적으로 전면에 내세우지 않고도, 따라서 일상의 삶에 보다 자연스럽게 안착된 방식으로 조형하고 있다. 그렇다고 해서 "세상살이가 그물처럼 서로 촘촘히 엮여 있"으며 전체와 규칙을 보전하기 위한 이어달리기가 "삶이고 운명"이라는 예언의 무게가 감해지는 것은 아니다.

"누군가의 하루를 이해한다면 그것은 세상을 모두 아는 것이다." 갓 백일이 지난 아기를 뒷좌석에 태우고 운전을 하던 여자는 버스에 붙어 있는 책 광고에 시선이 멈춘다. 그러나 그것도 잠시, 그녀는 영업 마감 시간 전에 닿기 위해 은행으로 가는 길을 서두른다. 언뜻 보기에 평범하기 짝이 없는 일상을 서술하는 「하루」는, 그러나 사건의 전개 과정을 분 단위로 정확히 고지하면서 출구 없는 긴장감을 조성하기 시작한다.

여자가 꽉 막힌 산선노로를 빠져나온 것은 오후 세 시 십구 분, 은행이 있는 건물에 도착한 것은 세 시 오십오 분, 이미 만차인 주차장을 돌아 나와 근처 골목에 차를 대고 간신히 은행 업무를 마치고 빠져나온 것은 네 시 이십구 분. 그런데 그녀가 골목으로 돌아왔을 때 차는 사라지고 없다. 물론 뒷좌석에 태워져 있던 아기도 없다.

불법주차되어 있던 여자의 차가 견인된 시각은 정확히 네 시 이십 팔 분. 난독증 때문에 학교생활에 적응하지 못하는 한 소년이 그 시각 견인차 앞을 지나고 있다. 뒷좌석에 아기가 있다는 사실을 모르는 견인차 기사는 무심코 그녀의 차를 끌고 가면서 전봇대에 견인 고지서를 붙인다. 소년은 고지서를 떼어내 천천히 읽으면서 집으로 향한다. 단 1분 차이로 여자는 자신의 차가 견인되었다는 사실을 알 수 없게 되는데, 그 1분은 곧 영원히 따라잡을 수 없는 운명의 시간임이 밝혀진다.

혼란 끝에 그녀의 남편이 경찰로부터 연락을 받은 것은 일곱 시 팔 분, 119 구조대에 의해 병원으로 옮겨진 아기의 사망 추정 시각은 여섯 시 삼십구 분, 아기의 부검이 끝난 시각은 다음 날 오후 세 시 이십육 분. 그 시각 병원 침대에 누워 있던 그녀는 만 하루가 지났음을 깨닫는다. 그녀의 하루를 이해한다면 그것은 세상을 모두 아는 것이다. 왜냐하면 그녀의 하루는 세상 전체와 "그물처럼 촘촘히 엮여" 있기 때문이다.

눈을 감기 전 마지막으로 본 시계의 모습이 어른거렸고, 째깍째깍 움직이는 초침 소리가 들려오는 듯했다. 여자는 눈을 감은 채 머릿속으로 초침 움직이는 소리를 따라했다. 째깍째깍, 째깍째깍. 그러자 어쩐 일인지 그 소리에 맞춰 춤추는 나비가 어둠 속에서 보였다. 견인기사 때문이야. 아니야, 진하게 코팅한 탓이야. 아니야, 은행 영업시간 탓이야. 아니야, 정체 탓이야. 아니야, 연극 탓이야. 아니야, 아버지 탓이야. 아니야, 모르겠어. 여자는 눈을 감은 채 입술을 열어 조용히 째깍째깍 소리를 냈다.[3]

여자의 하루는 견인기사와 코팅과 은행 영업시간과…… 그리고 다른 모든 것과 "촘촘히" 게다가 "째깍째깍" 엮여 있다. 그 그물—틀에는 어떤 초월적인 의지도, 심지어는 B급 영화스러운 어떤 음모조차도 개입되어 있지 않으므로 그녀가, 아니 어느 누구도 세상사가 어떤 이유에서 어떤 식으로 연결되어 있는지를 파악하기란 불가능하다. 누군가의 하루를 이해한다는 것이 역설적으로 누군가의 하루를 이해한다는 것은 불가능하다는 것을 이해하는 것이라면, 한때 연극을 했던 그녀가 무심히 중얼거리는 대사처럼 "우리는 그저 깊은 우물 안으로 떨어지고 있는 돌멩이에 불과"하지 않은가?

2. 보여주는 것과 가리는 것

「하루」의 결말은 여자의 하루를 미시적으로 조망하던 시선이 갑자기 줌아웃되는 것으로 끝을 맺는다. 그것은 각각 별개로 서술되던 병원(여자의 아기가 있는)과 영안실(난독증 소년의 아버지가 있는)이 하나의 화면 안에 들어오는 공간적 줌아웃인 동시에 더 주요하게는 하루가 이틀로, 이틀이 일 년으로, 십 년으로, 백 년, 천 년, 만 년으로 밀어져가는 시간적 줌아웃이기도 하다.

여자의 아기가 있는 병원과 그가 있는 영안실은 팔 점 사 킬로미터 떨어져 있으며, 지하철로 가기 위해선 한 번의 환승이 필요하다. 폭설

---

3) 박성원, 「하루」, 『하루』, 문학과지성사, 2012, p. 33.

과 강추위는 그 뒤 이틀간 더 지속되었고, 그 기간 동안의 강설량은 관측 사상 네번째로 많은 양이었다. 주가지수는 백십사 포인트 오른 채 그해 장을 마감했으며, 사람들은 연말연시를 보낼 여행지 검색에 분주했다. 연말에 있는 연예인들의 시상식 프로그램은 그해 최고의 시청률을 기록했고, 버스에 광고판이 붙은 그 책은 국내에서도 베스트셀러를 기록했다. 십 년 동안 태풍이 한반도에 상륙한 것은 사십이 회였고, 가뭄이 구십여 회, 게릴라성 집중호우가 여섯 차례 있었다. 백 년 동안 큰 전쟁만 하더라도 열두 차례 벌어졌고, 천 년 동안 해수면의 온도는 일 점 이 도 올라갔으며, 만 년 동안 새로 발견된 질병은 팔천구백팔십이 종이었다. 매년, 몇십 년 동안 많은 일들이 있었지만 그러나 일식처럼, 하루하루는 잊혀갔다.[4]

「하루」의 결말은 공간적 줌아웃을 통해 개별적인 사건들이 총체적인 인타라망을 형성하거나 인타라망 안으로 포섭되어 있음을, 또한 시간적 줌아웃을 통해 그 인타라망이 누군가의 삶이나 의지와는 무관하게 무심히, 운명적으로 혹은 필연적으로 작동하고 있음을 기정사실화한다. 우물 안으로 떨어지는 돌멩이가 중력의 법칙을 거부할 수 없듯, 누군가의 하루 역시 그 그물로부터 자유로울 수 없다.

이처럼 줌렌즈를 통한 거리의 임의적 조정이 누군가의 개별적 삶과 우주적 차원의 총체적 운동을 접속시키는 효과를 산출하고 있거니와, 「하루」뿐 아니라 박성원의 소설 전반에 걸쳐 시각적·광학적optical 상상력이 주도적으로 작용하고 있다는 사실은 익히 알려져 있다.[5] 예

---

4) 박성원, 「하루」, 앞의 책, pp. 38~39.
5) 「도시는 무엇으로 이루어지는가」 연작에 이어 『하루』에 수록된 「어느 맑은 가을 아침 갑

컨대 1990년대에 발표된 박성원 소설의 대표작 중 하나인 「댈러웨이의 창」이 제시하는 "창을 통해서 사각의 벽 속에 있는 실제를 엿볼 수 있다고 했지만 그것은 실제가 아닌 그림자일 뿐이다"[6]라는 메시지 역시 '보다'라는 행위의 의미에 대한 천착에서 비롯된 것이다. 제목이 암시하는 바대로 가공의 인물 댈러웨이가 찍은 사진은 곧 창frame이다. 이 창―틀은 한편으로는 벽 뒤에 은폐된 실재에 접근할 수 있도록 하는 유일한 통로이지만, 다른 한편으로는 바로 그렇기 때문에, 다시 말해 창―틀의 안쪽을 보여주지만 바깥쪽은 가리기 때문에 또 다른 은폐와 왜곡을 낳는 장애물이기도 하다. 비유하자면, 창―틀은 무수한 그물코 중 하나다.

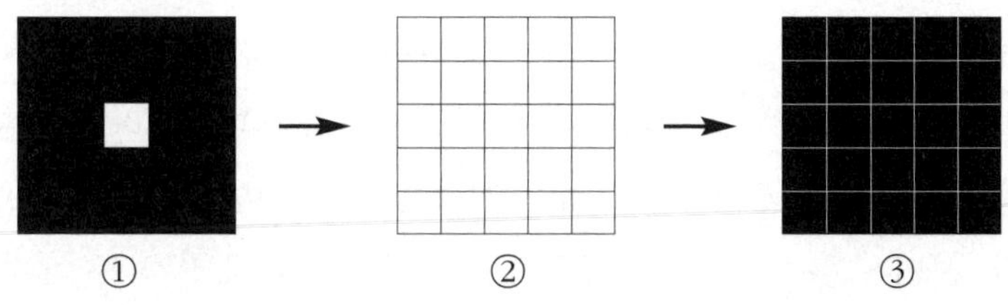

①   ②   ③

창은 틀 안쪽을 보여주는 동시에 틀 바깥쪽을 가린다(①). 이를 두고 「아내 이야기」에 등장하는 소설가는 "눈에 보이는 것만이 진실은 아니다. 눈에 보인다고 해서 그것이 모두 진실인 것은 아니다"라고 말하기도 했다. 『우리는 달려간다』와 『도시는 무엇으로 이루어지는가』에서 박성원은 창―틀을 그물―틀로 발전시켰다(②). 그것은

자기」「분노와 복종 사이에서 그녀를 찾아줘」「저녁의 아침」에 공통적으로 등장하는 망원경, 그리고 「흔적」에 등장하는 현미경 등의 광학기기 역시 이를 예증하고 있다.

6) 박성원, 「댈러웨이의 창」, 『나를 훔쳐라』, 문학과지성사, 2000, p. 32.

창—틀 안에서 바깥으로의 줌아웃이며 그물코로 이루어진 그물 전체를 조망하려는 총체적인 기획이다. 물론, 관념적으로 그물—틀 전체를 인식할 수 있다 하더라도 현실적으로 그 전체를 파악하거나 재현하는 것은 불가능할 것이다. 따라서 촘촘히 엮여 있는 그물—틀의 인과관계는 글자 그대로 암시(暗示)되고 있을 뿐, 실제로는 아무것도 보이지 않는다(③). 그래서 「하루」에서 여자의 차를 견인했던 기사는 말한다. "정말입니다, 정말입니다, 아무것도 보이지 않았습니다." 견인기사는 자신이 보지 못한 것이 뒷좌석의 아기일 뿐이라고 생각하겠지만, 기실 그가 보지 못한 것은 "촘촘히" "째깍째깍" 얽혀 있는 세계 전체이다.

그 사실을 여자는 잘 알고 있다. "여자는 눈앞에 갑자기 생긴 얼룩 때문에 하나도 보이지 않았다. 눈을 감았다가 떠도 얼룩은 사라지지 않았다. 앞이 안 보여. 여자는 손을 내밀어 얼룩을 떼어내려 했지만 손에 잡히는 것은 없었다". 그래서 그녀는 실제로 아무것도 보지 못한다. 보이지 않는 운명과 마주한 극도의 혼란 상태에서 「하루」의 여자는 "나 앞이 안 보여. 눈앞이 온통 얼룩투성이야"라고 호소한 바 있거니와 발표상으로 앞서는 「얼룩」은 시간상으로는 그녀의 후일담이다. 언젠가부터 그녀에게는 "마주 오던 사람이 난데없이 혀를 쑥 내밀 듯 갑자기 얼룩이 보이기 시작했다". 그런데 얼룩은 보이는 것인가, 가리는 것인가?

—사람이 옷에 얼룩도 좀 묻히고 해야지.

언젠가 여자는 남편의 세탁할 옷을 챙기다가 문득 생각했다. 결혼한 지 십 년이 넘었다. 그 동안 남편은 옷에 얼룩 한 번 묻혀온 적이 없었다. 남편을 보면 여자는 언제나 째깍째깍 움직이는 시계가 연상되었다. 결코 멈추지 않는 시계. 여자는 옷 갈아입는 시계를 보면서 하루, 한 달 그리고 일 년을 가늠하며 살 수 있었다.[7]

"도무지 이탈이라는 것을 모르는" "째깍째깍 움직이는 시계"를 연상시키는 남편을 배경으로 의미화되는 얼룩은 촘촘히 엮여 있는 그물—틀을 교란하는 증상으로 자리 잡는다. 박성원은 이미 「중심성맥락망막염」에서 시각과 관련된 신경증후군을 중요한 소재로 다룬 바 있지만, "자신이 보려는 사물을 붙잡고 이것이 실재하는 것인지 아니면 내 눈에만 보이는 것인지 〔……〕 의심해본 적 있습니까?"라는 주인공의 고백에서 드러나듯 이때의 증상은 그 진위와 의미를 해석해야 하는 어떤 것이었다. 이와 달리 「얼룩」에서 얼룩(이 보이는 증상)은 그 의미를 해석해야 하는 대상이기보다 주체가 동일시하려는 대상 그 자체가 된다.[8] 그래서 얼룩은 나비가 되고 여자는 "나비처럼 팔을 움직이며 날갯짓"을 하다가 궁극에는 나비가 될 것이다.

얼룩은 눈에 보이는 동시에 눈을 가린다. 여자는 얼룩이 눈앞을 가려 아무것도 보이지 않는다고 생각하지만, 그리고 아마도 그게 상식적인 판단이겠지만, 어쩌면 알 수 없는 운명의 그물 앞에서 말 그대로 눈앞이 캄캄해져 아무것도 볼 수 없게 된 그녀에게 불현듯 얼룩이 보였던 것은 아닐까? 만약 그렇다면 한 치 앞노 보이지 않는 암울한 그물에 걸려든 그녀가 유일하게 볼 수 있는 얼룩은 그녀를 "촘촘히" "째깍째깍" 얽어매고 있는 그물 사이를 유유히 날아다니는 한 마리

---

7) 박성원, 「얼룩」, 『하루』, p. 79.
8) 이는 '증상의 해석'에서 '증상과 더불어'로 이동하는 라캉의 변화와 비교할 만하다.

나비라고 해도 좋을 것이다. 그리하여 그 얼룩—나비와 동일시한 그녀 역시 "사십 년이 되도록 지켜왔던 시간과 시계와 그것으로부터의 탈출"을 꾀한다. 세계를 뒤덮고 있는 인타라망이라는 거대한 그물에 걸리지 않도록 그녀—나비를 구할 수 있을 것인가?

3. 소설과 생물학

박성원의 소설은 강한 결정론determinism, 백과사전적 정의에 따르면 "인간의 행위를 포함하여 이 세상에서 일어나는 모든 일은 우연이나 선택의 자유에 의하여 일어나는 것이 아니라, 일정한 인과관계의 법칙에 따라 결정된다는 이론"의 세례를 받고 있다. 세상은 그러한 인과관계로 정교하게 엮여 있는바 이런 맥락에서 『하루』에 수록된 단편들 역시 이러저러하게 서로 연결된다. 「하루」의 여자가 「얼룩」에도 등장하는 것은 물론이고, 「분노와 복종 사이에서 그녀를 찾아줘」와 「어느 맑은 가을 아침 갑자기」에서 망원경을 지니고 있던 소녀는 「저녁의 아침」에도 여러 차례 얼굴을 내밀며, 「분노와 복종 사이에서 그녀를 찾아줘」에서 '나'의 전 아내와 만나던 시추선 선원 출신 이혼남은 「어느 맑은 가을 아침 갑자기」에서 제목 그대로 갑자기 목을 매죽는다. 이처럼 소설들 사이를 우왕좌왕하는 관계망으로부터 어떤 인식에 이를 수 있을까? 아무튼 단지 우연일 뿐이라 의미 없는 것처럼 보이기도 하는, 암호 아닌 암호를 그냥 지나치지 못하는 박성원의 소설은 때로는 편집증적 망상을 마다하지 않으면서까지 세계를 이해하고자 한다. 이러한 세계 이해의 최종적인 도달점이 바로 인타라망일 텐데, 애써 도달한 그 결론이 우리를 행복하게 해주지 못한다는 것은 앞에서 살펴본 바와 같다.

　신화? 전설? 역사? 정치? 방송? 엿이나 먹으라지. 유일한 진실은 뭐가 있겠어? 세포들의 생리현상뿐이야. 심장이 멎으면 사람은 죽는다. 그것만큼은 절대적이지. 어느 날 느꼈던 따뜻한 바람이나 촉촉한 비를 기억하는 것은 뇌세포지 바람이나 비가 아니란 말이야.

　세포를 직접 관찰하기 전까지 그 어떠한 속단도 금물이야. 왜냐하면 인간의 심리라는 게 간사하거든. 사전에 지닌 정보로 인해 사실을 왜곡시킬 수 있기 때문이야. 일종의 프레임 효과지.[9]

『하루』의 마지막에 수록된 단편 「흔적」은 「하루」의 결말에서 보였던 극단적인 줌아웃에서 다시 줌인으로 거리를 조정하여 현미경적 수준에서 우리를 지배하는 생물학적 결정론을 문제 삼는다. 생물학 전공의 시간강사 '나'는 "인간은 모두 뇌의 화학반응에 춤추는 꼭두각시"라고 믿고 있다. 댈러웨이의 창―틀이 그랬던 것처럼, 프레임을 통해 보는 것은 보여주는 동시에 속인다. 그것은 일종의 프레임 효과를 산출할 뿐이다. 더 많이, 기림이니 속임 없이 모든 것을 보기 위해서는 그 창―틀을 넘어서야 한다. 줌아웃을 통해 극단적인 거시의 세계로 나아가거나 줌인을 통해 극단적인 미시의 세계로 들어가거나, 방향은 반대일지언정 의도는 동일하다. 그리하여 「흔적」의 '나'는 현

---

9) 박성원, 「흔적」, 앞의 책, pp. 206, 214.

미경의 고배율 렌즈를 통해 세포들의 생리현상이라는 "유일한 진실"에 도달한다. 줌아웃 상태에서 인타라망이 세상의 모든 것을 결정하듯, 줌인 상태에서는 세포가 인간의 모든 것을 결정한다. "누군가의 하루를 이해한다면 그것은 세상을 모두 아는 것이다." 이 거시적인 결정론의 명제를 흉내 낸다면, 누군가의 세포를 이해한다면 그것은 인간을 모두 아는 것이라고 말할 수도 있을 것이다.

'나'는 2년 전 강의실에서 봤던 J와 우연히 다시 만난다. '나'가 그녀를 기억하는 것은 쉴 새 없이 깔깔대는 웃음소리 때문이다. 감각중추의 D4형의 도파민과 두정엽 4번 기저에 문제가 있는 걸까, 아니면 홍소(哄笑) 발작을 일으키는 뇌종양 때문일까? 또한, 그녀는 도파민과 아세틸콜린의 작용에 대해 서술하라는 시험문제에 단편소설을 써낸 엉뚱한 학생으로 기억되기도 한다.

약사는 개업이나 취업을 하지 않고 아르바이트로 약국 일을 하는데, 그녀가 좋아하는 일은 조제실에서 투약하기 좋게 약을 분류하는 일이야. 그녀는 그 일만을 고집했는데, 그녀는 색깔별로 나누는 것을 너무 좋아하기 때문이었지. 그녀는 어릴 때부터 색깔별로 나누는 것을 좋아했는데, 지금도 휴일이면 옷장 안에 있는 옷을 색깔별로 나누거나 냉장고 안에 있는 음식을 색깔별로 정리해. 그녀는 방과 거실도 색깔별로 나누고 점점 그 상황에서 벗어나지 못한다. 뭐 그런 이상한 이야기였어.

〔……〕

이 엉터리 소설이 어째서 생물학적이라는 거니?

음식을 먹으면 팽창한 위장관에서 콜레시스토키닌cholecy-stokinin

이 분비되고, 이 호르몬이 식욕중추를 자극하면 포만감을 느끼죠. 열 두 쌍의 뇌신경 중 3번, 4번, 6번 뇌신경이 눈동자를 움직이죠. 양쪽 측두엽은 청각중추와 긴밀한 관계가 있어요. 양쪽 편도체가 손상된 쥐는 시력이 정상임에도 불구하고 고양이를 두려워하지 않죠.

그래, 맞아. 잘 아는구나. 그게 바로 생물학이지.

그러니까, 저는 제대로 답을 한 거예요.

J의 얼굴은 여전히 억울한 표정이었지만 느닷없이 깔깔거리며 웃었어.

그게 무슨 소리니? 넌 생물학적인 답을 쓴 게 아니라 소설을 쓴 거라고. 사람과 동물이 다른 것처럼 소설과 생물학은 분명 달라.

아니에요. 저는 분명 똑같은 답을 쓴 거예요.[10]

색깔별로 약을 나누고 옷을 나누고 주변의 모든 것을 나누는 한 약사가 등장하는 소설이 생물학과 무슨 관련이 있을까? 세포의 생리현상이, 뇌와 신경과 호르몬의 작용이 약사의 강박증적 심리를 결정하고 있다는 말일까? 올리버 색스의 『아내를 모자로 착각한 남자』 정도까지는 아니더라도 일찍이 "자기 정체성의 상실에 관한 임상학적 보고서"[11]라는 평을 받은 바 있는 박성원의 소설에는 신경과나 정신과 병원에서 볼 법한 인물들이 자주 등장했던 것이 사실인데, 『하루』 역시 여기서 예외가 아니다. 「일록」의 여자는 남편에게 끌려갔던 정신병원에서 뛰쳐나오고, 「볼링의 힘」에는 자신을 외계인으로 믿는 인물이 등장하며, 「분노와 복종 사이에서 그녀를 찾아줘」에서 '나'는 이상

---

10) 박성원, 「흔적」, 앞의 책, pp. 209~10.
11) 우찬제, 「연기하는 '이상한 가역 반응'——박성원론」, 『문학과사회』 2000년 겨울호, p. 1179.

한 환각을 보며, 「저녁의 아침」은 소설 전체가 정신병적 환상인 것처럼 보인다.

「저녁의 아침」에서 자신의 거침없는 말투를 당황스러워하는 상대방에게 한 여자가 "제겐 심한 강박증이 있는데 약물치료와 심리치료를 오래 받다 보면 저처럼 솔직하게 말하는 부작용이 생길 수도 있다고 하더군요"라고 변명하는 대목처럼, 성격마저 치료의 부작용으로 환원하는 박성원의 소설이야말로 생물학적인 소설이 아닌가? 어쩌면 그럴 수도 있겠으나, 또 그게 전부는 아니다. 왜냐하면 「흔적」에서 J의 깔깔거리는 웃음소리를 신경생물학으로 설명하려던 '나'는 소설이 끝나갈 무렵 이렇게 말하고 있기 때문이다. "J는 나에게 자신이 쓴 소설과 아기를 남겼어. 이를테면 흔적들이지. 그 아기가 내 아이인지는 모르겠어. 간단한 검사로 알 수 있지만 난 하지 않았어. 어쩌면 내 아이가 아닐 수도 있을 거야. 난 궁금하지 않아. 왜냐하면 내 아이든 아니든 J의 흔적인 건 분명하니까 말이야."

박성원의 소설에서 사랑이라는 주제가 등장하는 것은 흔치 않으며 심지어는 낯설기조차 하다. 남녀 관계는 주로 성욕이라는 생물학적 영역에 속하거나 많이 양보해도 뇌와 호르몬의 문제였기 때문이다. '나'와 J의 관계 역시 성욕이나 호르몬의 문제로 환원될 수 있을까? 설사 그렇다고 하더라도 J가 남긴 아이를 떠안는 것은 다른 문제일 것이다. 물론, 이마저도 '나'의 신경세포에 이상이 생겨 합리적인 판단을 내릴 수 없을 정도로 지나치게 감정적이 된 탓으로 설명할 수 있을지도 모른다. 그렇더라도, 적어도 고장 난 인간 기계human machine에게는 사랑을 기대할 수 있다는 것 아닐까?

박성원의 소설이 "탈출이나 구원의 가능성보다는 철저하게 그것의 불가능성에, 영원히 낙망할 수밖에 없는 현대인들의 비참함에 초점을 맞추고 있"[12]다면, 그것은 보이는 것(이는 또한 가리는 것이기도 하다)을 끊임없이 의심하고 더 많이 보고 알려 하기 때문이다. 그러나 인타라망이나 도시 혹은 뇌세포를 보면 볼수록, 알면 알수록 정교한 결정론적 틀로부터의 출구는 쉽게 보이지 않는다. 이런 점에서 제목 그대로 '흔적'으로만 남은 사랑의 가능성이 박성원 소설에서 지닌 의미는 작지 않은 것으로 보인다. 사랑과 뇌세포 사이에서, 소설과 생물학 사이에서 희망의 흔적을 찾아줘.

〔2012〕

---

12) 강동호, 「악몽 속 세상, 세상 속 악몽」, 『작가세계』 2011년 가을호, p. 89.

무력한 사람들을 위한 상상

1. 탈이념 시대의 불안

매스컴은 물론 경제 관료들의 입을 통해서도 불황에 빠진 우리 사회에 대해 불안, 우울, 무기력 등의 심리적 진단을 듣는 것은 낯설지 않다. 불황이라는 현상과 불안 등의 심리 사이에 엄밀한 관계가 있는 것인지, 아니면 그 자체로는 단순한 비유에 불과한 것인지는 쉽게 판단하기 어렵지만, 불안 등이 최근 우리 사회의 집단심리를 지시하는 적절한 단어임에는 틀림없는 것 같다. 프로이트는 심리적 긴장의 증가를 해결하지 못하는 무력함이 불안과 우울 상태를 유발한다고 말한 바 있는데,[1] 중산층과 서민층이 속수무책으로 몰락하고 빈곤층이 자살로 내몰리는 것을 보며 우리 중 누구도 예외는 아니라는 불안감이 횡행하고 있는 지금의 상황은 그런 설명을 실감하게 한다.

---

1) S. 프로이트, 『정신 병리학의 문제들』, 황보석 옮김, 열린책들, 2003, p. 300.

잘살아보자는 구호가 단지 말뿐이 아니라 제도적·물질적 실체로 정립되기 시작했던 1960년대 이후, 이런 식의 무력함은 보기 드물었던 것이며, 따라서 최근의 경제 위기를 탈이념 시대의 불황이라고 부를 수도 있을 것이다. 무한 경쟁이라는 틀만을 제시하는 세계자본의 시대는 기존의 이념적 보호막 없이 개인을 곧바로 전 지구적 시스템과 대면시킨다. 그 상황에서 한 개인은 무력함helplessness이라는 단어의 뜻(스스로 어떻게 할 수 없는, 도움을 바랄 수 없는) 그대로, 그 시스템을 거부할 자신의 능력도, 외부의 도움도 기대할 수 없고, 다만 적응해야 할 수밖에 없는 처지에 놓이게 된다. 뭔가 다른 선택의 여지는 없는가? 박민규의 『카스테라』와 윤성희의 『거기, 당신?』을 중심으로 어쩔 수 없거나 혹은 고립된 상황에 대한 상상력을 살펴보기로 하자.

2. 상념(想念)의 자유

『카스테라』에 수록된 박민규의 단편에서 두드러진 특징 중 하나는 실제 삶의 곤궁함과 그에 대비되는 상념의 빈번한 표출이다. 상고에 다니면서 여름빙학 내내 주유소, 편의점, 전철역에서 아르바이드를 하는 '나'의 '가국경세 위기극복기'인 「그렇습니까? 기린입니다」는 다음과 같이 시작된다.

화성인들은 좋겠다. 그해 여름은 너무 무더워, 나는 늘 그런 상념에 젖고는 했다. 상고(商高)의 여름방학은 생각보다 길어서, 그런 상념에라도 빠지지 않으면 견딜 수가 없었다. 긴긴 여름, 게다가 나는 여러 일터를 전전했다. 오후엔 주유소에서, 또 밤에는 편의점에서, 있으나 마나 한 여자애들이 일터마다 있긴 했지만, 있으나 마나 했으므로 지루하긴 마찬가지였다. 비하자면 수성과 금성과, 있으나 마나인 별들을 지나, 지구까지 오던 태양광선이 나 같은 기분이었을까? 덥지도 않고, 멀고먼, 화성.[2]

무더워서,라고 말을 시작하긴 하지만, '나'가 화성(인)에 대한 상념에 빠지곤 한 이유가 고단한 삶을 견디기 쉽지 않기 때문임은 분명하다. 삶이 고단한 까닭은 단연 가난하기 때문이다. 온갖 일자리를 전전하면서 시급 천 원이나 천500원을 받는 것을 '산수'라고 부르는 '나'는 마흔다섯의 나이에 시간당 3천500원을 덧셈하는 '아버지의 산수'를 물려받았다고 털어놓는다. 대물림되는 가난에 핍박받는다는 것은 원조해줄 사람이 없다는 것을 뜻하기도 하므로, 삶이 고단한 까닭에 고립을 덧붙여도 무방하겠다.

'나'의 집에는 병든 할머니가 있고, 상가에서 청소일을 하는 어머니가 있고, "가냘픈 표정으로 사무를 보고" 있는 아버지가 있다. "아버지 돈 좀 줘" 같은 말을 하지 않는 아들에게 아버지는 미안하다고 말하지만, '나의 산수'가 생겨난 일은 "슬픈 일도 기쁜 일도 아니었으며, 누구를 원망할 성질의 것은 더더욱 아니었다"고 생각하고, 또 "세상은 한 방이야"라는 친구들의 말에 "결국 이들도, 같은 산수를 할 수밖에 없단 사실을" 알고 있는 '나'에게 그 모든 사정은 일종의

---

2) 박민규, 「그렇습니까? 기린입니다」, 『카스테라』, 문학동네, 2005, p. 69.

필연이라고 할 수 있다.

그리하여 "세상엔 수학(數學) 정도가 필요한 인생도 있겠지만, 대부분의 삶은 산수에서 끝장이다. 즉 높은 가지의 잎을 따 먹듯 — 균등하고 소소한 돈을 가까스로 더하고 빼다 보면, 어느새 삶은 저물기 마련이다." 말하자면, '나의 산수'란 곱셈과 나눗셈에도 미치지 못하고 고작해야 더하기 빼기, 합이 0을 만드는 계산에 불과하다. 물론 그 계산마저 그렇게 오락오락하시만은 않다. 출말부터, 그러니까 "세상은 하나의 열차다. 한 량의 정원은 180명, 그러나 실은 400명이 타야만 한다"는 첫번째 문제부터 보통의 덧셈, 뺄셈으로는 답이 나오지 않기 때문이다.

어머니가 쓰러지고 아버지가 사라지는, 계산이 안 나오는 상황에서 '나'의 가족은 '다행히' 제로섬의 균형을 회복하게 되지만, 그것으로 위기로부터 안녕, 했다고 말할 수 없는 것은 당연하다. '수학'은 나 몰라라 하고 '산수'만 할 줄 아는 '나'는 생계유지 역시 당연히 산수로 풀 수밖에 없지만, 동시에 그 문제는 산수로만 풀 수 있는 것이 아니다. 그런데도 어떻게든 생계유지가 가능하다면 '다행히' 혹은 '저절로'라고 설명할 도리밖에. 만약 그 설명이 불만이라면, 다른 식으로 말하면 이런 것이다.

〈착취〉는 우리가 알고 있는 것처럼 고통스럽게 행해진 게 아니었어. 실제의 착취는 당당한 모습으로, 프라이드를 키워주며, 작은 성취감과 행복을 느끼게 해주며, 요란한 박수 소리 속에서 우리가 생각한 것보다 훨씬 형이상학적으로 이뤄지고 있었던 거야. 얼마나 큰 보증금이 걸려 있는가는 IMF를 통해 이미 눈치 챘잖아.[3]

예컨대, 열심히 일하고 공부함으로써 가난을 극복하고 신분상승 같은 것을 이룰 수 있다고 믿을 때 '형이상학'이라고 불릴 만한 것이 '산수' 속으로 슬그머니 끼어들지만, 그에 수반되는 착취라고 해서 또 기꺼이 받아들일 만큼 만만한 것은 아니다. 어쨌든 불안한 산수를 거듭하든 '당당한' 착취를 감내하든 간에, 박민규 소설의 주인공 '나'들은 "달리 수가 없기도 했거니와 뭐랄까, 대체로 그런 성격"이기 때문에 "뭔가 할말이 있다는 기분도 들었지만, 대체로 나는 내가 처하게 된 이 특수한 상황을 현실로서 받아들이기로 마음먹"는다. 그러다 보면, 마치 기린처럼 "높은 가지의 잎을 따 먹듯 — 균등하고 소소한 돈을 가까스로 더하고 빼다 보면" 어느새 진짜 기린으로 변해버리는 경우도 종종 눈에 띈다.

'이 세계는 이렇게 돌아가고 있다'라는 서사가 인식론적 틀을 이루고 있다는 적절한 지적처럼,[4] 박민규 소설의 세계는 다분히 결정론적이다. 전지구적 자본의 시대를 맞아 활짝 개화된 『지구영웅전설』과 『삼미슈퍼스타즈의 마지막 팬클럽』의 미국 자본이나 「그렇습니까? 기린입니다」의 산수(수학), 「코리언 스텐더즈」의 ⓚ가 그런 사례로 적당할 것이다. 물론 전적으로 결정론적인 것은 아니다. 말하자면, 이런 식이다.

실업은 어느새 인간의 가장 큰 고통 중 하나가 되어 있었다. 산업혁명은 세계의 변화를 가속시켰고, 그 격동의 회랑 앞에서 — 유력했던

---

3) 박민규, 『삼미슈퍼스타즈의 마지막 팬클럽』, 한겨레신문사, 2003, p. 253.
4) 김영찬, 「개복치 우주(소설)론과 일인용 너구리 소설 사용법」, 『문학동네』 2005년 봄호, p. 256.

지역의 언론지 산타폴로니도 예외는 아니었다. 재무구조가 너무 취약해졌어요. 전에는 이런 적이 없었습니다. 1929년 대공황이 세계를 엄습했을 때, 산타폴로니는 이미 세상에서 자취를 감춘 지 오래였다. 대신 세계는, 페드로 주앙 핀투와 같은 실업자들로 가득 차 있었다. 이야기는 다시 아담 스미스로 돌아간다. 그의 이론은 더이상 세계의 변화를 설명하지 못했다. 1929년, 아담 스미스 호 격침.

그리고 케인즈가 나타났다. 케인즈는 시장의 자율적인 조정기능을 믿지 않았고, 정부의 적극적인 개입과 관리의 필요성을 역설했다. 그의 이론은 〈케인즈 혁명〉으로까지 일컬어지며 근대의 경제정책과 수정 자본주의의 모태가 되었다. 시장의 변화는, 그러나 케인즈의 이론으로도 예측할 수 없는 것이었다. 스태그플레이션과 오일쇼크가 연이어 발생했고, 경제학은 다시 한번 스미스의 〈보이지 않는 손〉에 의존해야 했다.[5]

「야쿠르트 아줌마」에서 변비로 고생하는 '나'가 변기 위에서 읽는 '농담 경제학사전'은 '형이상학적 수학'이라고 할 만한 '경제학'에 대한 농담을 늘어놓는다. 농담의 요지인즉, 예측 불가능한 이런저런 시장 변화가 '경제학 불가론'으로 귀결된다는 것이디. 그래시 박민규의 소설에 소위 자본의 세계 지배 — 세계라고 해봤자 고직 지구의 일부분을 가리킬 뿐이겠지만 — 에 대한 마스터플랜 같은 것이 깔려 있는 것은 사실이고, 그것이 불안 사회일수록 기승을 부리는 음모론에 대

---

5) 박민규, 「야쿠르트 아줌마」, 『카스테라』, pp. 156~57.

한 대중의 선호에 쉽게 부합하는 것이면서 반면에 지나치게 상식적이고 단순하다는 한계를 지니고 있는 것이지만,[6] 이러한 평가에 앞서 그 플랜이란 뒤집히기 위해 존재하기도 한다는 점을 지적할 필요가 있다.

마스터플랜에 대해서 박민규 소설은, 요컨대 '알고는 있지만, 설마/그렇지만/그럼에도 불구하고/어쩔 수 없이……'라는 것이 아니라 '알고 있지만, 그런데 어쩌라구……'라는 식이다. 도도새의 멸종 장면에서 시작하여, 산업혁명, 대공황, 케인즈로 이어지는 근대 자본주의 경제에 대해 서술하다가 "도도새의 이야기는 끝난 게 아니었다. 인류는 그제서야 새의 멸종이 생태계에 미친 영향을 이해하기 시작했다"라면서 은근슬쩍 변비를 끌어들일 때, '그런데 어쩌라구'의 태도는 극대화된다.

국제 유가가 급등하고, 미국과 EU는 아시아권의 보호무역체제에 보복사찰을 감행하고, 한국의 수출전선에 비로소 청신호가 엿보인다, 하고, 정부는 고령화사회를 앞둔 새로운 복지정책에 박차를 가하고, 최초, 중국의 우주인이 우주에서 메시지를 보내왔지만──아무튼 명심해라. 니들이 어디서 무엇을 하건, 지금 이 세상에 똥 못 눠 고통받는 한 인간이 있다는 사실을.[7]

세계 지배를 꿈꾸는 '니들'의 경제학이 변비 하나 해결하지 못하는

---

6) 조형준, 「파시즘의 유혹과 자유를 향한 참을 수 없는 열망 사이에서」, 『문학·판』 2004년 겨울호, p. 170.
7) 박민규, 「야쿠르트 아줌마」, 앞의 책, p. 168.

장면은 이중적인 의미를 띤다. 그것은 경제학이 변비까지도 예측하고 해결해야 한다는 기대와 함께 경제학이 변비조차도 해결하지 못한다는 조소를 동시에 반영하고 있다. 그리고 그 이중성의 산물이 바로 '야쿠르트 아줌마'다. '농담 경제학사전'에 의하면 야쿠르트 아줌마는 어느 경제학자도 예상치 못한, 단연 최고의 돌발 변수였지만 한편으론 후기산업사회 질병으로서의 변비를 해결할 수 있을지도 모른다는 점에서 '보이지 않는 손'의 애매한 후보라는 것이다. 느닷없이 야쿠르트 아줌마의 방문을 받은 '나'는 야쿠르트 배달을 신청하기로 한다. 야쿠르트 아줌마는 마스터플랜 따위는 있으나 마나한 가짜임을 폭로하는 동시에, 적어도 변비 환자인 '나'에게는 문제를 해결해줄 수 있는 '보이지 않는 손'일 수 있기 때문이다. 물론 '농담 경제학'이든 야쿠르트 아줌마든 다 농담일 뿐이다. 엄밀히 말하면, 필연적인 법칙을 찾으려는 경제학을 무력화하는 우연의 가능성에 대한 농담이 '나의' 야쿠르트 아줌마(보이지 않는 손)를 만들어냈다고 할 것이다.

　다시 「그렇습니까? 기린입니다」로 돌아가자. 앞에서 '나의 산수'가 필연적인 조건 같은 것이라고 말했는데, 이때의 필연이란 어떤 사건들이 모여 특정하게 연속되어 있는 것을 의미한다. 반면에 전체 우주의 차원에서 생각해보면, 지금 이 세계에서 필연적인 것처럼 보이는 사건들의 연속은 무수히 많은 가능세계possible worlds 중의 하나일 뿐이다. 예컨대, '나'가 '수학'을 하는 세계도 있을 수 있고, 아버지가 가출하지 않거나 혹은 어머니가 건강을 회복하지 못하는 세계가 있을 수도 있다. 물론 그런 가능세계에 대한 상념을 억압하는 것이 '형이상학'의 주요한 임무 중 하나이겠지만 말이다.

좋아요, 다 좋은데 그러니까 당신이 기억하는 인류의 얼굴을 말해보란 얘기야. 화성의 누군가로부터 그런 추궁을 받는다면 나는 적잖이 고통스러울 것만 같았다. 다른 행성의 존재에게 알려주기엔, 인류의 몽따주는 얼마나 슬픈 것인가. 지금 열차가 들어오고 있습니다. 파아, 하아. 그래 전철만 다녀라, 은하철도 같은 건 아예 생각지도 말아야 한다. 지금 이대로의, 인류라면 말이다.

다릴 뻗고 고갤 젖히고, 그래서 구름이 흘러가는 걸 쳐다보며 나는 말했다. 형, 지구는 진짜 돌고 있어요. 그러냐? 이렇게 지구가 도는 게 느껴질 땐 말이죠, 문득 그런 생각이 들어요. 뭐가? 그러니까… 정말 우주에서… 행성 위에서 살고 있는 거잖아요. 그래서? 이런 곳에서… 왜 고작 이따위로 사는 걸까, 라고요.[8]

광대무변한 우주에 대한 상념은 지금 '나'의 삶의 곤궁함을 무수한 경우의 수 중, 좋지 않은 하나의 경우에 불과하다고 상대화시킨다. 말하자면, 「몰라 몰라, 개복치라니」에서 개복치—지구가 산란하는 3억 개의 알 중에서 누군가가 태어나는 것과 같이, "지금 이대로의" "고작 이따위" 삶이란 무수한 확률, 예컨대 1/300,000,000의 가능성 중 하나인 것뿐이다.

박민규 소설의 재미는 현실(일상)을 지배하는 필연과 상념이 제공하는 자유로운 가능성 사이에서 발생하는 것이라 할 수 있다. 거기서 필연과 가능성은 극단적으로 과장되어 필연은 더욱 결정론적인 것이

---

8) 박민규, 「그렇습니까? 기린입니다」, 앞의 책, p. 81, pp. 86~87.

되며, 가능성은 더욱 '믿거나 말거나'가 된다. 이미 결정된 필연에 대해선 왈가왈부하는 것이 적절치 않으므로 박민규의 주인공들은 고단한 현실에 대해 동정이나 연민 혹은 절망이나 분노 같은 감정을 이입하는 헛수고를 하지 않는다. 그렇다고 해서 현실을 '있는 그대로' 보여준다는 것도 아닌데, '형이상학'적 조작의 결과 "프라이드를 키워주며, 작은 성취감과 행복을 느끼게 해주며, 요란한 박수 소리 속에서" 감동적으로 상연되는 것으로 믿기는 현실이 실은 무한 경쟁이라는 앙상한 시놉시스를 따르는 것뿐이라고, 현실을 낯설게 패러프레이즈 하고 있기 때문이다.

그런 것뿐이라면 박민규 소설은 단지 블랙 코미디에 그치고 말겠지만, 그 너머에 일종의 소원성취의 드라마가 깔려 있다. 예컨대, 「카스테라」의 경우, 유례없이 불쾌지수가 높았던 여름을 나기 위해 중고로 들인 냉장고가, 전생에 훌리건이 아니었을까 의심스러울 만큼 굉장한 소음을 내뿜고 '나'가 그 어처구니없는 소음과 동거해야 할 때, 냉장고는 삶의 곤궁함의 일부로서 그것을 희화적으로 보여주는 구질구질한 중고 가전제품일 뿐이었다. 아버지의 사업 실패로 가족이 풍비박산 나고 "방(房)이라고 하기보다는, 관(棺)이라고 불러야 할 사이즈"의 고시원 쪽방에서 가스 배출 방법을 고안하는 「갑을고시원 체류기」의 '나'의 사정은, 누추하긴 하지만 어엿한 원룸에 살고 있는 「카스테라」의 주인공보다 더 열악하고 더 우습다. 그런데 어느 순간 냉장고는 냉장되어 있던 '뭐든지, 뒤죽박죽' 세계를 달콤한 '카스테라' 한 조각으로 바꾸는 마술을 부리고, 고시원 밀실은 열대어들의 기포가 떠다니는 수족관처럼, 고단한 영혼이 잠시 삶을 이탈해 머무는 거처가 된다. 너구리도, 펠리컨을 닮은 오리배도, 야쿠르트 아줌마도 마찬가지 이야기를 만들어낸다.

　말하고 보니, 아무리 '믿거나 말거나'라고 해도 이건 좀 심한 게 아닌가? 그러나 심리적 차원에서 보자면 소원 성취의 박민규적 버전이라고 부를 수 있는 이런 이야기는 단지 박민규 개인의 것만은 아닐 것이다. 프로이트는 결정론에 대해 "큰 결정들을 내리는 경우에는 오히려 정신적인 압박을 경험할 것이고 그래서 '나는 그렇게 되었어, 달리 어쩔 수가 없어'라고 동의하고 만다. 반대로 무의미하거나 자신과는 무관한 결정들을 내리는 경우에는 사람들이 이와는 다르게 결정을 내리고 자유롭게 행동하며 또 동기가 불분명한 행동을 하는데, 이 점은 대부분의 사람들이 기꺼이 동의할 것이다. 〔……〕 동기가 부여되지 않은 나머지 행위들은 의식이 아닌 다른 곳으로부터, 즉 무의식으로부터 동기를 부여받게 되는 것"이라고 말한 바 있다.[9]

　요컨대, 통상적으로 동기가 부여되는 경우는 결정론에 의해, 그렇지 않은 경우는 자유에 의해 행위한다고 알고 있지만, 후자의 경우에도 무의식적인 동기를 확인할 수 있다는 것이다. 필연에 의해 좌우되는 일상과 자유로운 상념으로 구조화되는 박민규 소설에 대해서도 같은 말을 할 수 있다. '믿거나 말거나' 식의 상념이 자유로운 것처럼 보이지만, 이를테면 박민규 세대의 공통감각 같은 결정인이 전제되어 있다고 할 때, 박민규의 상념은 단지 개인의 것만이 아니라 우리 사회의 한 부분을 이루는 집단의 무의식을 드러내는 것이기도 하다.

---

9) S. 프로이트, 『일상생활의 정신 병리학』, 이한우 옮김, 열린책들, 2003, p. 339.

3. 고독의 교감

　윤성희의 『거기, 당신?』에 수록된 단편들에 등장하는 인물들은 외롭다. 전작 『레고로 만든 집』의 단편들에서도 두드러진 점이었던바, 그들 중 몇몇은 경제적 궁핍 속에 홀로 있으며, 그 주위에는 친구나 그 밖의 도움을 줄 만한 사람들이 없다. 혹은 가족이나 친구가 없는 것도 아니고 직장이 없는 것도 아니어서 그보다는 좀 사정이 나은 경우에도 그들은 대체로 외롭다. 윤성희 소설에서의 외로움은 그것을 주체 일반의 비시간적이고 실존적인 문제로 환원하기에는 경제적 궁핍과 가족의 해체 등의 특수한 상황을 배경에 깔고 있지만, 또한 그것을 한 개인의 심리적인 문제로 설명하기에는 서술의 여백이 비교적 많기 때문에, 정체를 확인하기가 그리 쉽지 않다.

　표제작 「거기, 당신?」에서 바람이 잔 날을 골라 불을 지르는 방화범인 그가 고립무원의 상황에 처하게 된 것은 동업자에게 속아 거액의 빚을 졌기 때문이다. 그 빚은 그가 죽었을 때 탈 수 있는 보험금의 몇 배나 되었고, 위조 여권을 만들어서라도 미국으로 뜨고 싶은 그는 자신이 짓다 만 건물이 바라보이는 길을 자전거로 달린다. 그런데 그가 외로운 이유가 꼭 동업자에게 사기를 당했기 때문만은 아니다.

　달리면 달릴수록 그는 자꾸 어려졌다. 새집으로 이사를 하자 아버지에게는 서재가 생겼다. 아버지는 한번 서재에 들어가면 며칠이고 밖에 나오질 않았다. 아버지가 가지고 있는 재주라곤 사람들의 발을 보고 사이즈를 알아맞히는 게 전부였다. 이젠 사람들의 발을 쳐다보는 게 지겨워. 아버지는 말했다. 자신의 신체 중에서 발이 가장 예쁘다고 생각했던 어머니는 아버지의 말에 눈물을 흘렸다. 아버지가 미국으로 떠났다.[10]

그가 어렸을 때 아버지가 미국으로 떠나고, 몇 년 후 어머니 역시 아버지를 찾아간다는 쪽지를 남기고 사라진다. 그는 외로울 때면 달렸고, 또 잠이 오지 않는 밤이면 어린 시절의 사진을 태우곤 했다. 오래된 버릇—이는 그의 외로움 역시 오래된 것임을 알려준다—대로 그는 밤마다 자전거 페달을 밟고 길거리의 종잇조각들을 태운다.

새벽녘에 아파트 15층에서 그의 방화를 기다리고 있는 그녀 역시 외롭다. 그러나 음식 모형 회사를 동업하는 그녀가 새벽에 깨었다가 오래도록 잠들지 못한다거나 15층에서 뛰어내리고 싶은 충동을 느끼는 이유는 분명하지 않다.

창이, 가늘게, 흔들렸다. 그녀는 창에 손바닥을 대고 가만히 숨을 멈추었다. 떨림이 혈관을 타고 심장까지 전해졌다. 십오 층까지 올라오는 동안 바람은 약간 신경질적이 되었다. 하지만 이 정도의 바람이라면 나뭇가지는 나뭇잎에 상처를 내지 않도록 가만가만 흔들릴 것이고, 구름은 둥근 달을 일그러뜨리지 않도록 조심조심 움직일 것이다. 그녀는 베란다에 앉아 무언가를 기다리는 중이다. 그녀의 예감이 맞다면 아랫동네 어느 골목에서 곧 연기가 피어오를 것이다. 지난 한 달 내내 동네를 공포에 젖게 만들었던 방화범이 오늘 같은 날을 지나치진

---

10) 윤성희, 「거기, 당신?」, 『거기, 당신?』, 문학동네, 2004, p. 85.

않을 것임을 그녀는 알고 있었다.[11]

어머니가 편두통에 시달리고 그 때문에 아버지가 귀가하지 않게 되었다는 것으로 그녀의 외로움을 설명할 수 있을까? 그럴 수도 있고 아닐 수도 있다. 그런 이유보다 더 중요한 것은 창문과 나뭇가지와 구름의 진동을 통해 가만히 부는 바람을 감지하고 있는 그녀가 실은 방화범의 외로움에 주파수를 맞추고 있다는 점이다. 물론 그녀 자신이 외롭기 때문에 알지 못하는 누군가에게 귀를 기울이는 것이겠지만, 동시에 그녀의 외로움은 자기 주변에 있는 누군가의 외로움에 동조되어synchronized 증폭되는 것이기도 하다.

이렇게 보면 그녀의 외로움은 자신을 여덟 달 동안 품고 있던 어머니의 가슴속에 감춰진 눈물주머니 탓이기도 하고, 또 어머니가 고무망치로 머리를 두드리는 소리를 견딜 수 없어 사라진 아버지의 괴로움을 이해한 결과이기도 하다. 마찬가지로 그의 외로움 역시 어린 시절, 술 취한 아버지의 "그래서 어쩌란 말이야!"라는 말투를 따라했을 때 이미 시작된 것일 수 있다. 그리고 그 외로움은 차례대로 서재에 틀어박혀 나오지 않던 아버지와 어머니를 거쳐 그에게 전염된다. 그는 "서재에서 잠을 자면 언제나 새벽 두 시쯤에 잠에서 깼"고, 그때마다 "면도칼이 순식간에 그의 가슴을 훑고 지나간 것처럼 통증이 왔다."

요컨대, 「거기, 당신?」의 그와 그녀가 느끼는 외로움은 실상 자기 혼자만의 것이 아니다. 여기저기에 외로움이 편재(遍在)해 있고, 그와 그녀는 다만 주변의 외로움들을 좀더 가깝게 감지하고 있을 뿐이

---

11) 윤성희, 「거기, 당신?」, 앞의 책, p. 81.

다. 주변에 행복한 사람들이 많았다면 그와 그녀 역시 다른 사람들의 행복에 동조되었겠지만, 그러나 어쩌겠는가, 불행하게도 세상에는 외롭고 쓸쓸한 사람들, 보험금 때문에 화재를 가장해 죽은 사람, 애인이 통장을 들고 도망친 사람, 빚 때문에 청부업자로부터 쫓기는 사람 등이 더 많은 것을.

일종의 자기만족에 복무하는 외로움이 있다. 고독을 훈장처럼 내세웠던 근대 초기의 개인들은 비록 공동체 안에서는 저주받았을지언정, 전도를 통해 자신의 이념에 충실할 수 있었다. 그들의 아류격인 우리 역시 타인과 공유할 수 없는 자기만의 만족을 위해 고립을 선택하는 것은 마찬가지다. 그런데 탈이념적이고 전 지구적인 자본의 시대에는 누구나 고립된 개인으로서 무한 경쟁에 참여할 것을 강요받고 있으며, 그 결과 누구나 외롭기에 외로움이 공동체에 대한 부정성으로 존재하기보다는 외로움 자체가 하나의 실체가 되어버렸다. 우리는 경쟁에서 살아남기 위해 스스로 고립되어야 하고, 어느 순간 만족을 위한 것이었던 고립이 단지 고립 그 자체가 되어 있는 것을 발견한다. 우리의 외로움은 제도적이며 기계적이다.

「누군가 문을 두드리다」의 그는 쉽게 직장을 얻었고 별 불만 없는 삶을 살고 있다. 두 동생 역시 원하는 대학에 쉽게 합격했으며, 남동생은 유학을 떠나고 여동생은 의사와 결혼한다.

그는 유리창을 두드리며 외쳤다. 이봐요, 저편에서 여자가 그를 쳐다보는 것 같았다. 유리창에 오늘 아침에 보았던 장면이 떠올랐다. 머리에 피를 흘리면서 눈을 껌벅이던 여자. 그 미친 여자의 모습 위로 지금 호숫가를 서성이는 여자의 모습이 겹쳐졌다. 그 화면을 지우기 위해 그는 손바닥으로 유리창을 두드렸다. 이상한 일이었다. 손을 멈출 수가 없었다. 유리창을 두드리면 노크 소리가 저 멀리까지 퍼져나갈 것만 같았다. 그러면 남동생은 편지를 보내올 것이고 여동생은 하루 종일 들여다보던 홈쇼핑 채널을 끄고 그에게 전화를 걸 것 같았다. 유리 깨지는 소리가 들리더니 이내 그의 오른손 위로 유리가 쏟아졌다.[12]

원하는 것을 얻기 위해 떠난 동생들은 연락을 끊고 점점 더 외로운 존재가 된다. 아니, 자신의 만족을 위해 떠났을 때 이미 그들은 고립되기 시작했을 것이다. 그들이 특별히 악하거나 실수를 저질렀기 때문이 아니라 그것이 우리가 사는 방식이기 때문이다. 주말에 차를 끌고 다니며 패러글라이딩을 즐기려는 것을 고집했다면 그 역시 동생들과 똑같은 종류의 외로움을 느꼈을 테지만, 동생들의 유학과 결혼 때문에 자신의 계획을 접은 그는, 어느 날 누군가에게 말을 걸기 위해 정신없이 창문을 두드리다가 손을 다치기 전까지는 "항상 자신의 삶은 운이 좋은 편이었다"고 생각한다. 그리고 퇴원한 후 '숨쉬는 물건들'이라는 신비한 중고품 매장을 방문해서야 비로소 자신의 외로움을 알게 된다.

어디서 소곤서리는 소리가 들렸다. 그는 그 소리를 자세히 듣기 위해 두 손을 귀에 갖다댔다. 물건들은 서로 속닥거리고 있었다. 〔……〕 마술용품은 그때 얼마나 행복했는지 아직까지도 가슴이 두근거린다고

---

12) 윤성희, 「누군가 문을 두드리다」, 앞의 책, p. 60.

주변에 있는 물건들에게 말을 했다. 물건들이 속삭이는 소리를 듣다 그는 눈물을 흘렸다. 누군가 가슴속을 똑똑 하고 두드렸다. 그는 자신의 가슴을 들여다보았다. 지난 삼십 년 동안 자신이 얼마나 외로웠었는지 그는 잊고 있었다. 〔……〕 그는 가슴에 손을 대었다. 음악을 틀어놓은 스피커에 손을 댄 것처럼 가느다란 떨림이 느껴졌다.[13]

「누군가 문을 두드리다」에서 그의 외로움은 우리가 만족을 위해 스스로 선택한 외로움과는 다른 종류의 것이다. 『레고로 만든 집』의 「이 방에 살던 여자는 누구였을까?」와 「서른세 개의 단추가 달린 코트」에서 사라진 은오의 흔적을 발견한 '나'가 점점 그녀의 외로움에 동조되듯이, 그는 이미 용도폐기되어 중고 매장에 나온 물건들의 이야기를 들으면서 자신의 외로움을 확인한다. 그 외로움은 자기가 혼자라는 느낌으로서만이 아니라, 외롭게 사라지는 혹은 이미 사라진 것들에 동조되고 증폭된 감정으로서의 외로움이며, 자기 자신도 언젠가는 그렇게 사라질 것이라는 운명에 대한 확인으로서의 외로움이다.

『거기, 당신?』에서의 외로움은 흡사 사이코메트리psychometry처럼 가까운 사람들 사이에서는 물론 전혀 알지 못하는 사람들이나 사물들 사이에서도 서로 교통한다. 외로움의 교통을 통해 그들은 사라진/사라지는/사라질 것들을 불러낸다. 「유턴지점에 보물지도를 묻다」에서 자기 등 뒤에 서 있는, 일찍 죽은 쌍둥이 언니의 생일을 축하하는 '나'가 그러하고, 「거기, 당신?」에서 어린 시절의 사진이나 전화

---

13) 윤성희, 「누군가 문을 두드리다」, 앞의 책, pp. 73~74.

요금 고지서를 태우면서 그 안에 담긴 이야기에 귀를 기울이는 그와 "거기, 당신인가요?"라며 지나가는 그를 불러 세워 "어머니 뱃속에 있었던 여덟 달 동안 얼마나 외로웠는지에 대해 이야기해주"는 그녀가 그러하며, 버려진 자신을 주워 기른 양모, 그리고 동생뻘의 또 다른 미아와 함께 살았던 예전의 집을 복원하려는 「만년소년」의 빈집털이범이 그러하다. 이는 사라진 것들에 대한 위로이며, 동시에 앞으로 사라질 자기 자신에 대한 위로이기도 하다.

그러나 외로움의 교통이라는 명제는 그것이 부재한/부재하는/부재할 것을 매개로 한 교통이라는 점에서 역설적이다. 그러한 교통의 결과는 여전히 외로움이며, 이때 외로움은 「고독의 의무」라는 제목이 명시하듯, 삶의 의무가 될 것이다. 외로움이 삶의 의무라면, 외로움을 잊지 않는 것이나 외로움을 잊는 것 모두 충분한 해결책이 될 수 없다. 외로움을 잊지 않으면 더욱더 외로워질 것이지만, 외로움을 잊을 수 있다는 것 역시 환상에 불과하기 때문이다. 「잘 가, 또 보자」에서 고등학교 동창인 O, H, W, K는 많은 빚이 있거나 실연당했거나 부모를 잃었다. 새해를 맞으러 여행을 갔고 거기서 W가 자살한다. 그들은 고등학교 때 가짜 브랜드 실내화를 신었던 가난한 아이들이었고, "아직도 가짜 실내화를 신고 있는 고등학생이었다. 그것은 영원히 벗을 수 없는 신발이었나. W는 그 사실을 진작에 알아치렸던 것이다." 요컨대, W가 알아차린 것은 자신의 무력힘이었을 것이다.

말을 하기 시작히지 멈춰지지 않았다. K는 자신이 넘어졌을 때 늘 손을 내밀어줬던 사람이 W였다는 게 생각났다. 남자친구에게 사기를 당했을 때 K 대신 실컷 욕을 해준 사람도 W였다. W는 O가 직장상사

에게 괴롭힘을 당하자 상사의 집에 몰래 들어가 침대에 오줌을 싸놓기
도 했다. 넌 늘 우리 대신 욕하고, 우리 대신 울었어. 그게 니 문제였
어. K의 눈에서 눈물이 흘렀다.[14]

자신이 외로움에서 벗어날 수 없다는 것을 알고 있던 W는 그 때문
에 그들의 외로움에 가장 많이 공감할 수 있었고, 넘어진 친구에게
손을 내밀어줬고, 대신 욕해줬고 대신 울어줬다. 그러나 가장 예민했
기 때문에 가장 먼저 지친 것도 W였다. 여전히 외롭고 쓸쓸하게 살
고 있는 친구들은 죽은 W의 전화번호를 지우지 않고, W를 불러내
이야기하며, 눈물짓는다.

박민규 소설이 감정 이입을 자제하고 있다면, 윤성희 소설은 상대
적으로 감정 이입이 과잉되어 있다고 할 수 있다. 감정 이입을 통해
시작된 외로움의 교감이 고립된 사람들을 연결하고 있기는 하지만,
다른 한편으로 그것은 자신과 타인에 대한 과도한 동정과 연민을 낳
을 수 있다. 친구들이 느닷없이 쪼그려뛰기, 팔굽혀펴기, 윗몸일으키
기를 연달아 하고 배가 고파 밥을 먹고 W의 전화번호를 지우는 「잘
가, 또 보자」의 마지막 장면은 그러한 감정의 과잉을 유머러스한 방
식으로 억제하고 있음을 보여준다.[15] 감정이 이입되지 않은 일상적
시선과 어조를 통해 말함으로써 고통스러운 감정에 대한 동정과 연민
을 절제하는 유머는 「유턴지점에 보물지도를 묻다」와 「길」에서도 발

---

14) 윤성희, 「잘 가, 또 보자」, 앞의 책, p. 253.
15) S. 프로이트, 『농담과 무의식의 관계』, 임인주 옮김, 열린책들, 2003, p. 282. 프로이
트에 의하면 유머의 쾌락은 '절약된 감정 비용'에서 나온다. 이는 박민규 소설의 경우에
도 해당된다.

견된다. 그리하여 윤성희의 소설은 연민과 유머 사이에서 가까스로,
그러나 교묘하게 균형을 잡는 데 성공한다.

〔2005〕

작가의 윤리와 소설의 윤리
—공선옥론

1. 직접화된 사건

1991년 발표된 「씨앗불」의 광주 이야기에서 출발하여, 모성적이거
나 생태주의적인 세계를 보여주는 '홀로어멈' 이야기로, 또 극빈층의
삶을 소재로 하는 '유랑' 이야기로 이어지고 있는 공선옥 소설에 대해
서는 비록 화려한 조명이 집중되지는 않았을지라도 지금까지 상당한
정도의 평가가 축적되어왔다고 할 수 있다. 다음의 인용은 공선옥 소
설에 대한 평가의 현황을 일목요연하게 제시하고 있다.

'예외적일 만큼 귀한 존재'이기에 특별하게 감싸 안으려는 우호적인
평가 또한 많았다. 가령 "세련의 포즈와 인위적인 기교의 문학이 우세
한 현시점에서 공선옥의 문학은 진짜배기문학의 당당함을 증거하고 있
다. 〔……〕 공선옥 문학의 거친 활력과 활기는 참으로 아름다운 매력
이다"와 같은 파악이나 "7, 80년대 민중문학의 가장 높은 성취인 '날

것 그대로의' 생생함, 그것을 90년대 문학에서는 오직 공선옥의 문학
에서밖에 맛볼 수 없다"는 인식 등이 그것이다. 그러나 거기에 깔려 있
기 쉬운 지나친 단순화의 위험성은 마땅히 경계해야 한다. 사실 현대
로 올수록 작가의 직접적 체험보다는 체험에 대한 사변적 성찰이나 내
면화 또는 추상화의 경향이 전반적으로 강해지고 실제로 주도적인 것
이 되는 터라 직접체험이 가져다주는 선명성은 생각하기에 따라 굉장
히 큰 몫을 차지할 수도 있다. 하지만 그럴수록 '문학과 현실의 창조적
긴장관계'에 주목하여 작품 됨됨이를 차분히 따지는 일이야말로 평범
하지만 가장 날카로운 비평임을 상기하지 않을 수 없다.[1]

요컨대, 공선옥 소설의 가치는 우선 1990년대 이후의 문학이 노정
하는 체험의 내면화, 추상화라는 전반적인 경향 속에서 예외적으로
'직접적인 체험'에 바탕하고 있다는 사실에서 찾을 수 있다. 직접적
체험은 단지 다른 소설들과 구별된다는 의미에서의 '드문 것'일 뿐만
아니라 그 자체로 '귀한 것'이기도 한데, 공선옥 소설이 솔직하고 정
직한 문학으로서 "삶의 직접성"의 구현할 수 있는 것도, 또 그렇게
해서 드러나는 궁핍하거나 팍팍한 삶 속에서 주인공이 "더 이상 물러
설 곳이 없는 처지이면서도 절망에 빠지지 않고 현실에 맞서나가는
당당함"을 잃지 않을 수 있는 것도, 그리고 그런 이야기가 독자에게
감동을 줄 수 있는 것도, 궁극적으로는 직접직 체험의 힘 때문이라고
할 수 있다.

반면에, "문학과 현실의 창조적 긴장관계"라는 말이 지적하고 있듯

---

1) 임규찬, 「공선옥 문학은 어느만큼 와 있는가」, 『창작과비평』 2004년 여름호, p. 86.

이, 소설적 구성을 얻지 못할 경우 직접적 체험은 한 개인의 경험의 한계를 벗어나지 못하고, 그리하여 "하층계급 여성이 처한 현실의 어두움에 집중한 나머지 초기 신경향파 소설이 연상될 정도로 비극성이 분출하는" 소설로 귀결되거나 "자전(自傳)의 문학적 변용에서 가끔 상투성을 노정하기도 했고 간혹 작가의 날목소리와 뒤섞이게도 했"던 결과를 낳기도 한다.[2]

　이상에서 보는 바와 같이, 긍정적으로든 부정적으로든 공선옥 소설에서 직접적 체험의 영향력에 주목하지 않을 수 없는데, 간단할 것 같지만 '직접적 체험'이라는 말의 의미는 의외로 그리 쉽게 규정되지 않는다. '직접적'이라는 말은 먼저 '자전적'이라는 말과 거의 같은 뜻으로 이해할 수 있다. 실제로 1980년대 초에 광주에서 대학교를 다녔고 스물한 살에 상경해 공장 노동자가 된 이래 지금까지 가난하게 살면서 홀로 아이들을 키우는 작가 공선옥이 '80년 광주'를 형상화하고 '홀로어멈'이나 '유랑가족'에 대해 이야기한다는 점에서, 공선옥 소설이 자전적 성격을 띠고 있다는 것은 분명하다.

　그러나 직접적 체험이 단지 자전적 체험을 의미하는 것만은 아니다. 직접적 체험이란, 그 반대편에서 진행되는 "체험에 대한 사변적 성찰이나 내면화 또는 추상화" 작용과 비교할 때, 단순히 자기 스스로 뭔가를 체험했다는 뜻이라기보다는 어떤 체험을 간접화하지 않는다는 뜻으로 보는 것이 타당하다. 이때 직접적 체험, 직접화된 체험이 반드시 자전적 체험일 필요는 없다. 그렇다고 해도 체험을 직접화한다는 것이 또 무엇을 뜻하는 것인지 역시 간단히 파악되지는 않는

---

2) 김은하, 「90년대 여성소설의 세 가지 유형」, 『창작과비평』 1999년 겨울호; 정홍수, 「신산(辛酸)에서 따숨까지」, 『내 생의 알리바이』, 창작과비평사, 1998.

다. 공선옥 소설에서 체험이 직접화되는 양상을 살펴보기로 하자. 우
선, 체험을 간접화한다는 것의 의미를 파악하는 것이 좀더 수월할 것
이다.

2. '알리바이'와 윤리

'알리바이'라는 말에서 시작하기로 하자. 공선옥의 「내 생의 알리
바이」를 염두에 둔 것이지만, 꼭 이 소설에 국한되는 것만은 아니다.
알리바이란 범죄현장에 있지 않았음을 스스로 주장하거나 입증하는
것이고, 좀더 확장하면 어떤 사건에 대해 자기를 변호(변명)하는 것
이다. 1980년 봄에 잠시, 광주의 한 고등학교를 같이 다녔던 태림의
소식을 우연히 접한 '나'는 자기의 알리바이에 대해 진술하기 시작한
다. '나'가 태림과 관련해서 알리바이를 입증해야 하는 것은 무슨 까
닭일까?

"잊어버리자."

얼마나 무책임하고 방자한 말인가. 잊어버리자는 말 따위는 두 번은
하기 싫었다. 아무 말 없음의 관계. 말없는 속에서의 대화가 우리 사
이에는 가능했다. 말없는 속에서의 대화가 가능한 한 '우리의 우정은
변함없으리'라. 나는 그날, 낙태수술한 여자가 수술한 지 두 시간 만에
술을 마셔도 괜찮은지 어쩐지만을 지극히 염려했다. 이제 돌이킬 수
없는 영혼의 문제 따위는 생각하지 않았다. 아니, 생각하지 않으려 의
식적으로 노력했다. 한눈팔기였다. 그냥 한눈을 팔아버리는 것이다.

본질 들여다보기란 얼마나 잔인한가. 우리는 서로가 한눈팔고 있는 상태임을 잘 알아보았고 그 한눈팔기의 이면에 도사린 것이 무엇인지를 잘 알고 있었기에 서로가 서로에게 아무 말도 할 수가 없었다. 수남이 태림이 얘기를 한 것도 어쩌면 그런 한눈팔기의 일종이었다.[3]

빚에 허덕이던 사회과학 출판사를 후배에게 넘긴 '나'와 10년 연애를 낙태수술로 마감한 수남은 지금 과거와 결별하고 새롭게 사는 것에 대해 이야기하고 있다. 그러나 "잊어버리자"는 말을 하는 대신 딴 데 한눈을 판다. 그 한눈팔기란, 가령 "돌이킬 수 없는 영혼"(그것은 낙태로 인해 사라진 영혼이기도 하고, 혹은 사회과학 출판사를 운영하거나 누군가를 사랑했던, 그러나 이제는 잊어버려야 할 그들의 영혼이기도 하다)에 대해 생각하는 것이 아니라 낙태수술 후 두 시간 만에 술을 마셔도 괜찮은지에 대해 생각하는 것이고, 그것도 의식적으로 그렇게 노력하는 것이다. 그렇게 한눈을 팔고 나서야 새 출발에 대해 "시종일관 담담하고 초롱초롱"한 태도를 유지할 수 있으며, 또 "조그만 틈새만 있어도 우리가 견지하고 있는 시종일관의 태도는 와르르 무너질 수 있음을 수남과 나는 잘 알고 있었기에" 끊임없이 한눈을 팔아야만 한다.

그들이 출판사를 정리했고 낙태수술을 받았기 때문에 새롭게 출발하려는 것인지, 새 출발을 위해 출판사를 넘기고 낙태수술을 한 것인지는 잘 알 수 없다. 또 새 출발이 과거에 대한 무책임이나 방자함으로 비칠 혐의도 없지 않다. 그러나 그런 사정에도 불구하고 '나'와 수

---

3) 공선옥, 「내 생의 알리바이」, 『내 생의 알리바이』, 창작과비평사, 1998, pp. 240~41.

남 둘 다에게 "새롭지 않으면 길은 막다른 길"이라면, 그들에게는 선택의 여지가 없다. 그리고 자의에 의해서가 아니라 어쩔 수 없이 그렇게 할 수밖에 없다면, 그들에게는 알리바이도 충분하다. 자기변호로서의 알리바이를 만드는 방법에는 여러 가지가 있겠지만, 상황 때문에 불가피하게 그럴 수밖에 없었다는 해명은 그중 훌륭한 알리바이다. 그것은 또 자기의 책임을 상당 부분 면제해주기도 한다. 자, 이제 새 출발을 위한 이유도 알리바이도 마련되어 있다. 그런데도 그들이 한눈팔기를 계속한다는 것은 어떤 이유에서인지 그 알리바이를 확신하지 못하기 때문이다. 한눈팔기를 멈추고 문제를 직시하면 알리바이 따위는 금세 무너질지도 모른다.

사실 수남이 태림에 대한 이야기를 꺼낸 것도 한눈팔기의 일환이다. '나' 역시 마찬가지여서, '나'는 옛 친구인 태림에 대한 기억이 "우리가 드러낸 환부 위에 임시처방으로 바르는 반창고 역할"만을 해주기를 바란다. 그러나 그런 기대와 달리 태림은 '나'에게 제2, 제3의 상처를 입히고, 마치 "명태포 속에 잠복해 있던 가시처럼 내 폐부 깊숙한 어느 한 곳을 자꾸만 찔러"댄다. 그 때문에 '나'는 알리바이를 다시 입증해야 한다.

'나'는 1980년 5월 학교에서 종적을 감춘 태림과 몇 차례 마주친 적이 있다. 고등학교 졸업을 앞두고 우연히 만났을 때, 그녀는 '나'에게 호수에 사람이 빠져 죽는 걸 봤다는 둥 그게 아니라 사기가 누군가를 빠뜨렸다는 둥 영문을 알 수 없는 말을 주워섬긴다. 다음 해 겨울, 그녀는 서울에서 고학하고 있던 '나'를 찾아와 도움을 청했고, '나'는 "나에겐 힘이 없어. 그리고 무엇보다 너랑 나랑은 그다지 친하지 않아"라고 거절한다. 몇 년 뒤 노동운동으로 구속되었다 석방되어 광주에 내려가 있던 시절, '나'는 마지막으로 그녀와 조우하고, 절망적인 낯빛의 그녀를 따라 들어간 막걸리 집에서 그녀의 남편이 죽었다는 것, 큰아이는 아동일시보호소에 맡기고 젖먹이는 친권을 포기할 계획이라는 것 등을 듣는다. 그녀의 아이들을 보호시설에 맡기는 데 필요한 보증을 섰던 '나'는, 그러나 "그동안의 내 생은 악화일로의 선상에서 단 한 발짝도 비켜나지 않은 삶이었고 나는 그런 내 생에 코를 박고 사느라고 장차 내 새끼가 될지도 몰랐던 태림의 아이들조차 까맣게 잊어버리고" 지낸다.

그해 5월 통상적인 삶의 궤도로부터 이탈하고 끝내 복귀하지 못했던 태림과 달리, 군인들이 교문을 지키고 있는 중에도 평범한 고3 생활을 거쳐 무사히 학교를 졸업한 '나'는 몇 번의 기회가 있었지만 그녀를 도와주지 못했다. '나'는 어쩌면 죄책감을 느꼈을 수도 있다. 하지만 따지고 보면 그것을 온전히 '나'의 잘못으로 돌릴 수만은 없다. 그때마다 '나'는 형편이 어렵거나 혹은 자기 삶을 지탱해나가기에도 벅찰 지경이었으므로 본의 아니게 그녀를 도와주지 못했던 것뿐이다. 게다가 '나'는 "태림에 대해서 그다지 아는 것이 많지 않"았고, 그녀가 도움을 필요로 하는 상태였다는 것도 잘 몰랐기 때문에 달리 어쩔 수가 없었다. 우연히 몇 차례 만났을 뿐, 도대체가 "미워하거나 싫어하는 감정 따위를 가질 수 있을 만큼 어느 한때나마 우리 관계가 긴밀했던 적도 없었"던 태림의 삶 어디에도 '나'가 굳이 책임져야 할 여지는 없다. 이것이 태림의 사건에 대한 '나'의 알리바이다.

나는 모른다. 나는 정말로 태림에 대해서 그다지 아는 것이 많지 않다. 그리고 나는 태림을 알고 있다. 그리고 나는 그를 사랑하지 않았다. 나의 태림에 관한 마지막 진술은 이것이다.

후배 편집장에게 물려준 출판사에서는 책이 그런대로 팔리고 있다는 전언이다. 반가운 소식이다. 그리고 나는 이제 새롭게 살고 싶다. 그렇지 않으면, 그렇지 않으면 길은 막다른 길일 것이기에.[4]

태림이 1980년부터 앓아온 정신질환 때문에 사고사했다는 마지막 소식을 듣고서도 '나'는 그녀를 잘 몰랐고 사랑하지 않았으며 이제 어쩔 수 없이 새롭게 살아야 한다고, 여전히 자신의 알리바이를 강변한다. 태림과 그다지 친하지 않았으며, 또 지금 막다른 상황에 놓여 새 출발을 해야 할 처지라는 '나'의 고백을 의심할 필요는 없다. 무엇보다 태림이 죽은 것이나 세상이 변한 것을 굳이 자기 탓이라고 인정할 필요는 없으므로, 그런 상황을 '어쩔 수 없다'는 식으로 받아들인다고 해서 '나'가 비난받아야 되는 것도 아니다. 1990년대로 넘어오면서 수많은 사람들이 그런 식으로 전신(轉身)하지 않았던가? 그러나 태림에 대한 마지막 진술을 끝내고 장사가 되는 책을 출판한 것이 반갑다며 이제 새롭게 살고 싶다고 말하는 '나'가 반어법을 구사하고 있음을 또 누가 모르겠는가?

자기가 잘못한 것도 아니고 또 누가 자기에게 책임을 묻는 것도 아닌데, 알리바이를 확신하지 못하고 그 때문에 끊임없이 한눈을 팔던 '나'는 역설적으로 그린 속에서 '진정 책임이 없는가'라는 질문에 직면하게 된다. 이 질문은 윤리적인 문제를 환기하고 있다. 요컨대, 윤리적 책임은 어떤 사건의 결과를 자기 탓이라고 인정할 필연적인 이

---

4) 공선옥, 「내 생의 알리바이」, 앞의 책, p. 266.

유가 없는 상황에서 비로소 요청되는 것이다. 새 출발을 하지 않으면 안 될 세상이 도래한 것이나 태림이 인생유전 끝에 허망하게 죽은 것이 어째서 '나'의 책임인가? 그것은 쉽게 말하면 사회 탓이거나 역사 탓 아닌가? 과연 맞는 말이지만, 역설적이게도 윤리적 책임은 바로 그런 상황에서 돌출한다. 그리고 '나'가 어쩔 수 없는 저간의 사정에 대한 책임을, "잊어버리자"는 말로 손쉽게 회피할 수 없는 이유 역시 바로 이 윤리적 책임 때문이다.

「내 생의 알리바이」에 의하면, 어떤 사건에 대해 알리바이를 주장한다는 것은 관계를 부인하는 것이고, 만일 관계를 전적으로 부인하는 것이 불가능하다면 적어도 직접적인 관련성만은 부인하는 것이다. 또 직접적인 관련성을 부인하는 것은 어떤 사건에 대해 책임지는 것을 피하는 것이고, '어쩔 수 없었다'라고 말하며 타자(다른 사람이나 상황)의 책임으로 돌리는 것이다. 이를 공선옥 소설에서 사건(체험)이 간접화되는 방식이라고 할 수 있다. 물론 이 간접화는 성공하지 못한다. '나'는 사건의 직접적인 당사자가 아니라고 알리바이를 주장하고 있지만, 그 알리바이 너머에 도사리고 있는 것은 '정말 당사자가 아닌가' '진정 책임질 것이 없는가'라는 윤리적 질문이며, 알리바이는 그 질문에서 한눈을 팔 때만 임시 봉합될 뿐이다.

또 다른 경우를 보자. 1992년 대선 전후의 광주를 배경으로 하는 「목마른 계절」에서 영구임대아파트 아래층으로부터 들리는 물소리에 대한 '나'의 반응도 일종의 한눈팔기다. 가을 가뭄으로 제한급수가 시작되면서 아래층에서 물 쏟아지는 소리가 들리고, '나'는 누군가가 수도꼭지를 열어둔 채 외출한 모양이라고 생각한다.

그러노라고 나는 또 미스 조를 깜박 잊고 말았다. 잊자고 해서 잊은 건 아니고 지척에 있는 미스 조를 찾지 못한 어떤 이유가 있었다. 발을 삐었던 것이다. 발을 삐어서 이틀을 꼼짝 못하고 누워 있는 중이었다.

발을 왜 삐었는고 하니, 시끄러웠다. 물소리가. 시끄러운 찻소리를 견디며 살고 있듯이 물소리도 견디며 살 수 있다고 이를 악물었다. 소리쯤은 견디며 살 수 있다고 하자. 그러나, 이 가뭄에 하수구 속으로 속절없이 버려지는 물이라니. 그것이 견딜 수가 없었다. 〔……〕 진정 물이 아까워서인가. 그러나 진정으로 내가 이층으로 들어가려는 이유는…… 그랬다. 거기에는 노인이 죽어 있을 것이었다.[5]

계절이 바뀌어도 물소리는 그치지 않는다. 이제 '나'는 아래층의 거택보호자 할머니에게 무슨 사고가 생긴 것이 분명하다고 예감한다. 그러나 물이 아깝다는 말만 할 뿐, "정작 중요한 그 말, 혹시 사람이 죽었을지도 모른다는 소리는 이상하게 목구멍 밖으로 나오지" 않는다. 물소리가 시끄럽다고, 그리고 물이 아깝다고 안달하는 것은 누군가의 죽음으로부터 한눈을 파는 것이다. 구호양곡으로 연명하는 거택보호자의 현실, 죽음과 겨우 한 뼘 정도 떨어져 있을 뿐인 그 현실을 바로 마주하기 두렵기 때문이다.

다만 물이 아까워서,라고 끝내 한눈필면서 베란다를 통해 아래층으로 들어가려던 '나'는 실족해서 발을 삔다. 그리고 며칠 뒤 사람이 죽었다는 소식을 접한다. '나'는 아래층 할머니의 죽음을 예상했으나 죽은 것은 미스 조이다. 이는 두 겹의 한눈팔기이다. '나'는 5·18 당시

---

5) 공선옥, 「목마른 계절」, 『피어라 수선화』, 창작과비평사, 1994, p. 27.

시민군이었던 미스 조의 애인이 얼마 전에 죽었으며, 그 충격 때문에 삶의 의욕을 잃은 그녀를 돌봐줄 필요가 있다는 것을 알고 있었다. 그러나 '나'는 미스 조의 일을 깜박 잊고 만다. 바로 시끄러운 물소리 때문에. 아마도 '나'는 미스 조의 삶을 똑바로 들여다보는 것이 가장 두려웠을 것이다. 차라리 그동안 한눈팔기로 외면하던 아래층 물소리의 정체를 확인하려 들망정, 그녀와 대면하는 것은 피하고 싶었을 것이다. 일부러 발을 뻬었을 리는 없겠지만 공교롭게도 그것이 미스 조에 대한 '나'의 한눈팔기를 가능하게 만든다.

그런데 '나'는 왜 한눈을 팔아야 하는가? 현실을 마주하기 두렵기 때문이라고 했으나 그 현실에 대한 '나'의 알리바이가 확실하다면, 다시 말해 가난 때문에 혹은 '80년 광주'의 상처 때문에 누군가가 죽어나가는 현실의 직접적인 당사자가 아니라고 믿고 있다면, 그 현실에 무관심할 수는 있을지언정 굳이 그것을 외면하려고 애쓰지는 않을 것이다. '나'의 외면은 무관심의 표지가 아니라 관심(관계)으로부터 달아나려는 강박의 산물이다.

'나'에게도 알리바이가 없지는 않다. 거택보호자의 죽음이 '나'의 탓인가? 또, 미스 조가 죽음에 이르게 된 현실이 '나'의 탓인가? 미스 조가 투신한 것은 애인이 죽었기 때문이고, 술집에서 일하면서 부양해야 할 동생이 둘씩이나 있기 때문이고, 1992년 대선에서 민자당 후보가 대통령으로 당선되었기 때문이다. 그 외에 더 많은 이유들이 있겠지만, 그러한 이유들이 중첩되어 미스 조를 자살로 몰아간 현실 어디에도 '나'가 책임질 부분은 없다. 그러나 자기 탓이 아닌데도 불구하고 계속 한눈을 파는 사이에 '나'는 책임을 상기한다.

"그만 얘기하고 그만 덮어두고 그만 울고 그만 그만하고 싶어도 할수 없어. 역사란 그런 거야. 갑오년이 따로 없고 기미년이 따로 없다구. 그러드키 오일팔이 따로 있는 게 아냐. 〔……〕 역사는 귀신이여. 귀신은 상관 있는 놈도 물고 늘어지지만 상관 있는 놈하고 끈이 맺어진 상관 없는 놈들도 끌고 가거든. 그것이 바로 역사귀신이거든. 상관 없는 년이 어쩌다 상관 있는 놈을 만나 덜커덕 물린 게라고. 그 귀신한테, 배곯은 귀신한테 잡아먹힌 거거든. 거 멋이냐, 역사 앞에서 자유로운 사람은 없는 거거든. 그런 거거든."

현순씨는 계속계속 거거든, 거거든 하고 말했다. 현순씨의 꼴에 어울리지 않는 '……거거든' 소리가 슬며시 지겨워져서 나는 냅다 큰 소리를 냈다.

"아니야, 그게 아니라 미스 조는 김대중이 대통령 안 되었다고 죽은거야. 단순한 걸 왜 그리 복잡하게 얘기해. 미성년자 고용한 악덕업주 주제에."[6]

현실에 대한 윤리적 책임을 현순 씨는 '역사귀신'이라고 부른다. 그역사귀신은 사건의 당사자는 물론 당사자가 아닌 '상관없는 놈들'까지 사건으로 끌어들이고 결국 그들에게도 책임을 묻는다. 이런저런 알리바이나 변명, 핑계를 대면서 사기와는 상관없는 것 같은 책임으로부터 벗어나고 싶을 테지만, 그러나 그 책임으로부터 달아날 수 없기 때문에 그것을 '귀신'이나 '운명'이라고 부를 수밖에 없는 것 아니겠는가? 결국 그 사건은 '나'와 상관있는, 그것도 아주 밀접하게 상관

---

6) 공선옥, 「목마른 계절」, 앞의 책, p. 32.

있는 것이 된다.

3. 이유 없는 책임 떠맡기

사실 찾으려고만 들면 이러저러하게 전개된 사건이 자기 책임이 아니라는 근거는 어떻게든 찾을 수 있고, 또 자기의 이해관계를 위해 가져오는 알리바이가 전혀 허튼 소리인 것만도 아니다. 「내 생의 알리바이」와 「목마른 계절」의 '나'도 그렇게 책임을 벗어버리고 새롭게 출발하고 싶은 마음이 왜 없겠는가? 「내 생의 알리바이」와 「목마른 계절」은 둘 다 '80년 광주'라는 사건에 대한 책임을 묻고 있지만, 그렇다고 해서 '나'가 책임으로부터 벗어날 수 없는 이유가 반드시 그 사건의 역사적 무게 때문만은 아니다.

정홍수가 적절하게 지적했듯이 공선옥 소설은 '5월 광주'를 특별한 사건으로도 '장엄한 비극'으로도 이야기하지 않는다. 그의 말대로 "공선옥은 5월 광주든 무엇이든 신산의 바닥으로 힘껏 끌어당겨 목숨 붙이고 사는 일의 고단함 앞에 마주 세울" 뿐이고, 그렇게 해서 삶의 신산함은 '살 만해진 것들'의 허울을 벗겨버린다. 단지 작가의 고달픈 삶의 반영인 것만은 아닌 그 신산은 이제 '살 만해진', 그래서 그 고달픈 삶이란 것이 더 이상 자기와 상관없다고 믿는 주체에게, 실은 그렇지 않다고, 마치 "잠복해 있던 가시처럼" 관계를 상기시키고 책임을 묻는다.

세월을 생각하면, 저는 촌스럽게, 그리고 우리 어머니가 곧잘 쓰던 말을 따르자면, '없이 사는 사람들의 한'부터 떠올라요. 그리고 그 한이란 게 다름아니라 내 부모님의 한세상이에요. 세월은 정말 매정해요. 그냥 무조건 흐르면 그뿐이에요. '없이 사는 사람들의 한' 따위 깡그리 묻어버리지요. 그리고 세월은 참 무지막지한 것이, '있이 산 사람들의 영광'은 드러내지요.[7]

공선옥 소설에서 '나'를 방관자로 내버려두지 않고 현실이나 세월과 한데 묶어버리는, 그래서 그 책임을 함께 떠맡기를 요구하는 계기는 '한'이나 '귀신'과 같은 이름을 동반해 '촌스럽게' 명명된다. 촌스럽다는 것은 그 책임이 체질적이고 생래적이라는 것을 뜻하는 동시에, 고달픈 삶 속에 연원을 두고 있음을 뜻한다. 그리고 공선옥 소설의 주인공들이 책임으로부터 벗어날 수 없는 것 역시 달리 특별한 이유가 있어서가 아니라 바로 그것이 체질적이고 생래적인 삶의 일환이기 때문이다. 「우리 생애의 꽃」의 '나'가 자신의 일탈을 "이유 없는 것들의 궐기"라 부르면서 "그것들이 일제히 반란할 때, 이유 있는 것들은 그 앞에서 얼마나 나약해지는가"라고 되물을 때, 이 반문은 책임에 대해서도 동일하게 적용된다. 「내 생의 알리바이」에서 보았듯, '세상이 변했으므로' '나는 그를 잘 알지 못하므로' 따위의 책임을 벗어나기 위해 애써 구한 이유(알리바이)는 술안주로 나온 명태포의 가시 같은 사소한 것 앞에서 얼마나 나약해지는가?

「우리 생애의 꽃」이 보여주는 이유 없는 여성적 일탈 곁에 있는 모성의 경우도 사정은 마찬가지다. 공선옥 소설에서의 엄마는 '술 먹고

---

7) 공선옥, 「멋진 한세상」, 『멋진 한세상』, 창작과비평사, 2002, p. 161.

담배 피우는 엄마'거나 아이에게 원한마저 품고 있는 엄마고, 그렇지 않으면 부녀아동상담소 직원의 친절한 설명대로 "굳이 그런 남편의 아이를 맡아 기를 하등의 이유가 없"는 엄마다. 다시 말해, 그 엄마는 관습적인 시선에 의하면 "너 같은 여자가 무슨 새끼는 새끼"라는 빈정거림에 걸맞은, 그래서 모성을 가질 수도, 가질 이유도 없는 엄마다. 그러나 "나는 우리 새끼들의 엄마다." 공선옥 소설에서의 여성성, 모성은 임규찬의 지적처럼 "제시된 상황이 요청하는 모성과 여성성"이다. 그것의 본질이 무엇인지, 필연적인 이유가 무엇인지 등의 질문은 불필요하다. 오직 '나'가 맞닥뜨린 상황의 요구에 충실한, 다른 이유는 없는 모성이기 때문이다.

이러한 주인공의 태도는 가난이라는 사회적 문제에 대해서도 마찬가지로 적용된다. 공선옥의 주인공들이 "이유를 말하지 않겠다" "그것은 일종의 변명이 될 수도 있다"고 단호하게 말할 때, 책임을 면하려는 우리들은 가난이라는 문제에 대해 정확히 그와 반대로, 온갖 이유를 대고 변명을 한다. 공선옥은 한 인터뷰에서 "지금 서울 가보면은 사방에서 민중들이 텐트 치고 농성하고 데모하고 있"는데 "근데 우리의 모습을 봐요. 무감해져버렸어"라고 말한 적이 있다. 그러나 단지 우리들이 무감해졌기 때문만은 아닐 것이다. 거기에 대해서는 우리들에게도 꽤나 그럴듯한 알리바이가 있기 때문이다.

『유랑가족』은 사진작가 한을 매개로 서울 변두리와 경상도, 전라도의 가난한 삶을 병치시키고 있다. 『유랑가족』이 제시하는, 가난으로 심신이 빈곤해진 우리 사회의 축도를 들여다보면, 전라도 신리 땅에는 미정이가 조부모와 살고, 그 애의 부모는 서울 신림동 어디쯤에서 일용직 노동자와 노래방 도우미로 하루하루 연명하고, '나'는 전라도와 서울에서 그들을 스쳐지나가고 있다. 서울이든 어디든 가난이 없는 곳은 없다. "엄마가 집 나가고 아이들은 불쌍"한, "피디수첩에서도 안 다뤄"지는 "상투적인 그런 얘기"를 새삼스레 잡지에 기고하던 한은 얼마 전 경상도에서 취재했던 영주가 할머니를 잃고 홀로 남게 되자 아내에게 전화한다.

"남이라고? 생판 남이라고? 당신이 어떻게 그런 말을 할 수 있어? 내 부모가 아니고, 내가 낳은 자식이 아니고, 내 형제가 아니면, 그래서 남이면 그 남들이 어찌 살든, 어찌 죽든, 내 알 바가 아니란 말야, 뭐야? 바로 이영숙 씨, 당신 같은 사람들 때문에 세상이 갈수록 살벌해지고, 나빠지는 거야, 알어?"
"그래, 이영숙이는 나쁜 년이야. 아저씨가 날 나쁜 년으로 몰아가거나 말거나 다음 달 카드 결제액이 얼마나 되는지 알아요? 각종 공과금, 은행 이자, 아이들 학원비, 보험료, 당장에 병원비……."
침을 꼴딱 삼키고 숨을 한 번 고른 다음에,
"당신이 나쁜 사람은 아니라는 거 알지만, 적어도 영주를 집에 데려오겠다는 태도도 그리 정직한 태도는 아니야. 아니, 어쩜 위선일 수도 있어."[8]

혼자 된 아이를 도와줄 수 없는 부득이한 이유는 곧 한으로 하여금 가난에서 눈을 돌릴 수 있게 하는 알리바이이기도 하다. 한은 영주의 친척을 찾아 옆 마을로, 부산으로, 전라도로 전국을 헤맨다. 그것이

---

8) 공선옥, 『유랑가족』, 실천문학사, 2005, p. 164.

책임 회피라는 것을 "알면서도 모른 척하는 제 속에 도사린 비정" "때로 간교함으로, 비겁함으로 그 얼굴을 달리하여 나타나"는 비정에 진저리치지만, 그 역시 아내의 말을 인정하지 않을 수 없다. 영주를 고모에게 맡기고 돌아온 그는 얼마 후 영주의 고모부가 전복 사고로 죽었고, 남은 가족들은 어디론가 떠났다는 소식을 듣는다. 영주가 앞으로 "너무 너무 좋은 남쪽 나라 푸른 바다"에서 행복하게 살 거라고 믿었던 그의 낙관 역시 책임 회피를 위한 한눈팔기는 아니었을까? 그렇다면 어떻게 할 것인가?

4. 이유 있는 가난과 이유 없는 책임

지금까지 공선옥 소설을 대상으로 작가의 윤리적 태도에 대해 말해온 셈이다. 모두들 무관심하거나 한눈을 팔거나 책임 회피의 알리바이가 될 만한 이유를 찾는 데 급급한 상황에서 자기와 상관없(다고 착각하)는 일을 당사자의 한 사람으로서 책임지려는 작가의 태도가 공선옥 소설의 독특한 위치를 낳았다는 것은 의심의 여지가 없다.

그런데 다른 한편으로는 이런 태도가 "극단적 본질주의"의 과도함을 낳을 수도 있다는 우려를 사기도 한다. 이와 관련해 임규찬은 『수수밭으로 오세요』를 분석하면서 중산층으로 구성된 '가난을 선택한 사람들의 모임'에 대한 주인공의 일방적인 공격에서 보이는 위험성을 지적하고 있다. 그런 모임은 "가난을 나른하게 미화하는 지식인 사회 일각의 태도"의 산물일 뿐 더 이상 생각할 가치도 없다는 주인공의 비난은 중산층은 필연적인 이유로 인해 중산층으로서의 삶을 살 수밖에 없다는 전제를 깔고 있다. 그들이 자신의 알량한 양심이나 나이브한 낭만성을 만족시키기 위해 묘한 이름의 단체를 만들었는지를 굳이 따질 겨를은 없다. 보다 중요한 것은 이러한 전제가 가난한 자들에게도 동일하게 적용된다는 것이다. 그리하여 『유랑가족』은 가난한 자들 역시 필연적인 이유에 의해 가난하고 불행할 수밖에 없다는 판단을 전제한 것처럼 보이기도 한다.

사실 아내가 집을 나가고 자신이 노숙자가 될 수도 있는 상황 같은 건 IMF 이전에는 상상하지도 못했던 일이었다. 어디 노숙뿐인가. 노가다판을 떠도는 신세가 되리라는 것도 상상하지 못한 것은 마찬가지였다. 그런데 어느 날 갑자기 상황은 이렇게 되어버렸다. 한 건실한 농어민 후계자가, 그 가정이 이리 될 줄은 정말 김달곤 자신도, 그 누구도 생각지 못한 상황인 것이다. 〔……〕 그렇게 따지자면 사실 김달곤이와 결혼을 한 것부터가 실수였다는 생각이 들었다. 거기까지 생각이 미치면 용자는 그때는 내가 순진해서였다고, 아무것도 모를 때였으니 당연한 것 아니냐고 스스로를 변명하는 것이었다. 〔……〕 애초부터 집을 나오자고 하고 나온 것은 아니었다. 처음 집을 나올 때는 어찌됐건 돈을 벌어야 한다는 생각뿐이었다. 남편이 술을 먹고 자신을 후려지던 섯노 나 돈 때문이 아니었던가.[9]

『유랑가족』에서 그런 대로 건실한 가정을 이루고 살던 미정의 부모는 자신들이 유랑하게 되고 불행해진 것이 IMF 때문이고, 돈이 없기

---

9) 공선옥, 앞의 책, pp. 25~26.

때문이라고 말한다. 그들의 가난에는 필연적인 이유가 있으며, 또한 그 필연적인 이유는 그들을 더욱 가난하고 불행하게 만든다. 물론 틀린 말이 아니고, 또 그들이 어떻게, 얼마나 가난해졌는지에 대해 고발하는 것 자체로도 의의가 있다. 그런데 어찌 보면 이런 말도, '가난할 수밖에 없고 또 불행할 수밖에 없다'는 체념과 포기를 위한 일종의 알리바이인 것은 아닌가? '잘살아보세'라는 구호로 돌아가자는 것이 아니다. 그들이 불행해지고 가족이 유랑하게 된 데에는 그들이 어떻게 손쓸 방도가 없는 많은 이유들이 있을 것이고 따라서 그들의 책임이 아닐 것이다. 그러나 광주 이야기에서도, '홀로어멈' 이야기에서도 그런 사정은 마찬가지 아니었던가? 그럼에도 불구하고 그 이야기의 주인공들은 삶을 함께 책임지며 살아왔다. 『유랑가족』의 그들이라고 해서 '이유 있는 가난'으로부터 '이유 없는 일탈(책임)'을 감행하는 것이 불가능하지는 않을 것이다. 그리고 그렇게 될 때 비로소 가난 이야기는 단순한 고발의 소설을 넘어 윤리적 소설이 될 수 있는 가능성에 이르게 될 것이다.

〔2006〕

무엇을 할 것인가

윤성희의 단편 「어쩌면」에는 설악산으로 수학여행 가던 도중 버스 추락 사고로 죽은 네 명의 여학생들이 등장한다. 죽은 뒤 마땅히 갈 곳도, 특별히 할 일도 없어 무료하게 시간을 보내던 그들은 넷 중 하나가 차츰 사라져가자 그 이유를 찾아 거리로 나선다. "생각보다 멀쩡하게 생긴 귀신들이 많아" 또 반대로 "의외로 귀신처럼 생긴 사람들이 많"아 놀라는 그들에게 한 할아버지 귀신이 답을 알려준다. "아무것도 안 하면 이렇게 돼. 천천히 사라지는 거지. 그렇게 되면 저 위로 가는 거야. [……] 무엇인가 해야 해. 극장에 가봐. 도서관에도 가보고. 심지어 달리기를 하는 귀신들도 있어."[1]

귀신이 주인공이라니, 게다가 달리기하는 귀신이라니 엉뚱하기 짝이 없지만, 아무튼 이로부터 우리는 '산living'과 '하는doing'에 관한 $(+, +)$, $(+, -)$, $(-, +)$, $(-, -)$의 네 가지 순서쌍을 얻을 수 있

---

1) 윤성희, 「어쩌면」, 『웃는 동안』, 문학과지성사, 2011, pp. 18~19.

다. 초보 귀신인 네 여학생들에게 놀라운 것은 '죽은-하는'(-, +) 귀신undead들이 많다는 사실뿐 아니라 그와 반대로 '산-안 하는' (+, -) 사람들 역시 의외로 많다는 사실이다. 황당한 귀신 이야기처럼 보이기도 하지만, 「어쩌면」은 살아 있다는 것과 뭔가를 한다는 것 사이의 근본적인 관계를 성찰해볼 수 있는 기회를 제공한다. 살아 있으되 아무것도 안 하는 것이 가능할까? 그런데 살아 있다는 것은 먹고 자는 일부터 시작해 뭐든 하고 있다는 것 아닌가?

살기 위해 해야 할 일에는 어떤 것들이 있을까? 이 질문에 쉽게 답할 수 없다면, 그 이유는 살아 있다는 것이 생명의 유지에 관한 문제인 동시에 그 이상의 어떤 것이기 때문이다. 가령, 위탁관리를 맡은 계좌가 곧 거덜 날 위기를 맞은 중개인이 있다. 위기가 현실이 되면 그는 그 바닥 어디에서도 받아들여지지 않을 것이고, 또 그렇게 되면 "빌딩 모서리에 1톤 트럭 세워두고 얼굴 뻔히 아는 사람들 상대로 원두커피를 팔아야 할지도 모"르고, 그러느니 차라리 자살하는 게 낫다고 생각한다. 스스로 목숨을 끊지 않기 위해 그 중개인이 그야말로 '필사적으로' 뭔가를 한다면, 그 뭔가는 살기 위해 반드시 해야 할 일인가, 그렇지 않은가?

정미경의 「너를 사랑해」에서, 최근에 정부로부터 받은 수십억 원의 토지보상금이 그리 대수롭지 않을 만큼 대단한 재력가인 한 영감의 투자 자금을 관리하던 '나'는 "삶이 전복될지도 모르는 상황"에 처해 7년 동안 사귀던 Y를 영감에게 소개하려고 한다. 자신과 Y의 관계를 "21세기형 신가족"이라고 애써 변명하고는 있지만, 어쨌든 '나'는 21세기는커녕 이미 오래전 김유정이나 이상의 소설에 잇달아 등장했던 아내 팔아먹는 남편과 크게 다르지 않다.

　'나'에게 영감의 비위를 맞추기 위해 "채홍사" 노릇을 자청할 만한 충분한 이유가 있다면, Y 또한 단지 심봉사 눈을 뜨이게 하려고 팔려 가는 "심청이"의 심정에서만 '나'의 제안을 받아들이는 것은 아니다. 동물학 전공의 시간강사 Y 역시 대학에 자리를 얻기 위해 발전기금 2억을 마련해야 한다는 점에서 '필사적'이기로는 '나' 못지않다. '나'의 진단대로 "우린 둘 다, 동시에, 똑같은 나락에 떨어져 있"다.

　'나'와 Y에게 있어 영감의 비위를 맞추거나 영감에게 2억을 얻어내는 등의 일이, '그것이 아니면 죽음을'이라고 결심할 만큼 정말로 필사적인 일인가? 제3자의 입장에서라면, '나'는 영감의 돈을 관리하지 않고서도 살 수 있으며, Y 역시 교수가 안 되더라도 살 수 있다고, 어쩌면 지금보다 능히 행복하게 살 수 있다고 말할 수도 있으리라. 그러나 당사자인 '나'와 Y는 그러한 충고를 속 편한 소리로 치부해버리고 말 것이다. 다시 말하지만, 살아 있다는 것은 목숨을 부지한다는 생물학적 의미 이상의 의미를 갖기 때문이다. 그렇게 목숨을 부지하느니 차라리 죽는 게 나은 것이다. 아니 그렇게 목숨을 부지하는 것은 결국 죽은 것과 다르지 않다.

　이런 맥락에서 어쩌다 Y의 전공을 정치학이라 둘러대고서 "인간도 동물이니 동물학이나 정치학이나" 매한가지라고 말하는 '나'의 농담 아닌 농담은 시사하는 바가 적지 않다. 동물학과 정치학의 대상이 서로 다른 것은 틀림없지만, 삶에서 그 둘이 분명히 구별되는 것은 아니다. '나'와 Y는 동물로서의 목숨을 연장하기 위해 영감과 정치적 거래를 하고 있지만, 정치적 술수를 쓰는 즉시 그것은 단지 목숨을 지탱하는 상태 이상의 것을 요구하게 되기 때문이다.

빤히 들여다보이는 정치적 "코미디"를 연기하고 있는 '나', Y, 영감 세 사람의 관계를 무엇이라 부를 수 있을까? 삼각관계? Y와의 관계에서 "욕심 안 부리고 실질적인 진전"이 있기를 은근히 바라는 영감의 말에 분개하는 '나'에 관해서라면 삼각관계라는 표현이 적절할 수도 있다. 애초에 일을 계획할 때 "욕망의 온도와 파괴력을 계산하지 못했다"는 '나'의 자책은, 일이 진행되면서 느끼는 질투의 자백에 다름 아니다. 연인에 대한 식어가는 애정을 시험하다가 예상치 못한 강한 질투의 힘을 빌려 결국 사랑을 확인하는 데 성공하는 모차르트의 오페라 같이 경쾌한 코미디를 떠올린다면, 「너를 사랑해」 역시 '나'와 Y가 영감이라는 사라지는 매개자를 통해 식어가던 그들의 사랑을 재확인하는 장면으로 끝나야 마땅하겠지만, 그런 유쾌하고 행복한 결말을 맞기에는 그들은 아무래도 너무 멀리 와버린 것 같다.

"이건 아니야. 그래, 처음부터 끝까지 이건 내 잘못이다."
Y가 웃었다.
"너와 나, 구분은 처음부터 없었어. 우린 한팀이잖아. 내가 장난삼아, 한번 시작해본 것 같아? 넌, 여태 몰랐니? 난 필사적이야. 여기선 필사적이지 않으면 살아남을 수가 없어."
"너를 사랑해. 사랑한단 말이다."
Y는 또 웃는다. 참 독특한 웃음이다. 비웃음도 아닌, 쓰거나 떫은 웃음도 아닌, 그저, 떼쓰지 말라는 듯, 조금은 미안하다는 듯한 웃음.
"7월은 지나갔어. 그사이 우린 꽤나 멀리 왔고. 돌아서면, 우린 둘 다 소금기둥이 되는 거야. 봐. 이렇게 비가 끊임없는데, 소금기둥이 되어 녹아내리는 거야. 지금은 돌아설 수가 없어. 돌아갈 곳은 다 무너겨버렸고, 그냥, 앞만 보고 걸어야 되는 거야."[2]

"필사적"으로 "앞만 보고 걸어갈 일만 남"았다는 Y의 고백은 그 자체로는 비장하기 이를 데 없지만, 정치적 코미디를 연기하던 주인공의 대사치고는 다소 낯설어 보인다. 인간의 해방 같은 것까지는 바라지 않는다 해도 가령 '사랑'의 추구 정도는 돼야 어울릴 법한 "그저, 앞만 보고 걸어" 간다는 Y의 비장한 포즈가, 혹은 "너를 사랑해. 사랑한단 말이다"라는 '나'의 고백에 미안한 듯 웃는 Y의 태도가 가리키는 것이 실은 젊음을 줄 테니 돈을 달라는 지극히 속물적인 교환으로 요약되는 것이라면, 이는 다분히 병리적이라 하지 않을 수 없다. 물론 애초에 "장난삼아, 한번 시작해본", 그래서 해피엔딩의 코미디처럼 다시 처음으로 되돌아가기를 바라는 '나'에 비하면 Y의 태도가 한층 근본적일 수는 있지만, 그렇다 해도 그 태도가 병리적이라는 사실에는 변함이 없다. 그리하여 결국 Y는 '비장하게' 돈과 자신의 젊음을 맞바꾸고, '나'는 '비장하게' 아내(와 다를 바 없는 Y)를 들병이로 내모는 장면을 맞게 될 것이다.

스스로의 고백대로 Y가 비장한 태도를 취하는(취할 수밖에 없는) 이유는, 그렇게 하지 않으면 "살아남을 수가 없"기 때문이며, 곧 살기 위해서이다. '살기 위해서'라는 이유에 대해 이러쿵저러쿵 왈가왈부하는 것은 대단히 민감한 문제다. 인간뿐 아니라 생명을 가진 모든 존재의 목숨이 소중한 것이라는 판단이 통상 진리로 받아들여지는 맥락에서라면, 살기 위해서라는 이유 역시 마땅히 정당화될 수 있다.

---

2) 정미경, 「너를 사랑해」, 『내 아들의 연인』, 문학동네, 2008, pp. 51~52.

그렇다면 살기 위해 젊음을 파는 Y의 경우는 어떠한가? 결국, 살되 무엇을 하며 어떻게 살 것인가라는 문제가 남지만, 불행하게도 그 질문에 답하기는 쉽지 않다.

살기 위해 해야 할 일에 대해 살펴보았으므로, 대구를 맞춰 살기 위해 하지 않아야 할 일에 대해서도 생각해볼 수 있다. 다시 정미경의 소설이다. 「너를 사랑해」의 '나', Y, 영감 세 사람처럼 정미경의 「들소」에도 하윤, 수혜, 명조라는 두 남자와 한 여자가 등장하여 스토리가 전개되고 있다. 그들이 이루고 있는 관계를 무엇이라 부를 수 있을까? 하윤과의 결혼 생활에 서서히 지쳐가던 수혜가 대학 때부터 친하게 지내왔던 명조와 새삼스레 연인 관계를 발전시킨다는 것은, "불륜이라기엔 너무 안정적인 관계"였다는 변명이 있을 수 있겠지만 어쨌든 불륜이라 부를 수 있을 것이다. 그런데 또 단지 불륜이라 하고 말기엔 그 관계에 다소 복잡한 문제가 걸려 있다.

수집가들이 좋아할 만한 인물 시리즈 작업을 계속해온 덕분에 잘 팔리는 조각가로 명성을 올리고 있던 수혜가 미소녀 게임 캐릭터 개발자인 명조와 밀회를 나누고 드디어 이혼을 결심하게 된 데에는 남편 하윤의 북한 의료 지원 사업이 중요한 이유로 작용하고 있다. 요컨대, 수혜는 후원금을 모으거나 의약품을 전달하는 일을 통해 "정말, 의미 있는 일을 하고 계시군요"라는 평판에 적당히 만족하는 데 그치지 않고 "자료로 정리되어 기록이 남는 지원 사업 이외의 경비는 늘 개인적으로 충당"하려고까지 하는 하윤을 더 이상 견디지 못하게 된 것이다. "개인이 감당할 수 있는 차원이 아"닌, "깨진 항아리에 물을 붓는 일보다 나을 게 없어 보"이는 지원 사업에 자신의 전시회 수

익금이 사라져가는 것에 수혜는 폭발한다.

누구라도 명분이 아름다운 일을 하고 싶어 해. 착하게 살고 싶어 해, 사람이라면 누구나 그래. 나도 그러고 싶어. 이건 아니야. 이 일의 끝은 어디야? 왜 흔적도 없는 자리에 내가 뼈 빠지게 일해서 번 돈을 쏟아부어야 해? 나도 내가 번 돈을 날 위해서, 현이를 위해서 쓰고 싶어. 노후를 대비해서 저축도 해놓고 싶어. 난, 테레사 수녀가 아니야. 뭐, 구충제? 항생제? 또 뭐가 필요하대? 이 다음엔 또 무슨 질병을 당신이 지고 가야 해? 세상의 가난은 하나님도 어쩔 수가 없어. 하루 종일 너무나 암울해서 미칠 것만 같았어. 이런 일 하면서 제 속주머니 털어서 빈 구멍 메우는 바보가 어딨어? 우리한테 남는 게 뭐야. 퍼준다는 욕이나 배가 터지도록 먹지.[3]

"불가능한 일을 벌여놓고 기적을 기다리는" 듯한 하윤의 태도에 수혜는 절망한 나머지 "너무나 암울해서 미칠 것만 같"다. 뭐가 문제인가? 수혜는 살고 싶은 것이다. 어떻게? 자기가 번 돈을 자기를 위해서, 자기 딸을 위해서, 자기 노후를 위해서 쓰면서 살고 싶은 것이다. 그렇게 살지 않으면 "우울의 폭탄처럼 위태롭게 떠다"니다가 미칠 것 같고 "목을 감고 있는 매듭들이 숨을 틀어막고 질식시켜버릴 것만 같"고, "들어주는 너마저 없었으면 내가 미쳐버렸을 서야"라는 말대로 미치거나 질식하지 않기 위해 명조에게 고민을 털어놓았고, 그러다가 명조와 "오래된 친구가 아니라 이제 막 알게 된 연인이 되었"고,

---

3) 정미경, 「들소」, 앞의 책, p. 82.

그러다가 더 이상은 감당할 수 없다는 것을 알고 하윤에게 헤어지자고 통보한다. 반드시 그렇게 살아야만 사는 것일까? 그러나 수혜 역시 「너를 사랑해」의 Y와 '나'처럼 필사적이라는 사실을 인정하지 않을 수 없다. 곧, 수혜가 불륜에 빠지고 이혼을 결심한 것은, 달리는 살 수 없다고 판단했기 때문일 것이다.

이로써 문제는 다시 「너를 사랑해」의 마지막으로 돌아오는 것 같지만, 꼭 그런 것만은 아니다. 하윤에 대한 수혜의 비난은 살기 위해 해야 할 일이 아니라 살기 위해 하지 않아야 할 일에 대한 언급으로부터 출발한다. 그런데 이상하다. 수혜가 말하는, 살기 위해 하지 않아야 할 일이란, 자기도 하고 싶을 뿐 아니라 사람이라면 누구나 하기를 원하는 "명분이 아름다운 일"이기 때문이다. 누구나 하고 싶은 명분 있는 일이, 어째서 살기 위해 하지 않아야 할 일로 금기시될 수밖에 없는가? 성급하게 일반화시킬 필요는 없지만, 수혜가 제 입으로 드러내는 진실은, 살기 위해 하지 않아야 할 일이 사실은 하고 싶은 일이라는 것, 반대로 살기 위해, 보다 정확히 말하면 자기가 원하는 대로 살기 위해 해야 할 일이 실은 어쩔 수 없이 해야 하는 일이라는 것이다.

「들소」는 살기 위해 해야 할 일과 살기 위해 하지 않아야 할 일 사이에 놓여 있는 난관을 끝까지 쫓아가지는 않는다. 다만 그 둘 간의 구별을 반성한다. 수혜가 이혼을 통보한 뒤 꼭 보름 만에 병원에 입원한 하윤은 위암 진단을 받고 곧 죽음을 맞는다. 그가 죽자 수혜는 그때까지 살기 위해 해왔던 일들, 가령 잘 팔릴 만한 작품을 만들어 전시하거나 명조와 밀회를 즐기던 따위의 일들을 모두 그만둔다. 그리고 그로부터 1년이 지나 들소를 테마로 한 전시회가 열린다.

하윤이 죽었다고 해서 그가 하던 일을, 요컨대 누구나 하고 싶은 명분 있는 일이지만 살기 위해선 하지 않아야 할 일을, 수혜가 계승하지는 않을 것이다. 다만 수혜는 그전까지 살기 위해 해야 한다고 믿었던 일들을 더 이상 안 할 뿐이다. 왜? 일차적으로는 하윤의 죽음에 대한 수혜의 죄책감 때문일 것이다. 그리고 명조의 생각대로 그 죄책감은 "하필 그 무렵 헤어지잔 말을 꺼내지 않았더라면 하윤은 그나마 편안하게 생을 정리하고 눈감을 수 있었"을 것이라는 때늦은 후회에서 비롯된 것이다. 하지만 수혜가 이혼 통보를 며칠 참았다고 해서 하윤의 죽음이라는 사실에 어떤 변동이 있었을 리는 없다. 마찬가지로, 수혜에게는 살기 위해 하지 않아야 할 것으로 기입되어 있던 어떤 일들을, 하윤이 자처해서 했다고 해서 그 때문에 그가 죽음에 이르렀다고 생각하는 것 역시 터무니없는 추론이다.

생물학적인 차원에서라면, 하윤의 죽음은 "그저 확률이고, 운명"이며, 따라서 수혜는 물론 하윤 자신의 탓도 아니고 "누구의 잘못도 아니"다. 그러나 살기 위해 수혜가 할 수밖에 없었던 일들, 예컨대 작품을 팔기 위해 전시회를 열고 하윤을 떠나 명조에게 가려고 했던 일들이 단지 목숨을 유지하는 상태가 아니라 그 이상을 요구하는 것이라면, 같은 맥락에서 하윤의 죽음 역시 단지 목숨을 잃은 상태가 아니라 그 이상의 어떤 것을 요구하게 될 것이다.

    ……일 년이 흘러갔다.

그가 가고 나서야, 우리는 모두 우주만 한 추위를 이고 사는 존재임을 알게 되었다. 빙하기를 살아갔던 들소들처럼. 어디서, 왜 왔는지 모르지만, 거기 그렇게 내던져져 온몸으로 추위를 견디며, 얼음 위를 걸어야 하는 것들. 그가 떠나고 나를 사로잡은 건 슬픔이 아니라 추위였다. 유난히 오염에 민감한 지표식물이 있듯, 그는 타인의 추위를 제 것처럼 느끼는 사람이었다. 들소는 왜 제가 두꺼운 얼음과 끝없는 눈의 벌판 위에 던져지게 되었는지 끝내 알지 못한다. 아득한 시간을 건너 이 들소들 사이를 거닐어보고 싶다.[4]

수혜의 말 그대로 전시회의 들소는 "하윤을 위한 기념비"다. 수혜는 무엇을 기념하고 기억하려는 것인가? 하윤의 죽음은 수혜에게 "우리는 모두 우주만 한 추위를 이고 사는 존재"임을 상기시킨다. 그로부터 영감을 얻어 제작된 "온몸으로 추위를 견디며, 얼음 위를 걸어"가는 들소의 형상은 하윤이 그 추위로 인해 끝내 얼어붙어 죽음에 이르렀다는 사실이 아니라, 그가 "얼음을 딛고 선 날들을 어떻게 견디었"으며 "어떤 뜨거움을 품어야 숨을 멈추는 순간 얼음덩이로 변하는 절대적 공허를 견딜 수 있"었는지를, 수혜에게 또 그뿐 아니라 뒤에 남아 살아 있는 우리 모두에게 기억하게끔 한다.

그 추위를, 의료 지원 사업이 난관에 부딪치고 사람들이 비웃거나 욕하고 심지어 아내까지 등을 돌리고 끝내 죽음에 이르게 된 그 추운 날들을, 하윤은 어떻게 견딜 수 있었을까? 이에 대해 수혜는 "얼음과 초원과 꽃과 사막과 돌무더기를 지나 그냥 걸어가래"라고 전한다. 추위를 견디며 그냥 걸어가던 하윤은 필사적이었을까? 이를 「너를 사랑해」의 결말에 제시된 Y의, 다음과 같은 말과 비교해보자. "돌아서면, 우린 둘 다 소금기둥이 되는 거야. 소금기둥이 되어 녹아내리는 거

---

4) 정미경, 「들소」, 앞의 책, p. 70.

야. 지금은 돌아설 수가 없어. 돌아갈 곳은 다 무너져버렸어. 그냥, 앞만 보고 걸어갈 일만 남은 거지.”

영감과의 거래를 앞둔 Y 역시 그냥 걸어갈 뿐이라고 말한다. 왜? 그녀는 “소금기둥이 되어 녹아내리”지 않기 위해, 즉 교수가 되기 위해, 교수가 못 되면 차라리 죽느니만 못하며, 따라서 죽지 않기 위해 (= 살기 위해) 필사적이기 때문이다. 위에서도 말했듯, 필사적으로 살겠다는 사태에 대해서는 ‘옳다/그르다’나 ‘좋다/나쁘다’ 등의 판단을 개입시키기 쉽지 않다. 게다가 진리에 근거한 것이든, 단지 압제적인 것이든(사실 이 둘은 동전의 양면인데) 간에, 모든 권위가 몰락했거나 조만간 몰락하게 될 오늘날이라면, 그래서 뭐든 자유롭게 할 수 있고 해야 한다고 믿어지는 오늘날이라면, 필사적으로 뭔가를 한다는 사태에 대해 어설프게 개입하는 것은 더더군다나 불가능하다.

이런 맥락에서 「너를 사랑해」와 「들소」의 서사에 외형적 틀을 제공하는 두 남자와 한 여자의 삼각관계는 단지 이런저런 인간관계의 한 사례에 불과한 것이라기보다는, 그 근거가 희박하지만 그럼에도 불구하고 혹은 그렇기 때문에 더욱더 관습적인 권위를 지녔던 가족(결혼) 제도에 대한 도전이라고 하는 편이 적절하다. 물론 모든 권위가 상대적인 권위로 전락했다면, 그 권위에 대한 도전 역시 상대적일 것이다. 다시 말해, 누구는 이런 것을 하고 다른 누구는 저런 것을 할 뿐, 그들이 하는 일을 구별하거나 판단할 수는 없다. 그런데 과연 그뿐인가? 만약 누군가가 자신의 목숨을 걸고 뭔가를 한다면, ‘이래도 그만 저래도 그만’의 무기력 상태는 급반전을 맞게 될 것 아닌가?

죽음이란 모든 것이 상대적인 세계에서 인간에게 유일하게 확실한 것인지도 모른다. 요컨대, 죽음만이 절대적인 것처럼 보인다.[5] 이로부터 다음과 같은, "만일 진실하다면 당신은 죽음을 두려워하지 말아야 한다"에서 "만약 죽음을 원한다면 당신은 진실하다"로의 도착이 발생한다.[6] $p \rightarrow q$가 옳다고 해서 $q \rightarrow p$가 언제나 옳지는 않다는 것을 아무도 모르지 않지만, 죽음(목숨)이 걸려 있는 한 이 지식은 쉽게 무용해진다. 그럼에도 불구하고, 전자가 윤리적인 격률인 반면, 후자는 가미카제나 자살폭탄 테러리스트의 그것 이상도 이하도 아니라는 사실을 직시해야 한다.

테러리스트의 경우와 꼭 같지는 않지만 "지적인 걸로는 누구에게도 꿀릴 게 없다"고 자만하던 Y가 빠진 함정도 이와 비슷하다. 다시 말해, 목숨을 건다고 해서 다 진실이 되는 것은 아니며, 따라서 죽음에 의해 진실이 확보되는 것 역시 아니라는 것이다. 오히려 진실은 죽음과 대적한다. 하윤의 경우는 이쪽에 가깝다. 오해하기 쉽지만, 하윤은 죽음으로 자신의 진실을 증명한 것이 아니다. 반대로 그는 죽어서도, 죽음 너머로 자신의 진실을 전달하고 있다. 그래서 그 진실은 죽음으로서의 진실이 아니라 죽음과 대결하는, 그 대결 끝에 승리하여 죽음을 넘어선 진실이 된다.

살기 위해(＝죽지 않기 위해) 뭔가를 하는 것이, 그것도 필사적으

---

5) 유일하게 확실한 것으로서의 죽음이란, "만약 신이 존재하지 않는다면 모든 것이 금지된다"는 라캉의 명제에서도 발견된다. 신이란 곧 금지하는 권위(법, 진리, 가치 판단 체계……)인바, 위의 명제는 만약 금지가 없다면 모든 것이 금지된다는 아이러니를 낳는다. 어쨌든 권위가 부재한다면, 무엇을 한다한들 '이래도 그만 저래도 그만'의 상태를 벗어날 수 없으며 따라서 무엇을 했다고 말하는 것이 무의미한 상황을 맞게 된다. 어떤 것도 허용되지만, 그 때문에 어떤 것도 할 수 없는(금지된) 상황이라면, 이때 할 수 있는 유일한 것은 죽음뿐이다.

6) S. 지젝, 『HOW TO READ 라캉』, 박정수 옮김, 웅진, 2007, p. 170.

164

로 하는 것이 아무리 위중해 보인다 해도, 무엇을 하며 어떻게 살 것인가라는 질문에서 중요한 것은 결국 죽음이 아니라 진실(진리)이다. 바디우가 『윤리학』의 서두를, "인간을 행복과 생명에 의해 정의하면서도 한편으로 죽음에 의해 매혹당하고, 또 동시에 다른 한편으로는 죽음을 사고 속에 기입시키는 데 무능력"한, 현대의 죽음 담론에 대한 비판으로부터 시작한 것은, 그래서 적절한 것 같다. 윤리학이야말로 무엇을 하며 어떻게 살 것인가를 묻는 철학이기 때문이다. 그리고 상투적인 표현을 빌리면, '진실의 진실에 의한 진실을 위한' 뭔가를 하는 것이 윤리일 것이다. 그런데 그 진실은 어디에서 어떻게 구할 수 있는가?

언젠가는 죽을 수밖에 없으므로 그전까지는 자기 보존을 위한 일을 해야 하는 존재로서가 아니라 "불사(不死)의 존재"일 때, 비로소 인간은 "인간 동물"로부터 윤리적 존재로 전환될 수 있다는 바디우의 단언은 꽤 과격해 보인다. 이를 좀더 풀어서 이해한다면, 무엇을 할 것인가라는 질문에 대한 대답으로서의 진실이란 '나'가 살기 위해 해야 할 일들로 기입한 목록 쪽이 아니라 살기 위해 하지 않아야 할 일들로 치부한 목록 쪽에 있을 것이라고 말해도 되지 않을까?

이런 맥락에서 보자면, 서두에 내세웠던 「어쩌면」뿐 아니라 윤성희 소설의 전반적인 흐름을, 살기 위해 해야 할 일을 어쩔 수 없이 필사적으로 하던 주인공에서 살기 위해 하지 않아야 할 일을 아무렇지 않게 해버리는 주인공으로의 변화로 일람할 수도 있을 것이다. 만약 윤성희 소설에서 윤리적 문제가 제기된다면, 이러한 흐름에서 연유한 부분도 적지 않다. 아무튼, '죽으면 그만(끝)'이라는 말로는 진실도 윤리도 포착할 수 없다. 반면에 죽어서도 뭔가 하기를 그만두지 않는

여학생 귀신들이라면, 다소 엉뚱하다 해도 어떤 진실을 붙들 수 있을
것이다.

〔2007〕

91년의 애도를 위하여

　　우리 문단에서는 조금 특이한 경우로, 김연수는 단편집의 표제를 그 안에 수록된 단편의 제목에서 따오는 것이 아니라 새로 짓는 편이다. 『내가 아직 아이였을 때』와 『나는 유령작가입니다』가 그 예인데, 이처럼 독자적인 표제로 묶일 수 있는 단편들의 모음이 마치 일종의 기획 패키지 상품 같아서 '나는 유령작가입니다'라는 제목을 접할 때 종종 '나는 기획작가입니다'라는 변형된 버전이 환기된다. 실은 둘은 비슷할지도 모른다. 이제는 유효기간이 지났을 수도 있지만 그 표현도 고색창연한 '감정의 유로(流露)'라는 낭만주의적 작가관이란 게 아직도 남아 있다면, 모름지기 작가란 자연스러운 사기 영감을 표현하는 사람이지 집필 기획을 입안하고 착작 집행하는 사람은 아닐 것이다. 그러므로 '작가≠기획작가=유령작가'라는 공식이 가능할 수도 있지 않을까?

　　「스무 살」이라는 단편이 실린 첫번째 단편집 『스무 살』은, 이런 제목 짓기 놀이에서 예외다. 그리고 꼭 그 때문만은 아니겠지만, 또 단편들의 면면을 살펴보면 여전히 발휘되는 작가 특유의 기획력이 확인되기도 하지만, 『스무 살』을 읽으면 자연인 김연수의 '감정'이라고 할 만한 것이 비교적 많이 '유로'되고 있는 것은 아닌가 하는 느낌을 받게 된다. 요컨대, 『스무 살』 역시 그 제목을 '내가 아직 대학생이었을 때'나 혹은 '나는 89학번 작가입니다'로 바꿔도 무방할 정도의 기획이 전제되어 있지만, 그래도 '아이'나 '유령'과 비교할 때 '대학생'이나 '89학번'이 갖는 의미의 차이는 꽤 크다는 것이다. 뭐니 뭐니 해도 『스무 살』의 단편들을 쓰고 있었을 김연수는 89학번 대학생으로 강의를 듣거나 교정을 걷고 있었을 테고, 졸업했다고 해야 불과 2, 3년차였을 것이니 말이다. 『스무 살』에서 흔적을 찾아볼 수 있는, 삶과 소설의 근접성을 뭐라고 불러야 할까? 실감? 하지만 어차피 현장에 가까이 있어봐야 대개는 "실감나지 않는다"라고 말할 뿐이다. 그게 아니면, 혼란? 아무튼 정의하기 곤란한 감정이다.

『스무 살』에 수록된 「구국의 꽃, 성승경」에는 "92년 충무로에서 시위를 하다가 죽은 한 여학우" 성승경을 중심으로 두 개의 이야기가 교차된다. 이야기의 한 축을 이끄는 재민은 아마도 1980년대의 끝 무렵에 대학에 입학했을 것이고, 영화를 만들고 싶었지만 데모만 열심히 했고, 제대 후에 "이제라도 한번" 하는 심정으로 1992년 대선에 출마한 민중 후보 지원 조직에서 '구국의 꽃, 성승경'이라는 20분짜리 다큐멘터리를 만들다 중동무이, 그 이후로 몇 년이 지났는데도 "무엇도 할 수 없"어 끝을 맺지 못하는 시나리오를 긁적이거나 압구정동의 편의점에서 아르바이트를 하거나 한다.

다른 한 축은 고등학교 1학년 때 누나의 죽음을 접한, 성승경의 남동생 승진의 이야기로, 마치 죽은 자의 혼이 빙의라도 된 양, 점점 누나를 닮아가는 그는 유품이 된 원피스를 꺼내 입고 압구정동 거리를 배회한다. "압구정동에서만은 누나의 옷을 입은 승진도 혼란을 느끼지 않았다. 온갖 사람들이 돌아다니는 압구정동 그 거리는 승진뿐만 아니라 모든 것의 정체성이 혼동되고 있었고 그곳의 사람들은 다행히 그러한 혼돈을 이상하게 보지 않았던 것이다."

이렇게 요약하고 보니 뭔가 상투적인 것 같기도 하다. 이를테면, 작가 후기가 소설보다 더 민감하게 보여주고 있는 어떤 장면의 반복 같은 것, 말하자면 "1994년부터 1997년까지 나는 마치 롤러코스터를 타고 질주하는 느낌으로 살았다. 전혀 다른, 새로운, 멋진 신세계가 펼쳐지고 있었던 것이다. 그로부터 불과 몇 년 전까지만 해도 마르크스의 책을 읽던 눈으로 24시간 뮤직비디오가 흘러나오는 스타TV를 밤새워 봤고 대학노트에 고민을 빽빽하게 적어가던 손으로 컴퓨터 오락에 탐닉했다. 어떤 콤플렉스도, 죄책감도, 심지어 성찰도 없었다"와 같은 것.[1]

갑자기 정치의 시대가 가고 문화와 욕망의 시대—영화든 복장도착 transvestism이든 그 무엇이든 간에—가 도래했다는 것 아닌가? 아닌 게 아니라 실제로도 그러한데, 화염병을 던지다 구속되었던 88학번이 어느새 천만 관객이 든 영화의 감독이 되었고, 지금은 압구정동뿐 아니라 어디서든지 넘쳐나는 취향과 정체성의 자유를 목격할 수 있게 된 듯도 하다. 그러나 또 그게 전부가 아닐 것은 분명하다. 후기는 "어떤 콤플렉스도, 죄책감도, 심지어 성찰도 없었다"라고 말하고

---

1) 김연수, 「작가의 말」, 『스무 살』, 문학동네, 2000, p. 292.

있지만, 그 콤플렉스를, 죄책감을, 그리고 그 모든 것을 포함하는 성찰을 이야기해야 하는 것이 소설 아닌가?

그렇다면 어디서부터 성찰을 시작해야 할 것인가? "'92년 충무로에서 시위를 하다가 죽은 한 여학우" 성승경은 1991년 5월 충무로 대한극장 앞에서 시위 도중 경찰의 강경 진압에 압사한 한 대학생을 연상시킨다. 1991년 봄 이른바 분신 정국 속에서 많은 젊은이들의 죽음이 이어졌고, 10만 20만을 운운하는 대규모 거리 시위가 벌어졌다. 고등학생, 넥타이 부대, 대학 교수들까지 시위에 동참했던 당시의 상황에 대해 "87년 6월항쟁 당시의 모습을 방불케 했다"고 묘사하거나, 또 "80년 광주민중항쟁사건 이후 11년 만에, 그리고 박종철·이한열 씨 사망 사건 이후 4년 만에 벌어지고 있는 엄청난 사건의 연속선상에서 91년의 5월은 날로 뜨거워지고 있다"고[2] 모종의 여운을 남기면서 끝맺는 기사를 십수 년 뒤에 읽는 자는, 어쩌면 그럴 수도 있었을 것이라고 생각하지만, 또 모든 그럴 수 있었음에도 불구하고 1991년의 봄이 1980년의 봄이나 1987년의 여름처럼 기억되지 않는다는 것을 알고 있다.

1991년 봄은 대필과 변절의 추문 속에서 슬그머니 실종되었고, 다음 해 대선에서는 재민이 잠시 지원 조직에 몸담았던 민중 후보도 아니고, 또 공선옥의 「목마른 계절」에서 현순 씨가 "그가 대통령 안 되면 모두들 혀 깨물고 죽어야 한다"면서 결사 지지했던 후보도 아니고, 3당 합당의 주인공이었던 후보가 승리했다.

---

2) 『사회평론』 1991년 6월호 참조.

1991년 봄에 거리에서 진행되었던 사건보다, 오히려 그때 대한극장에서 상영 중이던 그리고 가을까지 흥행을 이어가「터미네이터 2」를 누르고 서울 관객 100만 돌파의 성적을 거뒀던「늑대와 춤을」이 더 오래 기억되고 있는 것은 아닌가? 이는 1991년의 시위나 1992년의 대선 따위는 잊어버리고 영상이나 게임을, 그것들을 아우르는 문화 상품을 탐닉하라는 시대적 메시지를 전달하고 있는 것은 아닌가?

'정치에서 문화로'라는 명제는 실은 그 안에 1990년대 이후 한국 사회의 흐름 전체를 담고 있는 것이어서, 어디서부터 접근해야 할지 엄두가 나지 않는 문젯거리이다. 한발 물러나, 그것의 내용이 아니라 형식, 즉 '~에서 ~로'라는 변화의 형식만을 문제 삼기로 하자. 과거에서 현재를 거쳐 미래로 흐르는 시간 속에서 살고 있는 우리들 모두는 당연히 '어제에서 오늘로, 또 내일로'의 변화로부터 벗어날 수 없다.

하지만 그렇다고 해서 모든 변화가, 0시를 기점으로 어제에서 오늘로 바뀌는 것처럼, 그렇게 단정하게 진행될 수만은 없다. 여기서부터 성찰을 시작해보자. 사실, 콤플렉스니 죄책감이니 하는 것들은 모두, 그처럼 단정 일변도로만 변화가 이루어지지는 않기 때문에 발생하는 '부산물' — 그렇다고 해서 '주산물'보다 덜 중요하지는 않은—이기도 하다.

「구국의 꽃, 성승경」은 죽은 자에 대한 병적 애도mourning에 관한 소설이다. 애도란, 소박하게 말하면, 죽은 사람은 죽은 사람이고 산 사람은 또 살아야 한다거나 애인과 헤어졌지만 여자(혹은 남자)는 또 얼마든지 있다는 식의 삶의 지혜를 터득하는 과정이다. 일견 지극

히 당연하고 자연스러운 것 같지만, 그래서 아무도 그런 과정의 정당
성을 의심하지 않았지만, "왜 꼭 그래야만 하는가"라고 정색하며 물
어본다면 이에 대답하기란 간단치 않다. 어쨌든, 한때 애착의 대상이
었지만 지금은 상실해버린 것과 자기를 분리해내는 심리적 작업을 애
도라고 부른 프로이트는, 그 지극히 당연하고 자연스러운 작업이 실
패하는 많은 사례를 제시하고 있다. 「구국의 꽃, 성승경」의 재민과
승진의 이야기도 그 사례들 중 하나다.

함께 다큐멘터리를 찍었던 서영에게 재민이 말한다. "그래, 분명히
죽었어. 우린 장례식 때도 가봤으니까. 하지만 확실히 성승경이었어.
나는 누구보다도 더 자주, 더 많이 성승경의 사진을 보았던 사람이
야. 잘못 볼 리가 없어." 재민은 죽은 성승경과 편의점에서 재회한다.
어떻게 그럴 수 있는가?

당연한 말이지만, 애도가 정상적으로 종결되기 위해서는 죽은 자의
죽음을 인정하는 것이 필요한데, 죽음을 인정한다는 것은 죽은 자가
왜, 어떻게 죽었는지에 대해 스스로를 납득시키는 것이다. 예상대로
되었다면 재민이 찍고 있던 다큐멘터리 '구국의 꽃, 성승경'은 민주 열
사로서의 그녀의 죽음을 증언할 수 있었을 것이다. 그러나 "점차 인간
성승경은 사라져갔고 그 자리를 대신해 구국의 꽃 성승경이 16밀리
카메라 속에서 완성되어"갈 뿐일지도 모른다는 의혹에 사로잡힌 그는
끝내 작업을 마치지 못한다.

원인은 외부에 있는 것이 아니라 재민 내부에 있다. "80년대 한 선
배가 분신을 하고 뛰어내리면서 거의 성지처럼 된 곳"에서 그 선배를
기리는 기념비가 과연 솔직한 것인가를 의심했던 그가 성승경의 죽음
을 기리는 기념비로서의 다큐멘터리를 완성할 수 없는 것은, 어쩌면

당연하다. 그것은 1차적으로는 회색의 회의주의에 빠진 재민 개인의
의혹이면서, 동시에 성승경을 '구국의 꽃'으로 기록한다고 해도 그 기
록은 더 이상 1980년대 열사의 이미지를 환기시키지 못한다는 것, 혹
은 1980년대에 열사가 환기시켰던 이미지를 더 이상 갖지 못한다는
것, 요컨대 그것은 단지 "성승경을 세속의 자리에서 신성의 자리로
끌어올리"려는 의도가 투사된 결과에 불과할지도 모른다는 1990년대
적 의혹이기도 하다.

  네가 공(空)을 찍었든, 네 욕망을 찍었든 그게 바로 진실이야. 〈구
국의 꽃, 성승경〉이 아니라 로맨틱 스릴러를 찍었다고 해도 너는 그렇
게밖에 찍을 수 없었을 거야. 그걸 받아들이고 인정하란 말이야. 더
이상은 죽은 사람처럼 핏기 없는 얼굴로 밤을 헤매지 마. 네가 아무리
노력해도 성승경은 이제 다시 돌아오지 않을 거야. 네가 천년 만년을
기다린다 해도 살아 있는 성승경은 돌아오지 않아. 이미 죽어버린 거
야. 그리고 너는 죽은 성승경을 찍은 거야. 그 죽음을 그냥 받아들였
으면 해.[3]

  그렇다면 성승경은 왜 죽은 것인가? 민주 열사로 죽은 것이 아니라
면 우연한 불운 때문에 죽은 것인가? 서영은 재민에게 "그 죽음을 그
냥 받아들"이라고 요구하지만, 그는 성승경의 죽음을 자기 자신에게
납득시키지 못한다. 그래서 그에게 있어 성승경은 아직 '완전히' 죽지
않았고, 또 그래서 그는 성승경을 만날 수 있다.

---

3) 김연수, 「구국의 꽃, 성승경」, 앞의 책, p. 231.

다른 한쪽에서 승진 역시 누나 성승경의 죽음을 스스로에게 납득시키려고 애쓴다. 그 역시 누나의 죽음을 열사의 죽음으로도, 그렇다고 단지 불운한 죽음으로도 생각지는 않는다.

　누나가 죽자, 승진은 남자인 자신에게도 얼마간의 책임이 있다고 느끼게 되었다. 누가 보더라도 누나의 죽음은 남자와는 아무런 상관이 없었지만, 승진은 그렇게 생각했다. 왜 누나는 죽었는데, 자신은 죽지 않았는가? 똑똑하고 붙임성 좋아 모든 친척들이 여자로 태어난 게 아깝다고 할 정도의 누나였는데, 죽어버렸다. 덜 똑똑하고 붙임성도 없는 데다가 세상과 잘 유화하지도 못하는 자신은 살아남았다. 어쩌면 승진 자신은 남자이기 때문에 살아남았다는 생각이 들었다. 말도 되지 않는 생각이었지만.[4]

　승진은 누나의 죽음이 남자들 때문이며, 따라서 같은 남자인 자신에게도 얼마간 책임이 있다고 생각한다. 그리고 남자들에게 희생된 피해자로서의 누나와 자기를 동일시incorporation하여 스스로 피해자가 됨으로써 그 죄책감의 일부를 갚으려고 한다. 물론 "말도 되지 않는 생각이었지만", 이것이 그가 누나의 죽음을 받아들인 방식이고, 그래서 그는 "죽은 누나의 옷을 입고 아버지 몰래 밤마다 밖으로 나가 여자 행세를 하는 일"을 계속한다.

　애도가 죽은 사람은 죽은 사람이고 산 사람은 살아야 한다는 지혜를 받아들임으로써 완결되는 것이라면, 죽은 사람 때문에 "죽은 사람

---

4) 김연수, 「구국의 꽃, 성승경」, 앞의 책, p. 217.

174

처럼 핏기 없는 얼굴로 밤을 헤매"거나 "죽은 누나의 옷을 입고 아버지 몰래 밤마다 밖으로 나가 여자 행세"를 하다가 압구정동의 한 편의점에서 조우하는 재민과 승진의 애도는 여전히 진행 중이다. 그런 식의 애도는 결코 끝날 수 없을 것이기에 정상적이지 않다. 그러면 납득할 수 없는 죽음이라도 그저 시간이 흐르면 잊혀진다는 식으로 끝을 맺는 애도는 정상적인가? 아무튼 성승경의 애도되지 못한 죽음은 재민과 승진에게 콤플렉스와 죄책감을 유산으로 남겼고, 「구국의 꽃, 성승경」은 그 콤플렉스와 죄책감의 기록이다.

좀더 범위를 넓힌다면, 「구국의 꽃, 성승경」만이 아니라 『내가 아직 아이였을 때』나 『나는 유령작가입니다』를 포괄하는 김연수의 소설쓰기 전체가 일종의 애도 작업이라고 할 수 있지 않을까? '과거의 언젠가에서 지금으로'라는 형태를 띤, 상실을 동반한 변화가 있고, 결코 깔끔할 수만은 없는 그 변화가 남긴 부산물 때문에 소설쓰기를 시작했다면, 그런 소설쓰기는 애도의 다른 이름일 수밖에 없을 것이기 때문이다. 「구국의 꽃, 성승경」은 그 작업의 기원에 '정치에서 문화로' 혹은 '80년대에서 90년대로'라는 변화가 놓여 있으며, 그 1991년의 변화에 대한 애도가 쉽게 끝나지 않으리라는 것을 보여준다.

끝으로, 또 다른 89학번 작가인 선성태의 「연이 생각」을 덧붙여보자. 「연이 생각」의 서술은 「구국의 꽃, 성승경」에 비해 훨씬 고백적이고, 또 1991년의 죽음들에 대한 생각도 동일하지만은 않다. 적어도 「연이 생각」의 화자는 그 "젊은 죽음들은 분명 권력을 향해 있었다는 공분"을 놓치지 않으려고 한다. 그렇지만 그 한편에서 "열패감과 무력증에 더 발을 들여놓고" 있었음을 부인하지는 않는다.

솔직히 나는 그의 죽음에 어떤 의미를 부여하느라고 꽤 애를 쓰며 살아왔다. 나는 그가 생이 버거워서 도망쳐버린 아이쯤으로 남아서는 안 된다는 무슨 강박증 같은 심리에 시달려왔다. 일테면 나는 무모하게도 그의 죽음이 한때 거리에서 쓰러져간 숱한 젊은이들의 죽음과 나란히 놓여 있기를 바랐을 것이다. 그의 죽음이 저 1991년 여름, 소위 그 전염병처럼 번지던 죽음의 행렬의 마지막으로 기억되길 원했으며, 나아가 열사의 시대라고 해도 지나치지 않을 저 1980년대적인 죽음들에 대한 어떤 마지막 상징쯤으로 자리잡기를 바랐는지 모른다. 그래서 연이를 추억하는 행위가 결국은 한 시절에 대한 기억을 지우겠다는 것 아니냐고 누군가가 혐의를 씌운다고 해도 나는 딱히 부정할 생각이 없다.

아무튼 나는 연이의 죽음에서 어떤 의미를 찾으려는 의도를 꽤나 진지하게 마음속에서 키워온 셈이다. 이때껏 그 아이의 죽음은 그런 의도 때문인지 늘 내 곁에 머물렀다 해도 과언이 아니다. 마치 나는 상복을 못 벗은 상주처럼 일상을 잃고 살아왔다. 그렇게 되자, 마치 그의 죽음에서 자유롭게 되는 길은 그 길밖에 없는 것마냥 여겨지기도 했다. 그렇다고 해서 그의 죽음 앞에 어떤 비석을 세우자는 의도는 아니었다. 열사라니, 당치도 않다. 그는 그저 평범한 대학생이었고, 그 나이에 할 법한 고민을 안고 살다가 스스로 목숨을 버린 나약한 젊은이에 불과할 뿐이다. 그에게 누군가 열사의 이름을 붙인다면 그것은 오히려 그 시대에 대한 지독한 희화화이기 십상이고, 한편 연이에게는 더없는 모욕이 되리라 생각한다.[5]

---

[5] 전성태, 「연이 생각」, 『국경을 넘는 일』, 창비, 2005, pp. 115~16.

　1991년에 죽은 것도, 그렇다고 민주화의 대의를 위해서 죽은 것도 아닌 연이를 한사코 1991년의 죽음들 중 하나로 생각하고 싶은 '나'의 바람은 그 공분과 열패감의 역학 관계 안에서 비로소 설명될 수 있다. 연이의 죽음에 의미를 부여하고 스스로에게 납득시킴으로써 그에 대한 애도를 마치기를 원하는 '나'는 과연 성공할 수 있을까? 열사도 아닌 그렇다고 "생이 버거워서 도망쳐버린 아이"도 아닌 연이를 애도하는 것은 실은 '나'의 한 시절을 애도하는 것이다. 그 시절은 그 시절이고 지금의 나는 또 나대로 살아야 할 것이다.

　그 애도가 한 시절을 아예 없었던 것처럼 들어내는 것이 아님은 물론인데, 그럴 거면 애초에 애도의 책임 따위는 떠맡지도 않았을 것이기 때문이다. 1991년의 봄은 1980년의 봄이나 1987년의 여름처럼 기억되지 않지만, 그렇기 때문에 그 애도가 더 절실해지기도 한다.

〔2006〕

상실에서 재생으로

손홍규의 「마르께스주의자의 사전」에서 주인공은 자신이 방금 빠져나온 골목에서 한 무리의 학생들이 백골단의 곤봉과 군홧발에 짓이겨지는 장면을 목격한다. 그리고 한 학생의 죽음을 접한다.

"확신할 수 없지만 보았다고 생각했어." 그가 보았던 건 눈매가 날카롭고 머리털이 뻣뻣하며 공포와 피로 가운데 어느 쪽인지 알 수 없는 어쩌면 둘 다에 잠식되었을 수도 있었던 낯빛이 창백한 남학생이었다. 누군가 그의 등을 가볍게 툭 건드렸다. 그가 돌아보았을 때 어둠이 빗줄기를 타고 창처럼 그들 사이로 내리꽂혔다. 그는 백골단이 그들을 뒤쫓는 걸 힐끔 보았다. 몇 명의 학생들과 함께 중구청으로 향하는 큰길가의 주유소까지 달려온 그는 자신이 방금 빠져나온 골목에 뒤엉키며 쓰러진 한 무리의 학생들이 백골단의 곤봉과 군홧발 세례를 받는 걸 보았다. 그 순간에도 설명할 수 없는 환각을 보았는데 한 무리의 노동자들이 곡괭이질을 하는 모습이 그의 눈앞에 떠올랐다가 사라졌다. 곧이어 정체를 알 수 없는 문장들이 입속에서 웅얼댔다. 메모하고 싶은 강렬한 충동을 느꼈지만 그가 부들부들 떨리는 손으로 할 수 있는 일은 가방을 꼭 붙잡는 것뿐이었다. 비는 잠시 그쳤다. 그는 충무로까지 터덜터덜 걸었는데 병사들의 시체 틈에서 홀로 일어나 아무 일 없다는 듯 황산벌을 빠져나가는 백제의 패잔병이라도 된 듯한 기분이었다. 누군가 그를 불렀다. 돌아오라고 손짓을 했다. 그는 고개를 저었지만 어느새 발길을 되돌려 인쇄 골목을 향해 걷는 자신을 발견했다. "겨우 한 살 차이지만 나보다 어린 사람이 전경에게 맞아 죽을 수도 있다는 걸 처음으로 실감해서였을 거야." 그날 죽은 학생은 연세대 법학과 2학년생 노수석이었다.[1]

그의 시야에 잠시 머물렀던, 눈매가 날카롭고 머리털이 뻣뻣하며 공포와 피로로 낯빛이 창백했던 학생이 폭력의 희생자였을까? 그는 그렇다고 믿고 있는데, 어쩌면 그의 뇌리에 떠올랐던 영상은 다른 사람이 아닌 자기 자신의 창백한 낯빛이었을지도 모른다. 무자비한 폭력에 희생된 자 역시 자신의 뒤를 이어 골목을 빠져나오다 뒤엉켜 쓰러진 학생들 중 하나가 아니라 바로 자기 자신이라는 환각을 느꼈을지도 모른다. 인용문에 나온 실명에서도 알 수 있듯, 그것은 1996년 3월의 일이다.

이런저런 사정은 좀 달라도 「마르께스주의자의 사전」은 김언수의 「구국의 꽃, 성승경」이나 전성태의 「연이 생각」 등의 소설을 떠오르게 한다. 편의상 작가가 대학에 입학한 해를 기준으로 할 때 「구국의

---

1) 손홍규, 「마르께스주의자의 사전」, 『톰은 톰과 잤다』, 문학과지성사, 2012, pp. 81~82.

꽃, 성승경」과 「연이 생각」에 88, 89학번쯤인 작가의 1991년이 반영되어 있다면, 「마르께스주의자의 사전」에는 93, 94학번쯤인 작가의 1996년이 그려지고 있다는 점에서 그러하다. 5년이라는 간극은 의미를 일반화하기는 쉽지 않겠지만, 아무튼 「마르께스주의자의 사전」과 「구국의 꽃, 성승경」「연이 생각」 간의 차이는 그 5년에서 비롯된 것이다.

「구국의 꽃, 성승경」과 「연이 생각」은 애도에 관한 소설이다. 말하자면, 그것은 1980년대(에 속한 성승경과 연이의 죽음)를 1990년대(를 살고 있는 사람들)가 어떻게 장부정리할 것인가의 문제이다. 1980년대와 1990년대의 격차는 세계사적 변동에 수반된 것이라 그 변화를 인정하는 것 자체는 대부분 동의되고 있는 것 같다. 물론, 누군가에게 그 변화는 어떤 가치의 상실을 동반하며, 그래서 성승경과 연이의 죽음에 대한 애도를 성공적으로 완결 지을 수 없듯이 그 가치의 상실을 안타까워하고 심지어 죄책감을 느끼기도 한다. 또, 누군가에게 그 변화는 별 대수롭지 않은 것으로 받아들여지기도 했을 것이다.

이에 비해 「마르께스주의자의 사전」은 전적으로 애도에 대한 소설이라고 볼 수 없을지도 모르겠다. 「구국의 꽃, 성승경」과 「연이 생각」이 1991년의 죽음 이후 수년이 지난 시점에서 과거의 죽음을 어떻게 이해할 수 있을지의 문제를 다루는 데 비해, 「마르께스주의자의 사전」의 스토리 시간은 1996년에 국한되어 어떤 회상의 시점도 개입하지 않는다는 것도 그 이유 중 하나일 것이다. 「마르께스주의자의 사전」에는, 가령 1980년대에서 1990년대로의 변화 같은, 대체로 동의할 수밖에 없는 간극이 존재하지 않는다. 그래서 「구국의 꽃, 성승경」과 「연이 생각」에서 성승경과 연이의 죽음은 1980년대적인 것의 상실과 한 맥락을 이룰 수 있지만, 「마르께스주의자의 사전」에서 노수석의 죽음은 어떤 맥락을 구성하기 어렵다. 비슷한 말이지만, 그 결과 「마르께스주의자의 사전」의 그는 자신이 무엇을 상실했는지 잘 모른다. 이렇게 정리할 수 있겠다. "어떤 콤플렉스도, 죄책감도, 심지어 성찰도 없"이 "전혀 다른, 새로운, 멋진 신세계"를 맞으면서 자신이 뭔가를 상실했는지도 모르는 채 사는 경우가 있다. 다른 한편에 자신이 무엇을 상실했는지 알고 그 상실을 애도하려는 경우가 있다. 그 애도가 성공할지 실패할지는 알 수 없으나 「구국의 꽃, 성승경」과 「연이 생각」의 주인공들이 그러하다. 마지막으로 뭔가를 상실한 것 같은데 그것이 무엇인지 모르는 경우가 있다. 아마도 「마르께스주의자의 사전」의 주인공이 여기 속할 것이다. 상실한 대상에 대한 리비도를 철회해 다른 대상에 다시 부여하는 것이 애도의 성공이라면, 무엇을 상실했는지 잘 알지 못할 때 그 애도는 성공적으로 완결되기 어렵다. 이 연장선상에서 애도와 함께 머물기 혹은 상실의 느낌과 함께 머물기라는 상태가 도출된다.[2]

　1996년 3월 죽음의 현장에 있었다고 믿는 그는 매일 장례위원회가 열리는 연세대에 갔고, 거기서 우연히 노수석의 부모와 눈이 마주치기도 한다. 그러나 그와 관련된 스토리의 진전은 더 이상 없다. 그런데 여름방학이 시작되자 등록금 마련을 위해 막노동을 하던 그는 8월 15일, 경찰의 포위망을 뚫고 연세대에 들어간다. '나'를 찾기 위해서이다. '나'는 누구일까? 논리적으로 보면, '나'는 그의 이야기를 글로 옮기고 있는 「마르께스주의자의 사전」의 화자다. 또, '나'는 1996년

---

2) J. 버틀러, 「폭력, 애도, 정치」, 『불확실한 삶』, 경성대출판부, 2008, p. 59.

봄에 방위 복무를 마치고 복학한 그와 가깝게 지내던 후배인 것도 같다. 3인칭 서술의 느낌을 강하게 주는 「마르께스주의자의 사전」의 서사에서 '나'의 존재감이 감지되는 것은 그가 '나' 때문에 연세대에 들어갔다고 말한 이후다. 말을 바꾸면, '나'의 주요한 존재 이유는 그를 연세대로 들어가도록 하는 데 있다. 그런데 '나'는 거기 있지 않았다고 털어놓고 그럼에도 불구하고 그는 그 말에 별로 신경을 쓰지 않는다.

포위망을 뚫고 학교에 진입한 그는 '나'를 찾다가 경찰의 진압에 밀려 학생들이 고립된 이학관 맞은편 건물의 한 연구실에 숨어든다. 그리고 경찰의 진압이 끝난 8월 20일 연세대를 빠져나온다. 그 말을 들은 '나'는 이렇게 쓴다. "나는 이학관 컴퓨터실에서 열린 창을 통해 그를 보았다. 처음에는 환청일 거라 생각했다. 내 이름을 부르는 그의 목소리…… 나는 빡빡 깎은 그의 머리에서 부서지는 햇살을 보았다. 눈부셨다. 나는 그의 공화국의 첫번째 시민이 되고 싶었다. 나의 마르께스주의자. 그의 공화국에 존재하지 않는 유일한 사물은 사전이다."

'나'는 누구일까? '나'는 1996년 8월에 연세대에서 농성을 하지는 않았지만 그의 이야기를 다 듣고 나자 자신이 거기 있었다는 강렬한 느낌을 거부할 수 없었던 학교 후배일 수도 있다. 혹은 '나'는 1996년에 학교에서 혹은 거리에서, 또 연세대에서 그와 만나거나 스쳐지나갔던 불특정한 누군가들일 수도 있다. 아무튼 그는 '나'를 찾지 못했다. 그는 잃어버린 '나'를 찾으러 포위망을 뚫고 연세대에 들어갔지만 '나'는 거기 없었다. 아니, 그가 잃어버린 것은 '나'가 아닐지도 모른다. 왜냐하면 그는 자신이 무엇을 상실한 것 같다고 느끼지만 그것이 무엇인지는 잘 모르기 때문이다.

손홍규의 첫 소설집 『사람의 신화』에 수록된 단편 「갈 수 없는 여름」에서 그해 여름 연세대에 갇혔던 희주는 '나'에게 "내 가슴에도 지난 여름이, 마치 잘 쓸고 닦은 방 안에 덩그러니 놓여 있는 책상처럼, 들어와 있는 것만 같았으니까. 내가 쓰러지면 누가 날 거둬줄까. 누가 헝클어진 나를 곱게 쓸어담아 양지바른 곳에 묻어줄까. 죄를 지은 건 아닐까. 이렇게 쓰러져버린대도 아무도 날 알아주지 않는 건 아닐까. 아니 내 몸을 갈기갈기 찢어 어둠 속으로 던져버리는 건 아닐까. 무서워. 무서워 죽겠어"라고 편지를 쓴다. 태어난 이래로 부모로부터, 주위의 모든 사람들로부터 살해 위협을 받아왔다고 생각하는 '나'는 그녀의 편지를 받고 그것의 실체를 깨닫게 된다.

하지만 과연 내가 누군가를 죽일 수 있을까? 한꺼번에 수천 명을 죽이려 해도 살인의 의도가 은폐되는 시대인데, 어머니가 왜 그랬는지조차 알 수 없는데, 어차피 누구나 서로를 죽이지 못해 안달하며 사는 세상인데, 과연 내게 증거를 인멸하면서 완전하고도 무결하게 누군가를 죽일 수 있는 기회가 오기나 할까? 이제야 살인의 충동에 휩싸인 이 풋내기에게도 누군가를 죽일 수 있는 축복 같은 기회가 주어질까?[3]

요컨대, '나'를 겨냥한다고 생각했던 살해 위협은 결국 이 세상에 만연한 살해 충동의 일부였던 것뿐이다. 세계 자체가 폭력적이며, 폭력 성향은 그 안에 있는 모든 사람들이 공유하고 있는 바다. 손홍규 소설의 배후에 폭력적 세계가 깔려 있다면 그와 같은 인식의 기원 중

---

3) 손홍규, 「갈 수 없는 여름」, 『사람의 신화』, 문학동네, 2005, p. 66.

하나는 1996년 여름의 사건과 이어져 있을 것이다. 또, 인간 세계에 편재한 폭력성에 대한 인식이 손홍규 소설의 특징 중 하나인 비인(非人)의 현상학을 낳았을 것이다.

「마르께스주의자의 사전」에서도 비인의 상상력의 일단을 발견할 수 있는데, 그것은 번데기에서 나비로의 탈바꿈으로 드러난다. 대학문학회에 가입하고 국어사전을 모조리 씹어 먹기로 결심했던 그는 시위대를 따라나선 거리에서나 고립된 연세대에서나 사전 씹어 먹기를 계속한다. 그가 사전을 씹어 먹기 시작한 곳은 집 안 다락방이었으며, 그 이후로 사전을 씹어 먹는 곳은 어디든, 청계 고가도로 밑이든 연세대의 연구실이든, 다락방 같다고 생각한다(이 다락방의 이미지는 「증오의 기원」과 「무한히 겹쳐진 미로」에서 마치 관 속 같았던 자취방의 책상 밑이나 불 꺼진 복도를 미로처럼 헤매다 우연히 들어가게 된 연구실과 이어진다). "다락방은 그의 고치였다. 그는 사전에서 새로운 세계를 발견했으며 태초의 시인처럼 말의 매력에 금세 사로잡혔다. 〔……〕 그는 나비로 우화할 날을 기다리는 인간 번데기였다." 다시 말해, 그는 사전의 언어를 배워 나비가 될 번데기인바 이때 나비가 된다는 것은 작가가 되는 것의 비유로 읽힐 수 있다. 그런데 서사가 진행될수록 나비가 된다는 것이 단지 사전의 언어를 배우는 것만을 의미하는 데 그치지 않는다. 어떤 의미에서 그것은 오히려 사전의 언어를 거부하는 것을 가리키고 있다. 사전을 씹어 먹어 변신한다는 모티프는 「사람의 신화」에서도 본 적이 있다. 스스로를 사람의 종족이 아니라고 믿는 '나'는 역시 사람이 아닌 할아버지로부터 곰과 호랑이의 이야기를 듣는다. 그들이 갖고 있던 언어를 금지당한 곰과 호랑이는 사람의 언어를 쓰기 위해 마늘과 쑥만으로 삼칠일을 버텨야 했다. 그러나 삼칠일 뒤 호랑이는 그 폭력성에 질려 스스로 목숨을 끊고, 곰의 배 속에서 자라던 호랑이의 씨는 사람의 종족이 아닌, 사람의 언어를 쓰지 않는 새로운 종족의 조상이 된다.

그는 블라인드 너머에서 들리는 소리에 귀를 막았다. 전경들은 체포한 학생을 장난감처럼 다루었다. 어느 총련이야? 광주라고? 이 새끼들은 그때 씨를 말려버렸어야 했는데. 그때 뒈지지 않은 걸 후회하게 해주마. 너 저 안에서 씹했지? 몇 명 따먹었냐? 그는 폭력의 오금을 보는 듯한 기분이었다. 안락하고 움푹 팬 공간. "그 학생이 전경의 쇠파이프에 두들겨 맞으며 내지르던 비명 때문이 아니었어. 나는……그 말들이 모두 사전 속에 있다는 사실이 참기 힘들었던 거야." 마르께스주의자는 그동안 자신이 삼켰던 낱말들을 모두 토했다. 1년여 동안그가 공들여 씹었던 낱말들이 몇 줌 위액으로 바닥을 적셨다. 부질없는 언어들. 그는 칼로 정강이를 쨌다. 거기에서도 피고름 같은 언어들이 흘러내렸다. 그는 존재하지 않는 나라의 시민이었다고 말했다. 의무도 권리도 없는 나라. 그러나 왠지 내게 그곳은 아름다웠다. 영주권도 시민권도 없는 결코 만날 수 없는 나라.[4]

「마르께스주의자의 사전」에서도 역시 그는 자신이 배우던 사전의 말들을 모두 토해내고, 몸 안에 있던 말들을 모두 밖으로 짜내버린다. 폭력의 언어가 모두 사전 속에 있다는 사실을 참을 수 없었기 때문이다. 그가 1996년에 상실한 것은 바로 그때까지 배워왔던, 자기

---

4) 손홍규, 「마르께스주의자의 사전」, 앞의 책, pp. 101~102.

가 알고 있던 언어였을 것이다. 아버지와 어머니의 이른 죽음 앞에서 그가 상실했던 것 역시 궁극적으로는 언어였던 것처럼 말이다. "그제 야 그는 아버지가 돌아가셨을 때에도 어머니가 돌아가셨을 때에도 그 와 비슷한 상황이었다는 걸 깨달았다. 그는 다락방 안에서 문고리를 꼭 잡은 채 누나들이 불러도 친척들이 혀를 차도 동요하지 않았다. 다락방의 어둠을 견디는 게 무슨 말을 해야 할지 몰라 다른 사람들 앞에서 쩔쩔매는 것보다 낫다는 걸 어린 시절에도 알았던 거다." 그 는 상실한 대상을 설명하고 상실 자체를 표현할 언어를 잃어버렸지 만, 오히려 그 편이 섣불리 상실을 말하고 애도를 끝내지 않도록 그 를 지탱해주었을 것이다. 그는 나비로 다시 태어났는데, 그 나비는 영판 새로운 어떤 존재가 아니라 바로 상실, 곧 언어의 상실을 자신 의 일부로 받아들인 존재다. 그는 나비가 됨으로써 자신의 일부가 된 상실을 표현하기 위한 새로운 언어를 배울 수 있고 배워야 하는 권리 와 의무를 가진 유니크한 존재가 된다. 이는 작가 손홍규에게도 역시 마찬가지다.

  1996년에 무슨 일이 있었을까? 위키피디아의 1996년 항목에는 4월 총선, 8월 전직 대통령 반란 및 내란 수괴죄, 9월 무장공비 침투, 12월 총파업 등의 내용이 보이지만, 노수석이나 연세대 등의 이름은 보이 지 않는다. 수천 명이 검거된 끝에 학생운동이 고립되고 한총련 같은 단어가 사라지기 시작한 해 정도로 기억될지도 모른다. 한 매체에 장 편 연재를 시작하면서 손홍규는 이렇게 서두를 뗐다.

  해마다 팔월이 되면 기억은 몸살을 앓는다. 몰락을 목격했으나 몰락

186

의 의미를 알 수 없었던 그해 여름 이후로 미완의 시 한 편이 혀끝을 맴돌았다. 내가 사랑한 시인들은 불행히도 한 편의 시도 쓴 적이 없으므로 그 미완의 시를 쓰이지 못한 시를 위한 시라고 해두자. 사람들은 침몰했고 그들이 침몰했음을 알리기라도 하듯 그 자리에 부표처럼 낡은 깃발 하나가 외로이 펄럭였다. 십오 년 동안 깃발을 바라보았다. 그리고 사람들은 사라진 게 아니라 그곳으로 되돌아오기 위해 유서처럼 깃발을 남겨두었음을 깨닫는다.[5]

15년 전, 뭔가를 상실했으되 그것이 무엇인지를 알지 못해 말할 수 없었던 것을, 미완으로 남았던 것을 이제 말하려 한다. 15년 동안 해마다 몸살을 앓고 외로운 깃발 하나를 바라보기만 했을까? 아마도 그 15년은 작가 손홍규가 새로운 말을 배우고 익히는, 그래서 우화하기 위한 긴 탈피의 과정이었을 것이다. 「마르께스주의자의 사전」은 작가가 이제 막 말하기 시작한 그 긴 과정의 서장(序章)이다.

[2011]

---

5) 손홍규, 「불안」, 『웹진 문지』, 2011. 8. 8.

가장 나종 지니인 것

김현승의 시 혹은 박완서의 소설에서 따온 "가장 나종 지니인 것"
이라는 말이 가지는 울림의 대부분은, 우리는 좋든 싫든 뭔가 소중한
것을 잃게 되어 있다는 운명을 전제할 때 발생한다. 우리가 뭔가를
잃을 리 없다면, 다시 말해 언제나 원하는 모든 것을 지닐 수 있다면,
끝까지 지니고 싶은 어떤 것을 굳이 집어낼 필요조차 없을 것이다.
그러나 김현승의 「눈물」과 박완서의 「나의 가장 나종 지니인 것」의 화
자가 자식을 잃고 비탄에 빠진 부모라는 사실은 '가장 나종 지니인
것'을 지키려 한들 결국에는 그것을 잃게 될 것이라는 숙명적 인식에
이르게 한다. 그래서 결론인즉, 우리는 필연적으로 뭔가 소중한 것을
잃으면서 살아갈 것이며, '가장 나종 지니인 것'이라 할지라도 끝까지
지닐 수는 없어 결국에는 잃고 말 것인데, 가장 나중까지 잃지 않고
지키려 했던 것을 잃었으므로 '가장 나종 지니인 것'이라는 말은 역설
적으로 가장 큰 상실을 의미하게 되리라는 것이다.

그런데 뭘 잃는 것일까? 살아가면서 우리는 무수히 많은 것을 잃을 것인데, 그중 사소한 것, 가령 애완동물 같은 것에서부터 시작해보자. 황정은의 「곡도와 살고 있다」에서 G는 출장 다녀온 친구 파씨에게서 고양이 비슷한 동물을 선물 받는다. 파씨는 G에게 "이건 곡도. 고양이와는 완전 다른 생물"이라고 친절히 설명해준다. 이제까지의 G는 마치 "가슴 세 번, 목을 좌우로 두 번, 팔을 각각 네 번, 엉덩이를 다섯 번"과 같은 순서에 따라 목욕을 하는 것처럼 "편하고 익숙해서 아무것도 생각하지 않"는 식으로 살아왔던 편이지만, "저어, 뭘 좀 먹을 수 있을까요?" 따위를 말할 줄 알 뿐만 아니라 매일 밤 재미있는 얘기를 해달라고 조르는 '곡도'와 함께 살게 되었으므로 여러 가지 골치 아프거나 자신 없는 일들을 겪게 된다.

하지만 그래 봐야 곡도란 애완동물일 뿐 아닌가? 특히 어쩌다가 곡도를 떠맡았을 따름인 G는 여차하면 그것을 내다 버릴 수도 있을 것이다. 눈치 빠른 곡도가 "이제 와서 몰래 버린다거나 묘한 생각은 하지 말아주세요"라고 부탁하는 걸 보면, 아무튼 G는 내심 그렇게 생각하고 있을지도 모른다. 이와 관련하여 곡도 사육 매뉴얼 9조는 다음과 같이 말하고 있다.

중도포기, 즉 사육에 실패했을 경우의 부작용이 상당히 심각한 편이므로, 처음부터 신중한 결정을……
……각 개체는 버림받는 즉시 곡도로서의 특징을 잃고 보통의 동물화 단계에 접어들게 됩니다. 이때 공평무사, 사육자에게도 같은 비중의 '분실'이라는 현상이 일어난다는 점을 명확히 인지하시기 바랍니다. 고객님들께서는 확실한 책임의식으로……

……분실의 항목은 개인이나 사정에 따라 다를 수 있습니다. 특정한 어휘를 잃었다는 보고가 다수 접수된 바 있으며, 자신감이나 미소나 그림자를 잃었다는 내용의 보고 또한 상당량…………[1]

내다 버렸든 잃어버렸든, 어떤 사정 때문에 누군가가 함께 살던 곡도를 잃을 수 있다. 매뉴얼은 그 '잃음'이라는 사건이 사육자와 곡도 모두에게 같은 비중의 제2의 '잃음'(상실)을 야기한다는 사실을 적시한다. 좀더 풀어 말하면, 이때 곡도가 잃는 것은 단지 사육자만이 아니라 자신이 갖고 있던 고유한 자질들이기도 하며, 사육자가 잃는 것 역시 단지 곡도라는 애완동물만이 아니라 그 자신이 갖고 있던 어떤 어휘나 자신감, 미소, 그림자 등이기도 하다는 것이다. 둘에서 하나를 뺀 결과 다른 하나가 남는다면 그것은 지극히 당연한 "작용"일 것이다. 이 뺄셈의 "부작용"은 하나를 빼고 남은 하나가 원래의 그 하나가 아닐 때 비로소 발생한다. 그 부작용은 제2의 뺄셈(상실)의 작용인 셈인데, 두번째 뺄셈은 나머지 하나로부터 뭔가를 더 공제함으로써 또 다른 상실을 낳는다는 것이다. 요컨대, 뭔가를 갖고 있다가 상실한 '나'는 뭔가를 갖고 있기 전의 '나'와는 전혀 다른 존재가 된다.

재미있는 옛날 얘기를 해달라고 조르는 곡도에게 하는 얘기마다 번번이 퇴짜를 맞던 G는, 어느 날 밤 병아리 얘기를 들려주기 시작한다. 그 얘기의 주제는 상실 뒤에 찾아오는 또 다른 상실과 관련된 것이다. 어릴 때 학교 앞에서 산 백 원짜리 병아리가 죽자 G는 마당 구석 화단에 무덤을 만들어준다. 그런데 다음 날 죽은 병아리가 되돌아

---

1) 황정은, 「곡도와 살고 있다」, 『일곱시 삼십이분 코끼리열차』, 문학동네, 2008, pp. 178~79.

온다.

　다음 날 아침에 일어나서 마당으로 나갔더니 창 밑의 수챗구멍 근처에 기묘한 것이 있었어. 내가 묻은 병아리였어. 전날 화단에 묻을 때까지만 해도 멀쩡했던 솜털이 모조리 벗겨져서, 분홍색이었어. 〔……〕 새로운 거즈로 말아서 다시 무덤을 만들어주었지만, 이튿날 아침이 되고 보니 다시 벌거벗은 채로 내 방 창 밑에 와 있었어. 밤새 누가 무덤을 파내고 거기까지 옮겨놨는지는 몰라도, 아무튼 끈질긴 녀석이었지. 이걸 나흘이나 반복했으니까. 닷새째 아침에, 수챗구멍 근처에서 나는 다시 병아리를 발견했고, 발로 그걸 슬쩍 밀어서 수챗구멍 속으로 넣어버렸어. 그러면 더는 그걸 보지 않아도 된다고 생각한 거였겠지. 그런데 구멍이 좁아서, 걸려버린 거야. 입구로부터 오 센티미터쯤 아래쪽에서. 그로부터 한 달, 매일 아침 수챗구멍 곁에 서서 조금씩 가라앉는 병아리를 내려다보았어. 시간이 지난수록 줄어들고 썩어가면서, 병아리는 아주 조금씩, 아래쪽을 향해 가라앉는 거였어.[2]

　끈질기게, 그것도 "멀쩡했던 솜털이 모조리 벗겨져서" 점점 역겨운 모습으로 귀환하는 그 병아리는 가히 좀비라 부를 만하다. 병아리의 죽음에 대한 장례(애도)가 단 한 번으로 석절하게 끝났더면, 어린 G에게 병아리의 상실이 그리 큰 흔적을 남기지는 않았을 것이다. 다시 말해, G가 잃는 것은 단지 병아리 한 마리에 그칠 수도 있다. 하지만 반복적으로 실패하는 장례를 끝장내기 위해서라면 G는 뭔가 다

---

2) 황정은, 「곡도와 살고 있다」, 앞의 책, pp. 181~82.

른 것을 내어주지 않으면 안 된다. G는 특단의 조치를, 다시 말해 죽은 병아리를 수챗구멍에 쑤셔 넣는 행동을 취하지 않으면 안 되었고, 그리하여 수챗구멍 속에서 병아리가 썩어가는 것을 한 달 동안이나 지켜보지 않으면 안 되었다. G는 큰 대가를 치르고 나서야 겨우, 고작 병아리 따위를 떼어낼 수 있었다. G가 대가로 치른 것은, 말하자면 어린 아이다운 순진함 같은 것이리라.

병아리든 고양이를 닮았지만 완전 다른 곡도든, 고작 애완동물쯤을 잃는 것이라 해도 뭔가를 잃는다는 것은 단지 그 대상만이 아니라 동시에 다른 어떤 것들을 잃게 만든다. 부모가 자식을 잃거나 자식이 부모를 잃는 것은, 애완동물을 잃는 것에 비할 바 아님은 당연하다. 그래서 정한아의 「마테의 맛」에서 아들을 잃은 아버지 혹은 남동생을 잃은 누나는 아르헨티나 이민 생활을 접고 한국으로 돌아오지만, 아들(남동생)의 상실에 대해 부수적인 대가로 지불한 원래의 생활 감각을 회복하지 못한다. 그들은 아르헨티나 요리를 튀기고 볶고 데치고 끓이거나 꿈속에서 끊임없이 자전거 페달을 돌리거나 할 뿐이다.

자식을 잃은 부모의 심정은 그렇다 치고, 반대로 부모를 잃은 자식의 경우는 어떠한가? 권여선의 「당신은 손에 잡힐 듯」에서 명예퇴직한 오십대 전직 교사인 주인공의 삶은 지극히 안정적이다. 퇴직금과 연금이 정점에 달한 시점을 계산하여 퇴직을 결정한 그는 경제적으로 여유로울 뿐 아니라 결혼을 하지 않은 탓에 신경 쓸 일도 별로 없다. 퇴직하기 전과 마찬가지로 매일 단골 죽집에 들러 아침을 먹고, 학교 대신 도서관으로 출근하여 하루를 보내고, 산책을 하거나 지하철 종착역에서 시간을 보내다 집으로 돌아온다.

물론 그의 안정적인 삶은 "규칙적이고 의례적인 무내용"으로 가득한 것이기도 할 것이다. 그 역시 이러한 공허함을 잘 알고 있으며, 그래서 언젠가 "퇴직 후의 삶에 조그만 변화를 도입하고자" 직접 요리를 해보지만 참담한 실패로 끝나고 만다. 중요한 것은 요리가 실패했다는 것이 아니라 요리조차도 실패했다는 것이다. 사소한 취미조차 불가능한 그의 삶은 어떠한 내용도 의미도 없는 텅 빈 삶이다. 어째서 그의 삶이 이토록 무내용하고 무의미할 수밖에 없었던가를 살피는 것이 「당신은 손에 잡힐 듯」의 주제다.

> 그는 일찍 아버지를 여의고 홀어머니 손에 자란 외아들이었다. 그의 어머니는 이십사 년 전에 죽었다. 정확히는 몰라도 아마 죽집 카운터를 보는 여자의 나이쯤 되었을 무렵이었다. 〔……〕 당사자인 어머니는 아주 천천히 죽어갔으리라. 천천히 삶을 지워갔다고도 할 수 있었다. 어머니가 죽은 후 그는 거의 어머니 생각을 하지 않고 지냈다. 그러다 얼마 전 유언장을 작성하기 위해 고심하던 저녁, 그는 문득 어렸을 때 어머니 손에 이끌려 오랜 시간 버스를 타고 낯선 동네에 갔던 일을 기억해냈다. 그때 만난 사람이 큰아버지였다.[3]

죽은 어머니를 거의 잊고 지냈던 그는 얼마 전 사신의 유언장 내용을 고민하다가 어머니와 관련된 기억을 떠올린다. 그 이후로 그가 자주 꿈꾸는 과거의 장면에서 남편과 사별한 어머니는 어린 아들을 딸려 양복점을 하는 시숙에게 돈을 빌리러 가고 있다. 40여 년 전 어머

---

3) 권여선, 「당신은 손에 잡힐 듯」, 『내 정원의 붉은 열매』, 문학동네, 2010, pp. 132~33.

니에게 이끌려 가던 아들이었던 그는 당시의 상황을 지나치게 자세히 기억하고 있다. 어머니는 자신의 계획에 대한 기대와 자신의 부탁이 거절당할 경우의 불안 사이에서 갈팡질팡하며 발걸음을 재촉하기도 늦추기도 했으며, 큰아버지는 조카 딸린 젊은 제수 앞에서 차비보다는 많지만 별 소득이 되지는 않을 돈의 액수를 계산하기도 했다. 물론 이처럼 지나치리만큼 세세한 기억은, 기억이되 불필요하게 장황한 디테일로 뭔가 다른 중요한 것을 잊기 위한 은폐기억screen-memory일 것이다. 그가 은폐하고자 하는 것은 끝까지 감춰지다가 소설의 결말에 이르러 비로소 밝혀진다.

그는 아무 이유 없이 여자가 죽기를, 여자의 목숨이 끊어지기를 바라고 있었다. 갑자기 양 주먹에 힘이 불끈 들어갔다. 그는 자신의 감정상태가 정상적이지 않다는 것을 알았다. 한시바삐 이 자리를 벗어나야 한다는 것도 알고 있었다. 그러나 그는 다만 꽉 쥔 두 주먹에서 급류처럼 솟구쳐 올라오는 충동적인 괴력을 자제하느라 내림굿을 받는 사람처럼 어깨를 덜덜 떨고 서 있을 뿐이었다. 여자의 눈이 점점 커져 화등잔만 해졌다. 까맣게 칠해진 속눈썹에서 짙은 석유 냄새가 풍겼다. 오, 어머니! 그날 양복점 거리에 아들을 버리고 떠나려 했던 어머니! 그 후 십팔 년 동안 눈에 보이지 않게 천천히 아들 곁을 떠나가버린 어머니! 아들에게서 삶도 맛도 빼앗아 가버린 어머니![4]

그가 평생 감추고자 했던 것은 아마도 비명소리였을 것이다. 그 비

---

4) 권여선, 「당신은 손에 잡힐 듯」, 앞의 책, pp. 147~48.

명은 그가 최근에 자주 꿨던 꿈속에서 양복점 진열장의 목 잘린 마네
킹이 내지른 것이기도 하고, 얼마 전 잠결에 들었던, 아파트에서 뛰
어내린 여자가 내지른 것이기도 하다. 아니, 실은 그렇지 않다. 마네
킹이 비명을 지를 리 없으며, 아파트에서 투신한 여자가 비명을 질렀
든 말든, 그가 들은 것은 남자의 비명이었으므로, 그가 들은 비명은
투신한 여자의 것이 아니다. 그가 감추고자 했던 비명은 바로 자기
자신의 비명이다. 시숙과의 교섭이 실패한 끝에 아들을 양복점 거리
에 내버리고 떠나려 했던 어머니에 대해 그 자신이 내질렀던 비명이
다. 어머니에게 버림받았던 적이 있는 아들은 결코 그 사건을 잊지
못한다. 그 잃음의 기억은 아무리 감추려 해도 감추어지지 않는, 그
스스로 "언제나 예민하게 살아 있는" "머릿속 가느다란 신경의 선 하
나"라고 느끼는 그것이며, 그 잃음의 부작용으로 인해 그는 "삶" 혹
은 "맛"을 상실한다.

「당신은 손에 잡힐 듯」의 아들은 어머니로부터 유기되었던 기억,
그로부터 야기된 삶 혹은 맛에 대한 2차 상실을 끝내 회복할 수 없을
것 같다. 적어도, 어머니가 죽을 때의 나이와 비슷한 또래인 죽집 여
자에 대한 살의를 표하는 것으로 끝나는 소설 안에서 그러한 기대의
실마리를 찾기란 쉽지 않다. 그런데 그 맞은편에 있는 어미니의 경우
는 어떠한가? 식사량을 줄여가다가 급기야 밥을 끊고 "천친히 삶을
지워갔"던 그녀 역시 뭔가를 상실했던 것은 아닌가? 곡도 사육 매뉴
얼 9조가 명시하듯, 잃음으로 인한 2차적 상실이 어머니와 아들 양쪽
모두에게 "공평무사"한 비중으로 적용될 것은 당연한 이치다. 그때
이후로 삶과 맛을 잃은 아들에 대해 "사는 것도 먹는 것도 치욕"이라

는 생각을 굳혀갔던 어머니 역시 같은 것을 잃었다.

　김인숙의 「숨-악몽」은 어린 아들을 죽인 부모와 부모로부터 죽임을 당한 아들 양쪽의 시선이 교차한다. 젊은 부부가 있었고, 그들 사이에서 차례로 쌍둥이 형제, 또 한 명의 아들, 마지막으로 막내딸이 태어났으나, 하나둘씩 사라져 결국 아무도 남지 않게 된다는 「숨-악몽」의 스토리는 제목 그대로 일종의 악몽일지도 모른다.

　쌍둥이 형제는 큰아버지를 따라 20여 년 전에 미국으로 이민을 떠났고, 막내딸은 채 백일도 되기 전에 폐렴으로 죽었고, 몇 년 전 어머니마저 세상을 뜬 집에 아버지와 아들이 살고 있다. 몇 해째 팔리지 않는 집은 쓰레기와 먼지, 벌레로 들끓고 있다. 어머니의 임종 직전 아버지는 아들에게 어머니를 용서하라고 말한다. 병역 기피자였던 아버지가 쌍둥이 형제가 태어난 후 입대해버리자 홀로 남아 쌍둥이를 키워야 했던 어머니는 외롭고 두렵고 불안했으며, 그 때문에 갓 태어난 아들을 죽여 마당 화단에 파묻으려 했다는 것이다. 갓난아이를 '죽일 뻔'했던 어머니는 그 이후로 걸핏하면 정신을 놓아버리는 증상을 앓게 된다.

　"그때 이후부터였다"고 아버지는 말했다. 그러니까 어머니가 그를 해치려고 했던 바로 그 순간 이후부터. 어머니는 기억하고 싶지 않은 것을 기억하지 않기 위해 모든 힘을 바쳐야 했던 것이다. 기억의 저항은 너무나 강해서 온몸을 산산이 깨뜨려버릴 듯했다. 기억과 기억의 싸움, 그 가혹한 전투에서 몸이 비켜서는 방법은, 어쩌면 '릴랙스' 그뿐이었는지도 모른다. 그리하여 어머니는 툭하면 어딘가에서 떨어지고, 툭하면 정지상태가 되어야만 했던 것이다. 기억과 기억의 싸움을,

몸이 멀리 떨어진 곳에서 쳐다보았다. 그러나 정신이 돌아오면 두들겨 맞은 듯한 통증을 느끼는 것은 기억이 아니라, 몸이었다.[5]

그러나 아버지는, 아니 「숨-악몽」의 화자는 거짓말을 하고 있다. 젊은 시절의 어느 날 화단 앞 달리아 꽃 앞에서 비명을 지르고 울었던 어머니는 살인미수자가 아니라 살인자이며, 아들은 그때 이미 죽어 달리아 꽃 아래에 묻혔다. "자신이 그동안 어떻게 살아왔나를 생각해야 하는지, 아니면 어떻게 죽었나를 생각해야 하는지" 혼란스러운 아들은 스스로 죽었는지 살았는지 알지 못하는 유령이다.

아들을 죽인 어머니는 그 때문에 툭하면 정신을 놓았고, 또 그 때문에 축대에서 추락하여 죽었다. 홀로 남은 아버지는 "모든 게 그때부터였어"라는 말을 반복하면서 병들고 늙은 몸으로 진물과 냄새를 내며 죽어가고 있다. 아이들을 차례로 떠나보내고, 죽었거나 죽어가는 부모는 아들을 죽인 죗값을 치르고 있는 것은 아닌가? 공정한 판단을 구하기 이전에, 그 부모는 이미 자신들의 죄를 인정하고 있다. 멀쩡한 정신에 자식을 버릴 부모도 없지만, 그렇다면 그들은 어쩔 수 없이 자식을 버릴 수밖에 없었던 것이겠지만, 어떤 이유에서든 자식을 버리고도 멀쩡할 부모가 어디 있겠는가? 그래서 그들은 자신들이 뭔가를, 가령 행복한 삶에 대한 소망 같은 것을 "그때부터" 잃게 된 것이 당연하다는 사실을 잘 알고 있다. 그런데 어쩌다가 이렇게 되고 말았을까?

<hr>

5) 김인숙, 「숨-악몽」, 『안녕, 엘레나』, 창비, 2009, pp. 54~55.

생은 아귀가 맞는 대차대조표로 이루어지는 게 아니라는 것을 그는 알고 있었다. 아무리 거대한 것을 놓아버려도, 그에 따르는 보상은 다만 거대한 구멍일 뿐이다. 그러므로 생은 목숨을 걸고 지켜야 할 것과 뒤돌아보지 말고 놓아버려야 할 것, 그렇게 두 가지로만 존재하는 것이라고 그는 생각했다. 그렇더라도 피하고 싶은 순간이란 있는 법이다. 팔 년이나 버티고서도 끝내 군대에 가지 않을 수 없었던, 오래전의 그때처럼.

그런데 자신의 인생은 도대체 어쩌다가 이렇게 된 것일까. 그는 스무 살에 이미 병역 기피자가 된 만큼, 아주 일찌감치, 세상에 아무것도 빚진 것이 없이 살고자 했던 꿈 많은 소년이었던 것이다. 그에게 꿈이 있었다면, 그것이 가장 찬란한 꿈이었다. 그는 원하는 것이 별로 없었고, 원하지 않는 것도 별로 없었다. 그의 아내가 된 여자만 하더라도, 일이 이 지경이 되어도 좋다고 생각할 만큼 간절하게 원한 것은 아니었을 것이다. 그러나 자신도 모르는 사이에 모든 것은 이 지경이 되어버렸다. 그는 매일 밤마다 어두운 지하 갱도를 기어다니며, 이해할 수 없다고 생각한다. 생각이 다 빠져나간 몸으로, 생각보다 더한 본능으로, 이해할 수 없다고 그는 중얼거린다.[6]

오히려 아버지는 "세상에 아무것도 빚진 것이 없이 살고자" 했다. 빚이 없으면 잃을 것도 없다. 그러나 아버지의 의도와 달리 삶의 대차(貸借)는 균형을 이루지 않았고, 그뿐 아니라 그 자신도 모르는 사

---

6) 김인숙, 「숨-악몽」, 앞의 책, p. 46, p. 52.

이에 뭔가 빚을 지게 만들고 그래서 뭔가 잃게 만든다. 또 뭔가를 잃었다고 해서 처음의 빚이 갚아지지도 않는다. 따라서 뭔가를 잃었다면 그것은 그것대로 "뒤돌아보지 말고 놓아버려" 아예 잊어버리고, 다른 것을 지키는 편이 삶의 지혜에 가까울 것이다. 잊는다고 해서 잃어버렸다는 사실 자체가 없어지지는 않겠지만, 또 잊는다고 해서 잃어버린 것을 완전히 잊을 수 있는 것도 아니겠지만, 그렇게라도 하지 않으면 잃어버린 것에 대한 상실감에서 끝내 헤어날 수 없을 것이기 때문이다.

다만 그는 누구의 것인지 알 수 없는, 그러나 아직은 자신의 것이라고 믿고 싶은 어느 날의 따뜻한 기억을 잃고 싶지 않을 뿐이다. 아주 오래전, 그들 가족이 소풍을 떠나던 날의 풍경이다. 쌍둥이 형들은 똑같이 나비넥타이를 매고 점잔을 빼고 앉아 있다. 〔……〕 아버지는 턱받이에 침을 질질 흘리고 있는 아기를 안고 있다. 아기는 간헐적으로 모질게 기침을 하는데, 만성폐렴 기운이 있는 것 같기도 하다. 아버지는 아기의 작은 목에 목도리를 감아준다. 아버지를 바라보는 아기의 입이 빙긋 벌어져, 그 달콤한 미소가 아버지의 가슴을 녹인다. 아버지는 문득 행복하다는 생각을 한다. 이만큼만 살 수 있다면, 우리끼리 이만큼만 살 수 있다면, 무엇을 희생해도 좋겠다는 생각이 들기도 한다. 김밥을 다 담은 어머니는 허리가 아픈 듯 잠시 어머니의 의자에 기앉아 허리를 쉬인다. 의자에 앉아, 어머니는 마루의 풍경을 바라본다. 어딘가, 무언가 허전하다고 생각하긴 하지만 사라진 하나가 무엇인지는 알 수 없다. 어머니는 간혹 가다 넋을 놓는다. 당신이 잃어버린 무언가를 생각하기 위해서이다. 그것은 대단히 중요한 것 같기도 하고,

따지고 보면 아무것도 아닌 것 같기도 하다.[7]

아버지마저 죽고 텅 빈 집에 아들—유령만이 홀로 남아 과거의 어느 한때를 기억한다. 가족 소풍을 준비하고 있던 가족들은 웬일인지 모두 행복해 보인다. 쌍둥이 형제는 어울리지 않게 나비넥타이를 한 채 점잔을 빼고 있고, 아버지에게 안긴 갓난쟁이 딸은 달콤한 미소를 짓고 있다. 아버지는 문득 자신이 행복하다고 느낀다. 다만 어머니만이 깜빡 정신을 놓고 뭔가 잃어버린 것이 없는지 고개를 갸우뚱거리지만 별것 아닐지도 모른다. 불행하게도, 이제 곧 갓난아이는 폐렴으로 죽을 것이고, 얼마 지나지 않아 쌍둥이 형제는 미국으로 가 돌아오지 않을 것이며, 그럴수록 아버지와 어머니는 "모든 게 그때부터였어"라는 생각을 굳히면서 죽어갈 테지만, 그렇다고 해서 그 순간의 행복이 빛바래지는 않는다. 오히려, 그렇기 때문에 행복했던 한때의 장면은 더욱 빛을 발한다.

뭔가를 잃으면서 살아가도록 예정되어 있는, 그리하여 '가장 나중 지니인 것'조차 언젠가는 잃게 되어 있는 우리는 만성적인 상실에 뒤따르는 제2, 제3……의 상실의 연쇄를 겪으면서 살 수밖에 없을 것이다. 그렇더라도, 심지어 '가장 나중 지니인 것'을 잃은 비통한 상황을 맞을지라도, 그래도 뭔가 '아직 지니인 것'이 남아 있지는 않을까?

다시 위의 장면으로 돌아가자. 그 행복했던 기억은 누구의 것인가? 그것은 홀로 남은 아들의 기억이지만, 정작 그는 간혹가다 어머니의 넋을 놓게 만드는 "사라진 하나" 혹은 "잃어버린 무언가"일 뿐, 그

---

7) 김인숙, 「숨-악몽」, 앞의 책, pp. 61~62.

장면 속에서 빠져 있다. 그럼에도 불구하고 "다만 그는 누구의 것인지 알 수 없는, 그러나 아직은 자신의 것이라고 믿고 싶은 어느 날의 따뜻한 기억을 잃고 싶지 않을 뿐이다." 상실에 관해서라면, 태어나자마자 어미 손에 죽은 그야말로 가장 짧은 동안에 모든 것을 상실한 경우일 것이다. 그런 그마저도 '아직 지니인 것', 잃고 싶지 않은 것이 남아 있다면, 살아 있는 우리들이야 오죽할까?

〔2008〕

III 언어의 안팎

— 재현, 커뮤니케이션, 수행성 기타

언어의 발생

1. 대신 말하기

　최수철의 「메신저」는 "당신들의 시대보다 그리 멀지 않은 미래의 어느 날" 중앙정부가 사라지고 그 대신 출현한 크고 작은 집단들 간의 수평, 수직 관계를 이어주기 위해 메신저들이 활동하는 상황을 상정하고 있다. 대의제(代議制) 중앙집권체제가 소멸하자 메신저들이 등장했다는 점에 대해서 좀더 생각해보자.

　늙은 메신저 조문호의 마지막 임무에 대해 이야기하는 「메신저」의 화자 '나'에 의하면 "왕이나 황제는 물론이고, 대통령이니 수상이니 하는 우두머리 내지는 대표를 내세우는 정치형태는 지극히 원시적인 것"인데, 왜냐하면 "그러한 제도는 인간들 상호간의 불신과 소통체계의 불완전함에서 기인하는 궁여지책"일 뿐이기 때문이라는 것이다. 지당한 말이다. 재현representation이라는 단어가 '표현'과 '대표'라는 이중의 의미를 갖는다는 스피박G. Spivak의 지적이 명시하듯, 뭔가를 대표(代表)한다는 것은 곧 뭔가를 표현한다는 것인바, 이때의 표현은 대(代)리 표(表)현일 수밖에 없다. 만약 소통체계가 완벽하다면 대리 표현이라는 단계를 거칠 필요가 없을 것이고, 당연히 대표를 내세울 필요도 없다.

「메신저」의 배경은 이처럼 대표(=대리 표현)가 필요 없어진 세계이다. 그런 세계에서 메신저는 일종의 과도적 존재다. 메신저야말로 순전히 누군가를 대신해서 말하는 행위 그 자체이기 때문에, 논리적으로는 메신저 역시 조만간 사라져야 될 것임이 명백하다. 처음에는 메신저들이 "어쩔 수 없이 그 집단을 대표하는 성격"을 띠었다면, 세대가 바뀔수록 차츰 "자기 자신을 비우고 지우는 것"을 통해 객관적인 정보 전달로 수렴해갔고, 마침내는 기계장치에 의해 대체된다. 메신저 조문호가 마지막으로 전해야 할 메시지가 바로 "지상에서 모든 메신저들의 활동이 중단되었음을 선언하는 것"이라는 사실은 마땅한 결말이다. 그리하여 "조만간 컴퓨터 앞에 앉아 있는 개인들은 각기 의견이 출발하는 지점이자 동시에 최종적으로 도착하는 지점이 될 것이다."

말 혹은 대화의 가능성에 대한 끈질긴 탐색이 최수철 소설의 중추를 이뤄왔다는 것은 주지의 사실이다. 그러한 탐색이 한 개인의 상념을 직접적인 대상으로 삼아 그것을 온전히 기록하려는 시도로 이어진다는 점에서, 최수철은 말(텍스트)의 외부란 존재하지 않는다고 주장하는 텍스트주의자로 비쳐질 수도 있다. 그러나 「화두, 기록, 화석」에서 '화석'이라고 명명되었던 자율적인 텍스트는 끝내 완결되지 못한다. 그럴 수밖에 없는 것이, 말이 도달하는 장소란 이해가 아니라 오해에 가까운 곳이기 때문이다.

조문호는 대대로 메신저였던 자신의 조상들의 비운에 대해 회고한다. 그들은 평생 말을 전하는 것을 업으로 삼아왔지만, 마지막에 이르러서 누군가는 말없이 기름 항아리 속으로 뛰어들어야 했고, 누군가는 모순된 명령들을 너무 충실히 전달했기 때문에 총살당해야 했고, 또 누군가는 자신의 언어가 통하지 않는 오지를 찾아 떠나야 했다. 아마도 사람들은 메신저들의 비극적인 최후를 공정하거나 객관적이지 못한 인간적 오류 탓으로 돌릴 것이고, 그 때문에 메신저 무용론을 넘어 메신저 유해론이 등장한다. 그런데 과연 그것이 메신저의 잘못 때문인 것일까?

한때 메신저가 되는 일은 세상에서 가장 영광스러운 일 중의 하나였다. 그것은 일개 보통 인간에서 두 존재 사이의 관계가 되는 것이었다. 그러나 메신저에게 기대하는 바가 거의 사라져버린 현금의 세상에서, 메신저들이 기피 대상이 되고, 또한 경박하고 무능하고 공격적인 무리로 여겨지기에 이른 것은 어쩌면 당연한 일인지도 모른다.

하지만 우리가 공격을 당하는 까닭은 메신저라는 존재가 끊임없이 사람들의 정신적 자유와 궁극적인 도덕성에 대해 이야기하기를 멈추지 않기 때문이다. 〔……〕 한때 나는 우리 메신저들이 곧 당신들이 꾸는 꿈이라고 생각했다. 내가 심지어 잠꼬대로 메시지를 전하는 방법에 대해 연구한 것도 그런 이유에서다. 그러나 이제 당신들은 꿈에서 깨어났다고 여기고서, 꿈에서 깨어난 것이 도덕성을 완성한 것이라고 믿고서, 우리를 부도덕하다고 공격한다.[1]

---

1) 최수철, 「메신저」, 『몽타주』, 문학과지성사, 2007, pp. 82~83.

　대리 표현, 곧 '대신 말하기'라는 문제에서 출발했거니와, 대리 표현이란 누군가를 대신해서 말하기인 동시에 뭔가를 대신해서 말하기이기도 하다. 요컨대, 말하기란 애초에 어떤 사물이나 사건을 대신하는 것이다. 또 뭔가에 대해 대화하는 것 역시 뭔가를 대신해서 말을 교환하는 것이기 때문에 대화는 필연적으로 속임수가 될 것이다. 언어가 닿을 수 있는 거리는 거기까지일 뿐, 언어가 사물이나 사건을 눈앞에 가져다줄 수는 없는 노릇이다.

　메신저의 임무는 말하기가 궁극적으로는 '대신 말하기'라는 사실을 잘 알고 있지만, 다시 말해 언어의 도달 거리의 한계를 잘 알고 있지만, 그럼에도 불구하고 말하기를 통해 실체에 접근하려는 시도를 끝내 멈추지 않는 것이고, 그리하여 두 존재 사이의 관계인 대화의 가능성을 탐색하는 것이다. 아마도 그것은 불가능한 작업일 것이고, 한때는 영광스러운 일이었으나 이제는 한낱 무용한 미몽(迷夢)에 불과한 것이 되어버렸다. 그 꿈에서 깨어난 사람들은 쉽게 답이 나오지 않는 문제에 골몰하며 자유와 도덕을 고민하기보다는 온갖 정보들이 기계적으로 원활히 유통되고 있다고 믿으며 안도하는 쪽을 선택한다. 벤야민식으로 말하면, 사람들은 누군가의 경험을 직접 담고 있는 이야기라는 형식보다 '단지 그 자체로 바로 이해될 수 있는' 정보라는 형식을 더 선호한다는 것인데, 이런 맥락에서 메신저의 운명은 이 시대 작가의 운명과 겹쳐진다.

　산전수전 다 겪은 늙은 메신저 조문호는 마지막 말을 할 준비가 되어 있다. 그러나 "그는 사람들이 자신의 말을 제대로 이해하지 못하리라는 것을 알고 있었다. 그러나 기실 그 자신도 잘 알 수 없기는 마찬가지였다. 그가 하려는 말은 아마도 그의 머릿속에서 어지럽게 교차하는 생각들의 편린들을 불규칙하게 늘어놓는 것이 될 것이다." 이제 조문호가 최후의 선택을 해야 할 시점이다. 그 선택이란 "그의 엉망으로 망가진 몸뚱이가 곧 메시지"가 되는 것이다. 물론 그 메시지의 내용을 말로 명확히 옮길 수 있는 사람은 아무도 없다.

2. 말의 신비

김훈의 「항로표지」의 두 주인공 중 한 명인 김철은 남해의 소라도에서 등대장으로 근무하고 있다. 폭풍주의보가 파랑경보로 바뀌는 시점에서 시작되는 소설은 일종의 역학적 숭고에 대해 감성을 배제한 채 기록하는 김훈 특유의 문체를 영락없이 보여준다.

> 물은 파구(波丘)를 횡렬로 연대해서 산맥처럼 달려들었다. 어둠의 바닥은 썰물이었다. 육지로 향하는 바람이 원양으로 나아가는 물의 대열을 뒤집었다. 바람에 부딪친 파도의 떼들은 대가리가 부서지면서 벌떡벌떡 일어섰다. 깨어진 대가리에서 흰 물보라가 쏟아졌다. 물보라는 갈기를 너울거리면서 바람 속으로 길게 흘러갔다.[2]

인간이런 얼마나 미약한 존재인가? 숭고하기조차 한 거대한 자연과 대치하고 있는 소라도 등대는 인간이 만들어낸 문명의 복잡하고 정교한 상징체계 바깥이나 기껏해야 변두리쯤에 위치하는 것처럼 보

---

2) 김훈, 「항로표지」, 『강산무진』, 문학동네, 2006, pp. 93~94.

인다. 그리고 그 때문에 언어 역시 다만 생존을 위한 명령어들로 최
소화된다. 지방항만청은 등대장 김철에게 "각 등대는 비상발전기 가
동에 대비하고 모든 지상시설물을 고박(固縛)하라" 따위를 전화 통
지하고, 김철은 부하직원들에게 "땅에 바짝 붙어라. 바람이 끊어질
때 이동하라" 하고 소리친다.

　소라도에서 언어란, 마치 러일전쟁 때부터 지금까지 줄곧 "12초에
한번씩 백색섬광을 쏘아내며 여기는 소라도…… 여기는 소라도, 라
고 어둠을 향해 깜박"이는 등대의 신호처럼 단순하고 명료하다. 광달
(光達) 거리 25마일, 약 40킬로미터의 간단한 신호 체계에 의지해
항해사는 제 위치를 확인하고 항로를 잡는다. 소라도 등대의 언어가
닿는 거리 역시 거기까지다. 25마일 안쪽으로 들어선 배들은 "섬으로
가는 방향을 버리고 남남서, 서남서로 선수를 돌려 원양으로 나아갔
다. 등대로는 아무런 배도 들어오지 않았다." 등대의 섬광은 위험을
경고하는 비명과 같고, 사람들은 위험 신호만을 받아들일 뿐, 그 뒤
에 있는 소라도와 그곳에 살고 있는 누군가에 대해서는 관심이 없다.
김철은 등대의 섬광과 배들의 항해등을 바라보면서, 옹알이를 시작할
때 엄마라는 말보다 깍깍, 갈매기 울음을 먼저 흉내 냈던 첫아들이
초등학교에 입학하기 전에 섬을 떠나야 한다고 다짐하곤 한다.

　「항로표지」의 또 다른 주인공 송곤수는 외환위기 때 도산한 대기업
의 재무관리상무로 회사 청산 절차를 책임지게 된다. 적법한 자본회
전과 대출금융, 비적법한 분식회계를 통해 거품처럼 부풀어 올라 가
전 시장의 40퍼센트를 점유했던 굴지의 회사가 하루아침에 무너지고,
그래서 도대체 사실상의 순익이 얼마냐는 물음에 대해 송곤수는 "검
사님께서 잘 모르시는 모양인데…… 그게 그렇게 잘라서 말할 수 있

는 것이 아닙니다. 자금은 실체가 없는 겁니다. 그냥 흘러다니는 거지요. 그래서 유동성입니다"라고 난감해할 수밖에 없다. 말이 뭔가를 대신하는 것이라면, 자금(화폐) 역시 가치를 대신하는 것이 아닐 수 없다. 말이 그러하듯, 돈 역시 가치를 눈앞에 가져다줄 수는 없다. 송곤수는 그 돈, 즉 "실체가 없는 안개처럼 흘러다니는 허깨비"에 꼼짝없이 묶여 있었다.

허깨비와의 아수라장 같은 싸움이 끝날 무렵 송곤수에게 남은 것은 땅강아지만 한 작은 불도저 한 대다. "무한궤도가 땅을 밀어내는 힘만큼 앞으로 나아갔고 그 힘만큼 삽날은 흙을 밀어"내는 불도저를 보면서 그는 "자신의 몸이 기계 속으로 녹아들어가 땅속으로 스며드는" 것 같은 환영을 느낀다. 꼭 그 환영 때문만이 아니더라도 '미디어는 인간의 신체의 확장'이라는 맥루한의 정의를 따르자면 불도저는 곧 송곤수의 손과 발이며, 불도저를 모는 그가 단지 복잡한 기계장치를 조작하고 있는 것이 아니라 돈이라는 허깨비와 결별하고 가장 직접적이고 원초적인 행위, 곧 땅 파기라는 육체 노동으로 회귀하고 있음을 알 수 있다.

김훈의 첫 장편 『빗살무늬토기의 추억』에서 중장비 운전수였다가 소방서의 말단 관창수로 전직한 장철민의 경우가 그러하듯이, 송곤수에게 불도저는 신석기시대 선사인류들이 손에 쥐었던 돌도끼나 빗살무늬토기와 하등 다를 바 없다. 왜냐하면, 미국으로 달아난 회장이 은닉한 양수리 개활지에서 하루 종일 흙을 가로 세로로 밀고 다니는 송곤수(＝불도저)의 노동은 돈으로 대신될 수 없는 것이기 때문이다. 사람들은 돈으로 환산될 수 없는 노동을 하는 송곤수를 이해할 수 없고, "저게 대체 뭐하는 자식이여" "애들 장난도 아니고. 아니 저 짓거리를 하면서 연료를 태우나?"라고 수군거릴 뿐 말을 걸지 않는다. 돈의 대리 표현 체계에서 떨어져 나간 송곤수는, 회장이 입버릇처럼 되뇌는 "각자의 몫은 각자의 것이다"라는 단독성의 선언처럼, 대화의 체계로부터도 배제된다.

채권은행으로부터 개활지를 비우라는 요구를 받은 송곤수는 계약직 임시직원으로 소라도에 발을 들인다. 그리고 등대의 등명기를 살펴보고는 김철에게 머뭇거리며 떨리는 목소리로 "저도 좀 배우면 이걸로 신호를 보낼 수 있을 겁니다"라고 말한다. 반대로 곧 학교에 입학할 첫째와 갓 태어난 둘째 아들, 아내와 함께 육지로 나가는 김철은 2급준교사자격 검정시험을 통과해 이듬해부터 중학교 국어 교사로 근무할 예정이다.

중학교 국어교과서를 들여다보면서, 김철은 말을 가르치는 교사가 된다는 일이 믿기지 않았다. '소'라고 말하면 밭에서 쟁기 끄는 그 소인가. '소'라는 소리가 소가 아님에도 불구하고 사람들의 마음속에서 소를 살아 있게 하는 힘의 실체가 김철은 의아했다. 학교에는 이름을 부르면 뒤돌아보고 이름을 부르면 대답하는 아이들이 살아서 뛰어놀고 있을 것이었다. 김철이 등대 사무실에서 캄캄한 밤바다를 내려다보며 소, 소, 소, 개, 개, 개를 중얼거리던 밤에 초록색 항해등을 켠 배들은 12초 1섬광을 지표로 삼아 등대를 등지고 원양으로 나아갔다. 등대에는 아무런 배도 닿지 않았다.[3]

---

3) 김훈, 「항로표지」, 앞의 책, p. 119.

국어 교사로 부임하는 김철은 지금까지 다루었던 가장 단순한 신호 체계인 등대보다 훨씬 더 복잡한 말을 가르쳐야 한다. 그는 확신이 서지 않는다. 정확히 말하면, 허깨비에 불과한 말이 뭔가 실체를 대신하게 되는 그 신비를 감당할 수 있을지에 대해 의아를 품지 않을 수 없다. 그러나 그가 뭍으로 들어가고자 하는 이유가 바로 말의 신비를 당해내기에는 등대의 섬광 신호가 너무 단순하기 때문이었다는 점에서, 그 신비는 김철 스스로가 견뎌야 할 몫이다.

3. 언어의 발생

「메신저」의 조문호는 말이 더 이상 신비롭지 않고 마치 싸구려 상품처럼 유통될 뿐인 세계에서 스스로의 몸을 훼손시켜 일종의 상형문자를 쓴다. 「항로표지」의 김철은 섬광 신호로부터 말의 세계로 나아가고, 송곤수는 허깨비의 세계로부터 섬광 신호로 되돌아온다. 우리가 지극히 자연스럽게 받아들이고 있어 자각할 수 없을 뿐, 실은 그들의 행위가 모여 우리가 쓰고 있는 말의 기원을 이루고 있다. 벤야민의 「언어의 모방적 성격」에 따르면, 사람들은 언어 이전에는 별이나 불빛에서 뭔가를 읽었고 시간이 흘러 상형문자가 나왔고 인이가 발달해왔다. 그런 단계를 거칠수록 말이 뭔가를 대신하고 있다는, 다시 말해 뭔가를 모방하고 있다는 사실은 점차 망각되어간다.

김철이 국어 교사가 되어 소라도 등대에서 육지로 옮겨가듯이, 그뿐 아니라 조문호나 송곤수 역시도 끝내 메시지를 전하고 신호를 보내려 하듯이, 우리는 말하지 않고는 살 수 없다. 웬걸, 오늘날처럼 말들이 거품처럼 넘쳐났던 적이 또 없었다는 점에서 그것은 너무나 당연한 소리 아닌가? 그러나 넘쳐나는 말들 속에서 우리는 말하는 법을 잊어버리고 단지 떠돌아다니는 말들을 소비하고 있을 뿐이다. 말하는 법을 알고 있는 사람이 바로 메신저고 작가다. 그러고 보면 작가야말로 말의 신비를 가르치고 또 대화의 곤란하면서도 소중함을 가르치는 진정한 교사가 되어야 하는 것 아니겠는가? 여기에 최수철의 「메신저」와 김훈의 「항로표지」의 의의가 있다.

〔2006〕

그는 왜 말할 수밖에 없었을까

1. 초월에서 분열로

이인성의 소설에 대해 말하기란 쉽지 않다. 그의 소설은 우선 읽기 어렵고, 또 읽었더라도 이해했다고 장담하기 어렵다. 작가 스스로 자신의 글쓰기를 '눌변'이라고 말한 적이 있지만, 그의 소설에 접근하기 어려운 이유가 단지 말솜씨가 서툴기 때문만은 아닐 것이다.

문학은 눌변으로부터 시작되는 것이 아닐지. 달변은 믿을 수 없으므로, 그것은 '저들'의 체계이자 함정이므로, 문학은 더듬거리며 허우적거리며 자기 말을 찾아 나서는 것이 아닐지. 미처 모든 것을 처음으로 말하듯이 그토록 어렵게. 눌변이란 침묵이 최선이라는 걸 알면서도 침묵할 수 없는 자들의 서투름이라고나 할까. 더듬거리는 꼴에도 결국 삶을 사랑하므로 침묵으로 초월하지 못한 자가, 또는 그런 초월을 거부한 자가 침묵하듯 말하는 방식. 〔……〕 우리가 살아내는 모든 것이

현실이라면, 현실은 '저들'이 단언하는 바와 같지 않다(필경 '저들'이란
'우리'의 쌍생아이겠지만). 현실은 끝끝내 단언의 형식을 취할 수 없는,
취해서는 안 될 무엇처럼 여겨진다. 그래서 문학은 절망적으로 허구를
택한다(어쨌든 살아갈 터이니, 절망적이라는 표현은 물론 과장이지만).
과연 허구가 온 현실이 되는 그곳까지 갈 수 있을까?[1]

작가에 의하면, 눌변이란 침묵이 최선임에도 불구하고 침묵할 수
없을 때, 처음 말을 배우듯 자기 말을 찾아 나서는 것이다. 침묵이 최
선이라면 왜 침묵할 수 없는가? 여기서 '침묵할 수 없다'라는 진술은
'(초월하지 못한 자가) 침묵하지 못한다'거나 '(초월을 거부한 자가)
침묵하지 않는다' 둘 중의 하나를 의미할 수도 있고, 혹은 그 둘을 동
시에 의미할 수도 있다. 이인성 소설은 후자 쪽에 가까운 것으로 보
인다. 침묵(에 의한 초월)이 불가능한 동시에 거부된다는 것은 무엇
을 의미하는가?

「길, 한 이십 년」에서 스물세 살의 주인공 '나'는 시위, 제적, 강제
징집의 수순을 거쳐 해안 경비초소에서 군 복무 중에 아버지의 죽음
으로 의가사제대하지만, 바로 집으로 돌아오지 못하고 고인이 된 할
아버지와 아버지의 흔적을 좇는다. "이제 고작 한 이십 년을 살아놓
고…. 한 이십 년, 대략 이십 년, 그러나 한맺힌 이십 년…. 만 이십
삼 년, 그는 손가락으로 자신의 나이를 헤어냈다. 그러나 그 이십여
년 동안 이백여 년을 산 것은 아닐까?"라는 고백처럼, 그 방황의 여
정은 '나'를 지칠 대로 지치게 한다. 제목 '길, 한 이십 년'의 '한'은

<hr>

1) 이인성, 「문학에 대한 작은 느낌들」, 『식물성의 저항』, 열림원, 2000, pp. 13~14.

'대략'이면서 동시에 '한(恨)'이다. 고작 이십 년 남짓을 산 '나'에게, 너무 일찍 찾아온 한의 정체는 무엇일까?

개별적으로 완결되면서 하나의 전체를 이루고 있는, 『낯선 시간 속으로』의 네 편의 중편소설들의 사건을 꿰어보면, '나'는 강제징집된 군대에서 자신의 삶이 철저하게 부정되는 것을 경험했고, 그 연병장의 막막함을 견디기 위해 닥치는 대로 편지를 썼으나 편지의 수신인이었던 여자가 다른 사람을 사랑하게 된 것을 알았을 때 자살을 시도했고, 요행히 살아났지만 곧이어 아버지의 부고를 접했음을 알 수 있다. 그 일련의 사건들을, "언제나 함께 움직이고 얽혀 뒹굴었던" 동료들이 있었고, 스스로 "옳다고 믿었고, 옳은 것을 행동하는 데 추호의 거리낌도 없"을 수 있었던, 이상적 세계의 훼손이라고 할 수 있다. 게다가 '나'는 자기 때문에 아버지가 갑작스럽게 죽었다는, 심지어 자기가 아버지를 죽였을지도 모른다는 죄책감에 시달린다. 여기서 사건들의 전형성(또는 추상성)에 대한 지적을 뒤로 미룬다면, 중요한 것은 그 사건들로부터 기인한 괴로움을 대하는 '나'의 태도이다. '나'에게 맺힌 괴로움을 한이라고 부를 수도 있다.

생각해 봐, 사람이 한 번도 가 보지 않은 곳에서도 물은 흐르구 꽃은 피었다 지구, 저 혼자서 말이야. 그게 물이야? 그게 꽃이야? 그걸 물이나 꽃이라고 부를 수 있어?… 그런데, 수 백 년 전에 어느 인간이 처음 그곳에 들어갔다는 걸 상상해 봐. 그는 무얼 생각했을까? 그는 왜 비어 있는 현판을 걸고 바위 위에 한없이 앉아 있었을까? 벼락이 그의 몸을 치지 않았다면 그가 무얼 했을까? 왠지 난 그가 벼락에 맞은 게 필연이란 생각이 들어. 이건 그냥 느낌인데, 그가 현판에 이름을 써 넣었다면 죽지 않았을지도 몰라…. 그리곤 누군가가 다시 그곳을 발견한다. 이름도 없는 텅 빈 절, 빈 현관에 이름을 붙인다. 그곳에 이르는 길의 도처에도, 폭포나 절벽에도 이름을 붙이고, 바위에 새긴다, 지워지지 않게…. 하지만 나는 그 이름을 받아들일 수가 없어, 법한사도 법묵사도. 정말 침묵으로 통해 버렸다면 침묵이라는 이름을 붙일 수 있겠어? 또, 그 중이 죽은 게 한스러운 일이야?[2]

사랑했던 여자와 함께 온 적이 있는 미구(迷口)시를 다시 찾아, 마치 김승옥의 「환상수첩」의 주인공처럼 바다의 끝까지 가려고 했던 '나'는 어느덧 법한사에 이른다. '법한사(法恨寺)Buphansa Temple ; 원명은 法默寺'라는 이름이 붙어 있는 안내판에는, 빈 현판을 걸고 10년간 참선하다 마지막 하루를 남기고 벼락에 맞아 죽은 한 기승(奇僧)이 그대로 바위가 되었고, 후대에 묵연(默然)이라는 승려가 빈 현판에 법묵사라는 이름을 써 넣었으나, 사람들은 그 기승의 한을 기려 법한사라고 불렀다는 전설이 적혀 있다.

'나'의 분신인 '너'가 "어떻게 '법' 자와 '한' 자가 함께 쓰일 수 있었을까"라며 의아해하듯, 자연필연성으로서의 '법'은 '한' 따위의 감정과 양립하기 어려운 것이다. 필연에 따라 물이 흐르고 꽃이 피듯이 누군가가 벼락에 맞은 것에는 어떤 해석이나 감정도 이입될 수 없다. 하물며 그 필연으로서의 법과 하나가 되거나 혹은 그 법마저도 넘어서는 초월을 지향하는 수행자에게 한이 있을 리 없다. 그러나 그 이름 없는 세계에 이름이 붙여지는 순간, 침묵은 침묵이 아니게 되며,

---

2) 이인성, 「낯선 시간 속으로」, 『낯선 시간 속으로』, 문학과지성사, 1983, pp. 247~48.

필연의 산물 역시 이내 한스러운 것이 되어버린다. 필연이자 침묵의 세계가 한스럽게 느껴지자, '너'의 "독백은 길고 긴 말의 행렬, 죽음만이 가로막을 수 있는 길 잃은 행렬처럼 계속"된다.

요컨대, 괴로움을 부르는 순간, 침묵은 그리고 초월도 또한 불가능해진다. 마찬가지로 "한 맺힌 이십 년"이라고 말하는 '나'에게도 역시 침묵에 의한 초월은 불가능한 것임에도 불구하고, '나'는 초월에의 유혹을 수시로 느낀다. 괴로움에서 벗어나고 싶은 마음이 앞서기 때문일 것이다. 가령, 법한사를 떠나 길을 잃고 산속을 헤매다 발견한 작은 빈터, "주홍빛으로 기운 햇살이 묘하게도 그곳만을 그림자 없이 채워, 주위와 선명히 구별되는" "왠지 햇살의 요람처럼, 햇살 속에 잠든 바다처럼 따스해 보"이는 공간으로 '나'가 끌려들어갈 때, '너'는 "저건 환각이다, 저곳에 가면 마음마저 홀릴 거다, 편안해지고 잠들어버릴 거다"라고 '나'의 손을 잡아끈다. '나'와 '너' 사이에 벌어지는 갈등은, 그리고 당연히 「낯선 시간 속으로」의 갈등 역시 초월(아마도 죽음에 이르는)에의 유혹을 어떻게 거부할 것인가를 중심으로 전개된다.

결말에 이르러 '너'가 먼저 바다가 아닌 서울로 돌아가고, '나' 역시 '너'의 뒤를 따른다.[3] '나'는 서울로 돌아가는 '너'에게 "그럼 모든 게 제자리로 돌아가는 건가?"라고 묻는다. 처음의 상태로 돌아간다면 '나'의 괴로움, '나'의 한은 어떻게 되는 것인가? 다시 말하지만, 『낯선 시간 속으로』의 세계에서는 '나'가 이미 괴롭다고 말한 이상, 그

---

3) '나'와 '너'는 한 사람이기 때문에 '너'가 먼저 떠나고 '나'가 뒤따르는 것처럼 보이지만, 그 둘은 실은 동시에 상경한다. '너'가 먼저 떠나겠다고 할 때, '나'는 '너'가 "열아홉 시 오십 분발 서울행 기차"를 기다릴 동안 무엇을 할지 생각하다가 다시 '나'에 대한 서술로 돌아온다. 이런저런 사건 끝에 '나'는 미구역 광장에서 개찰을 기다리고 있다. 물론 그 기차는 열아홉 시 오십 분발이다.

괴로움을 초월적으로 극복하는 일은 불가능하며, 따라서 초월에의 유혹 또한 단호히 거부되어야 한다. 그리하여 '나'에게 유일하게 남은 카드는 괴로움에 대해 침묵하지 않고 말하는 것이다.

『낯선 시간 속으로』의 서사가 낯설고 이해하기 어려운 이유 중 하나는 '나'가 1인칭 화자로서 등장하는 서사 공간 안에 그 '나'가 대상화되거나 혹은 분신화된 존재로서의 '그'와 '너' 등이 함께 등장하기 때문이다. 예컨대, 「길, 한 이십 년」의 경우, 하나의 긴 문단으로 된 서사 안에 등장하는 '그'는 결말에 이르러서 '나'가 대상화된 인물임이 밝혀지며, 「그 세월의 무덤」의 경우에는 '나'와 '나'의 분신으로서의 '그'가 만나 대화를 나눈다. 또, 「지금 그가 내 앞에서」에서 '나'는 연극 대본을 쓰고, '나'를 모델로 창조된 대본 속의 인물 '그'가 무대에서 상연되며, 「낯선 시간 속으로」에서는 앞에서 말했듯이, '나'와 '나'의 분신인 '너', 그리고 한 병사의 모습으로 변형된 과거의 '나'가 한 공간 안에 공존한다.

요컨대, 『낯선 시간 속으로』의 서사에서는 여러 명의 '나'가 등장하여 서로 대화하고, '나'를 서술하고, '나'를 상연함으로써, 과거에 대한 회상의 형태로 혹은 현재에 대한 서술 속에 기억이 구분 없이 삽입된 형태로, '나'에게 맺혀 있는 군대, 사랑의 상실, 아버지의 죽음과 이어진 괴로움에 대해 조금씩 다르게, 되풀이해서 말한다. '나'의 분신인 '그'가 "내게 마지막 꿈이 있다면, 그걸 통해, 내 자신이 그 연극으로서, 그 공연 전체로서, 무대 위에서 한 번만 더 되살아보고 싶다는 거야"라고 말하는 것처럼, '나'는 모든 것을 말함으로써 마치 한맺힌 자신의 삶을 다시 살 수 있으며, 이를 통해 괴로움을 견뎌낼 수 있다고 믿는 듯하다.

그 침묵의 자연을 따라, 그와 나는 산길을 오른다. 그가 침묵처럼 입을 연다. 〔……〕 난 네가 그렇게 새로 시작할 수 있기를 바래. 나는 그를 돌아보며 침묵처럼 답한다. 글쎄, 어쩌면 새로 시작한다기보다 새로 견딘다는 말이 어울릴지 모르지. 무엇을? 그. 네가 잊으려고 했던 것을. 나 내가 잊으려 했던 게 무엇일까? 다시 그. 상처들. 다시 나. 상처? 그래, 우선 그걸 다시 내 발로 찾아가 보겠어.[4]

'나'에게 닥쳐온 사건들로 인한 괴로움 중 큰 부분은 어쩌면 슬픔이나 상실감보다 억울함일 것이다. 군대에서 지금까지의 자기와 단절된 채 명령에 따라야 했다거나, 사랑에 대한 기대가 "자신이 전혀 가담하지 않은 채 수정되어"버렸다거나, 자신을 정립시킬 수 있는 근거였던 가족과의 끊을 수 없는 숙명이 일방적으로 사라졌다는 등의 일들이 굳이 '나'의 잘못 때문이라고 할 필요는 없다. 다시 말해, '나'의 괴로움은 스스로를 자유로운 주체라고 믿었지만 실제로는 외부의 이런저런 일들에 어쩔 수 없이 휘둘릴 수밖에 없는 존재임을 알아차린 순간 발생한 것이다.

이러한 상황을 '나'에게 있던 자유가 외부의 힘에 의해 훼손되었다고 파악하는 것은 타당하지 않다. '나'의 분신이 "나는 아버지처럼 생각하고, 할아버지처럼 행동했어. 나는 당신들에 대한 반항을 통해서 다른 삶을 살고 있다고 생각했었어. 하지만 사실은 어머니의 자궁 속에서 아버지의 책을 베고 잠자며 할아버지와 같은 믿음을 꿈꾸고, 그

---

4) 이인성, 「그 세월의 무덤」, 앞의 책, p. 107.

핏줄의 밥을 먹은 거야"라고 자조적으로 고백하듯, '나'가 자유롭다고 믿었던 순간에도 '나'는 결코 자유롭지 못했기 때문이다.

'나'의 자유는 '나'의 오해와 착각에서 비롯된 것일 뿐이다. 이제 '나'는 자신의 괴로움에 대해 반복해서 말함으로써 자기를 둘러싸고 있는 관계들로부터 자유로운 초월적인 존재가 아니라 그 관계 안에서 한 치도 벗어날 수 없는 존재였음을 알게 된다. 그리하여 외부에서 주어진 상처들은 억울한 것이 아니게 되고, 따라서 '나'는 그 상처들로부터 벗어나 그것들을 잊으려 하는 대신, 그 상처들을 자신의 일부로 인정하게 된다.

이는 통상적인 의미의 성장, 곧 세속적인 현실에의 적응으로 이어지는 것인가? 그렇지는 않다. 오히려 반대로 과거의 '나'야말로 세속적인 현실을 사는, 관계로부터 자유롭지 않음에도 불구하고 자유롭다고 오해하면서 만족하고, 자기에게 이롭지 않은 것은 남의 탓으로 돌리고 때로 변명하고 때로 억울해하는, 세속적인 주체에 더 가까웠다. 그와 달리, 이제 '나'는 자유와 구속 사이의 균열, 즉 자신의 의사에 의해 이러저러하게 행동하는 '나'와 예상치 않은 결과를 수취하게 되는 '나' 사이의 분열과 대면한다. 그 괴로운 분열을 회피하려는 것은 또 다른 초월로의 유혹을 낳을 뿐이다. 유혹을 거부한 '나'는 그 분열에 대해, 마치 모든 것을 말하겠다는 듯, 끊임없이 말하면서, 그것을 견디려고 한다.

2. 분열된 '나'에서 분열된 현실로

『낯선 시간 속으로』의 서사가 '눌변'이라면, 그 이유는 말하는 사람이 '침묵으로 초월하지 못하는 동시에 그 초월을 거부하기' 때문이고, 요컨대 불가능한 것에 대한 거부라는 점에서 일종의 '강요된 선택'일 수밖에 없는 상황에서 그가 분열되어 있기 때문이다. 분열을 견디기 위한 말하기는 통상적으로 요구되는 간단명료함과는 거리가 멀다. 눌변의 반대편에 '달변'이자 '단언'이 있을 텐데, 이를 위한 가장 손쉬운 방법은 말하는 사람이 대상보다 위에 있는 메타 수준, 즉 초월적 위치에서 말하는 것이다. 예컨대, 작가가 '전능한 신적 존재'의 위치에서 주인공의 삶을 이야기하고, 그 분열되지 않은 이야기가 독자에게 '명쾌한 해석과 실행'을 제시할 때, 달변으로서의 서사가 성립한다.

중요한 것은, 이 글의 서두에서 독자에게 쉽게 읽히지 않고 쉽게 이해되지 않는다는 이유로 이인성의 소설을 눌변이라고 지칭했듯이, 어떤 말을 눌변이나 달변으로 판단하는 것은 말하는 사람의 몫이 아니라는 사실이다. 다시 말해, 말하는 사람이 눌변으로 말하겠다거나 달변으로 말하겠다고 해서 그의 말이 눌변이 되거나 달변이 되는 것이 아니다. 그것을 판단하는 것은 듣는 사람이고, 더 확장하자면 '우리'라는 언어 공동체이고, 현실reality이다.

어떤 말하기에 대해 듣는 사람이 서툰 것으로 판단하면 그것은 눌변이고, 능숙한 것으로 판단하면 달변이다. 그리고 '눌변/달변'의 대립이 단지 말솜씨의 서툴고 능숙한 것에 국한된 것만이 아니라는 점에서, 공식적인 기성의 현실을 더 잘 대변하는 것이 달변이고, 그렇지 않은 것이 눌변이라고 할 수도 있다. 그리하여 "단순한 단수 2인칭 대명사"가 아니라 "일종의 집단대명사"로서의 '당신'이라는 '독자—듣는 사람'을 등장시키는 『한없이 낮은 숨결』은, 현실을 말하라는 주문에 대해 "책읽기로 한정시켜 이야기하자면"으로 시작되는 이야기꾼 '나'의 대답이 암시하듯, 단순히 독자에 대해 말하는 것만이 아니라 독자로서의 '당신'들이 이해하고 받아들인 수준만큼에서 지탱되는 현실에 대해 말하는 것이기도 하다.

한 사회적 구성체로서의 '우리'를 더듬어보던 어떤 때(그러나 그때, 어떤 응집 개념인 '우리'가 한쪽으로만 묶으면서 한쪽으로는 떼어놓는 한정된 관계의 틀은 아니었던가), 나는 지극히 추상적으로 이런 생각을 했었다. 〔……〕 그 희망들이 지극히 추상적이었던 까닭에 이제는 지극히 구체적으로, 당신들이나 그들 중 누가 적이고 누가 적이 아닌지, 보셨다시피 내 속에도 적이 있는데 누구는 적이고 누구는 적이 아니라고 나눌 수 있는 건지, 〔……〕 반대로 문학이 단지 울음이나 속죄의 밀실이 된다면 삶을 바꾸고자 하는 욕망은 어디로 가는 건지, 보다 근본적으로 삶을 바꾼다는 것이 대체 무엇인지, 바꾼다면 어떻게 바뀌기를 바라는 것인지…[5]

주지하다시피, "한 사회적 구성체로서의 우리"라는 현실은 통합과 배제를 동시에 수행함으로써 상징적 실체가 된다. 그 '우리' 안에서 말하는 사람과 듣는 사람이 규칙을 공유함으로써 '말하는 사람=듣는

---

5) 이인성, 「나의 자기 진술, 당신의 심문에 의한」, 『한없이 낮은 숨결』, 문학과지성사, 1989, pp. 55~56.

사람'의 관계가 형성되고, 서로 말을 주고받는 것이 가능해진다. 반면에 구체적인 것에 대해 말하고 싶은 '나'는, 역설적으로 어느 것도 쉽게 배제할 수 없기 때문에, 자신의 의도와는 달리 어느 하나 제대로 말하지 못한다. 말하자면, 추상적인 것이 오히려 현실적이어서 쉽게 말해지고, 구체적인 것은 쉽게 말해지지 못하는 전도가 발생하는 셈이다.

'나'의 눌변이 '당신'들의 현실에 대해 전혀 발언하지 못한 채 폐기될 위기에 처하자 '나'는 구체적인 사건을 '당신'에게 말함으로써 그것을 현실로 인정받게 할 목적으로 「그는 왜 그럴 수밖에 없었을까」를 쓴다. 최초의 계기는 텔레비전에서 우연히 본 마라톤 중계방송이다. 한 선수가 대열을 뛰쳐나와 독주하다가 갑자기 화면에서 사라지고, 다음 날 일간지에는 "기록을 향한 희생의 주자, 한구복" "선두 이끌며 페이스메이커로 큰 공헌" "등위에 초연 20km 지점서 무리한 질주"라는 내용의 기사가 실린다.

읽으면 읽을수록, 앞의 기사는 화제거리를 만들어내려는 어설픈 조작으로 속이 들여다보이는 듯하다. 우선은, 그것은 거의 상식적 감각의 판단이다. 저 상투적인 표현들 때문일까? [……] 따옴표 속의 말들은 어딘지 어색해, 그가 말했을, 혹은 말하지 못했을 어떤 진심을 옮기고 있지 않은 느낌이다. 또 흔히 그렇다고들 하는데, 어떤 구절은 완전히 기자의 삼류 창작이기 쉽다고 여겨진다. 그러나 당신에게 가장 주목시키고 싶은 것은 여러 번 강조되는 저 기사의 주제 '희생 정신'이 문맥상 선뜻 이해되지 않는다는 점이다. 적어도 그것이 강요되었을 수는 있어도 자발적이지는 않으리라는 관점에서 더욱 그렇다.[6]

한 마라톤 선수가 기록 단축을 위해 솔선해서 페이스메이커 역할을 수락했으며, 원래부터 팀 내 화합과 선수들 뒷바라지에 열성적이었다고 전하는 신문 기사의 말하기는 '달변'이면서 '단언'이다. '나'는 그 기사의 내용이 상식적이고 상투적이며, 무엇보다 그의 희생이 "강요되었을 수는 있어도 자발적이지는 않으리라"는 생각에서 의문을 제기하고, 이 사건을 소설화하기로 한다. 그것에 성공한다면 '나'는 '당신'들이 현실로 인정하는 '희생정신'의 드라마 대신 다른 무엇을, 신문 기사에 의해 대변된 것이 아니라 "그가 말했을, 혹은 말하지 못했을 어떤 진심"을, 요컨대 보다 구체적인 것을 현실로서 보여줄 수 있을 것이다.

그러나 "엄격하게 객관적으로만, 다시 말해, 사실만을 영상으로, 아니, 영상이 아니라 시청각적 언어로, 있는 그대로를 온전히 기록해보자는" 의도에서 출발한 「그는 왜 그럴 수밖에 없었을까」라는 질문은 「그는 그럴 수밖에 없었다」라는 답으로 이어지는 데 실패한다. 「그를 찾아가는 우리의 소설 기행」의 이야기꾼 '나'는 그 실패의 원인을 우선, 있는 그대로에 대한 "기록 자체가 이미 하나의 틀을, 하나의 관점을 구성했"기 때문이라고 분석한다. 왜 그런가?

그 둘 사이엔 차이가 없는데 차이도 있어야 한다는 직감뿐. 그 직감의 눈에 띈다고 띄는 게, 고작 두 제목의 어법상의 차이에 불과하다. 아니…, 후자에게 실제로 주어진 건 제목밖에 없음을 상기할 때, 어쩌면 그것은 단순한 표현의 차이가 아닐 수도 있다. 어차피 하나라면서

---

6) 이인성, 「그때 그를 당신도 보았다면」, 앞의 책, p. 101.

226

처음엔 왜 둘로 떠올랐는지 알고 싶어지는 것이다. 그렇게 보면, 하필 앞의 것이 선택되어 뒤의 것이 부재케 되었다는 사실과 만약 뒤의 것이 선택되었더라면 앞의 것이 부재케 되었으리라는 가정과의 차이도 의미 심장하게 여겨진다. 그 둘은, 그냥 존재하느냐 못 하느냐로 이해해서는 안 될지 모른다. 그 대신, 하나는 실재로 존재하고 하나는 부재로 존재한다고 비틀어야 하는 것인지도. 서로 맞물려 삼켜지며 지탱해 주는, 돌고도는 실재와 부재. 그렇다면 오로지 제목만으로 전부인 그 제목은 텅 빈 부재를 테두리치는 기호?[7]

「'그는 그럴 수밖에 없었다'고 쓰지 못하다」의 이야기꾼이 '그는 왜 그럴 수밖에 없었을까'와 '그는 그럴 수밖에 없었다'의 "둘 사이엔 차이가 없는데 차이도 있어야 한다"라고 털어놓듯이, 사실 있는 그대로 말하는 것이 가능하다면, 그것은 그 자체로 '그는 왜 그럴 수밖에 없었을까'에 대한 대답이면서 동시에 이미 현실이므로 「그는 그럴 수밖에 없었다」라는 후편이 굳이 씌어질 필요가 없다. 여기서 실패의 원인이 기록 안에 틀이나 관점이 개입했다는 데 있다는 말은 이중의 의미를 갖는다. 한편으로 그것은 틀이나 관점이 개입했기 때문에 있는 그대로의 기록이 되지 못했다는 것을 뜻하며, 다른 한편으로는 틀이나 관점(그것들은 무수히 많아 "수많은 이야기꾼들이 잉켜 저마다 소리를 지르며 들끓고 있"는 지성이다) 이 개입했음에도 불구하고 그것대로 현실에 대한 하나의 기록이라고 주장한다면, 그때의 기록은 신문 기사와 다를 바 없다는 것을 뜻하기도 한다.

---

7) 이인성, 「'그는 그럴 수밖에 없었다'고 쓰지 못하다」, 앞의 책, pp. 154~55.

처음에 '나'가 마라톤 선수의 행동을 소설화하고자 했던 이유는 그가 분열된 주체, 즉 자발적인 것(자유)과 강요된 것(구속) 사이의 균열에 위치하는 존재라고 느꼈기 때문이다. '나'가 "그 무엇"이라고 모호하게 지칭할 수밖에 없었던 그 균열은 말로 설명하는 것이 불가능하다. 따라서 틀이나 관점은, 그것이 신문 기사의 희생정신이든, 사회경제학적이든, 인본주의적이든 간에, 그 분열된 주체가 드러내는 현실의 균열에 대해, 초월적인 수준에서 그것을 봉합하려는 의도의 산물일 뿐이다. 그러나「그는 왜 그럴 수밖에 없었을까」와「그는 그럴 수밖에 없었다」2부작을 완성하려는 시도가 비록 실패로 끝났음에도 불구하고, 그 실패는 분열에 대해서 말하는 것은 완결되지 않고 다만 열린 질문의 형식으로 반복될 수밖에 없으며 그 질문에 대한 대답은 부재로서만 실재한다는 중요한 교훈을 제공한다.

초월적인 틀과 관점으로부터 벗어나자「그를 찾아가는 우리의 소설 기행」과「이미 그를 찾아간 우리의 소설 기행」에서 이야기꾼 '나'와 독자 '당신'들은 그들 주위에 살고 있었던 '그'를 찾아 떠나고 또 '그'를 만나기도 한다. 마라톤 선수일 수도 있고, 다른 누군가일 수도 있는 '그'들은 달변과 단언에 의해 균열이 봉합된 현실 안에서는 은폐되어 있던 사람들이다. 『낯선 시간 속으로』의 '나'가 자신의 분열을 견디기 위해 끊임없이 말해야 했듯이, '나'와 '당신'들은 균열된 현실 속에 살면서 끊임없이 '그'들을 불러내야 한다. 초월을 거부한 이상, 그것이 유일한 방법이기 때문이다.

여태껏 상대적으로 길게 다루어지기도 하고 짧게 소개되기도 한 여섯 사람의 당신들과 그 당신들이 만난 그들만이 등장했지만, 무한히 가능한 '당신'과 '그'의 조합을 무한히 계속할 수는 없는 일이다. 소설이란 어디선가 끊겨지는 법이니까…. 돌연 끝을 의식하며 돌이켜보자니, 이런 식의 출현이 익숙지 않아 그런지, 들쭉날쭉했던 당신들의 등장이 그래도 꽤나 조심스러웠다는 느낌이다. 현실에 견주어 그럴듯해 보이지 않는 경우의 당신들은 스스로 먼저 나서기를 꺼려 했던 것 같다는 의미에서이다. 그러다가 결국 이 소설 안에서의 기회는 없어져버렸지만, 그래서 아쉬운 점은, 그 조심스러움이 이 소설이 지닐 한계의 다른 말일 수 있겠다는 것이다. 하지만 이제 와서 어쩌겠는가, 당신들이나 나나 하여간 최선을 다했다는 데 공감을 구걸하는 수밖에….[8]

'나'는 "무한히 가능한 '당신'과 '그'의 조합을 무한히 계속할 수는 없"다고 말하지만, 소설이 어디선가 끝나야 하지 않는다면, 그리고 "현실에 견주어 그럴듯해 보이지 않는 경우" 때문에 '당신'과 '그'들이 등장하기를 꺼려 하지 않는다면, '당신'들과 '그'들의 만남이 무한히 계속될 수 있음을 추측하는 것은 그다지 어렵지 않다. 마치 현실에 있는 모든 사람들을 등장시키려는 듯, 『한없이 낮은 숨결』 안의 '당신'과 '그'는 무한히 증식한다. '당신'은 "여러 독자들을 모두 하나의 동질성 속에 묶고자 할 때의 '당신'이 아니라, 서로 얼굴이 다른 만큼 다르게 읽고 다르게 빈응하는 이질성으로 무수히 흩이지는 '당신'에 가깝"고, '그' 역시 "다만 당신의 생활 속에서, 그 생활 속의 남들을 주의깊은 애정의 눈길로 더듬어나가면" "주위의 무수한 '그들' 속에 산재해 있을 것임이 분명"할 만큼 가까운 곳에 있다.

---

8) 이인성, 「이미 그를 찾아간 우리의 소설 기행」, 앞의 책, p. 285.

　　나는 그 '당신'을 허구 속에 존재케 했고, 그 '당신'은 나로 하여금 현실을 다시 느끼고 생각게 했다는 뜻에서 말입니다. 요컨대 저에게 그 '당신'이 상상되기 시작한 것, 그게 관계의 시작일 수 있을 겁니다. 〔……〕 그렇다면 이 소설은 원칙적으로 관계의 조작 아닙니까? 한구복 그와 여기에 나오는 다른 그, 그녀들 사이에 대체 어떤 연관이 있는 겁니까? 확고한 동질성을 확보해야, 여러 삶의 국면에 공통으로 드러나는 인간의 모습을 볼 텐데, 여기선 그런 게 존재합니까? 완벽하게 똑같이는 아니겠지요. 사실 그런 제 의도이기도 합니다. 모델을 더욱 선명히 정립하는 게 아니라 모델을 해체시키겠다는 거지요. 수렴이 아니라 확산이란 말입니다. 물론 저는 한구복과 다른 그들 사이에 어떤 공통의 부분이 존재해야 한다는 걸 죽 염두에 두어왔습니다. 하지만 그건 어디까지나 부분이지요. 그 부분을 제외하면, 나머지는 자기 삶의 몫이 됩니다. 그러면 그 전체가 세계를 구성하겠지요. 참으로 인간이 그렇듯이요. 열린 커튼 틈으로, 무대 뒤의 어둠이 흘러나오고 있었다. 내가 낯모를 당신의 숨결을 찾아 그 어둠 속으로 얼굴을 들이밀었다.[9]

　　현실의 모든 '당신'과 '그'를 끌어모으는 것은 실제로는 불가능할 것이다. 『한없이 낮은 숨결』에서 시도에 그쳤을망정 그 가능성을 내비칠 수 있었다면, 그것은 『한없이 낮은 숨결』이 허구이기 때문이다. 이야기꾼 '나'는 '당신'들과 '그'들을 상상했을 뿐이지만, 그 상상은 초월적으로 굽어보기 위한 것이 아니라 그들과 함께 살고 호흡하기 위한 것이다. 그 결과 어디 '당신'과 '그'만이 무한히 증식할 뿐이겠는

---

9) 이인성, 「이미 그를 찾아간 우리의 소설 기행」, 앞의 책, p. 294.

가? '나' 역시 "소설의 작가 자신인 척하는 이야기꾼일 수도 있겠고, 작가로부터 비롯되어 그와 겹쳐져 있으면서도 다른 어떤 나들 중의 하나일 수도 있겠고, 당신으로서의 나일 수도 있겠고, 당신과 함께 찾아가고자 하는 '그'인 나일 수도 있겠다." 온통 분열되어 있어 수렴하지 않고 확산하는 그들이 모여 전체를 구성하는 장면을 상상하면서 '나' 역시 그들과 마찬가지로 확산되고, 그 결과 '나'는 현실의 분열에 농화된다. "나는 '나'들이다." 『한없이 낮은 숨결』이 서둘게 발하고 있는 것은 무수한 '나'와 '당신'과 '그'가 함께 뒤섞여 "한없이 낮은 숨결"을 뿜어내는 현실이다. 그 현실은 말하는 사람에게도, 듣는 사람에게도 혼란스러울 테지만, 적어도 그런 현실이 실제로 불가능하다는 이유 때문에 포기하고, 달변과 단언이 말하는 현실을 수용하는 것보다는 윤리적이다.

마지막으로, 이 글에는 『한없이 낮은 숨결』에 수록된 단편 「그는 왜 그럴 수밖에 없었을까」를 흉내 냈음이 명백한, '그는 왜 말할 수밖에 없었을까'라는 제목이 붙어 있다. 요컨대, 작가 이인성이 말할 수밖에 없고 소설을 쓸 수밖에 없는 까닭은, 그에게 침묵에 의한 초월은 불가능한 동시에 그 스스로에 의해 거부되었기 때문이라는 것이다. 그 역시 분열된 주체로시, 끊임없이 분열에 대해 말함으로씨, 그 분열을 견디며, 그가 속한 현실의 균열을 실아낸다. 물론 이 정도로 '그는 말할 수밖에 없었다'라는 대답이 충족될 리 없다. 작가 자신도 그에 대해 대답하지 못했듯이——실은 그 대답을 얻었다면 더 이상 말하지 않아도 될 것인데——이 제목 역시 질문의 형식으로 남아 있다.

〔2005〕

미디어의 환상을 넘어서

1. 미디어의 오해

21세기, 우리는 온갖 종류의 미디어 단말기와 그것이 접속하기를 기다리는 네트워크 서비스에 둘러싸여 살고 있다. '인간의 확장The Extensions of Man'이라는 부제가 붙어 있는 맥루한의 『미디어의 이해』에 의하면, 우리의 신체와 감관의 기능을 확장하는 모든 도구와 기술은 일종의 미디어다. 생각의 확장이 말이고, 말의 확장이 글쓰기고, 글쓰기의 확장이 인쇄고, 기타 등등. 미디어가 발달한다는 것은 우리가 서로 공유할 수 있는 영역이 확장된다는 것이기도 하다. 말보다는 인쇄물이 더 광범위하게 유포될 수 있으며, 걷는 것보다는 비행기를 타는 것이 우리의 행동반경을 훨씬 확대한다. 인간의 궁극적인 확장이란, 한동안 우리를 열광케 했던 대사 "네트는 광활하니까"를 남기고 다이브해버린 「공각기동대」의 주인공처럼, 말 그대로 한 개인이 길게 늘어나 모든 인간이 얽혀 있는 네트워크와 연결되는 것을 의미한다. 그런 점에서, 『미디어의 이해』가 처음 출간된 40여 년 전과 비교할 수 없을 만큼 풍성해지고 조밀해진, 그리고 "언제 어디에나 존재한다"라는 유비쿼터스를 실현하는 중에 있는 미디어 네트워크에 접속한 우리는 한껏 확장된 인간이다.

트위터와 블로그 등의 1인 미디어를 예로 들어보자. 우리는 꽤 오래전부터 글이나 사진 등을 통해 자신을 표현함으로써 '나'(에 관한 것)를 확장해왔지만, 그렇게 확장된 '나'는 최근 인터넷과 연결됨으로써 사적 미디어의 한계를 넘어 다시 한 번 확장된다. 네트워크 안에서 우리는, 오랫동안 만나려고 애썼던 사람은 물론 그리 가깝지 않거나 혹은 설령 모르는 사이라 하더라도, 서로 보고 보여주며, 직간접적으로 대화를 주고받을 수 있다. 그런데, 그래서 어떻다는 말인가? TV가 사랑을 실어 나르듯, 인터넷이 우리 모두를 친밀하게 만들기라도 한다는 것인가? 그럴 수도 있고 아닐 수도 있지만, 인터넷이라는 미디어에게는 어느 쪽이라도 무방하다.

미디어를 통한 인간의 확장이란 단지 접근성이 확대되는 방향으로 우리 삶의 방식이 바뀐다는 것만을 가리킬 뿐, 미디어가 전달하는 내용까지를 책임지지는 않는다. 그것이 바로 "미디어는 메시지다"라는 명제가 드러내고 있는 진실이다. 미디어가 전하는 것은 이러저러한 내용이 아니라 그것이 우리 삶에 미치는 세도적 효과이다.

근대석 기술이 유입되어 문화가 선변했던 개화기의 사성을 보자. 이기영의 『고향』은 근본 없던 안승학이 신분 상승에 성공할 수 있었던 요인의 한 가지로 경부선 철도와 전신이 개통되자 누구보다 빨리 새로운 미디어를 받아들였다는 점을 들고 있다. 그런데 그가 목판차를 타고 서울에 간 이유나 전신을 이용해 보낸 엽서의 내용은 전혀 중요하지 않다. 그는 그저 친구 따라 서울 구경을 갔을 뿐이고, 그가 보낸 엽서는 우습게도 자기 자신에게 보낸 것이었다. 가소롭지만, 그럼에도 불구하고 안승학이 새로운 사회에 적응할 수 있었던 요인은 여전히 철도와 전신이며, 덧붙이자면, 무엇을 말하든, 누구의 땅을 측량하든 그런 내용과는 무관한 일본어와 측량술이라는 또 다른 미디어다. 그런 미디어들을 통해 그는 근대사회가 요구하는 생활방식을 몸에 익혔고, 그것에 동화되어갔다. 그리고 시간차는 있을망정 근대인들은 누구나 기차를 타고, 엽서를 보내게 되었다. 철도와 측량술로 인해 세계는 점점 좁아졌고, 전신과 외국어를 통해 사람들은 점점 가까워졌다.

한국은 이미 개인 미디어가 보편화되어 있다며 감탄한 글로벌 IT 기업의 CEO가 한국에서는 같이 모여 있는 사람들도 각자 스마트폰으로 게임을 하며 떨어져 있는 듯하지만 실은 문화를 서로 공유하며 네트워크로 연결되어 있다고 말했듯, 마치 미디어의 실험실인 것처럼 새로운 서비스들이 속속 제공되는 사회에서 우리는 더욱더 강박적으로 미디어가 제시하는 생활방식을 쫓아야 한다. 외국인의 눈에 비친, 우리가 공유하는 문화란 것도 역시 그것의 내용이기보다는, 다만 언제 어디에서도 스마트폰을 몸에서 떼지 않는다는 습관 자체가 아닐까?

근대인의 연장으로서 우리는 KTX를 타고 스마트폰을 이용하겠지만, 부산에 몇 시간 빨리 가서 무엇을 할 것인지, 걸어 다니면서 어떤 정보에 접근할지에 대해서는 별 생각이 없다. 그리고 설령 우리가 그 변화의 속도를 쫓아가는 데 실패하거나 그 변화를 거부한다고 하더라도, 적어도 우리가 살고 있는 이 세계가 미디어로 인해 거대하고 정교한 네트워크로 완성되어가고 있는 중이라는 환상만큼은 믿어야 한다. 그런데, 실은 그 환상에 대한 믿음이야말로 우리가 미디어의 방식에 길들여졌다는 사실의 결정적인 증거다.

2. 노이즈 마니아

김숭혁의 소설은 전적으로 미디어에 의해 씌어진다. 거기에는 TV, 라디오 등의 매스미디어는 물론 자전거, 연필, 타자기 등 우리의 몸과 생각을 연장시켰던 도구를 비롯해 한때는 신발명품이었겠지만 이제는 버려진 쓰레기에 이르기까지 모든 미디어들이 등장한다.

근 미래를 배경으로, "모든 주파수를 차단해버리고 오직 하나의 주파수만을 볼 수 있게 만드는" 전자칩을 TV에 설치한 정부와 그 칩을 제거하고 저항 방송인 '펭귄뉴스'를 송출하려는 게릴라들의 내전을 다룬 등단작 「펭귄뉴스」는 SF라는 장르의 관습을 비교적 충실히 따르고 있다. 아마도 정부는 사회를 통제하려는 음모를 갖고 있을 것이고, 그에 대해 게릴라들은 자유나 다양성 따위의 가치를 위해 저항할 것이다. 그 투쟁에서 게릴라들이 비장하게 승리하거나 패배한다면 그것은 로망스가 되고, 혹은 그들의 승리가 또 다른 차원에서 진행되는 프로그램에 제어된 결과일 뿐이라거나 그들이 싸웠던 적이 실은 그들 자신이었다는 식으로 결말이 난다면 그것은 포스트모던한 스토리가 될 것이다. 「펭귄뉴스」의 스토리 자체는 이러한 관습에서 크게 벗어나지 않는다. 「펭귄뉴스」에서 주목할 만한 것은 그런 관습적 스토리가 아니라 미디어에 대한 작가의 태도다. 미디어를 둘러싼 내전에서 스스로를 비트주의자라고 부르고 있으니 게릴라들이 비트를 위해 투쟁하는 것만큼은 틀림없는데, 그 비트란 무엇인가?

뭔가 음모를 꾸미고 있는 것 같지만 정부의 활동에서 억압적인 구석은 찾아볼 수 없고, 또한 정부가 통제하고 있는 매스미디어를 통해 전달되는 전쟁 뉴스에서도 이데올로기적 동원의 혐의는 없다. 오히려 한없이 늘어진 전쟁 뉴스는 '나'에게 "삶이란, 따분하고 따분하고 따분한 것"이라는 말을 반복하게 만든다.

소희의 집으로 다시 돌아가는 길에 고층 빌딩의 대형 멀티비전에서 속보를 보았다. 저따위 뉴스를 속보라고 방송하고 있는 것은 얼마나 괴롭고 지겨운 일일까, 하는 생각이 들었다. 여전하고 변함없고 그대로였다. 가끔씩은, 지금이 전쟁 중이었던가, 하는 착각을 할 때도 있다. 지나치게 모든 것이 제대로 돌아가는 듯한, 모든 톱니바퀴들이 1밀리미터의 오차도 없이 맞물려나가는 듯한 착각에 빠져들 때가 있다. 아마도 착각이겠지만 나에게 해당되는 전쟁은 그런 것일 뿐이었다. 어쩌면 누구에게나 그럴지도 모를 일이다. 모두가 그렇습니까? 하고 길거리에다 대고 묻고 싶은 심정이다.[1]

미디어가 전하는 것은 이런저런 내용이 아니라 "모든 톱니바퀴들이 1밀리미터의 오차도 없이 맞물려나가는 듯"이 세상이 움직이고 있다는 착각, 곧 우리 삶의 방식을 드러내는 환상에 대한 믿음이다. 실제로 모든 것이 "여전하고 변함없고 그대로" 돌아가고 있지는 않을 것이다. '나'는 여자친구와 싸우고, 클럽에서 노래를 부르던 친구는

---

1) 김중혁, 「펭귄뉴스」, 『펭귄뉴스』, 문학과지성사, 2006, p. 281.

입대를 결심하고, 결정적으로 어딘가에서는 전쟁이 진행 중이다. 그러나 그 전쟁에 대해서도, TV와 라디오를 통해 권태롭고 무심하게 보고 듣는다는 방식 자체는 "여전하고 변함없고 그대로"다. 내용은 전혀 다르지만, 미디어를 거치면서 전쟁과 TV 프로그램은 서로 닮아가고, 그 결과 '나'의 삶 역시 늘 비슷하게 반복된다.

라디오 채널을 돌리던 '나'는 잡음 속에서 우연히 한 여자의 목소리를 듣게 된다. '우리가 세상을 사랑하는 이유' 등등의 노래를 늘려주는 프로그램 자체는 다른 방송과 별로 다르지 않지만, '나'는 DJ인 그녀의 목소리에서 비트를 발견하고, 그녀를 통해 게릴라 조직과 연결된다. 세상의 모든 비트를 배웠다는 그녀는 비트가 통제된 세상에 비트를 전파하기 위해 펭귄뉴스의 사회자가 되려고 한다. 물론 주지하다시피, 그녀가 원하는 대로 "꿈에서 깨어나라"라고 외치는 것만큼 긴 역사를 가진 따분한 상투어도 없을 것이다. 펭귄뉴스에서 발행하는 뉴스레터 역시 비트에 대한 공허한 백과사전식 지식을 나열하고 있을 뿐이다.

세상의 모든 비트를 알고 있다는 것은 아마 그녀의 착각일 것이다. 비트는 "매번 세기도 다르고 가끔씩은 아예 맥박이 뛰는지조차 모를" 그런 것, 곧 뭐라 말할 수 없는 어떤 것이다. 요컨대, 비트는 새로운 체제를 노래하는 혁명가가 아니라 미디어의 노이즈에 불과하다. 따라서 자신의 착각과 달리 그녀는 의미 있는 내용이 아니라 의미 없는 노이즈를 전달했을 뿐이다. 하지만 의도했든 그렇지 않든 그녀가 미디어에 저항한 것만은 사실이다. 우편 제도의 발달이 편지 내용의 검열이 아니라 편지의 정확한 전달을 의미하듯이, 미디어 네트워크가 추구하는 것 역시 노이즈의 최소화이기 때문이다. 따라서 노이즈가 늘어날수록 미디어에 대한 믿음은 어찌 됐든 점점 약화된다. 잡음 속에서 들려온 그녀의 목소리는 그 역시 알아들을 수 없는 노이즈였으며, '나'에게 잘못 배달된 편지였다. 그 사실만이 중요할 뿐, 그녀가 진압군에게 사살되었다거나 오랜 시간이 흘러 '나'가 그때를 그리워한다는 것 등은 작가 자신의 표현대로 "늘 반복이고 리메이크"인 상투적 스토리에 불과하다.

그게 아니라면, 혹시 우리는 미디어 없이도 살 수 있을까? 도구의 진보가 인간의 진화를 가로막는다는 생각에 모든 도구의 진보를 막으려고 결심한 사람이 있었다. 「바나나 주식회사」는 아이러니컬하게도 진보의 결과 쓸모없게 된 도구들이 산처럼 쌓여 있는 쓰레기 호수로 그를 찾아가는 '나'의 이야기이다. 'Build Absolutely Nothing Anywhere Near Anybody'의 약자인 '바나나'를 회사 이름으로 삼은 그는 "한 번 쓰고 나면 사라져버리는" 도구를 꿈꿨고, 우선 데모용으로 얼음 호텔을 짓기 시작한다. 그러나 도구보다 사람의 수명이 더 짧은 법, 따라서 인간의 문화나 문명을 진화/진보시키고 보존하는 것은, 도구는 수단일 뿐이라는 우리의 생각과는 반대로, 전적으로 도구의 몫이다.

김중혁 소설의 주인공들은 태생적으로 미디어 러다이트luddite가 아니라 미디어 마니아다. 그들이 미디어의 시그널(내용)이 아니라 노이즈를 즐기는 것은 틀림없지만, 정작 그 노이즈는 미디어 안에서만 존재할 수 있기 때문이다. 씌어진 글이 아니라 연필을 깎고 남은 부스러기(「바나나 주식회사」), 음악 소리가 아니라 레코드의 스크래치나 먼지가 만드는 잡음(「그녀의 무중력 진공관」), 완성된 프린트가 아니라 타자기가 만드는 파지(「회색 괴물」) 등, 미디어가 진보할수록 미디어 노이즈 역시 다종다양해진다.

　평범한 인간이라면 20Hz에서 20kHz사이의 소리를 들을 수 있다. 그 주파수 바깥의 소리는 들리지 않는다. 그렇지만 만약 오디오가 그 주파수 사이의 소리만 재생한다면 풍성한 음악이 되지 못한다. 재미없어진다. 균형잡힌 음을 찾아내는 것은 아무리 생각해봐도 연필 깎는 일과 비슷하다.[2]

　컴퓨터 하는 사람들은 타자기가 종이를 낭비한다고 하는데 그건 정말 웃기는 소리입니다. 종이를 버리면서 생각을 정리하는 게 낭비입니까, 아니면 컴퓨터처럼 종이를 아끼면서 생각을 지우는 게 낭비입니까. 어떻게 생각하십니까?[3]

　노이즈는 미디어의 효율을 떨어뜨리는 것이지만, 달리 보면 미디어의 효율을 위해 제거되고 은폐된 것이기도 하다. 디지털화된 CD가 오차 범위 안에 있는 소리를 제거하고, 압축된 MP3가 다시 CD의 미묘한 소리를 제거하듯이, 미디어의 발달은 점점 무시할 만하다고 간주되는 부분을 줄여나가는 과정이다. 「무용지물 박물관」에는 "압축이야말로 지상 최대의 과제라는 신념"을 구현한 라디오 디자인으로 성공한 '나'와, 그와는 정반대로 좀더 큰 라디오를 원하고 또 '나'가 2분 만에 설명을 끝낸 야구 경기를 20분 동안 묘사하는 메이비가 등장한다. 메이비는 시각장애인을 위한 인터넷 라디오 방송 '무용지물박물

---

2) 김중혁, 「그녀의 무중력 진공관」, 『문학·판』 2002년 여름호, pp. 159~60.
3) 김중혁, 「회색 괴물」, 『펭귄뉴스』, p. 176.

관'의 DJ이다.

그런데 궁색한 위로처럼 들릴지도 모르겠지만 인간이 눈으로 볼 수 있는 색은 아주 적은 수에 불과하다고 합니다. 눈은 말이죠, 느낌을 단순화하려는 경향이 있어서 미묘한 색을 아주 단순하게 축소해서 본 대요. 〔……〕 나는 계속 눈을 감고 있었다. 완전한 어둠이었다. 그 어둠 속에서 무엇인가 꿈틀거렸다. 눈이 저절로 떠지려고 했지만 나는 눈을 더 세게 감았다. 다시 무엇인가 꿈틀거렸다. 메이비의 설명을 들으면서 나는 어둠 속에다 잠수함을 그려보려고 했다.[4]

'무용지물 박물관'에는 문명—미디어가 추구해온 압축의 방향을 역전시켜 풀어낸 것들로 가득 차 있다. 그것들은 2분 안에 전달될 수 있는 것을 20분으로 늘리는 방법 등을 동원해 가능한 모든 노이즈들을 수집하는 작업의 산물이기도 하다. 그런데 온갖 노이즈들을 모아놓자 뭔가 이상한 일이 벌어진다. '나'는 자신이 본 야구 경기가 메이비가 묘사한 것을 뒤늦게 재현한 것은 아닌가라는 착각에 빠진다. 그렇다면, 말 그대로 미디어에게는 '무용지물'인 그것은 네트워크의 효율을 떨어뜨리는 의미 없는 노이즈에 그치는 것이 아니라 미디어가 복제하고 압축하면서 희생시킨 실재 원본과 관련된 어떤 것일지도 모른다. 만약 그런 것이 있다면 말이다.

---

4) 김중혁, 「무용지물 박물관」, 앞의 책, pp. 32, 34.

3. 야만의 수사학

미디어가, 전달되는 내용이 아니라 단지 전달되는 방식만을 가리키는 것이라면, 그래서 무엇이든 상관없이 언제 어디로라도 좀더 빠르게 전달하기 위해 차이들을 지워나가는 것이라면, 미디어 이전에는 뭔가가 있었던 것일까? 만약 있다면, 그것을 경험이라고 부를 수 있을까?

한유주의 소설은 기억에 관한 이야기이자 망각에 관한 이야기이며, 또 '나'에 관한 이야기이자 문명 전체에 관한 이야기이다. "일직선 거리를 날아가는 전파에 몸을 꿰인" "사람들은 자신만이 기억하는 장면들을 몇 개씩 가지고 있"다. 그러나 기억이란 결국, 애초에 말이 아닌, 순식간에 지나가는 일회적 경험을 재현하고 전달하기 위해 어떻게든 말하고자 하는 것 아닌가? 게다가 우리는 기억하기 위해 단지 말하는 것만이 아니라 벤야민이 '복제기술'이라고 명명했던 미디어에 의지해, "무수히 쌓인 종이 더미와 포스트잇과 대용량 하드디스크의 세계로 자신도 모르게 걸어 들어"간다. 따라서 기억은 망각의 다른 이름이기도 하다. 두 가지 점에서 그러하다. 첫째, 말은 실재가 아니라 비유나 상징일 뿐이며, 눌째, 기억되는 경험은 선백된 것이기 때문이다.

많은 날들이 지나갔고, 들쭉날쭉하게 교차 편집된 밤과 낮들도 지나갔다. 얼룩 위에 다른 얼룩이 생겨나고, 그 위로 다시 얼룩이 지면, 세계는 더 깊고, 더 옅은, 계조를 자연스레 갖게 되었지만, 누구도 그 계조를 수치로 환산시켜낼 수 없었고, 그 대신 온갖 숫자와 문자와 표상과 기호들이, 바다 속을 부유하는 무수한 종류의 물고기와 바다 생물들처럼 뒤섞인 채로, 빛에 드러난 찬란한 세계에, 명과 암으로 자리잡고 있었고, ……, 한 세기와 1790년대, 이천 오백 년 전, 50년 후, 기원전을 떠돌던 많은 사람들의 역사는 사슬처럼, 영화의 장면들처럼, 소설의 페이지처럼 무수한 점이 모인 선이 아니라, 어느 왕이 앉던 왕좌에는 그의 아들딸들이, 혹은 그의 신하가, 혹은 그의 백성들이 모두 앉았고, 누군가의 광장에는 다른 누군가의 조그만 광장이 들어서고,[5]

한 개인의 경험과 그것이 확장된 인류 경험의 총체, 곧 역사가 있다. 무수한 시간과 거기서 발생한 무수한 사건들이 포개져 얼룩이 지는데, 그 얼룩의 계조, 그라데이션은 수치로 환원될 수 있는 성질의 것이 아니다. 그럼에도 불구하고 우리는 "온갖 숫자와 문자와 표상과 기호들"로 그 얼룩을 말하려 하고, 그 결과 경험들의 기억이 아니라 단지 점과 선만으로 이루어진 낯선 도형을 얻을 뿐이다. 설령 경험의 흔적이 손도장처럼 남아 있는 말—벤야민이 이야기라고 부른 것—이 있다고 해도 그것은 이미 "매진되었다." 기억한다는 것은 말하는 것이고, 말할 수 없는 것에 괄호를 쳐 대신 말하는 것이고, 따라서 망각이다.

또 다른 기억, 또 다른 잊음, 그 둘 사이에는 아주 미세하게 벌어진 하나의 틈조차도 없다. 무엇을 기억하고 무엇을 잊는지는 그저 선택일

---

5) 한유주, 「달로」, 『달로』, 문학과지성사, 2006. pp. 14~15.

뿐이야. 그러나 취향이 그런 것처럼 선택도 어느 순간 가공되어 있어. 길들이고, 길들여지는 것. 그러므로 내가 기억하는 것이 단지 하나의 장면, 한 줄의 시라는 것이 나의 야만이다. 침묵은 너무나 단단해서 어떤 말도 그 안으로 들어가지 못한다. schweig. 우리는 함구해야 하지. 완전한 이해, 완전한 묘사는 불가능하니까. 그럼에도 불구하고 자꾸만 말하고자 하는 것이 나의 야만이다.[6]

또한 기억한다는 것은 선택하는 것이다. 우리는 자기만이 기억하는 장면들, 혹은 단 하나의 장면을 갖고 있지만, 그 장면이 "세탁된 빨래처럼 곳곳에 가볍게 널"린 것이기를 원하기 때문에 "슬프고 광포한 일들"이나 "질병과 음모와 저주"들, 곧 야만의 증거들은 배제되고 망각되어야 한다. "슬픈 일들은 어떤 사람들의 기억하지 못하는 꿈과 기억하고 싶지 않은 꿈들을 환영처럼 드리우고 세계의 뒷면으로 숨어들어"간다. 사정이 그러한데도 "자꾸만 말하고자 하는", 기억하고자 하는 선택이 야만의 역사를 반복한다.

비유이며 동시에 배제인 기억, 요컨대 야만(배제)의 수사학(비유)의 절정에 있는 것이 현재 우리의 미디어이다. "백 시간 지속되는 배터리, 실물보다 선명한 오백만 화소의 화면, 케이블을 타고 전송되는 0과 1의 이미지" 등으로 조합된 디지털카메라에 의해서만 기억되는 '나'의 경험은 "보다 밝은 조명과, 보다 완전한 구도 아래" 씩힌 사진으로만 남고 나머지는 지워진다. 그리고 기억으로 남겨진 사진은 "무수히 복제되어 전자 바다를 떠돌"고, 언젠가 '나'가 찍었던 것인지도

---

6) 한유주, 「그리고 음악」, 앞의 책, pp. 117~18.

모를 사진을 '나' 역시 복제하고, 그럼으로써 '나'가 지금 찍고 있는 사진이 유독 '나'만의 경험의 증거인지 알 수 없게 된다. 거대하게 확장된 미디어 네트워크에 의해 '나'는 다른 사람들과 기억을 공유한다. 혹은 모두가 공유하는 미디어가 '나'를 대신해 기억해주고, 나머지는 잊혀진다.

앞서 한유주의 소설이 '나'에 관한 이야기이면서 동시에 문명에 관한 이야기라고 말했는바, 그것은 작가의 자유에 의한 것이 아니라 그가 미디어 네트워크에 접속해 있다는 사실의 필연적 결과다. 원하지 않아도, '나'는 세계의 모든 정보, 인류 전체의 문명을 보고 듣는다. 예컨대, 2001년 9월 11일 미국의 트레이드 센터 빌딩이 무너지고 있을 때, "무슨 일이 벌어지고 또 곪고 있는지 알아차리기도 전에, 카메라는 이미 그곳에 당도해 있"고 "장면은 0과 1로 전환되어 잠시 대기권 밖을 떠돌다가, 곧바로 세계 곳곳의 안테나로 흡수된다." 무슨 사건이 발생했는지 '나'가 알아차리기도 전에 이미 카메라가 대신 알아서 보고 기억한다. 누군가 먹었던 샌드위치의 사진과 화염이 치솟는 빌딩의 사진을 '나'는, 악취를 느낄 감각이 제거된, 문명적이고 위생적인 미디어를 거쳐 똑같은 방식으로 기억한다.

우리에게 진정한 경험이 없기 때문에 미디어에게 기억을 위임하게 되었는지, 미디어가 우리의 진정한 경험을 침식하면서 기억을 대신하게 되었는지, 그에 앞서 진정한 경험이라는 것이 과연 존재하는지 등의 질문에 대해서는 쉽게 대답할 수 없다. 다만 확실한 것은 지금 우리의 기억이 전적으로 글이나 사진 등이 교통하는 미디어 네트워크에 의해 제공되고 있다는 사실이다. 그 사실에 대한 인정은 노이즈 마니아인 김중혁은 물론 "나는 세계의 모든 이야기를 어디선가 전해 들었다” “내 기억들은 언제나 전파를 타고 왔으므로 세계는 14인치 텔레비전 화면 하나로 축소되어 있었다”라고 단언하는 한유주의 경우도 마찬가지이다. 따라서 한유주에게는 미디어에 저장된 것 중 어떤 것도 ‘나’의 기억이 아닌 것처럼, 그중의 모든 것이 ‘나’의 기억이 되기도 하다.

유대인 박해가 시작된 1940년대에서 시작해 제2차 세계대전, 동구권 몰락 등을 거쳐 현재까지의 시간을 다루고 있는 「죽음의 푸가」는 문명의 역사이면서 동시에 ‘나’의 기억인 어떤 사건들에 관한 소설이다. 미디어에 의해 제공받은 정보에 의해 재현되는 역사는 물론 ‘나’의 경험에 대한 기억은 아니지만, 그렇다고 해서 ‘나’의 기억이 아닌 것도 아니다. 그런데, 설령 ‘나’의 경험에 대한 기억이었다고 한들 별로 달라질 것은 없다.

전파는 언제나 일보의 전진, 승리의 명제만을 송신했다. 그러나 아무도 소음과 뒤섞여 들려오는 일방적 음성들을 믿지 않았고, 심지어는 국가도 그것을 믿지 않았다. 세계는 이유도 모른 채 전쟁의 포화 속으로 빨려들어갔다. 대륙의 곳곳마다 불길이 타올랐으므로, 허공에서 지상을 내려다보면, 검은 피부 위로, 붉은 꽃들이 한껏 피어난 것처럼 보였다. 아름다운 광경이었다, 라고 어떤 사람들은 훗날 회고했다. 그러나 아름다운 광경, 이라는 것을 겪고 다른 사람들은 알 수 없었고, 다만 조용히 고개를 끄덕일 뿐이다.

사라져간 사람들은 음성의 뒷면에 숨겨져 있었다. 음성이 고른 치아를 거리낌 없이 내보이며 미소를 지어내면, 사람들은 치아의 매끄러운 표면에 시선을 빼앗겼고, 그러는 사이 어느 순간 넋을 잃었다. 국가가 희생을 강요했다. 희생은 언제나 은밀한 방식으로 이루어졌고, 누구나 알아보지 못하도록 암호화되어 바다 위를, 혹은 적지의 영공을 떠돌다가, 급기야는 신에게까지 다다르고는 했다.[7]

「죽음의 푸가」에서 사건은 애초부터 실재의 어떤 것으로 들이닥치는 것이 아니라 신문 기사나 라디오 뉴스, 사진첩, 성명서 등의 형태로 배달된다. 심지어 전쟁의 당사자들조차도 미디어가 제공하는 것 이상은 알지 못한다. 문제는 경험했느냐 그렇지 않느냐에 있는 것이 아니라 미디어가 기억하는 방식인 야만의 수사학이 변함없이 연속된다는 사실에 있다. 미디어에 의해 배달되는 전쟁은 지금도 계속되고 있으며, 전쟁을 전하는 미디어는 당연히, 사라져간 사람들을 배제하고 신과 국가의, 있지도 않은 비밀을 암호화하는, 야만의 수사학이다. 그리고 미디어를 통해 본 전쟁의 화염에 대해 "아름다운 광경이었다"라고 말하는 것이야말로 야만의 수사학의 극단이다.

이미 1935년 무솔리니의 이디오피아 침공에 대해 미래파 시인 마리네티는 "전쟁은 아름답다"는 문구가 반복되는 선언문을 작성했다고 한다. 「기술복제시대의 예술작품」에서 벤야민에 의해 '기술의 반란'이라고 규정된 "전쟁은 아름답다" 식의 선언은, 다른 것도 아닌 전쟁 자체를 숭고화하는 동시에 실재가 아닌 비유의 상상을 최대한으로, 마지막까지 구현하고 있다는 점에서 최고의, 그리고 최후의 야만의 수사학이다.

다시 벤야민의 말을 빌리면, '정치의 예술화'에서 '야만의 예술화'

---

7) 한유주, 「죽음의 푸가」, 앞의 책, p. 40.

로의 변신을 꾀하고 있는 야만의 수사학, 즉 미디어에 의해 "슬픔은
날이 갈수록 아름답고 정교하게 포장되었고, 도시의 스펙터클은 날이
갈수록 거대해지고 장엄해"지는 현실에 대한 거부가 한유주 소설의
한 핵심이다. 말할 수 없을 때는 침묵해야 하지만, 그러한 수사학이
계속되기에, 9·11 사건 다음 날 대학 강사가 "더할 나위 없이 아름다
운 광경이었습니다"라는 수사를 구사하는 장면으로 시작하는 「그리고
음악」에서 "나는 그들의 야만적인 시대를 지금 다시 본다."

　야만적인 혹은 극단적인 수사학을 추구하는 미디어 네트워크 안에
서 한유주의 소설은 독특한 자리를 차지하고 있다. 그런데 아이러니
하게도 한유주의 소설 역시 전적으로 조각난 비유로 일관된다. 야만
에 의해 말하지 못하고 사라진 사람들이 도착하는 세계의 뒷면 역시,
마치 우리에게는 늘 앞면밖에 보여주지 않는 달의 뒷면처럼, 혹은 우
리가 들을 수 없는 세이렌의 노래처럼, 실제로 보거나 말할 수 없으
며, 따라서 비유로만 전달할 수 있기 때문이다. 그러므로 schweig(침
묵하라). 그럼에도 자꾸만 말하고자 하는 것이 야만이라는 사실을 아
는 자의 소설 쓰기를 침묵에 대한 비유, 혹은 침묵의 수사학이라고
명명할 수 있을까?

4. 잘못 배달된 편지

　물론 김중혁 소설의 누군가처럼 모든 도구와 기술을 거부하는 '바
나나'를 선언하는 정도는 아니라 해도, 가령 인터넷에 접속하지 않거
나 TV를 보지 않으면 우리는 미디어 네트워크로부터 벗어날 수 있을

까? 김애란 소설의 주인공들은 특이하게도 컴퓨터나 TV를 가지고 있지 않다. 휴대폰은 있지만 그것으로 전화를 걸거나 받는 일도 거의 없다. 차라리 휴대폰은 「나는 편의점에 간다」에서 '나'가 호감이 있는 편의점 아르바이트생을 몇 번 더 보기 위해 급속 충전을 하러 갈 때 요긴하게 쓰이는 정도다. 소설의 주인공들이 대개 좁은 방에서 생활하는 독신 여성이라 그렇기도 하겠지만, 철저할 정도로 온라인 미디어를 기피하는 것은 그것에 대한 거부감의 표현일 것이다.

그러나 나는 동창들의 미니홈피에 방문하는 것을 좋아하지 않았다. 언제부터인가 서로가 오갈 것이라는 것을 알고, 혹은 서로가 슬며시 왔다 갈 것이라는 걸 알면서도 모른 척 더 열심히 자기 삶을 전시하고 있는 모습이 보기 싫었기 때문이다. 윤택한 사진 아래로는 온갖 사교적인 답글이 달리고, 사람들은 모두 행복해 보였다. 온라인상에서 우리는 날마다 동창회를 열고 있었다.[8]

「영원한 화자」의 '나'는 온라인 네트워크 안에서 동창을 만나는 것을 좋아하지 않는다. 특별히 행복하다는 듯 "윤택한 사진"을 전시하고 또한 그에 못지않게 즐겁다는 듯 "사교적인 답글"을 다는 것 따위가 싫다. 그렇다고 네트워크상에서가 아니라 현실에서 동창을 만나는 것이 더 좋은 것도 아니다. '나'는 "동창들을 만나면 언제나 기분이 좋지 않"다. 동창들은 언제나 "아무개 아니니?"라고 물어보고, 물론 '나'는 그 아무개가 맞지만, '나'는 그 우연히 만나는 혹은 우연을 가

---

8) 김애란, 「영원한 화자」, 『달려라, 아비』, 창비, 2005, pp. 126~27.

장해서 언제든 만날 수 있는 그런 방식이 부담스럽다. 왜냐하면 "나는 내가 어떤 인간인가를 알기 위해 내 이름을 부르면 대답하는 사람, 그러나 그것이 내 이름인 것이 이상하여 자꾸만 당신의 이름을 불러보는 사람"이기 때문이다.

"서로가 오갈 것이라는 것"을 굳이 온라인 네트워크에 의해서만 확위할 수 있는 것은 아니지만, 온라인 네트워크의 발달로 서로 왕래할 수 있는 가능성이 훨씬 증대된 것은 틀림없다. 그러므로 '나'는 미니홈피가 싫다. 그러나 로그인하지 않는다고 그 네트워크를 피할 수 있겠는가? 1.5층의 여관식 자취방에서(「노크하지 않는 집」), 지하철이나 패스트푸드점에서(「영원한 화자」), 편의점에서(「나는 편의점에 간다」) 누군가가 끊임없이 '나'의 이름을 부른다. 혹은 누군가가 '나'의 이름을 부른다고 믿는다. 어디나 갈 수 있고 어디서나 살 수 있게 만드는 미디어로 인해, 원하든 원하지 않든, 세계는 점점 좁아지고 사람들은 점점 가까워진다.

자기 이름이 아무개인 것이 이상한 '나'는 뒤에서 아무개를 부르는 호명이 '나'에 대한 것인지 의심스럽고, '나'에게 배달된 편지가 정말 '나'에게 온 것인지 분명히 알 수 없다. 아니, 실은 그 반대일지도 모른다. '나'를 부른 것이 아닌데도 돌아본 적이 있고, '나'에게 배달된 편지가 아닌데도 받은 적이 있기 때문에 '나'는 점점 자기 이름이 의심스러워졌을 것이다. 그리하여 '나'는 확실한 것을 원한다. 그러나 우연은 늘 찾아온다. '나'가 누구인지 물어보는 이러저러한 질문들에 대해 "대답의 목록들을 이미 가지고 있던 나"에게는 이제 막 문이 닫히려고 하는 지하철같이 우연에 노출된 대상은 피해야 할 것이지만, "막 닫힐락 말락 하는 문들의 유혹은 대단한 것이어서 가끔은 나도 모르게 무작정, 혹은 엉겁결에 뛰어"든다.

우연히 잡아탄 지하철 안에서 누군가가 '나'의 이름을 부르고, '나'는 잘 모르는 여고 동창과 한동안 대화를 나눈다. 그러나 그녀와 '나'는 서로 착각한 것일 뿐, 그 둘은 "한 번도 만난 적 없는, 그러나 만났다고 믿고 있는 모르는 사이"다. '나'는 다시 한 번 자기를 부르지도 않았는데 돌아보았고, 그래서 앞으로는 더욱더 의심이 늘어갈 것이다. 하지만 의심한다고 해서 그런 실수를 하지 않을 수 있을까? 당장에, '나'가 지하철을 탄 것부터가 자기를 사랑한다고 믿었던, 그러나 지금은 헤어진 누군가를 만나러 가는, 또 다른 실수를 하고 있는 것이 아니었던가? 그래서 '나' 스스로가 "연락도 없이 당신을 만나러 가는" 잘못 부쳐진 편지가 되고 있는 것은 아닌가?

그것은 편의점을 이용하면서 우연히 네트워크에 연결되었다고 믿는 '나'의 이야기인 「나는 편의점에 간다」에서도 마찬가지다. "궁핍한 자취생"이자 "적적한 독거녀"인 '나'는 물건이 아니라 "평범한 소비자이자 서울 시민"의 일상을 구매하기 위해, 그런 안도감을 느끼기 위해 편의점을 순례한다. "혼자 자취를 하는 사람에겐 일정한 동선, 일정한 습관이 필요하"다고 생각하는 '나'는 편의점 역시 정해놓고 다니려 하지만, 이것저것 물어보는 주인들 탓에 이러저러하게 되는대로 자기에 대해 꾸며대며, 다니던 편의점을 여러 번 바꾼다.

큐마트에 다니면서 내가 한 가장 큰 착각은 푸른 조끼의 청년과 사적인 말을 하지 않으므로 내 사생활이 전혀 드러나지 않을 것이라고 생각한 데 있었다. 내가 아는 한 큐마트는 '어서 오세요'와 '감사합니다'의 세계였다. 그의 관심은 그가 파는 물건에, 나의 관심은 내가 사는 물건에 있어야 마땅했다. 그런데 큐마트를 오래 다니다 보니 나는 뜻밖에 의도하지도 원하지도 않은 내 정보들이 매일매일 그가 들고 있는 바코드 검색기에 찍혀나가고 있다는 것을 깨달았다.[9]

'나'는 단 한마디의 사적인 대화도 시도하지 않는 아르바이트생 때문에 큐마트에 안착한다. 그런데 '나'는 보내고 싶지 않은 편지를 의도치 않게 보냈으며, 그 결과 큐마트의 아르바이트생이 바코드 리더로 '나'의 사생활을 모조리 읽고 있다는 사실을 알게 된다. 의외로 '나'는 불쾌하지 않고 오히려 그에게 자기에 대해 알려주고 싶다. 그러나 급한 일로 누군가 아는 사람이 필요해서 아르바이트생을 찾아갔을 때, '나'의 일부라고 생각했던 "삼다수나 레종"은 아무나 사 가는 것일 뿐이므로 그는 '나'를 모른다. '나'는 두 번 실수했다. 첫번째 실수는 보내지 말아야 할 편지를 보낸 것이고, 두번째 실수는 보내지 않은 편지를 보낸 것(이라고 믿은 것)이다.

현재 그는 016으로 시작되는 핸드폰을 가지고 있으며, 알파벳 b로 시작되는 이메일 주소를 가지고 있다. 그는 070으로 시작되는 계좌번호를 가지고 있으며, 02로 시작되는 운전면허를 가지고 있다. 그는 1980년생이고 지금은 2004년 서울이다. 따라서 그가 사는 곳은 진담의 세계이며, 범인(凡人)들의 세계에다가, 오해의 세계이기끼지 하다.[10]

---

9) 김애란, 「나는 편의점에 간다」, 앞의 책, pp. 46~47.
10) 김애란, 「종이 물고기」, 앞의 책, p. 194.

그에게는 무수히 많은 이름들 혹은 식별 번호들이 있다. 그것이 통용되는 공간은 "진담의 세계이며, 범인들의 세계"이지만 동시에 "오해의 세계"이기도 하다. 그래서 그는 속지 않기 위해 휴대폰 번호와 이메일 주소, 계좌번호, 운전면허번호 등의 아이디를 계속 의심하고, 그 결과 미디어 네트워크로부터 로그아웃하지만 그렇다고 해서 오해의 세계로부터 벗어날 수 있는 것은 아니다. 「그녀가 잠 못 드는 이유가 있다」의 그녀처럼 "사람들이 A를 그냥 A라고 말하지 왜 C라고 말한 뒤 상대방이 A라고 들어주기를 바라는지 이해할 수 없"다면, 오해는 계속 발생할 것이고, 그런 "화법"을 이해하기 위해서는 변명이라는 "번역"이 계속 필요할 것이고, 결국 그녀처럼 남들의 오해와 자신의 변명을 생각하느라 쉽게 잠들지 못할 것이다.

김애란 소설의 주인공들은 하나같이 오해하거나 오해받고 있으며, 그 오해를 해명하느라 바쁘다. 오해는 실수인가? 오해가 '잘못 아는 것'이라면, '정확히 아는 것'이 있을 것이며, 그것은 완전한 대화, 완전한 네트워크에 대한 믿음에 근거한다. 실제로 네트워크는 그처럼 완전하지 못하다. 그러나 어떤 앎을 오해라고, 어떤 편지를 잘못 배달된 것이라고 인정할 때, 현실의 네트워크는 이미 완전한 것이 되어 있다. 그렇지 않은가? 편지가 잘못 배달되었다는 것을 인정하는 순간, 그 편지는 네트워크의 노이즈에 불과한 것이 되고, 그다음에 해명을 시작하든, 오해를 견디든 혹은 노이즈 따위는 아무것도 아니라고 무시하든 간에 결국 네트워크 자체는 완전한 것으로 남는다.

출생 자체가 잘못 배달된 편지 같은 소녀가 있다. 「달려라, 아비」에서 부모의 동거 중 피임에 실패해 태어난 '나'는 어머니와 둘이 산다. '나'는 "말을 모르는 몸뚱이가, 세상에 편지처럼 도착"하듯 태어났지만 "예의 바른 편지"가 아니었기 때문에 아버지는 '나'를 받지 않고 집을 나간다. '나'는 "아버지는 달리기를 하러 집을 나갔다. 나는 그렇게 믿기로 했다"라고, 일종의 가족 로망스를 상상한다. 그러나 미국에서 다른 여자와 결혼해 살다 사고로 죽은 아버지의 소식을 전하기 위해 이복형제가 '나'에게 편지를 보내고, '나'는 아버지의 가출을 오해하고 있었던 것을 알게 된다

말하자면, 아버지가 돌아온 것이다. 십수년 만에 우편을 타고 가뿐하게. 의도를 알 수 없는 선의(善意)처럼, 종지감 없는 연극이 끝난 뒤에 터지는 어정쩡한 박수처럼 아버지는 돌아왔다. 낯선 억양의 인사를 건네며 돌아온 부고(訃告). 그때까지도 나는 아버지가 그렇게 세계 곳곳을 달린 이유가 결국 우리에게 당신의 죽음을 알리기 위해서가 아니었을까 생각했다. 당신이 죽었다고 말하기 위해 먼 곳을 돌고 돌아 여기까지 온 것이 아니었을까. 하지만 아버지는 지금까지 세계를 뛰어다닌 것이 아니라 미국에 살고 계셨다.[11]

단순히, '나'는 잘못 알고 있었던 반면, 미국으로부터 온 편지는 진실을 담고 있다고 말할 수 있을까? 그래서 진실이 밝혀지는 것으로 모든 문제가 해소되는 것일까? 그러나 "무언가를 '안다'라고 말하는 것은 음란한 일"이기도 하다. 뭔가 감추어져 있는 것이 드러날 때, 예컨대 '나'에게는 미국에서 온 편지의 내용이 전부 거짓말 같은 것처럼, 그 뭔가는 어쩌면 아무도 보기를 원치 않았던 것일 수 있기 때문

---

11) 김애란, 「달려라, 아비」, 앞의 책, p. 22.

이다. '나'가 늘 달리고 있다고 오해했던 아버지에게 보낸 편지의 답장으로 배달된 아버지의 부고는 도착해서는 안 될 편지라는 점에서는 그 역시 잘못 배달된 편지일지도 모른다. 그러나 그 편지를 받고 나서도 '나'는 여전히 아버지의 달리기를 상상하고, 게다가 어머니는 아버지가 평생 자기에게 미안해했다는 오해를 하게 되었다는 점에서는, 그 편지가 제대로 배달된 것인지 그렇지 않은지를 확인하는 것은 별로 중요하지 않다.

어딘가에 진실이 있고 그 진실을 전하는 완전한 네트워크가 있어서, 알 수 없는 혹은 오해로 점철된 현실을 제대로 이해할 수 있도록 설명해주는 것일까? 또 그 네트워크에 접근하기 위해서 우리에게는 번역이 필요한 것일까? 그러나 번역이란 오히려 영어로 씌어진 편지의 "아버지는 어머니의 집에 와서 매주 잔디를 깎았습니다"라는 사실 진술을 "그리고 엄마, 그때 참 예뻤대"라는 오해로 바꾸는 연금술 같은 것이 아닐까? '나'의 현실은 오해 없이는 처음부터 성립되지 못한다. 출생부터가 오해에서 비롯되었던 '나'는 아버지의 달리기를 상상함으로써 아버지의 부재로부터 벗어날 수 있었고, 그 결과 자기를 연민하지 않고 어머니와 농담을 주고받으며 지금의 현실의 도달해 있기 때문이다. 그 오해를 교정하려고 하는 순간, 지금의 현실은 붕괴될 것이다. 따라서 '나'에게 오해란 견뎌야 하는 어떤 것이 아니라 그 자체로 '나'가 살고 있는 현실이다. 그리고 그것은 '나'만이 아니라 우리 모두에게도 마찬가지일 것이다.

5. 미디어의 환상

　미디어라는 것도 네트워크라는 것도 인간의 문명이 시작되는 것과 동시에 세상에 드러났을 것이고, 따라서 유독 지금 여기에서만 문제가 될 것은 아니다. 그러나 도구와 기술이 점점 진보할수록 그것에 기반한 물질적·상징적 네트워크가 우리를 점점 이리저리 꿰고 있는 것 또한 사실이다. 그리하여 가능성은 필연이자 의무가 된다. 우리는 세계의 어느 곳에라도 가야 하고, 비록 가지 못하더라도 보고 들어야 하며, 누구와도 언제 어디서나 만나야 하고, 서로 대화해야 한다. 그 자체가 나쁘다는 것이 아니라 미디어 네트워크에 대한 환상이 우리의 현실을 지배하게 되고, 그 환상에 대한 믿음이 네트워크에 대한 자발적인 종속을 이끌어내는 것이 문제다. 미디어도 네트워크도 존재하며, 우리가 그 안에 살고 있는 것 역시 틀림없지만, 완벽한 미디어나 네트워크는 없다. 소음을 만들어내든, 말할 수 없을 때 침묵하든, 편지를 잘못 보내든, 그런 것들은 우리가 완벽하다고 믿는 환상이 단지 환상일 뿐임을 증거하고 있다. 그 증거들은 환상이 지극히 현실적이라고 느껴질 때 더욱 절실해지는바, 그때가 바로 지금이다.

〔2005〕

공동체와 타자
─배수아 소설의 가치론과 의미론

> *자신의 고향을 아름답다고 생각하는 사람은 아직도 상냥한 초보자이다. 모든 땅을 자신의 고향으로 보는 사람은 이미 강한 사람이다. 그러나 전 세계를 하나의 타향으로 생각하는 사람은 완벽하다. 상냥한 사람은 이 세계의 한 곳에만 애정을 고정시켰고, 강한 사람은 모든 장소들에 애정을 확장했고, 완전한 인간은 자신의 고향을 소멸시켰다.[1]*

1. 타자는 없다

1990년대로 접어들면서 한국소설의 공간이 단일민족국가의 경계를 넘어서는 경우가 빈번하게 발생하기 시작했다. 이러한 현상은 국내를 배경으로 작품을 쓰는 것의 한계에서 비롯된 무대의 확대에 지나지 않을 수도 있지만, 또 한편으로는 공동체 안의 인간이 타자성과 대면하는 장면을 도입하는 상상적 장치라고 볼 수 있지 않을까? 가령 1994년의 한 문학상 앤솔로지에는 이탈리아, 스페인, 인도 등과 같은 이국적 기표들이 등장한다. 주인공들에게 이 기표들은 일상의 관습을 벗어날 수 있는 탈출구와 같은 것이다.

---

1) E. 사이드, 『문화와 제국주의』, 김성곤·정정호 옮김, 창, 1995, p. 564.

언제나 커뮤니케이션에 실패하는 왜곡된 인간관계에 사로잡힌 그들은 국경을 넘기를 원한다. 민족국가라는 공동체의 중요한 지표인 동일한 언어(국어)가 커뮤니케이션의 성공을 보장해주지는 않는다. 오히려 그들은 공동체 안에서 소외된다. 단적인 예로 1922년 일본이 제2차 조선교육령에서 조선인을 "국어(일본어)를 상용하지 않는 자"라고 규정한 것은, 특정 언어의 사용 여부가 공동체의 구성원이 되기 위한 필요충분조건이 아니라 단지 필요조건일 뿐임을 명시하고 있다. 일본어를 상용하지 않으면 일본인이 아니지만 그렇다고 일본어를 상용한다고 해서 일본인인 것도 아니다.

그러나 실제로 국경을 넘건 넘지 않건 소외된 그들은 일상에서 한 발짝도 벗어나지 못한다. 그들에게 월경(越境)은 이루어질 수 없는 꿈에 그친다. 앤솔로지에 수록된 작품의 하나인 최윤의 「하나코는 없다」는 제목에서부터 그들의 실패를 암시한다. 서른두 살의 그는 그럭저럭 살아가지만 점점 아내와의 불화가 심해지고, 이탈리아 출장을 자청한다. 그리고 이미 이방인이 되어버린 하나코에게 전화한다. 그러나 그녀에게서 "그렇게 날 몰라요?"라는 말을 들었을 뿐, 그는 아무 일 없다는 듯 서울로 돌아와 아내에게 화해를 청한다.

이탈리아로의 출장은 그의 예상과는 달리 어떤 변화도 가져다주지 않는다. 「하나코는 없다」에서 스토리의 한 축을 맡는 1박 2일간의 짧은 베네치아 체류기는 표면적으로는 미로 투성이의 도시에서 우울과 침묵에 빠져드는 것이지만, 실은 한국과 이탈리아의 시차를 끊임없이 계산하고 관광지에서 한국말을 찾아 귀 기울이고 어린 딸을 떠올리고 "여기서 대체 무엇을 하고 있지?"라는 자조감에 사로잡히는 것이다. 모두 똑같은 것을 말하고 평균적인 생활방식을 공유하다 우울해지면 가끔 삶의 스트레스를 해소하는 관계와 "엉켜 든 실랑이 속에……
각자가 맡은 바 역할을 잘 하고 있는 것처럼 보이는" 관습은 너무도
공고하여, 이탈리아든 다른 어디든 하나코가 있을 자리는 없다.

최윤의 「하나코는 없다」는 하나의 선언적인 명제를 남긴다. 그것을
'타자는 없다'로 바꿔도 그리 잘못된 것은 아니다.

2. 슬픈 빈곤의 사회

배수아의 소설에는 사회라는 것이 등장하지 않는다. 「랩소디 인 블
루」에서 '나'의 오빠가 가족이라는 울타리를 벗어나자마자 외항선이
그를 시모노세키와 아랍에미리트로 데려가듯이, 가족 혹은 친구 몇
명이 모인 그룹의 바깥, 우리가 흔히 사회라고 부르는 공간은 이미
외국이거나 사막, 정글 같은 곳—전혀 말이 통하지 않는 낯선 곳이
다. 그렇다면 그의 소설은 사회와는 전혀 무관한가?

질문을 바꿔보자. 배수아의 소설에 사회가 등장하지 않는다는 것이
놀라운 일인가? 그러나 우리들 역시 일상에서 사회라는 것의 실체를
만난 적은 없다. 베네딕트 앤더슨이 민족(국민)을 설명하는 말투를
빌리면, 사회는 미디어를 통해 하나의 공동체로 상상된 것이라고 할
수 있다. 좀더 분석적으로 말하면, 사회적 현실이라는 것은 상상에
의해 지탱되는 구성물일 뿐, 그 실상은 갖가지 적대관계에 의해 조각
난 것이라고 말할 수도 있다.[2]

---

2) B. 앤더슨, 『민족주의의 기원과 전파』, 윤형숙 옮김, 사회비평사, 1991의 1장; E. 라클
    라우·S. 무페, 『사회변혁과 헤게모니』, 김성기 외 옮김, 문화과학사, 1990의 3장 참조.

그러나 단일한 공동체에 대한 상상은 아주 뿌리 깊은 것이어서 우리는 한정된 인간관계를 맺고 있을 뿐이지만, 국어national language를 매개로 국민 전반과 커뮤니케이션하고 있으며 노동력을 포함한 상품의 교환을 통해 국부wealth of nation의 증진과 분배에 참여하고 있다고 믿는다. 당위냐 사실이냐 혹은 옳으냐 그르냐의 문제를 떠나서 그런 믿음은 우리가 실제로 대면하는 인간관계의 곤경을 가리거나 왜곡할 수 있다. 예를 들어 누군가와 말이 통하지 않는 상황에 접하면 우리는 그것이 특수하고 비정상인 상황일 뿐이고 통상적인 관계에서는 당연히 커뮤니케이션이 가능할 것이라고 생각하기 십상이다. 이런 상상이 국가나 민족, 사회에 걸쳐 있는 공동체라는 말의 물신성을 구성한다.

그 물신성에 대해 배수아는 '빈곤'이라는 사회현상을 들이대며 문제를 제기한다. '슬픈 빈곤의 사회'라는 책을 쓰는 소설 속의 한 인물은 "빈곤의 문제에 집착하여 몇 년 동안이나 그것을 들여다보고 있으면 과연 '공동체'라는 것은 진정 존재하는가, 라는 의문을 갖게 된다. 민족이나 국가 말이다"(「일요일 스키야키 식당」)라고 말한다. 그는 사람들과 인터뷰하면서 비단 경제적인 결핍뿐 아니라 무수히 많은 형태의 빈곤을 접했으며, 결국 '빈곤에 의한 존재확인'이라는 역설적인 결론에 도달했기 때문이다.

공동체는 어원적으로나 발생적으로 그 안에서 구성원 서로가 주고받는다는 사실에서 출발한다.[3] 레비-스트로스에 따르자면 교환에 관한 규칙이 공동체를 통합하는 원리가 되는 셈이다. 주고받는 것이 대

---

3) community = cum(서로) + munus(선물) 또는 munere(주다)

개 말이나 재화라는 점에서 공동체는 늘 의미공동체면서 가치공동체고, 같은 맥락에서 동일한 국어와 통화를 쓰는 근대 민족국가가 현재까지는 가장 큰 공동체다. 교과서적으로 말하면, 교환을 통해 정서적·물질적 결핍에 대한 불만이 해소되고 그 결과 공동체 안에서의 빈곤 역시 어느 정도는 해결될 수 있다. 그러나 정작 배수아의 소설에서 중요한 것은 '교환이 어떤 결과를 낳는가'가 아니라 '교환이 어떻게 가능한가'이다.

배수아의 초기 소설들에 대한 평가는 소비사회의 풍속과 그 이면에 존재하는 불안에 대한 묘사로 요약된다. 풍속은 호사가들의 눈길을 끌었고, 원인불명과 의미불명으로 치부된 불안은 미성숙의 지표로 이해되었다. 그런데 이 둘은 실은 같은 것의 다른 면이다. 예를 들어 「랩소디 인 블루」에서 화자 '나'는 "그렇게 해서 신이는 우리들의 친구가 되었다. 말하자면 빨강색 이태리제 스커트 때문이었다고 할 수 있겠다"라고 단언한다. 신이가 '나'에게 불쑥 12만 원짜리 스커트를 사준 이유는 '나'와 교제하기를 원했기 때문이다. 그들은 불안하기 때문에 그룹peer group을 이루고, 그 그룹을 배경으로 삼을 때 비로소 소비가 의미화된다.

그 안에는 보다 중요한 메커니즘이 숨어 있다. 신이와 '나'가 스커트와 교제를 맞바꾸는 것처럼, 뭔가를 주는 것은 일방적인 증여가 아니라 일종의 교환이다. 서로가 원하는 것을 얻었으므로 신이와 '나'는 그 교환에 만족한다. 교환에 성공했기 때문에 신이는 공동체의 일원이 될 수 있고, '나'는 스커트를 얻을 수 있다. 그러나 교환이 늘 가능한 것은 아니다.

왜 그런가는 나도 몰라. 언젠가는 나도 저렇게 늙고 초라해져서 먼 지투성이 국도에서 사과를 팔게 되리라는 예감이 들었을 뿐이야. 그것 도 형편없는 푸른 사과를. 저녁이 되어 아무도 이 푸른 사과를 사러 오 지 않으리라는 예감이 확실해질 때까지. 내가 영원히 가지 못할 먼 데 로 나 있는 길을 바라보면서 손으로 짠 두꺼운 스카프로 얼굴을 가리 고 아주 어두워질 때까지 그렇게 있을 것 같은.[4]

중산층 가정에서 자라 대학을 다니다 가출해서 백화점의 셔츠 매장 에서 일하는 '나'는 남자친구와 서해안으로 가던 중 교외의 국도에서 사과 한 봉지를 산다. 그리고 별다른 이유없이 미래의 어느 시점에 자기가 그 자리에서 사과를 팔고 있는 장면을 떠올린다. 아무도 사과 를 사려 하지 않고 그래서 늙고 초라한 모습으로 영원히 국도변에 서 있을 수밖에 없다는 예감에 '나'는 불안하다. 그리고 과연 그대로, '나'는 며칠 뒤 남자친구와 헤어지고 몇년이 지난 지금껏 "섹스의 기 쁨도 모르고 사랑의 감동도 없"는 생활을 하고 있다.

'나'의 사과는 왜 팔리지 않는가? 공동체 안에서의 교환은 이론적 으로는 늘 등가교환이다. 그 결과 개인들은 서로가 원하는 것을 얻어 만족하고, 공동체 전체로는 안정된 균형 상태가 유지된다. 그러나 현 실에서는 상대방이 내 것을 원하지 않고 내가 달리 줄 것이 없다면, 내가 원하는 것이 있어도 교환은 이루어지지 않는다. 이때 내 것은 상대방에게 아무런 가치 — 교환가치가 없기 때문이다. 이런 맥락에 서 주고받는 것은 사고파는 것과 같다. 상대방이 원하지 않는 것을

---

4) 배수아, 「푸른 사과가 있는 국도」, 『푸른 사과가 있는 국도』, 고려원, 1995, p. 102.

강제로 사게 할 수는 없는 노릇이다.[5] 팔리지 않는 사과를 가진 '나'
의 불안은 내적인 것이 아니라 전적으로 바깥에서, 사는 사람에게서
주어진 것이다. 누군가 원하는 사람이 나타나 '형편없는 푸른 사과'가
팔리게 되는 기적적인 순간이 발생하지 않는 한 '나'의 불안은 종식될
수 없다.

　따라서 공동체 안에 있기 때문에 사람들과 끊임없이 뭔가를 주고받
으며 커뮤니케이션해야 하는 개인은 늘 불안하고, 그 불안을 감추기
위해 교환가치에 강박적으로 집착하게 될 것이다. 배수아의 초기 소
설에서 중요한 의미소였던 마리떼프랑소아저버, 캘빈클라인, 하이네
켄, 겔랑과 같은 브랜드는 교환가치의 다른 이름일 뿐이다. 「천구백
팔십팔년의 어두운 방」에서 사촌이 "마일드 세븐이 없다고 담배를 피
우지 못하고 시끄럽게 구는 꼴이란"이라고 비꼬고 있듯이, 브랜드의
가치는 사용가치와는 무관하지만 그럴수록 그것의 교환가치는 높아
진다.

　무엇보다 배수아 소설에서 교환가치의 서열hierarchy 중 가장 정
점에 있는 것은, 누구나 사랑하고 또 갖기를 원하는 것, 바로 '공주'
다. 공주가 되기 위해서는 부모들이 교환교수로 뉴욕에 있거나 예쁘
고 공부 잘하는 것들도 필요하지만, 그보다 사람들에게 "저 아이는
은행의 개인 금고에 보석을 넣고 있구나"(「랩소디 인 블루」)라는 느낌
을 줄 수 있어야 한다. 다시 말해 배수아의 공주는 태어나는 것이 아
니라 구매욕을 자극하기 위해, 교환가치를 높이기 위해 끊임없이 매
니지먼트되어야 하는 상품이다.

---

5) 가라타니 고진, 『탐구 1』, 송태욱 옮김, 새물결, 1998, 6장 참조.

그 때문에 「엘리제를 위하여」의 선병질적인 어머니는 딸의 피아노 교습에 그야말로 병적으로 집착한다. 그러나 '나'는 "피아노와 머리를 땋아 내린 아이들로 가득한", 마치 가내 작업장 같은 연습실에서 늘 불안하다. '나'의 불안은 어머니가 죽고 피아노가 팔리고 이모를 따라 시골로 내려가게 되는 것으로 현실화된다.

배수아의 공주는 상상의 산물이 아니라 상징적인 존재이다. 그 상태를 사회적이라고 하든 혹은 또 다른 식으로 명명하든, 공주는 공동체의 가치 매김에 전적으로 의존하고 있고 따라서 그녀의 일생은 인플레이션이나 공황과 같은 "단 한 순간의 위기에도 처절하게 무너지는 아슬아슬한 소시민 계층의 삶"(「일요일 스키야키 식당」)과 아주 흡사하다.

어쩌면 공주는 다른 형태로 완성될 수 있을지도 모른다. "언제나 꽤 신경 써서 고른 듯한 에스닉풍의 액세서리를 걸치고 발목에 찰랑찰랑하는 스커트를 입고 다니는" 여자아이는 아르바이트하는 대학가의 호프집에서 마일드 세븐을 피우고 조안 바에즈의 노래를 부르지만, 지금은 철거된 만두집의 여섯째 딸로 태어나 상고를 졸업하고 경리 일을 보면서 부모를 부양하는 '소녀가장'이다. 그리고 그녀는 자신을 원하는 모든 정치학과 학생들과 같이 자는 '걸레'이기도 하다.

"난 임신했어." 여자아이가 마치 바다새들의 자유에 대해서 말하듯이 그렇게 시작하였다. "수술할 생각이야. 시집간 언니가 돈을 주었어. 난 강원도가 처음이야. 친구들은 모두 여름이면 강릉이나 속초로들 가곤 하잖아. 난 아직 아무것도 모르겠어. 어떤 사람들은 이런저런 것들에 대해서 모두 다 알고 자기 의견도 칼날처럼 분명하고 좋아하는

것 싫어하는 것들에 대해서도 서슴없이 말하지. 하지만 모르겠어. 세
상이 무엇인지 알 수가 없어."[6]

  그녀는 모르는 것이 많지만, 무엇보다 자신이 무엇을 원하는지를
모른다. 혹은 주위의 사람들로부터 외면당할지도 모른다는 불안 때문
에 그들이 원하는 것을 따르고, 끝내는 그녀가 그들이 원하는 것 자체
가 되기에도 여념이 없었을 것이다. 상대방이 원하는 것을 주기 위해
스스로 소외되는 그녀는 배수아 소설이 발견(발명)한 공주의 극단적
버전이다. 함께 강릉행 기차를 탄 준영에게 처음으로 주문진에 가고
싶다고 말하지만, 준영은 서울로 돌아오고 그녀는 결국 버림받는다.
  반면에 준영의 사촌이면서 같은 대학에 다니는 '나'는 후배 남학생
이 자신을 좋아하는 것을 적당히 거리를 두고 즐기면서, 또 사고 싶었
던 캘빈클라인 청바지를 사면서 "이 세상은 행복하지 않을 이유가 없
었다"라고 말한다. 그러나 둘 다 세태의 충실한 추종자라는 점에서 여
자아이의 슬픔과 '나'의 행복 사이에는 얇은 금만 그어져 있을 뿐이다.
  이쯤에서 "과연 '공동체'라는 것은 진정 존재하는가"라는 배수아의
질문으로 돌아가보자. 그가 말한 민족이나 국가는 고사하고 가장 단
순한 나와 너의 관계에서조차 빈곤은 해결되지 않고 그 대신 불안이
증폭된다. 그러나 정작 중요한 사실은, 그럼에도 불구하고 우리 모두
가 결핍된 교환가치를 '필사적으로' 추구하는 것을 당연하게 받아들
임으로써 공동체가 존재할 수 있다는 것이다. 이것이 '진정한' 공동체
는 아니지만, 공동체가 '진정' 존재하는 방식이다.

---

6) 배수아, 「여섯 번째 여자 아이의 슬픔」, 앞의 책, p. 172.

3. 소문의 언어사회학

교환이 불안한 이유는, 그 회로 속에 들어가는 순간 내 것이 전적으로 상대방이 부여한 가치에 종속되기 때문이다. 말의 교환도 재화의 교환과 같다. 즉, 대화 중인 나의 말 역시 온전히 상대방에 의해 의미화된다. 그런데 그런 식의 대화란 이미 사전적 의미에서의 대화가 아니다. 그런 대화에서 느끼는 것은 정서적 교감 같은 것이 아니라, 가령 나의 말을 풍문으로 전해들었을 때의 당혹감 같은 것이다.

군부대를 낀 마을이 있다. 버스를 타면 곧 서울에 도착할 수 있는 거리에 위치한 평범한 소도시지만, 다른 곳에서 온 사람, 예컨대 어린 군인은 그곳에서 마치 '안드로메다나 뭐 그런 또 다른 행성' 같은 느낌을 받는다.

그러면 너도 완전히 이곳 사람은 아니구나. 이곳은 분위기가 틀려. 마치 인디언 마을에 온 것 같다. 난 거리를 버스를 타고만 지나쳐보았지만 마치 같은 건물이나 버스나 사람들도, 길가에 힘없이 서 있는 나무들도 내가 알고 있던 그것들이 아냐, 흙바닥을 뛰어가는 여자애들의 맨발도 싱그럽지 않고 머리칼에서 나는 냄새도 다르지. 이곳에 처음으로 왔을 때는 적응하기 힘들었어. 언제나 불 같은 햇빛 아래서 풀을 뽑거나 뽑아놓은 풀을 트럭에 옮겨 싣거나 했었어. 하루종일 그랬어. 저녁에 신비한 소문도 들었어. 동료 중의 한 사람이 말하지. 우리는 담배를 피우고 있었거든. 별자리도 달랐어.[7]

　서울에서 대학을 다니다 돌아와 오빠의 당구장에서 일하는 사촌은, 이 마을에서는 별자리마저 다르다고 중얼거리는 군인에게 "여기는 갈 곳도 없고 사람들 눈이 무서운 곳이야, 시장에서도 언제나 알은체를 하고"라고 동의한다. 그러나 그 불안은 사촌만이 느끼는 것일 뿐, "모든 삶이 건강하게 돌아가고 사람들은 아무런 스트레스나 소외감도, 불안도 느끼지 않는다."

　무엇보다 그곳은 소문으로 둘러싸인 마을이다. '나'나 사촌이 화자가 되어 전하는 마을 이야기도 온통 소문뿐이다. 예를 들어, '나'는 사촌이 좋아하는 여자아이에 대해 "부모는 시골에서 개를 기르고 있다는 말이 있고 남동생들은 보육원에 맡겨졌다가 누나를 찾아 도망쳐 나왔다는 말도 있었다"라고 전한다. 사촌과 데이트 하는 군인도 "납치당한 여자에 관한 것도 있었어. 피아노 공장이 무너지는 바람에 발을 잃은 남자가 도시에서 온 여자를 납치해서 결혼하게 되었다는 이야기야"라고 마을에 떠도는 소문을 전한다. 사촌은 그에게 "이곳은 소문이 많고 특히나 낯선 사람들에 대해서는 더욱 그래. 너도 아마 밝은 곳에서 거리를 며칠만 다녀보면 곧 소문이 날 거야. 네가 탈영병이라는 둥, 하사관의 딸을 레이프하려다가 미수에 그쳤다는 둥"이라고 말하면서 뭔가를 아는 체하지만, 그녀 역시 함께 있는 군인이 실제로 탈영병인지 아닌지 끝내 알지 못한다.

　모든 판단을 소문에 의존하는 마을에서 가족이나 자기 자신이라고 소문의 예외가 될 수는 없다. 예외는커녕, 소문대로라면 납치당한 여자가 바로 '나'이며, 그 소문은 온 마을에 자자하고 사람들의 눈총 또

7) 배수아, 「검은 저녁 하얀 버스」, 『바람인형』, 문학과지성사, 1996, p. 28.

한 극심하다. 그러나 "집이 없나보지, 사생아래잖아"라고 대수롭지 않게 말하는 사촌 역시 어릴 때부터 함께 자라온 '나'에 대해 알고 있는 것이 소문의 수준을 넘지 않는다. 심지어 '나'마저도 자기 자신에 대해서 아는 것이 거의 없다.

　내가 다시 한번 더 따뜻하고 보호받는 느낌의 그날의 저녁으로 돌아가고 싶어하니까, 나는 지금 자리에서 일어나 스커트에 묻은 풀잎을 털지도 않고 그대로 거리로 나가 군인들이 가득한 트럭이 다니고 있는 길의 한가운데를 달려올 버스를 기다렸다가 타면 그것뿐이다. 나는 그것을 안다. 그런데 나는 모른다. 이 나른한 한여름의 풀벌레 가득한 집에서 내가 그냥 앉아 있는 이유를. 정말로 내가 원하고 간절히, 간절히 또 원하고 있는 것을 알고 그대로 행동하지 않는 아이로 자라버린 것에 대해서 나는 하나도 알 수가 없다.[8]

　빈집에 홀로 앉아 있는 '나'는 이곳을 떠나고 싶은지 그렇지 않은지, 자신이 무엇을 하고 싶은지 알지 못한다. 그리고 "결국에는 내가 어떻게 한다, 내가 무엇을 한다, 라는 것이 중요하지 않을 거라고" 생각한다. '나'는 자신에 대해 아무런 의미 부여도 할 수 없다. 혹은 그렇게 하려고 해도 '나'에게 말을 걸지 않는 마을 사람들이 '나'의 말을 들어주거나 이해할 리 없고, 끝내 '나'의 말은 '소문의 벽'을 넘지 못할 것이다.

　정도의 차이는 있지만, 설령 자신이 경험한 것이 어떤 의미를 갖는

---

8) 배수아, 「검은 저녁 하얀 버스」, 앞의 책, pp. 33~34.

지 스스로 파악할 수 있다고 해도, 그것은 한참 후에나 가능한 일이다. 게다가 경험과 그것의 의미화 사이의 시간 간극에 이미 소문만이 유일한 의미로 자리잡고 있기 때문에 결국 변하는 건 없다.

학교 다닐 때 공부 잘하고 메이퀸에도 뽑혔던 선영은 연극 무대에 계속 서는 대신 치과 의사와 결혼한다. 그리고 "기분좋게 건조되어 차곡차곡 개어져 있는 파스텔 톤의 랑방 타월과 항상 깨끗한 세면대, 그리고 이태리제 방향제의 은은한 향기"의 욕실이 있는 가정을 꾸민 것을 다행스럽게 생각한다. "참 세상은 별거 아니다" 싶은 선영은 우연히 대학동창을 만난다. 대학 때 낯설고 좋은 느낌을 주었던 그는 졸업 후에 사귀던 여자를 남겨두고 그림 공부를 위해 유럽으로 떠났었다. 그를 보는 순간 선영은 결혼을 며칠 앞두고 마지막으로 그를 보았던 장면을 상기한다. 그리고 그때는 결코 알지 못했던 결혼의 의미를 뒤늦게 확인하게 된다.

그날 선영은 무엇인가 자기 안에서 일어나고 있다는 것을 알았다. 하얀 꽃잎이 지던 친구의 머리칼과 빗물에 젖은 나뭇가지들이 생각났다. 선영은 바로 그때처럼 마음에 아주 아픈 어떤 것을 느꼈다. 그녀는 이제 알았다. 선영의 생에서는 결국은 아무 일도 일어나지 않았던 것이다. 〔……〕 아무런 일도 일어나지 않은 듯이 그렇게 그들의 생이 흘러갔다.[9]

결혼이 생의 죽음이라는 메시지의 내용보다 더 가슴 아픈 것은 사

---

9) 배수아, 「아멜리의 파스텔 그림」, 『푸른 사과가 있는 국도』, p. 199.

건이 완료되어 더이상 어쩔 수 없는 상황에 이르러 뒤늦게서야 전달되는 메시지의 전송 방식이다. 그 메시지의 시제를 엄밀히 따지면, '그의 생에서는 아무런 일도 일어나지 않았던 것이 된다(될 것이다)'와 같은 미래완료, 즉 일종의 예언의 형식을 띠고 있기 때문이다. 예언 속에는 그것을 피하려는 경우의 수마저 포함되어 있기 때문에, 선영이 자신의 결혼의 의미를 더 빨리 알았다고 하더라도 그것을 피할 방법은 없다. 다시 말해, 예쁘고 공부 잘하는 여자, 배수아식 공주는 스무 살이 넘으면 치과 의사나 MBA를 가진 사람, 인텔리거나 부자와 바로 결혼할 것이라는 소문을 벗어날 수 없는 것이다. 그리고 소문이 그녀의 유일한 의미이자 가치다.

배수아 소설에 빈번히 나타나는 미래에 대한 불안, 예컨대 "언제나 시간이 되면 돌아와야 하는 집과 마찬가지로 현실은 거기에 그냥 있을 뿐이다"(「엘리제를 위하여」), "갑자기 아주 낯설고 익숙하지 않은, 그러고도 같은 표정을 하고 있는 세계가 언제나 내 곁에 있었음을 때때로 느끼게 된다"(「검은 늑대의 무리」), "미호와 오케스트라의 아이는 음악이 연주되는 동안 붉은 사막과도 같은 서로의 생의 마지막을 보게 된다"(「랩소디 인 블루」), "그러다가 어느 날 아주아주 늙어버린 나를 갑자기 만나게 된다"(「검은 저녁 하얀 버스」) 등은 경험할 당시에는 알지 못했던 의미를 어느 순간 깨닫게 된다(될 것이나)는 불길한 예언에서 기인한다. 그리고 그것은 지금의 나는 한낱 소문일 뿐임을 방증한다. 공동체 안에서 자신의 경험에 스스로 의미를 부여하는 것은 불가능하다. 그에 비해 소문을 내 것으로 받아들이면 다른 사람들도 나와 똑같이 생각하고 말하게 되며, 그래서 '참 세상은 별거 아닌' 쉬운 것이 된다.

4. 가치 – 의미에서 존재로: 이방인 되기

배수아의 소설은 공동체의 의미망 속에 있는 개인이라는 주제를 커뮤니케이션 단절(「병든 애인」「허무의 도시」), 조직 속의 개인(「은둔하는 北의 사람」「징계위원회」), 중산층의 허영심(「차가운 별의 언덕」) 등을 통해 지속적으로 문제 삼고 있다. 특히 「이바나」에는 개인이 공동체의 의미망을 벗어날 수 있는가의 문제가 보다 본격적으로 시험된다.

「이바나」는 자동차 여행을 한 '나'와 K의 이야기, 그리고 외국의 도시를 방문했던 B의 이야기를 두 축으로 진행되며, 두 이야기 사이를 '이바나'라는 기표가 이어준다. '나'와 K에게 '이바나'는 낡은 자동차, 이름이 곧 바뀔 동유럽의 도시, 그리고 지금 쓰고 있는 책의 이름이다. 또 '나'에게 '이바나'는 과거에 연인 관계였던 연상의 여자의 이름이기도 하다. B에게 '이바나'는 한때 체류했던 외국의 도시에서 들었던 낯선 이름이고 서점에서 발견하는 책의 제목이다.

'이바나'라는 이름은 지시대상이 다수일 뿐 아니라 그 대상마저 유동적이고, 또 '나'와 K에게 "이바나, 하고 말하는 것은 집시, 라고 불리는 한 마리 개와, 그리고 나머지 분석되지 않은 체험을 의미"하는 것처럼, 그 의미가 개인의 경험과 불가분의 관계에 있다는 점에서 보통의 말과는 다르다. 다시 말해, '이바나'라는 이름은 다른 말들처럼 공동체에서 주고받을 수는 있지만, 동시에 어떠한 경우에도 공동체의 말로 완전히 번역될 수는 없는 고유명사다.

1차적 언어로서 이바나를 말하면 누구나 그것이 무엇인가의 이름임을 알게 된다. 그러나 2차적 의미로서의 이바나를 아는 사람은 없다. 그것에 대한 정보를 전달하는 데는 언어는 불완전하고 제한적이다. [……] 그것을 읽는 사람은 또한 자신의 코드로 이바나를 받아들일 것이다. 그 자신이라는 것은 결국 그의 에고이즘이다. 그때 이미 그 이바나는 우리의 이바나가 아니다. 결국 언어로 전달되는 이바나는 방언에 지나지 않는다. 그것은 거짓말과 오해이며 과장이고 소문이다. 다른 것도 마찬가지다. 그렇게 우리의 모든 인생은 언어로 이루어졌고 언어를 필요로 한다. 언어가 없이는 삶의 아무것도 증명할 수 없다. 우리의 이바나와 책으로 전달되는 이바나와의 오차가 우주의 끝과 끝만큼 아득할지라도 결코 포기할 수 없다.[10]

자신을 알리기 위해 요란하게 떠들며 독설을 내뱉어야 하고, 직장에서 일하기 위해 커피를 들이마셔야 하는 도시의 삶 때문에 치유할 수 없는 불면증에 시달리던 무명 작가 '나'와 사무노동자 K가 침묵과 잠을 위해 여행을 떠났다가 돌아온다. 그들은 "잠시 도시를 떠나온 여행자로 길에 머무르기를 원한 것이 아니"라 나그네가 되어 고향으로 돌아오지 않을 여행을 계속하기를 원했지만 절차상의 문제와 경제적인 사정으로 잠시 도시로 귀환했고, 더 긴 여행을 준비하면서 이제까지의 여행에 관한 원고를 쓴다. 그들은 고유명사로서의 '이바나'에 대해 말하려고 한다.

그러나 "밀집된 사람, 포화상태를 넘어버린 개성, 시스템을 유지하기 위한 시스템, 칼날 같은 에고이즘들이 응축된 시공간"이며, 오만

---

10) 배수아, 『이바나』, 이마고, 2002, p. 91~92.

과 거짓말과 욕구 불만으로 가득한, 말하자면 이해하기 어려운 관습으로 작동하는 공동체 중에서도 가장 악명높은 공동체인 도시 속에서 자기만의 '이바나'를 사람들에게 전달하려는 '나'와 K의 기획이 쉽게 성공할 리 없다. 그들이 '이바나'라는 말로 완벽하게 재현하려고 하는 체험의 총체, "우리 목의 떨림, 우리의 목소리, 입속에 가득 번지는 구름, 그것이 주는 모든 기억과 기대감, 일순간 뱃속에 따뜻한 4월의 공기가 차오르는 느낌"은 결국은 다른 코드로 이해될 것이고, 그것은 "거짓말이고 오해이며 과장이고 소문"일 것이기 때문이다. 그 원고가 출판되어 나온 책을 이해한 독자는 아마도 B가 유일할 것이다. 원고를 산 편집자는 '나'에게 다른 여행기를 쓸 것을 권유한다.

그들과 마찬가지로 불면에 시달리다 전혀 낯선 언어가 통하는 외국의 도시에 체류하는 B 역시 자신만이 이해하는 언어로 '희랍인 조르바'를 번역해보고 싶다는 욕구를 느낀다.

즉 『희랍인 조르바』를 처음부터 끝까지, 문장 하나도 놓치지 않고 논리적인 수학 공식으로 번역하는 것이다. 그리고 그것은 논리에 대한 개념이 있는 사람이라면, 그리고 공통된 약속으로서의 공식에 대한 이해가 있는 사람이라면, 그가 번역한 작업의 과정을 설명 들은 다음에 그대로 다시 읽어낼 수 있을 정도로 '언어로 전환되는 기호'여야 한다. 아마도 그런 작업은 매우 긴 시간이 걸릴 것이다. 그는 시험 삼아서 '어머니'란 단어를 공식으로 표현하려 시도해본 적이 있는데 그것은 그의 노트를 몇 페이지나 가득 채우고도 완결되지 않은 공식이 되었다.[11]

B가 생각하는 수학 공식으로서의 언어는 의미화 과정이 완벽하게 규칙에 따라 진행되는 언어에 대한 상상의 형태다. 오로지 침묵하기 위해서 찾아간 도시에서 일상의 말을 수학 공식으로 번역하려는 B의 노고는 공동체 안에서 대화한다는 것이 실은 얼마나 어려운 일인가를 암시한다. 서로가 규칙만 알면 누구와도 커뮤니케이션할 수 있는 B의 투명한 수학적 언어와 달리 실제의 대화에서는 규칙을 잘 따르는 것만으로는 커뮤니케이션의 성공이 보장되지 않는다. 그럼 커뮤니케이션은 어떻게 가능한가?

　　이것은 단지 독백에 지나지 않아요. 즉 아무도 읽지 않을 거라고 생각하면서 쓴 독백 말이죠. [……] 예를 들자면 불면에 관한 내용이 이렇게까지 많은 부분을 차지할 필요가 없어요. 그리고 꿈 내용도 마찬가지지요. 자동차 여행기를 사는 사람들이 원하는 것은 이런 것이 아닐 테니까요. 차라리 거리의 풍경이나 길을 묘사하는 것이 더 나을 겁니다. 그리고 빠질 수 없는 것은, 길에서 만난 사람들에 관한 이야기죠. 그들의 인생이나 인상에 관해서 짤막하게, 길게는 필요없습니다, 지나가는 투로 묘사하는 겁니다. 하지만 당신들의 책에는 사람들에 관한 구절이 하나도 나오지 않는군요. 여행은 관념이 아닙니다. 여행은 현대인에게 부족한 정서적 커뮤니케이션을 보충하는 것이죠. 아니 뭐라구요? 당신들은 그렇게 길게 여행하면서 사람들과 대화를 나누어본 적이 없다니요?[12]

---

11) 배수아, 앞의 책, p. 37.
12) 배수아, 앞의 책, p. 86.

공동체에서의 커뮤니케이션이란 "외국생활이나 체류기에 관한 원고라면 무조건 사는" 편집자에 의해 파악된 바 그대로다. '나'와 K가 "우리는 자연 그 자체에 대해서 쓰지는 않을 것이다. 우리는 자연에서 살아본 적도 없고 전원생활을 직접 원한 것도 아니었다. 우리들이 원한 것은 단지 잠과 침묵이었다"라고 항변한다 해도, 도시생활이 지겨워 자연을 동경하는 사람들에게 책을 팔 생각에 몰두하는 편집자는 "그러니까 뭡니까, 결국 도시를 떠나 전원에서 살고 싶다 자유로운 생활이 좋다 뭐 그런 것 아닐까요?"라고 이해할 뿐이다.

요컨대, 낯선 것이 전혀 낯설지 않은 것으로 바뀌어서 전달되는 것이 커뮤니케이션이다. 커뮤니케이션은 이제 곧 돌아가게 될 공동체의 시선을 대표하여 낯선 거리의 풍경, 길, 사람들을 묘사하고, 그것으로 정서적 커뮤니케이션이 끝났다는 믿음을 갖게 하는 짧은 여행과 같다. 타자에 대해 공동체 내부의 시선을 고집하는 이러한 커뮤니케이션은 요식행위에 지나지 않는다. 여행하면서 사람들과 나누는 대화는 '나'와 K의 원고를 메운 독백보다 오히려 더 '독백적'이고 그들의 불면이나 꿈보다 오히려 더 '관념적'이다. 이처럼 왜곡된 커뮤니케이션의 틀 안에서 자신의 체험을 완벽하게 재현할 수 있는 언어, 규칙에 의해 정확하게 의미화되는 언어에 대한 꿈은 현실 언어의 곤경을 방증할 뿐이다.

자기만의 언어를 꿈꾸었던 '나'와 K, B는 모두 침묵 속으로 유폐된 채 사라진다. 당연한 일이지만, 공동체에서는 말을 하지 않는 것도 일종의 의사 표시로 해석되며 따라서 침묵은 단순히 말을 하지 않는 것이 아니다. 여행기 전문 편집자의 말처럼, 스스로는 아무 말도 하지 않는 낯선 거리의 풍경이나 길이라도 그 자체로 수용될 리 없다.

다시 말해, 보고 말하는 사람에 의해 가치와 의미가 일방적으로 부여되지 않는 것은 없다. 어떤 존재 자체에 접근하는 것은 역설적으로 사람들의 시야로부터 존재가 사라지는 순간에만 가능하다. 침묵에 대해서도 마찬가지다. 나의 침묵이 다른 사람들에 의해 윤색되지 않으려면 그 침묵이 공동체 안에서 망각되어야 하고, 나는 공동체 안에서 소멸해야 한다.

「동물원 킨트」는 그러한 사라짐, 소멸을 극단에까지 밀고 나간다. 소멸의 순간을 지연시키면서 동시에 소멸의 순간을 기다리는 '나'는 이름도 성(性)도 없고 모든 친구들과 절교한 상태며 심지어는 욕망의 궁극적인 원천으로서의 시선마저 서서히 지워가는 금욕적인 존재다. 그 주위에는 "나, 나는 말이지, 잘 표현하지 못하겠어 내가 나를 어떻게 말해야 할지. 나는 그냥 평범한 사람일 뿐인데 말이야. 그거면 충분하지 않아? 그런데 왜들 다른 말로 그런 것을 표현하는지 잘 알 수 없어"라고 말하는 친구와 이름이 미겔인지 깐나인지 알 수 없는 '하마'라는 여자와 오랑우탄과 대화하려는 남자와 여권을 불태워 "천구백구십팔년 이후 서류상으로 완전히 사라"진 외국인이 있다.

양 동물원의 끝없는 길 위에서 바람을 맞으면서 너와 두 명의 사촌이 두 팔을 위로 길게 하고 바닥에 누워 있는 것이 보여. 선명한 빛의 무거운 구름들이 바람보다 빠르게 공간의 한 지점을 향해서 같은 방향으로 흘러가고 있어. 어디로 가는 거지? 어디로 가는 거지? 나는, 어디로 가는 것이 아니야. 정확히 말하자면 떠나는 것이 아니고 이제부터 단지 보이지 않게 되는 것뿐이거든.[13]

온통 침묵하고 기원을 알 수 없고 사라지는 사람들로 가득찬 「동물원 킨트」는 '나'가 '하마'를 찾는 것을 기본적인 스토리로 삼고 있지만, 그마저 "하마를 찾아야 한다는, 반드시 그래야 한다는 생각이 나에게 있는 것은 결코 아냐"라고 거부된다. 오직 하나 확실한 것은 '나'가 뭔가를 찾아 어디로 떠나가는 것이 아니라 단지 그 자리에서 사라지는 것만으로 마술처럼 완벽하게 소멸한다는 것이다.

자기만의 언어에 대한 기획이 공동체 안에 상존하는 커뮤니케이션의 곤란을 반어적으로 보여주듯이, 침묵과 소멸 역시 공동체의 근본적인 한계, 즉 공동체 안에는 '우리'만 있고 '나'와 '너'는 없다는 것을, '나'와 '너'는 오직 반어적으로만 존재할 수 있다는 것을 보여준다. 공동체 안에서 타자는 실체가 아니라 부재하는 것, 없는 것으로 혹은 빈칸이나 틈으로 존재한다. 「홀」에서처럼, 모든 인물들의 이름이 '홀'이라고 명명됨으로써 말하자면 텅 비어 있는 이름(레비-스트로스의 '떠다니는 기표')에 의해 커뮤니케이션의 회로가 교란될 때, 타자는 바로 그 빈 이름으로 존재한다.

마지막으로, 처음에 제시했던 '타자는 없다'라는 명제로 돌아가보자. 배수아의 소설은 '왜 타자가 없는가'라는 문제에 대해, 좀더 구체적으로는 공동체 안의 사람들은 어째서 똑같은 말을 하고 똑같은 가치를 추구하는지 혹은 하지 않으면 안 되는지에 대해 묻고, 다른 선택의 여지를 별로 남겨두지 않는다는 점에서 비관적으로 답한다.

게다가 배수아의 소설은 공동체 바깥에 타자가 있을 가능성에 대해서도 거의 고려하지 않는다. 아니, 공동체의 경계에 큰 의미를 두지

---

13) 배수아, 『동물원 킨트』, 이가서, 2002, p. 207.

않는다고 하는 편이 더 타당하다. 그의 소설에서 고향을 떠나 낯선 곳에 갔다 돌아오는, 흔한 기행소설의 스토리를 찾아보기 어려운 이유는 무엇인가? 그에게는 고향이 이미 충분히 낯선 곳이기 때문 아니겠는가? 그 때문에 배수아의 소설에는 원래부터 자연스러운 인간관계란 없고, 당연히 원래부터 자연스러운 공동체도 없다. 아마도 그런 인식이 배수아 소설의 가치론과 의미론의 토대가 되었을 것이다.

우리의 삶 속에 낯선 요소들이 끼어드는 것이 아니라 우리의 삶 자체가 낯선 것이다. 침묵하고 소멸하는 타자라면 공동체의 안이건 밖이건 어디에나 있을 수 있다. "이방인 놀이란, 이방인 됨을 즐기고 싶은 경우에 언제든지 시도해볼 수 있다. 이방인 됨을 즐기기는 굳이 외국에서가 아니라도 얼마든지 가능한 것이다."[14] 타자는, 어디에나 있다.

[2003]

---

14) 배수아, 앞의 책, p. 8.

이야기는 힘이 세다

　‘언어사회학서설’이라는 부제가 붙은 이청준의 연작소설집 『잃어버린 말을 찾아서』에서 ‘잃어버린 말’은 두 가지 의미로 이해될 수 있다. 첫번째는 말이 자기 존재의 근거인 실체와의 연관을 잃어버렸다는 뜻이다. 전화기, 트랜지스터 라디오, 신문 등에서 쏟아져 나와 주인공인 지욱을 괴롭히는 무수한 말들은 실체와의 약속을 저버리고 저 혼자서 떠돌아다니는 유령과도 같다. 사정이 이렇게 된 이유는 물론 사람들이 “너무나 많은 말을 하여 말들의 주소를 바꿔놓음으로써 말들을 혹사했고 말들을 배반했”기 때문일 것이며, “진실의 증언”이어야 마땅할 자서전을 거짓으로 꾸며내는 대필업자란 점에서 지욱 또한 다른 누구보다 말을 배신하는 데 앞장서왔다고 할 수 있다. 그런데 이제 상황이 역전되어 그 배신당한 말들이 다시금 사람들을 배신하기에 이른다. 그래서 ‘잃어버린 말’은 사람들이 말을, 특히 ‘진실된’ 말을 잃어버렸다는 두번째 의미를 갖게 된다. 그들은 거짓된 말에 휘둘리고 놀아나게 될 것이다.

가위 눌린 상태에서의 중얼거림을 뜻하는 제목을 단「몽압발성(夢魘發聲)」은 이적(異跡)을 행하는 안장로에 대한 소문이 도시를 휩쓰는 사건으로부터 시작된다. 물론 소문의 진위를 증명하기는 어렵다. "안장로의 능력이나 권위가 모두 거짓인 것은 사실일 수도 있겠지. 하지만 그걸 안장로에게 지어 붙인 건 바로 우리들 자신이었어. 안장로는 우리의 희망과 기대의 표상이었고, 그에게 어떤 구원의 능력과 권위가 임했다면, 그건 바로 우리 자신이 그에게 탄생시킨 우리들 자신의 기도의 능력이요 권위였던 셈이지"라는 작중인물의 설명은 소문의 생리를 일목요연하게 보여준다.[1] 오스틴의 '진위적constative/수행적 performative'이라는 구분을 참고하면, 소문으로서의 말은 참·거짓을 판단할 수 없음에도 불구하고 사람들의 믿음을 사고 그들을 끌어모은다는 점에서 순전히 수행적인 효과를 발휘하는 것으로 볼 수 있다. 사람들은 소문 속에서 자신의 희망, 기대 등의 욕망을 만족시킬 수 있을 테지만, 아마도 언제까지나 그럴 수는 없을 것이다. 아무튼 말은 진위문인 동시에 수행문이기도 하다. 그리고 전화, 라디오, 신문 따위는 우습게 만들 만큼 기술적으로 발달된 매체와 더불어 말의 수행적 측면 또한 점점 빠르게 강화될 것이다.

백가흠의「그리고 소문은 단련된다」는 소문이 어떻게 승식하는지에 대한 전형적인 사례를 제시한다. 요즘의 소문은 인터넷을 타고 퍼지는 경우가 대부분이겠지만,「그리고 소문은 단련된다」는 전통적인 입소문의 형태를 빌려 짐짓 해학적인 분위기를 전달한다. 그래도 소문

---

1) 이청준,「몽압발성」,『잃어버린 말을 찾아서』, 문학과지성사, 1981, p. 237.

이 무섭다는 사실에는 변함이 없다. 인터넷의 루머가 누군가를 죽음에 이르게 하듯, 「그리고 소문은 단련된다」의 입소문 역시 황 약사를 자살로 몰아간다.

비슷한 시기에 발생한 두 여자의 실종 사건을 둘러싼 소문이 금구 사거리를 떠돈다. 아들과 함께 병원, 약국을 운영하는 황 약사의 며느리 장 약사가 사라진 한 달 동안 그에 대한 소문은 여러 차례 버전을 바꾸는데, 그럴수록 "매일 아침, 전에 있던 소문에 새로운 이야기가 더해져서 서사는 점점 완벽해지고 방대해져"간다. 그 소문 속에서는 장 약사가 제약회사 영업사원과 바람이 나기도 하고, 그게 아니라 아들인 황 원장이 바람이 나기도 하고 또는 이혼을 거부하는 장 약사를 죽여 암매장하기도 하며, 황 약사가 며느리를 모처에 숨겨두기도 한다. 가족을 빼고는, 아니 가족 중 일부도 포함한 동네 사람들은 점점 그럴듯해지는 소문을 모두 진실로 받아들이고 나아가 "남의 일이기에 이왕이면 다이내믹하고 흥미진진한 이야기가 되었으면 하고 바라"고 있다.

동네 유지인 황 약사의 며느리에 비하면, 근처 돼지농장의 주인 김 씨가 실종 신고한 탈북자 출신 림해숙과 그녀의 어린 딸은 상대적으로 동네 사람들의 관심을 끌지 못한다. 농장 일을 제쳐놓고 전국을 돌아다닌 김 씨는 현상금이 적힌 전단지를 뿌린 후에야 사방에서 도착하는 제보들을 접하게 된다. "간절히 원하는 자에게 소문은 언제나 준비되어 있었다. 소문은 무성했고 무서웠다." 무성한 소문 중에는 림해숙이 영국에 있다는 황당한 내용의 것도 있다.

장 약사의 실종에 관한 소문과 림해숙의 실종에 관한 소문은 제각각 단련되어가는 동시에 그 둘 간의 혼종적 모방에 의해 새로운 버전으로 확장되기도 한다. 그리하여 장 약사가 저수지로 실려 갔다는 외제차 안에는 어느 틈에 림해숙이 들어앉아 있다. 소설은 저수지 주위를 헤매던 김 씨가 암매장된 장 약사로 추정되는 시신에 발부리가 걸려 넘어지고, 현장에 출동한 형사로부터 망명 브로커에게 속은 림해숙이 영국 난민촌에서 발견되었다는 소식을 듣는 장면에서 끝난다.

김 씨가 장 약사의 시세를 찾을 무렵 황 약사는 형광등에 목을 매고 있다. 그가 접한 마지막 소문은 "황 약사가 며느리랑 붙어먹어서 난처하게 되니까 살해해 저수지에 묻었다는 얘기"다. 림해숙의 실종에 얽힌 사단은 풀렸지만, 장 약사가 어떻게 죽고 암매장되었는지는 밝혀지지 않은 채로 남는다. 림해숙이 영국에 있다던, 제일 황당한 것 같던 소문이 진실이었던 것에 비춰 보면, 황 약사의 엽기적 행각에 관한 황당한 소문도 진실인 것일까? 황 약사의 자살은 그러한 사건의 전모가 밝혀질 것에 대한 두려움 때문일까? 아니면, 말도 안 되는 억울한 소문을 유포하는 불특정 다수에 대한 적개심, 나아가 살의를 주체하지 못해 그것을 자기 자신에게로 돌렸기 때문일까?

허허, 내가 신기한 얘기를 우리 애들한테 들었는데 말이야. 고놈들이 앉아서 심짓 심각한 거야. 귀신 얘기를 하나 해서 골려줄 셈으로 타이밍을 보고 앉았는데, 이놈들이 괴상한 얘기를 하는 거야.

커서 소설가가 되겠어. 자네 애들은.

그렇게 따지면 동네 사람 전부가 다 기지. 허허허.

에에. 말을 들어보라니깐. 저기 농장에서 없어진 모녀 있잖아, 탈북자. 글쎄, 그 모녀를 돼지들이 먹어치웠다는 거야. 하하하하. 농장 주인이 죽여가지고 돼지 밥으로. 그래서 찾을 수 없는 거래. 애들 하는 애기가 정말……

　무슨 애들이 그런 무시무시한 얘기를 해. 진짜면 얼마나 끔찍한 일

이야.[2]

「그리고 소문은 단련된다」가 겨누는 바가 단순히 엽기적 사건을 들
춰내는 데 있지는 않을 것이다. 자못 엽기적으로 보이는 기괴하고 비
정상적인 사건과 가깝다면 가까운 백가흠의 소설들이 그 이면에 감추
어진 인간의 속성을 탐구해왔듯이 「그리고 소문은 단련된다」 역시 그
러하다. 돼지들이 림해숙 모녀를 찢어 먹었다는 소문—상상력에 의
해 밝혀지는 것은, "진짜면 얼마나 끔찍한 일이야"라고 치를 떨면서
도 정작 사람들이 그토록 끔찍한 이야기에 솔깃해한다는 사실이다.
서술자의 말대로 "사람들의 상상력은 언제나 진실보다 앞서 있"는 것
이라면, 그 이유는 황당하기 그지없는 상상력 안에 모종의 진실이 숨
어 있기 때문일 것이다. 상상된 어떤 내용이 진실이라는 것이 아니라,
어떤 내용을 상상한다는 것 자체에 진실이 숨어 있다. 그 진실이란,
소문에 의해 누군가를 찢어발겨 욕망을 채우려는 사람들이 결국 탈북
자 모녀를 찢어 먹는 돼지들과 그리 다르지 않다는 것 아니겠는가?

긍정적인 쪽으로든 부정적인 쪽으로든 이야기는 힘이 세다. 『잃어
버린 말을 찾아서』에 수록된 「지배와 해방」은 "왜 쓰는가"라는 제목
의 문학 강연을 통해 글쓰기(=말하기)의 효과를 꼼꼼하게 검토하고
있다. 그 강연은 언어에 의한 발화 행위가 "현실적인 자기 욕망의 실

―――――――――――――――

2) 백가흠, 「소문은 단련된다」, 『힌트는 도련님』, 문학과지성사, 2011, pp. 31~32.

현이 좌절당하고 만 사람들의 구차스런 자기주장의 일종"이라는 가설로부터 출발한다. 굳이 프로이트의 「작가와 백일몽」 등을 참조하지 않더라도, 현실에서 실현되지 못한 욕망이 말하기를 통해 다양한 방식으로 보상될 수 있으리라는 생각에는 어렵지 않게 동의할 수 있다. 주인공 이정훈은 그러한 보상 작용을 "복수"로 규정하지만, 말하기가 "부도덕하고 파괴적인 복수심으로부터 자신의 삶을 창조적으로 해방시켜 나가기 위한, 자신의 깊은 지배 욕망을 옳게 감당해나가려는 지 나름의 노력과 자기 해소의 과정"이 되어야 한다고 역설하고 있음을 볼 때, 그 복수가 받은 대로 똑같이 돌려주겠다는, 곧 자신이 좌절한 만큼 타자를 좌절시키겠다는 편협한 의미를 넘어선 것이라는 점에는 의심의 여지가 없다.

이처럼 자신이 처한 불행을 좀더 긍정적인 버전으로 바꿔 이야기하거나 심지어는 단지 그 불행을 가감 없이 털어놓는 것만으로도 일정한 보상 효과를 얻을 수 있을 것이다. 명지현의 「이로니, 이디시」는 이러한 상식적인 지혜를 전하고 있는데, 소설의 독특한 상황 설정은 다소 상투적일 수 있는 주제의 약점을 보완하고도 남는다.

중일전쟁이 발발하고 제2차 세계대전의 전운이 짙게 드리울 무렵, 보분동 댁에서 드난을 사는 '나'는 샴쌍둥이 아씨들을 모시고 있다. 태어나자마자 버려졌던 아씨들은 먼저 독일로 떠난 양부모로부터 소식이 오기를 기다리면서 이야기책을 읽고 그로부터 다른 이야기를 만드는 것으로 소일한다. 가령, 아씨들은 거인으로 소문난 김부귀를 이야기 속에 끌어들임으로써 "보통사람들과 다른 몸임에도 떳떳하게 다닐 수 있는 김부귀의 몸을 시샘하"기도 하고 자신들의 불편한 신세를 잠시 잊기도 한다.

양부모는 이동희, 이덕신이라는 이름의 아씨들을 이로니, 이디시라는 별칭으로 부르곤 했는데, 그것은 단지 별칭일 뿐만 아니라 아씨들의 성격에 대한 적절한 비유이기도 하다. 즐거운 재담꾼인 큰아씨 동희는 분명 두 사람이면서 한 몸을 써야 한다는 아이러니한 상황을 심각하지 않은 척 아이러니한 농담으로 웃어넘긴다. 반면에 좀더 심각한 성격의 작은아씨 덕신은 독일인 양부모가 가르쳐준 대로 "남의 험담이나 신세한탄을 글로 적어 마음을 정화"하기 위해 끊임없이 공책에 뭔가를 쓰면서 이디시의 글쓰기를 수행한다. 둘이 한 몸이 된 탓에 험담할 것, 신세한탄 할 것이 많은 아씨들은 번갈아가며 이로니와 이디시로 자신들의 불행을 다스린다.

"너도 글을 적어봐. 속상하다고 아궁이 앞에서 눈물 짤짤 흘리지 말고 속 시원하게 종이에 써보라고. 어찌 보면 세상에 있는 모든 책은 다 이디시란다. 분해서 써내려 간 것이지. 속을 풀어내는 굿 같은 거란다."
 밤에는 버릇처럼 베갯잇을 적셨고 아궁이 앞에서는 연기 때문에 눈이 맵다고 변명을 했다. 날이 맑은 날 이불호청으로 눈물을 닦다가 들키기도 했다. [……] 아씨들은 한숨을 쉬다가 배를 잡고 웃었고, 어이없다는 듯 고개를 도리질하다가 눈물을 찍어내기도 하며 내 얘기를 들어주었다. 하룻밤으로는 부족해 연 닷새 동안 눈물콧물을 쏟으며 신세타령을 늘어놓았다. [……] 마치 작두를 탄 것처럼, 폭포처럼, 용암처럼 속엣말이 마구 쏟아져 나왔다. 절반 미친 듯이 굴었다. 눈물이 마르자 이야기도 말라버렸다. 이제야 속이 후련하다고 하자 작은아씨가 한참 만에 입을 뗐다. '우리가 너의 공책이 되어주었구나.' [3]

히브리 문자로 기록되는 유대인의 이디시어는 그들이 현실에서 겪었을 온갖 고난과 좌절을 이야기하는 언어다. 언어에 얼마나 큰 힘이 있겠는가마는 그래도 이야기를 하는 것만으로도 다소나마 속이 후련해질 수 있다면, 그런 점에서 말이란 "속을 풀어내는 굿 같은 거"라고 하지 못할 것도 없다. 또, 그런 이야기를 말하거나 쓰기 위해 반드시 이디시가 필요한 것도 아니다. 웬걸, 무슨 언어로 말하고 쓰든 간에 속을 풀어내는 것이라면 그것이 곧 이디시이다.

집안에 일이 생겨 '나'가 경성을 떠날 때까지도 아씨들의 양부모로부터는 소식이 없다. 아마도 유대인이었을 독일의 양부모가 전쟁의 혼란을 무사히 넘겼을 리 없다. 10여 년이 흐른 뒤 '나'는 전시의 서울에 살고 있으며, 그동안 결혼을 했고 자식을 낳았고 전쟁 중에 남편을 잃었다. '나'는 인쇄소 앞에서 우연히 아씨들, 아니 한 명의 아씨를 만난다. 수술을 한 것일까? 아니면 '나'가 착각한 것일까?

"귀신이 옆구리에 딱 붙은 걸 그 여자도 알 거라. 죽은 걸 붙이고 다니니 걸음새가 그 모양이지. 글이란 게 다 귀신 목소리 아니가. 귀신이 옆에서 술술 불러주는 대로 글을 쓰고 있을 거라."

내가 만난 아씨는 이로니일까, 이디시일까. 둘 중에 무엇으로 글을 쓰는 것일까. 어머니의 말이 허무맹랑한 것 같아도 귓전에서 사꾸만 맴돌며 사라지지 않았다. 꼭 그럴 것 같았다. 둘은 붙어 있다. 혹시 처음부터 하나였던 건 아닐까. 내가 착각을 하고 있었나? [……] 어쨌든 아씨를 다시 만나면 내가 살아온 얘기부터 들려줄 것이다. 혼례를

---

3) 명지현, 「이로니, 이디시」, 『한국문학』 2008년 가을호, pp. 142~43.

치르고 자식을 낳고 남편을 잃고…… 그 얼마나 서글픈 인생인가. 예전처럼 미칠 듯이 한풀이를 하고 싶다. 내 인생을 가지고 근사한 이야기를 만들어내라고 떼를 쓸 것이다.[4]

이로니와 이디시로 불렸던 샴쌍둥이는 삶의 아이러니와 그 아이러니의 매듭을 말로 풀어내는 이야기에 대한 상징이며, 따라서 그 둘은 결국 하나일 수밖에 없다. 지팡이를 짚고 기우뚱거리며 걸음을 옮기던 아씨(들)는 글쓰는 사람이 되어 있다. 글을 쓴다는 것은 귀신의 말을 옮기는 것이다. "귀신 목소리"란 별다른 게 아니라 그 실체나 진위와는 별개로 수행적 효과를 발휘하는 말, 예컨대 「몽압발성」이나 「그리고 소문은 단련된다」의 소문 같은 말이다. 그리고 그 말은 서글픈 인생을 근사한 이야기로 엮어 한풀이를 해주는 이디시이기도 하다.

구효서의 「모란꽃」은 "버릇이다, 일종의. 글 쓰는 것. 이유나 목적은 없다. 중얼거리는 거다"라는 툭툭 끊어지고 어순이 도치된 문장으로 시작한다. 컴퓨터에 써서 비밀번호로 걸어 잠근 글이 무려 천 페이지나 된다고 한다. 조각난 문장이 어눌한 말을 빼닮은 것처럼, '나'는 말을 빨리 못해서 자꾸 말이 헛나와서 글을 쓰는 것일 수도 있다. 혹은 제목에서처럼 모란꽃 때문에 글을 쓰는 것일 수도 있다. 그러나 반드시 그런 이유에서만은 아니다.

어쩌면 어떤 실체와 맞닥뜨리고 싶었을 것이다. 나를 둘러싼 모든

---

4) 명지현, 「이로니, 이디시」, 앞의 책, p. 150.

것들은 지금껏, 나와 동떨어져 있었으니까. 무엇 하나 나와 착 붙어 있질 않았다. 늘 거리감이 있었고, 비켜났고, 부유하는 듯했고, 비위가 상했고, 불명확했다. 애착을 못 느꼈다. 그랬으면서, 그랬기 때문에, 바로 이거다! 라는 기분을 언제나 목말라했다. 어딘가에 내 진짜 삶이 준비돼 있는데 길을 잘못 들어 그곳을 못 찾고 있을 뿐이라 생각하면 애가 닳다.[5]

딸 여섯, 아들 하나의 동기들 중 가운데로 태어났고, 지금은 맘만 먹으면 2주간의 유럽여행쯤은 쉽게 떠날 수 있는 중산층 주부인 '나'는 이유를 알 수 없는 상실감을 안고 산다. 그래서 "난 지금 여기서 뭘 하는 거지? 내가 꿈꾸었던 삶이 아니잖아, 이런 건 아니었을 텐데……"라는 생각을 떨쳐내지 못하는데, 이런 증세를 중년의 우울증이라고 하기에는 그 출발이 퍽 오래전이었던 것으로 보인다. 그 우울의 기원을 찾아내는 것이 이 소설의 목적 중 하나다.

「모란꽃」은 모란꽃에 대한 이야기이면서 동시에 토주에 대한 이야기이기도 하다. 아마 '土主'라고 쓸 법한 토주는 터주―지신(地神)의 별칭이다. 지난겨울 고향집이 팔렸고 새 주인으로부터 그 집을 허물게 되었으니 토주를 치워달라는 연락이 온다. 잘못 건드려 동티가 날 것이 염려되었기 때문이다. 형제자매들은 모두 토수 치우는 일이 탐탁하지 않고, 그래서 말을 돌리려고 고향집에 대한 기억을 얘기하다 건넌방에서 뒹굴던, 펄 벅이 쓴 '모란꽃'이라는 제목의 소설책에 생각이 미치게 된다. 오래전 일이므로 기억이 가물가물할 것은 당연한데,

---

5) 구효서, 「모란꽃」, 『문학동네』 2008년 가을호, p. 237.

문제는 모란꽃에 대한 이야기를 나누는 과정에서 '나'가 다른 동기들로부터 협공당하고 있는 듯한 분위기를, 나아가 이유를 알 수 없는 "형제들의 적개심"을 느낀다는 데 있다.

'나'는 아주 오래전부터 멀리 있는 '진짜' 삶을 그리워하며 살아왔고, 바로 그 이유 때문에 '나'가 발붙이고 있는 현실에는 "늘 거리감이 있었고, 비켜났고, 부유하는 듯했고, 비위가 상했고, 불명확했"다. '나'가 천 페이지에 달하는 글을 쓰게 된 이유 역시 현실에 대한 그러한 불만을 풀어내기 위해서였다. 그처럼 오랫동안 글쓰기를 이어왔다는 것은 삶의 불만을 다스리는 데 있어 글쓰기가 어느 정도 도움을 주었으리라는 추측을 가능케 한다. 그런데 자신의 불만을 이야기하는 글쓰기에 골몰한 탓에, 멀리 있는 진짜 삶만을 꿈꿔온 탓에, 현실의 삶을 이루며 살고 있는 가족이나 주위 사람들에게는 지나치게 무심했던 것은 아닌가? "넌 너만 알고, 딴 사람 맘은 그렇게도 몰랐어야"라는 언니의 지적은 형제들의 적개심의 원인이 무엇인지를 암시하고 있다.

소용없고 쓸데없는 것들의 무덤. 지금까지 살아오며 내뱉은 푸념과 허텅지거리, 시샘과 원망 들의 썩은 물웅덩이였다. 일없이 반복되고, 그러면서 그치지도 않고, 뭐 하나 분명치도 않은 느낌과 경험 들이, 까닭 없이 오가는 바람처럼 배회하다 중얼거리며 가라앉은 티끌과 먼지 들이었다. 사실도 진실도 진심도 아닌 글더미들. 결국 내 것도 아닌 것들. 그 소용없고 쓸모없는 짓의 무심한 반복을, 수십 년이나 지속해오다니. 무엇 때문일까. 허망……했다.[6]

꿈이 높던 '나'는 자기를 따라다니던 초등학교 동창이 "겉모습만 멀쩡한 걸 빼면 뭐 하나 쓸 만한 게 없"는 것처럼 보였고, 그가 떡볶이를 먹다 좋아한다고 고백했을 때 "떡볶이 맛이 확 잡쳐서 다시는 만나지 않"는다. 언니는 '나'의 동생 경희가 그를 좋아해서 죽으려고까지 했던 적이 있다고 알려준다. "가장 가깝고 잘 알고 좋아했고 믿었던 사람의 끔찍한 슬픔을 기억 못 하다니. 바로 곁에서 죽음과 고통이 몸부림치고 있었다는데." 그렇게 된 이유는 '나'가 "푸념과 허텅시거리, 시샘과 원망"을 풀어내는 데만 정신이 팔려 있었고 그래서 현실의 삶을 돌아보는 데 무심했기 때문일 것이다. 그렇다면 '나'가 써온 글이란 "소용없고 쓸데없는 것들의 무덤"은 아닌가?

경희에게 전화를 걸어, 그건 내가 하기로 했어, 라는 말을 나도 모르게 스윽 뱉었을 때 이미 예감했던 걸까. 내가 만지고 보고 있었던 건 널빤지뿐이었다. 검은 옹이 주위를 여러 줄기 나뭇결이 휘도는 묘한 무늬. 나를 놀래키고 식구들의 오금을 저리게 했던 건 그 널빤지며 그 무늬였다. 널빤지는 그 안쪽에 무언가를 숨기고 있었던 게 아니라, 그 안쪽에 아무것도 없다는 걸 숨기고 있었던 것이다. [……] 바닷바람을 한껏 들이켜고 천천히 내뱉었다. 널빤지는 제법 무거웠다. 차문을 열고 뒷좌석에 내려놓았다. 형제들이 알면 나가자빠질지 노르지민, 거실 한켠에 놓으면 그럭저럭 그윽한 인테리어가 될 것 같았다.[7]

<hr>

6) 구효서, 「모란꽃」, 앞의 책, p. 244.
7) 구효서, 「모란꽃」, 앞의 책, p. 250.

언니와의 통화 후 경희에게 전화를 건 '나'는 차마 그 얘기는 꺼내지 못하고 토주를 처리하러 고향집에 가겠다고 말한다. 장독대 옆에 있는, 널판으로 입구를 막은 아궁이처럼 생긴 토주 안에는 대체 뭐가 들어 있기에 함부로 건드려서는 안 되었던 것일까? 그런데 우습게도 토주 안에는 아무것도 없다. "널빤지는 그 안쪽에 무언가를 숨기고 있었던 게 아니라, 그 안쪽에 아무것도 없다는 걸 숨기고 있었던 것이다." 사람들이 놀라고 두려워했던 것은 묘한 무늬를 띤 널빤지 자체였다.

'나'는 널빤지 너머에 숨겨진 뭔가를 그리워하고 꿈꾸면서 살아왔던 것은 아닌가? 그리하여 오래전부터 우울한 삶을 살았으며, 정작 삶의 신비를 이루는 널빤지의 묘한 무늬 자체는 무심히 놓쳐버렸던 건 아닌가? '나'는 아마도 삶을 조금 잘못 살아왔을 것이다. 널빤지를 싣고 집으로 돌아오는 '나'가 새로운 삶을 살기 시작할지는 분명치 않으나, 적어도 "난, 무얼, 얼마나 알고 있는 걸까"라는 질문에 대한 답을 가지게 되었다. 모른다는 것을 아는 것도 깨달음이다.

마지막으로 다시 한 번 묻자. '나'가 써온 글이란 "소용없고 쓸데없는 것들의 무덤"인가? 반드시 그렇지만은 않다. '나'는 여태까지의 글쓰기에서 뭔가 중대한 잘못을 저질렀음을 알게 되지만, 그것을 알아가는 과정인 「모란꽃」이라는 이야기 역시 컴퓨터에 저장된 천 페이지 넘는 글의 일부이기 때문이다. "나는 이 얘길 쓰기로 했다. 소용없고 쓸데없는 글더미에 티끌과 먼지를 더하는, 또 한 번 무심한 짓의 반복일지라도." 글이란, 이야기란 단지 자신의 불만과 좌절만을 털어놓는 데 그치는 것이 아니라, 그 속에서 자신이 알지 못했던 진실들을 발견해가는 과정이기도 하다. 그것은, 진위를 판단하기 어려운 것일

수는 있어도, 그렇다고 진실이 아닌 것은 아니다. 이렇게 이야기는
힘이 세다.

〔2008〕

어디에나 있고 어디에도 없는 것

1. omnipresent

「멍청한 유비쿼터스」는 보안 테스트를 의뢰받은 해커 '나'가 유비쿼터스를 지향하는 U사의 네트워크에 침입하는 사건을 소재로 하고 있지만, 정작 "모든 사물에 칩을! 가정에도 사무실에도 숲속에도 칩을! 자동차에도 시계에도 냉장고에도 칩을!"이라는 말로 압축되는 유비쿼터스 컴퓨팅은 중요하게 다루어지지 않는다. 또 유비쿼터스 컴퓨팅까지는 아니라 해도 회의실에 무선 링크를 설치하고 휴가 떠난 직원의 컴퓨터에 스파이웨어를 까는 것으로 손쉽게 내부 네트워크에 접속하는 데 성공하는 컴퓨터 해킹이 「멍청한 유비쿼터스」의 주요 사건인 것은 틀림없으나, 작가의 서술은 이러한 해킹 작업이 아니라, '나'가 U사의 직원으로 위장해서 접촉하는 로비의 안내 담당이나 경비원, 신입사원 등의 행동양식에 초점이 맞춰져 있다.

가장 작은 속삭임에서 보안이 샌다, 라는 것은 U사의 보안 캐치프레이즈 같은 것이다. U사의 홈페이지에는 그 말이 여러 번 언급돼 있었다. 그 한마디의 말이 그녀의 긴장을 더욱 풀어놓을 것이다. 그녀는 고개를 돌리고 복도 쪽을 향해 걸어갔다. 그녀의 뒷모습을 보면서 나는 웃었다. 그녀의 보폭은 조금 넓어졌고, 정확하게 십일 자로 걷던 발의 각도가 조금 더 벌어졌다. 보폭과 각도만으로 나는 그녀가 무슨 생각을 하고 있는지 안다. 그녀는 이미 긴장을 잃었다. 그녀는 지금 미국을 생각하고 있다. 긴장을 잃으면 모든 게 끝이다.[1]

'나'가 능숙하게 그들을 속이고 자기가 원하는 것을 얻어낼 수 있는 이유는, 마치 네트워크를 해킹하는 것처럼 그들의 "마음을 뚫고 들어가 심장 속에 들어 있는 핏줄기의 흐름까지 알아"낼 수 있고, 그 결과 그들이 어떤 반응을 보일지 미리 예측할 수 있기 때문이다. 그들의 마음이 해킹당한다는 표현이 좀 과장이라면, 그들의 행동양식이 지나치게 전형적이어서 쉽게 간파된다고 말할 수도 있다. 따라서 제목에 들어 있는 '멍청한'의 주어는 유비쿼터스가 아니라 직원들이다. 왜 그들은 멍청한가?

어디에나 존재한다omnipresent는 뜻의 유비쿼터스를 실제로 실현할 수 있는 뭔가가 있다면, 우리가 그 뭔가로부터 벗어나는 것은 전혀 불가능하다. 왜냐하면 그것은 언제 어디나 우리를 따라다닐 것이기 때문이다. 우리는 그것부터 자유로울 수 없으며, 따라서 많건 적건, 좋건 싫건 간에 그것의 직간접적인 영향력 안에 놓이게 된다. 요

---

1) 김중혁, 「멍청한 유비쿼터스」, 『펭귄뉴스』, 문학과지성사, 2006, pp. 109~10.

컨대, 우리는 U사의 직원들처럼, 자기 뜻대로 생각하고 행동할 수 없는 멍청이가 되는 것이다. '멍청한 유비쿼터스'라는 제목은 '우리를 멍청하게 만드는 유비쿼터스'라는 뜻이다.

그런데 실제로 유비쿼터스한 뭔가가 있을 수 있을까? 유비쿼터스 컴퓨팅이라는 말이 있으니 컴퓨터 칩들 간의 통신은 유비쿼터스하게 되는지도 모른다. 하지만 「멍청한 유비쿼터스」에서 그 가능성이 실현된 것도 아니고, 또 실제로 모든 사물에 칩을 집어넣는 것은 불가능할 뿐 아니라 불필요하다(물론 우리가 뭔가를 유비쿼터스하다고 믿기 위해서 그 뭔가 반드시 실정적으로 유비쿼터스할 필요는 없는데, 그 '잘못된' 믿음은 '모든 사물에 칩이 들어 있다'에서 '칩이 들어 있는 것만이 사물에 해당한다'로의 전도 이후에 발생하기 때문이다).

결론부터 말하면, 언제 어디나 나를 따라다닐 수 있는 것은 나 자신밖에 없다. 내가 스스로를 자유롭지 못하게 만든다. 이 말이 말장난이 되지 않으려면, '나'라는 것이 내가 생각하는 것과 다르다거나, 혹은 '나'라는 것이 둘 이상으로 나뉘어 있다는 것을 증명할 필요가 있다. 이를 위한 가장 간단한 증거 중 하나가 아마도 습관일 것이다. 나의 습관은 나로서도 이유를 알 수 없는 것이고, 심지어 어떤 경우에는 내가 아무리 바꾸려 해도 그럴 수 없는 것이기도 하다. 이런 '나의 습관'을 좀더 확장시키면 '우리의 관습'이 된다.

스스로 누구인지를 설명하는 것보다 회사 내부의 누군가가 나를 설명해 주는 것이 훨씬 그럴 듯해 보인다. 그들의 머리 속에는 가상의 공간이 만들어진다. 그리고 나는 그 공간 속에서 미국 본사의 인사관리 팀장이 되는 것이다. 〔……〕 이미지가 믿음으로 바뀌는 것이다. 의사는 돈이 많을 것이라는 이미지, 변호사는 말을 잘할 것이라는 이미지, 소설가는 담배를 많이 피울 것이라는 이미지, 해커는 지저분할 것이라는 이미지. 인간들은 그런 이미지를 자신의 머리 속에 차곡차곡 저장해 놓고, 그것을 사실이라고 생각한다. 그 사실이 모여 정보가 된다. 나는 그런 잘못을 정정해 주고 싶은 마음이 없다. 나는 그 이미지를 이용할 뿐이다.[2]

U사의 직원들이 멍청한 이유는 뭔가로부터 자유롭지 않기 때문이고, 그 뭔가는 다름 아닌 자기들의 습관 혹은 관습이다. 그들은 처음 보는 '나'를 이전에 입력된 이미지와 정보로 구성된 관습적인 선입견에 의해 판단함으로써 스스로를 속인다. 그리고 멍청이가 된다. 결국 '멍청한 유비쿼터스'라는 제목은 '우리를 멍청하게 만드는 관습' 정도로 바꿀 수 있는데, 생각해보면 멍청해지는 것도 우리고 멍청하게 만드는 것도 우리(의 관습)므로 간단히 '멍청한 관습'이라고 하는 게 보다 경제적일 것이다. 혹은 관습이란 늘 우리를 멍청하게(이유도 모르고 행동하게) 만들므로 그냥 '관습'이라고 하는 편이 나을까?

문제는 우리들 중 누구도 관습으로부터 자유롭지 못하다는 것이다. 관습을 조금도 벗어나지 못하는 형편없는 상상력의 소유자들을 멍청하다고 조소하는 '나' 역시 잠들지 못하는 습관을 갖고 있고, 달리 말하면 "잠이 들면 어떤 녀석이 내 머리 속에 들어와 그 속의 사람을 송두리째 뒤집어엎을 것만 같"은, 자기가 누군가로부터 조종당하는 멍청이가 될 수도 있다는 두려움으로부터 자유롭지 못하다.

---

2) 김중혁, 「멍청한 유비쿼터스」, 앞의 책, p. 116.

게다가 우리가 흔히 유비쿼터스라는 형용사로 수식하는 네트워크나 미디어를 통해 유포되는 이미지와 정보는 우리를 점점 더 멍청하게 만든다. 「펭귄뉴스」에서 기껏해야 텔레비전 속보를 통해서나 전쟁 중이라는 사실을 확인하는 '나'의 삶은 "따분하고 따분하고 따분한 것"이다. '멍청한'보다 좀 낫긴 하지만 '따분한' 역시 그와 썩 다르지는 않다.

그것보다 더 간단한 얘기도 있다. 텔레비전에 재미있는 프로그램이 전혀 없는 이유는 지금이 전쟁 중이기 때문이다. 전쟁이라고 해보았자 폭탄이 여기저기서 터지거나 사람들이 신문지조각처럼 날아다니거나 하는 일은 거의 없다. 〔……〕 이런 걸 전쟁이라고 불러도 좋을지 어떨지 모르겠지만 어쨌든 텔레비전에서는 늘 전쟁 속보가 방송된다. 전쟁이 시작되고 1년 동안 거의 매일 방송하고 있는 이 속보는, 이젠 전혀 속보답지가 않다. 거기에는 비트가 없다. 햇볕을 받고 한없이 늘어진 엿 같다.[3]

'나'는 따분한 전쟁 속보보다 좀더 강렬한 것, 예컨대 '비트' 같은 것을 원하지만, 텔레비전에서 그런 것은 찾아볼 수 없다. 그런데 '나'의 삶이 따분한 것은 재미없는 텔레비전 프로그램 때문이 아니라 실은 텔레비전에 시선을 고정시키고 있는 습관이 언제 어디서나 "여전하고 변함없고 그대로"이기 때문이다. 거리에서 대형 멀티비전의 뉴스를 보며 "얼마나 괴롭고 지겨운" 일이냐고 거듭 불평하지만, 그

---

3) 김중혁, 「펭귄뉴스」, 앞의 책, pp. 262~63.

불평과는 반대로 '나'는 자기도 모르게 "지나치게 모든 일이 제대로 돌아가는 듯한, 모든 톱니바퀴들이 1밀리미터의 오차도 없이 맞물려 나가는 듯한 착각"에 빠진다. 사회적 습관으로서의 관습이란 원래 그런 것이다. 그것은 멍청하고 따분하기 이를 데 없지만, 동시에 그것 때문에 사회가 아무런 문제없이 잘 돌아갈 수 있다.

'나'는 라디오를 통해 우연히 "정말 교묘한 비트가 숨어 있"는 한 여자의 목소리를 듣고 그를 계기로 따분한 관습을 벗어나 "비트를 가로막는 모든 것들을 거부하는 운동"에 말려들게 된다. 그러나 근 미래를 배경으로 하는 일종의 SF인 「펭귄뉴스」는 대중적인 SF의 문법, 가령 비트를 통해 관습을 일거에 소거하고 신세계를 맞는다는 식의 스토리에 전적으로 동화되지는 않는다. 3년 동안 세상의 모든 비트를 배웠고 그것으로 혁명을 꾀하는 그녀와 달리, '나'에게 "비트라는 것은 나이처럼, 점점 익숙해지는 것, 점점 익숙해지긴 하지만 역시 나이처럼, 다음 나이로 지나가버리면 다시 익숙해져야" 하는 것이다. 나이에 따라 변하는 것이 비트라면 그것이 과연 얼마나 관습에서 멀어질 수 있을 것인가? 아쉽게도 관습이란 멍청하고 따분하긴 하지만, 그렇게 쉽게 벗어날 수 없기 때문에 유비쿼터스한 것이 될 수 있다. 결정적인 한 방으로 해결할 수 있는 문제가 아니라면, 쉽게 눈에 띄지 않는 다른 방도를 찾아봐야 할 필요가 있다. 그리고 이러한 탐색의 과정 중에 김중혁 소설의 트레이드미크인, 자전거, 라디오, 타자기, 지도 등 평범하되 반드시 평범하지만은 않은 것들이 현란하게 출몰한다.

2. represent

관습은 우리와 실제 세계 사이의 매개라고 할 수 있다. 늘 새롭고 낯선 것만 대면하게 된다면 우리는 쉽게 피곤해질 것이고, 급기야 불안해질 것이다. 그에 비해 관습은 멍청하고 따분하지만, 안정감을 준다. 다시 말하면, 우리는 관습을 통해 간접적으로 전달된 실재와 접촉하고 있는 셈이고, 따라서 관습은 일종의 네트워크나 미디어 역할을 한다.

간접적이란 것을 탓할 일만은 아니지만, 문제는 그 관습이 우리에게 실재를 '있는 그대로' 전달하지 않는다는 것이다. 예컨대, 정치적으로 말하자면, 남성중심적 관습이 있을 수도 있고, 제국주의적 관습이나 자본주의적 관습이 있을 수도 있다. 어쨌든 공명정대하고 투명한 관습이 있을 가능성은 희박하다. 그렇다면 관습이라는 문제에 있어 중요한 것은 비트같이 폭발적인 것이 아니라, 좀더 순정한 어떤 것이 아닐까? 하긴 관습이 지극히 불투명하기 때문에 그걸 뚫고 나오는 것은 뭐든지, 아무리 작은 것이라 해도 파괴력이 있긴 하겠지만 말이다.

「에스키모, 여기가 끝이야」에서 자칭 '지도 특기생'이며 어릴 때부터 지도 그리기가 취미였던 '나'는 지금 지도 제작 연구소에서 오차측량원으로 일하고 있다. 어머니의 죽음으로 '나'는 삶의 위기를 느낀다. '나'가 지도제작자라는 사실은 상징적이다. 길 찾기에 능숙했던 '나'가 지금 방향을 상실하고 길을 잃었기 때문이다. 그런데 "어느 순간 현실의 물건들이 기호나 표식으로 보일" 만큼 지도제작에 몰두했던 '나'는 어머니의 죽음 전까지는 과연 길을 잘 알고 있었던 것일까?

　　오차 측량원이라는 직업이 있다는 말을 처음 들었을 때 나는 그 단
어의 미묘한 울림이 마음에 들었다. 무언가 정의롭고 올바른 일이라는
생각이 들었고, 세상을 안전하게 보호하는 직업이라는 생각이 들었다.
하지만 오차 측량원은 말 그대로 오차를 측량할 뿐이었다. 오차를 되
돌릴 수도 없고 수정할 수도 없다. 〔……〕 지도학을 전공하겠다고 마
음먹었을 때 삼촌이 다른 나라로 떠났다. 항공 사진 기능사로 근무하
고 있을 때 지상에서 아버지가 돌아가셨고, 지상 기준점을 측량하기
위한 밀착인화사진을 만들고 있을 때 어머니가 병원으로 실려갔다. 그
리고 오차 측량원으로 일하고 있을 때 어머니가 돌아가셨다. 이제 혼
자서 살아가야 하지만 나는 너무 늙어버린 듯하고 아무것도 가진 게
없었다. 어쩐지 억울하다는 생각이 들었다. 뭔가 단단히 어긋나 있었
지만 나는 그 원인을 알아낼 수가 없었다. 명색이 오차 측량원인 주제
에 말이다. 모든 일에는 반드시 원인과 결과가 있는 것일까? 원인이
없는 결과도 있지 않을까?[4]

　　"주위의 세상과 친해지는 방법으로 지도 그리기를 선택했"던 '나'
는 어릴 때 지도를 그리다 길을 잃은 적이 있다. "내 손에는 지도가
있었지만 그건 내가 그린 지도였기 때문에 나를 믿고 지도를 믿을수
록 길을 찾기는 더욱 힘들어졌다. 나는 길을 찾으면서도 계속 지도를
그렸고 지도는 점점 오리무중, 첩첩신중으로 변해 가고 있었다." 길

---

4) 김중혁, 「에스키모, 여기가 끝이야」, 앞의 책, p. 87.

을 알고 찾기 위해 그리기 시작했던 지도가 오히려 길을 막는 미궁으로 변하고 있을 때에도 '나'는 지도 그리기를 멈추지 않았는데, 그 도착적인 지도 그리기는 지금까지 계속되어왔다고 할 수 있다. 그렇지 않다면 삼촌, 아버지, 그리고 마지막으로 남았던 어머니마저 길을 알 수 없는 먼 곳으로 떠났는데도 지도만 그리고 있지는 않을 것이기 때문이다. 그 전에 뭔가 수를 써야 했지만, '나'가 선택한 것은 지도를 보다 더 정확하게 그리는 작업이었다.

지도의 오차를 측량하는 데 시간을 바치다가 홀로 남게 된 '나'는 원인을 알 수 없지만 뭔가 단단히 어긋나 있다는 것 때문에 혼란스러워한다. 이 지도제작자의 혼란은 측량술의 문제면서 동시에 재현representation의 문제다. 한 철학자가 물리학적 자연을 발견한 갈릴레오를 두고 발견의 천재이자 은폐의 천재라고 했듯이, 애초에 삶의 필요에 의해 시작된 측량술은 기하학으로 존재 이전하면서 생활을 은폐해버렸다. 요컨대, 지도를 정교하게 그리려고 하면 할수록, 그 지도와 세계의 거리가 점점 멀어진다는 것, 지도는 그 자체로 절대화되어버린다는 것이다. 이처럼, 정작 갈팡질팡하는 것은 현실인데 지도 위의 오차에만 매달리고 있었다는 것이 '나'의 혼란을 낳은 원인이다.

그런 게 어디 지도만의 문제겠는가? '나'가 세계를 이해하기 위해 지도를 그리기 시작했듯이, 우리는 세계를 이해하기 위해, 반드시 지도 그리기는 아니라 할지라도 언어나 이미지로 재현된 세계를 받아들여야 하고, 또 자기의 경험을 기억이나 언어로 재현해야 한다. 앞서도 언급했듯이 우리의 관습 자체가 이미 재현된 세계가 아닌가? 남성중심적 관습에 따른다면 남성중심적으로 재현된 세계를 사는 것이고,

자본주의적 관습에 따른다면 자본주의적으로 재현된 세계를 사는 것
이다. 그리고 세계가 오로지 전적으로 남성중심적이거나 자본주의적
이지 않듯, 재현에는 늘 오차가 따른다. 따라서 모든 재현은 발견(발
명)이면서 동시에 은폐다.

「회색 괴물」에서 타자기 수집가인 '나'가 만난 중년의 남자도 오차
(오타)를 줄이는 데 젊음을 바쳤고 그래서 최고의 타자수가 되었지
만, 어느 순간 더 이상 타이핑을 할 수 없게 된다. 새로 장만한 나사
기가 서두르지 말라고 말을 걸어왔기 때문이다. 그는 타자기를 부숴
버린다.

> 오타가 나면 빨간 펜으로 체크를 해두고 종이 한 장에서 오타가 얼
> 마나 있는지를 매일 확인했었습니다. 〔……〕 그 글들을 읽고 있으니
> 정말 기분이 묘해지더군요. 한동안 그걸 읽고 나니 이상하게 제 글을
> 쓰고 싶었습니다. 제가 생각한 것을 제 손으로 타이핑하고 싶었습니
> 다. 〔……〕 어렵게 타자기를 구하긴 했지만 아무 글도 쓸 수 없더군
> 요. 타자기가 문제였던 게 아니라 바로 그 타자기가 문제였던 겁니다.
> 그래서 그때부터 녀석을 찾기 시작했습니다.[5]

얼마간 시간이 지난 후 그 남자는 아이러니하게도 오타가 난 피지
를 읽다가 다시 타이핑을 하고 싶다는 생각을 하게 된다. 밀하자면,
그는 원고의 재현(복제)을 위해 타자기를 사용했고, 재현의 오차가
심해지자 타이핑을 그만뒀고, 그리고 다시 티이핑을 시작한다. 지금

---

5) 김중혁, 「회색 괴물」, 앞의 책, pp. 173~74.

그는 무엇을 재현하고 싶은 것일까? 어떤 글을 쓰든지 상관없고, 다만 자기가 부숴버린 타자기와 같은 기종으로 타이핑하기를 원하는 그의 목적은, 엄밀히 말하면 자기 생각을 타이핑하는 것이라기보다는 그때 서둘지 말라고 충고하던 그 타자기와의 교감을 복원하는 것이다. 그런데 타자기와의 교감을 복원하는 것도 재현이라고 할 수 있을까? 재현이 원본을 다시 보여주는 것이라면, 교감이란 것이 어딘가에 쭉 있어왔어야 될 텐데 과연 그랬던가?

3. present

"압축하지 않는 건 죄악입니다. 디자인이든 삶이든 말예요. 너저분하게 자신의 생각을 나열하는 건 정말 비경제적인 짓입니다"라고 자신 있게 말하던 「무용지물 박물관」의 디자이너 '나'는 처음부터 원본이 있었다는 사실을 인정하지 않는다. 혹은 원본이 있었다 해도 그것의 가치를 인정하지 않는다. 원본이 없다면 재현이라는 것 역시 성립할 수 없다.

'나'의 생각은 캠벨 수프 깡통 늘어놓은 것을 전시함으로써 원본 개념을 비웃은 앤디 워홀의 뒤를 잇고 있다. 원본과 재현 사이의 유사성resemblance이 있는 것이 아니라 단지 각각의 사물들이 서로 같거나 다른 상사성similitude만이 있다는 것인데, 이러한 생각이 유비쿼터스 네트워크가 전지구를 둘러싼 포스트모던 사회의 대세가 아닐까? 그렇지 않다면 「펭귄뉴스」의 '나'의 여자친구가 "늘 반복이고 리메이크이고, 스스로에 대한 표절"인 이야기를 "아무렇지도 않게,

전혀 신경 쓰지 않고 미안해하지도 않으면서" 단숨에 해버리는 것이 가장 큰 매력이 됐을 리가 없다. 그러나 『펭귄뉴스』의 몇몇 소설들이 조명하는 방향은 원본이나 재현, 유사성이나 상사성 그 어느 쪽도 아니다. 「무용지물 박물관」의 '나'는 시각장애인을 위한 라디오 방송의 디제이인 메이비에게 디자이너로서 열등감을 느끼게 된다.

압축이야말로 지상 최대의 과제라는 신념으로 살고 있는 나는 2분 만에 한 경기를 끝냈지만 메이비는 달랐다. 그는 몇 년 전 야구장에서 본 프로야구 경기를 20분 넘게 설명했다. 야구장에서 불어오던 바람의 느낌, 긴장한 선수들의 몸동작, 파란 하늘 속으로 날아가는 하얀 야구공에 대한 설명을 정말 실감나게 묘사했다.

오래전부터 나는 디자인이란 통조림이라고 생각해 왔다. 통조림을 따는 순간부터 내용물은 썩기 시작한다. 디자인이 완성되어 제품이 출시되는 순간, 디자인은 이미 낡은 것이 된다. 하지만 메이비가 만들어 낸 디자인은 절대 썩지 않았다. 디자인이란 정말 무엇인가, 하고 생각해 본다.[6]

만약 메이비의 디자인이라는 게 있다면 그것은 '단지' 묘사일 뿐이다. 나만, 그 묘사는 대상에 대한 주체의 경험에 충실한 '자기만의' 묘사다. "야구장에서 불어오던 바람의 느낌, 긴장한 선수들의 몸동작, 파란 하늘 속으로 날아가는 하얀 야구공"은 원본에 붙어 다니는

---

6) 김중혁, 「무용지물 박물관」, pp. 23, 38~39.

보편성, 영원성과 같은 초월적 속성과는 거리가 한참 멀다. 그것은 오히려 형이상학이 경멸했던 일시적이고 가변적인 현상이거나 시뮬라크르일 뿐이며, 따라서 거의 존재하지 않는 것이다. 언제 어디에도 존재하지 않았던 장면이 메이비의 묘사에 촉발되어 일순간 나타났다가 묘사가 끝남과 함께 사라진다.

메이비의 묘사는 그가 경험한 대상을 스스로 만들어내고 또 거두어간다. 이러한 과정은 시각장애인들에게 "고층빌딩, 캠코더, 만화책, 야구, 크리스마스 트리, 도서관, 공항" 등을 묘사함으로써 그들의 눈에 보이지 않던, 따라서 그때까지는 없(는 것이나 다름 없)던 대상을 나타내어 전해주는 '무용지물 박물관' 코너에서 절정에 이른다. 애초에 영원불멸한 원본이 있었던 것이 아니므로 재현일 수 없는 그 순간적인 나타남을 현전presence이라고 부를 수 있지 않을까?(물론 이때도 현전의 형이상학적 속성은 조심스럽게 괄호 쳐질 필요가 있다) 그 결과, '나'의 디자인이 다른 것들과 단지 '다른 것'일 뿐이라면, 메이비의 디자인은 '자기만의 것'이 된다.

복제가 원본의 지위를 위협하는 기술복제 시대를 맞아 벤야민은 원본의 초월성을 강조하지도, 그렇다고 복제의 세속성을 옹호하지도 않았다. 대신 그는 원본이 격하될 수 있는 가능성만큼 복제가 격상될 수 있는 가능성을 염두에 두었고, 그것을 아우라의 상실에 대한 역전으로서 '범속한 계시profane illumination'라고 불렀다. 세속적인 것과 종교적인 것이 역설적으로 결합된 명명법에서 이미 암시되는 것처럼, 범속한 계시는 '세속적인' 대상과의 '신비한' 교감이다. '무용지물 박물관'에 게시된 사물들 이외에 「바나나 주식회사」의 '완벽한 연필', 「회색 괴물」의 타자기 같이, 언제 어디에나 굴러다니는 세속적인 대상들과의 관계 속에서 언제 어디에도 없었던 신비한 교감이 현전함으로써 가짜 유비쿼터스 혹은 관습에는 빈 구멍이 뚫린다.

그런데 이상한 것은 음량을 아무리 키워도 작업실에서 들었던 것처럼 모든 소리들이 귀에 들어오지는 않았다. 작업실에서는 바이올린을 비롯한 모든 악기들, 심지어 연주하는 사람의 숨소리까지 들려왔는데 말이다. 그 음악이 들려왔을 때, 나는 멀리서 폭풍이 밀려오는 소리인 줄 알았다. 〔……〕 어쩌면 그가 어딘가에다, 무언가를 발명해 놓았는지도 모른다. 내 사진을 보면서 했던 그의 말이 떠올랐다. '이런 걸 붙들어야 되는데, 전부 금방 지나가잖아요.' 그는 사진으로 사람을 붙들 듯 공간으로 소리를 붙들고 싶었는지도 모르겠다.[7]

「발명가 이눅 씨의 설계도」에서 아무것도 발명하지 않는 발명가 이눅 씨의 설계도 역시 메이비의 디자인과 견줄 만하다. 그에게 발명이란 "세상에 없는 걸 만들면 발명인데, 벌써 다 있"는 상황에서 새로운 것을 만들어내는 역설적 작업이고, 그것은 또 언제 어디에나 있던 것을 언제 어디에도 없던 것으로 바꾸는 작업의 다른 버전이다. 물론 그 발명술 역시 금방 지나가는 것을 붙들어놓는 데서 출발해 교감에 이르는 과정을 거친다.

이것은 눈으로 보는 지도가 아닙니다. 이것은 상상하는 지도입니다. 손가락을 나무 조각의 틈새에 넣은 다음 그 굴곡을 느껴야 합니다. 그

---

7) 김중혁, 「발명가 이눅 씨의 설계도」, 앞의 책, p. 69.

굴곡을 느낀 다음에는 깜깜한 어둠 속에서 해안선의 굴곡을 상상해야 합니다. 촉각과 상상력이 완벽하게 일치해야만 당신은 당신의 길을 찾을 수 있을 것입니다. 〔……〕 에스키모들은 해변의 지도를 그리기 위해 눈을 감습니다. 그리고 해변에 부딪히는 파도소리에 귀를 기울입니다. 그리고 그들은 지도를 그리기 위해 자신의 기억을 모두 동원합니다. 소리와 기억으로 지도를 만들지만 그들이 제작한 지도는 항공 사진으로 제작한 지도와 거의 차이가 없습니다. 에스키모들은 언제나 자신들이 어디에 있는지를 잘 알고 있습니다.[8]

마지막으로 「에스키모, 여기가 끝이야」에 소개된 나무 지도를 읽는 방법과 만드는 방법에 대한 설명을 보자. 에스키모들은 나무 지도를 그릴 때는 순간적으로 지나가는 소리와 기억들을 붙들어두고, 나무 지도를 읽을 때는 그것들을 다시 끄집어낸다고 한다. 이처럼 마법적으로 보이기까지 지도제작과 독법이 "카약을 탄 채 한밤중에 고래잡이를 나서"는 에스키모들의 실제 삶을 그대로 반영한 것이라는 사실은 놀랍기만 하다. 진정한 지도란 우리와 별개로 존재하는 산이나 강, 바다를 기껏 해야 몇 개의 선이나 색으로 옮겨놓은 것이 아니라, 우리와 세계 사이에서 발생하는 순간적이지만 소중한 경험을 불러와 나타내는 것이어야 하지 않을까?

길을 잃고 헤매던 '나'도 에스키모들처럼 나무 지도를 더듬기 시작한다. "손가락으로 나무 조각을 더듬자 조금씩 새로운 것이 느껴졌다. 에스키모가 거닐었던 해변의 굴곡이 손끝으로 느껴졌다고 하면

---

8) 김중혁, 「에스키모, 여기가 끝이야」, 앞의 책, pp. 94~95.

아무래도 과장이겠지만 어떤 공간이 느껴지기 시작했다.” 나무 지도
와의 교감이, 종이 지도에 한눈팔다가 정작 세상을 놓쳐버린 ‘나’에게
길 찾기의 새 출발점을 제공하기를 기대해본다. 물론 이 기대는 멍청
한 유비쿼터스에 사로잡혀 옴짝달싹 못하는 다른 많은 사람들에게 거
는 것이기도 하다.

[2006]

수취(受取)의 정신경제학

　누군가로부터 우편물을 받는 것은 일상에서 자주 겪는 일이다. 물론, 그 우편물의 형태와 성격은 천차만별이다. 신경숙의 「모르는 여인들」에서 중요한 표지 디자인 작업 때문에 마음이 바쁜 데다 인공관절 수술을 받은 남편의 병간호까지 떠맡게 되어 이중으로 뒤숭숭한 '나'는 우편물을 정리하다 "카드사와 통신사들이 보내온 요금이나 세금용지가 든 봉투들 사이에 채가 보낸 편지가 섞여 있"는 것을 발견한다. 한때 매일 편지를 주고받는 관계였다 해도, 20년 전에 헤어진 옛 애인으로부터 편지를 받는 것은 평범한 일이 아니다. 게다가 "혼자 힘으로 해결하기 어려운 일에 부딪힐 때마다 너를 생각하곤 했어. 너라면 이럴 때 어떻게 했을까?"라는 메시지까지. '나'는 "잘못 전달된 편지를 읽고 있는 것 같"은 느낌을 받는다.

　「모르는 여인들」은 여러 겹의 편지로 이루어져 있다. 첫번째 편지는 채의 아내와 파출부 아줌마 사이에 오가는 노트의 형태로 나타난다. 직장에 다니면서도 가정에 충실하고자 했던 채의 아내는 노트에 꼼꼼한 메모를 전하고, 아줌마 역시 그 노트에 이런저런 답신을 남긴다. 집안 살림에 관한 아내의 요구와 아줌마의 대답으로 시작된 메모 교환에서 어느덧 우정이 싹트고, 그래서 "삼 개월 후의 노트는 처음의 목적과는 달리 두 여자의 소통의 장이 된"다. 이제 두 사람은 노트에다 아무에게나 쉽게 털어놓을 수 없는 개인적인 고민(욕망이나 불만)을 적어 교환하기에 이르는데, 불행하게도 그중에는 항암치료를 받기 시작한 아내의 고민도 늘어 있다.

아주머니 외에는 모두와 연락을 끊고 있었어. 가족이라곤 우리뿐인 사람인데. 은표에게도 이미 방송국 일로 일본에 나가 이 년쯤 있어야 돌아오는 걸로 해놨더라구. 자기를 내버려두라는군. 혼자 있고 싶다는 거야. 자기를 위해 아무 일도 하지 말아달래. 혹여 낫게 되면 그때 돌아오겠대. 아이한테도 비밀로 해달래. 어떻게 이럴 수가 있어? 가출한 줄로만 알았어. 이게 말이 되니? 이 노트를 보지 않았다면 아내가 병과 싸우고 있다는 것도 나는 몰랐어. 이게 말이 되니? 왜 자기 생각만 할까? 가족으로서도 할 일이 있는 법인데. 아내가 왜 그러는 걸까? 너는 알겠니?[1]

두번째 편지는 내가 우연히 읽게 된, 따라서 애초에 그가 수취인은 아니었던 아내의 노트다. 아내는 자신의 병을 아줌마 외엔 가족에게도 비밀로 했으며, 그뿐 아니라 아무 설명 없이 가족으로부터 도망쳐버렸다. 어떻게 그럴 수 있는가? 아줌마를 수취인 삼아 씌어진 편지

---

1) 신경숙, 「모르는 여인들」, 『모르는 여인들』, 문학동네, 2011, p. 253.

를 읽은 채는 아내의 행동이 불치병 때문이라는 사실을 알게 되지만, 그렇다고 해서 수수께끼가 풀리는 것은 아니다. 그래서 채는 '나'에게 세번째 편지, "아내가 왜 그러는 걸까? 너는 아니?"라는 수수께끼의 답을 구하기 위한 편지를 쓴다. 아마도 20년 전의 '나' 역시 채로부터 도망쳤던 전력이 있기 때문일 것이다.

물론, 채는 아내의 노트를 읽은 덕분에 이유 없어 뵈던 아내가 무엇 때문에 사라졌는지 알게 된다. 그러나 이 부분적인 앎은 더 큰 수수께끼를 던진다. 모르긴 해도 "어디가 아프면 내게 가장 먼저 말하고 나를 의지해야 맞는 거 아닌가? 그런데 왜 내게서 도망치지? 왜 내게는 아무런 기회를 주지 않지?"라는 질문에 답을 구하는 것보다는 아내가 단순히 가출해버렸다고 생각하는 쪽이 받아들이기 수월할 것이기 때문이다. 돌발적인 사건이거나 단순한 불행이라고 치부할 수 있는 것이 가출이라면, 가족이며 아이까지 낳고 살았는데 중병에 걸렸다고 외면한다는 것은 채의 지난 20년간의 삶 전체가 걸린 문제일 것이다. 그래서 채는 "내가 쓸모없는 인간이 돼버린 것 같아"라는 말을 되뇔 수밖에 없다.

그러나 '나' 역시 그 수수께끼를 풀어줄 대답을 내놓을 수 없기는 마찬가지다. 채가 건네준 노트에는 아내의 행동을 설명해줄 만한 어떤 실마리도 보이지 않거니와, 애초에 그 편지는 십중팔구 잘못 배달된 편지이기 때문이다. 채로부터 도망치려는 것이 아내의 사랑인 걸까?

그것이 사랑일지도 모른다고 말해주고 싶었다. 그러나 나는 아무 말도 못하고 옛 학교의 캠퍼스에 채를 남겨둔 채 남편이 입원해 있는 병원으로 돌아왔다. 남편은 여전히 통증 때문에 이마를 찌푸린 채 눈을 감고 있었다. 남편을 보자 그제야 채의 고통이 실감났다. 오늘은 내가 있을 테니 내일 오라며 간병인을 보냈다. 출판사로 전화를 걸어 이번 표지 디자인은 어렵겠다고 다음에 기회를 달라고 했다. 아프다고 이 사람이 내게서 도망쳤다면 나는 어떻게 했을까? 채처럼 이제 쓸모없는 인간이 되어버린 듯한 좌절감에 빠져들까? 아니면? 아니면? 나는 짐작할 수 없었다. 기분이 싱숭해져서 병상에 걸려 있는 수선을 십어 불을 적셔왔다. 어디로도 숨지 않고 앞에서 통증을 호소하고 있는 남편을 물끄러미 바라보다가 남편의 메마른 발가락들을 펴서 하나하나 닦아주었다.[2]

제목의 '모르는 여인들'은 '나'가 한 번도 본 적 없는 채의 아내나 그녀와 메모를 교환한 아줌마를 지칭하는 것일 텐데, 그 '모름'은 안면이 없다 정도의 일상적인 의미를 넘어서는 것이다. 사실 '나' 역시 채의 아내가 왜 그랬는지 모른다. '나'는 잘못 배달된 편지를 받았는데 심지어 그 편지는 알 수 없는 글자letter로 씌어진 것이었다. 그런데, 그렇기 때문에 더욱 놀라운 것은 실은 '나'가 더할 나위 없이 적절한 시기에 더할 나위 없이 적절한 내용의 편지를 받았다는 사실이다. 상의 없이 수술 일정을 잡은 데다가 아프다고 짜증까지 부리는 남편 때문에 욕심내던 표지 디자인 작업을 시작도 못해 불만이 쌓이고 언성을 높였던 '나'는 표지 디자인을 뒤로 미루고 내키지 않았던 남편의 병간호를 시작한다. 아프다고 짜증내는 남편이 아프다고 도망

---

2) 신경숙, 「모르는 여인들」, 앞의 책, pp. 255~56.

치는 채의 아내보다는 낮다고 생각해서일까? 아무튼 '나'의 변화가 상당 부분 채로부터 잘못 전달된 편지 때문이라면, 그 편지는 영판 잘못 전달된 것만은 아닐 것이다.

편지 전달을 모티프로 하는 김연수의 「세계의 끝 여자친구」에서 화자 '나'는 소설의 서두에서 "내가 이별에 대해서 말하게 되기까지 첫 번째 톱니바퀴의 역할을 한 건 도서관에 근무하던 한 자원봉사자의 부지런함 때문"이라고 운을 뗀다. 한 자원봉사자의 부지런함이 '나'로 하여금 이별에 대해 말하게 한 경위는 어떠한가?

어떤 자원봉사자가 도서관 게시판 한쪽에 마련한 '이 주(週)의 시' 코너를 계기로 만들어진 시 읽기 모임의 누군가가 '세계의 끝 여자친 구'라는 시를 붙여놓는다. 사랑하는 사람과 세계의 끝까지 걸어갔다 는 내용의 시에서 "호수를 바라보며 서 있는 메타세쿼이아 한 그루" 라는 구절이 인상에 남아 '나'는 그 모임에 참석하게 된다. 왜 인상적 이었냐 하면, 스물다섯 살의 '나'는 헤어진 여자친구에게 어쩌다가 전 화를 했고, 통화 중에 "맞아, 좋았어. 우리 참 좋았어. 그렇긴 하지만 우린 이제 다시 그 시절로 돌아갈 수 없는 거야"라는 행복하면서도 쓸쓸한 말을 들었고, 장맛비를 무릅쓰고 호수 반대편까지 러닝을 했 고, 거기서 홀로 서 있는 메타세쿼이아 한 그루를 보았기 때문이다. 말하자면, '나'는 '세계의 끝 여자친구'라는 시에서 자기(만)를 위한 암호를 읽어낸 것이고, 좀더 속물적으로 말하면 그 시를 게시한 누군 가와의 운명적인 만남 같은 것을 기대했던 것이다.

물론 그 기대는 어긋난다. '세계의 끝 여자친구'를 게시판에 붙인 사람은 전직 국어교사인 "처음 보는 순간 미스 마플이라고 부르면 딱이라는 느낌이 드는 할머니"이기 때문이다. 그렇다고 '세계의 끝 여자친구'에서 뭔가 메시지를 수취하려 했던 '나'의 태도가 반드시 틀린 것만은 아니다.

그런 일이 한두 가지가 아니지만, 그중에 하나가 바로 그 여자친구를 찾아가서 시인이 당신을 무척 사랑했노라고 말해주지 않은 거예요. 그래서 이 시를 도서관 게시판에 붙여놓을 생각을 한 거지. 그러면 이 시를 알아보는 누군가가 나를 찾아올 것이라고 생각했던 거야. 아까 청년이 들어올 때도 그랬고, 이 시 때문에 모임에 온 것이라고 말했을 때도 그랬는데, 참 놀랍고 기쁘기도 했지만, 그래서 한편으로는 실망감도 들었어요. 〔……〕 청년도 이 시를 알아본 셈이니까. 누군지는 끝내 알 수 없게 됐지만, 그래서 죽는 순간까지도 당신만을 생각한 사람이 있다는 사실을 영영 말해줄 수 없게 됐지만, 언젠가는 그 사람도 알게 되겠죠.[3]

'세계의 끝 여자친구'는 할머니의 제자이자 요절한 젊은 시인의 미발표작이다. 오지랖 넓은 할머니는 다른 남자의 아내였기 때문에 시인이 차마 사랑한다고 말하지 못한 어떤 여자에게 "시인이 당신을 무척 사랑했노라"는 메시지를 전달하기 위해 시를 세시한 것이다. 언젠가는 그 여자노 알게 될까? 그런데 마치 비스 마플이 등상하는 아가사 크리스티의 추리소설처럼 '나'와 할머니는 시인이 도서관에 기증한 책의 여백에 적힌 문장을 단서로 호숫가의 메타세쿼이아 밑동에

---

3) 김연수, 「세계의 끝 여자친구」, 『세계의 끝 여자친구』, 문학동네, 2009, pp. 79~80.

묻힌 밀봉된 편지를 발견하기에 이른다. 겉봉투에는 "이 편지를 발견하신 분께 부탁드립니다. 이건 소중한 편지이니 우체통에 넣어주세요"라는 부탁이 적힌 쪽지가 함께 들어 있다.

「세계의 끝 여자친구」는 두 개의 편지를 중심으로 이루어진 소설이다. 하나는 시인이 차마 사랑한다고 말하지 못한 여자에게 쓴, 죽은 뒤에 부쳐질 편지이며, 다른 하나는 할머니가 도서관에 게시한, 익명의 수취인을 대상으로 한 '세계의 끝 여자친구'라는 시—편지다. 할머니는 시—편지를 받을 특정한 누군가가 찾아지기를 원했지만, 쭈뼛거리며 등장한 '나'는 물론 기대했던 수취인이 아니다. 그렇다고 편지가 전적으로 잘못 배달된 것만은 아닌데, 어찌 되었든 편지를 받은 '나'로 인해 올바른 수취인을 찾는 데 성공했기 때문이다. 그들은 시인의 편지를 우체통에 넣는 대신 어느 금요일 오후 직접 배달하기로 한다.

그런데 제자를 깊이 아끼는 오지랖 넓은 할머니는 그렇다 치고, '나'는 대체 뭘 하고 있는가? '나'는 게시판에 붙은 시—편지의 수취인이 자신이라고 착각한 덕분에 할머니와 보물찾기에 나서고 결국 우체부 노릇까지 하게 되는데, 그렇다고 그 엉뚱한 사건만이 전부는 아니다. 반복하자면, 「세계의 끝 여자친구」는 "내가 이별에 대해서 말하게 되"는 이야기이다.

그때 나는 그녀를, 우리가 함께 보낸 나날들을, 영원히 나를 후회하게 만들고 나를 괴롭힐 게 분명한 그 일들을, 우리가 함께 꿈꿨으나 결국 가지지 못했던 미래를 생각하고 있었다. 친구들은 내게 새로운 여자를 만나면 모든 일이 달라질 것이라고 말했지만, 그렇다고 해도 우리가 함께 꿈꿨던 미래를 다시 찾을 수는 없는 일이었다. 〔……〕 그건 전적으로 우리가 사랑했던 나날들이 이 세상 어딘가에서 이해되기만을 기다리며 어리석은 우리들을 견디고 오랜 세월을 버티기 때문일지도 모른다. 맞다, 좋고 좋고 좋기만 한 시절들도 결국에는 다 지나가게 돼 있다. 그렇기는 하지만, 그 나날들이 완전히 사라졌다고 말할 수는 없다. 우리가 노인이 될 때까지 살아야만 하는 이유는 어쩌면 우리 모두기 일생에 딴 흰 빈 35미디에 딜하는 신의 나무글 바구한 나무락사 왕잔의 처지가 되어야만 하기 때문일지도 모른다.[4]

"스물다섯의 고민이란 그 고민마저도 꼭 그만큼이라는 것"이듯, '나'는 여자친구와 헤어져 고민에 빠져 있다. 물론 스물다섯 살의 고민이므로 대단한 고민이 아닐 수고 있고, 게다가 여자와 버스는 다시 오는 법이라 "새로운 여자를 만나면 모든 일이 달라질" 수도 있겠지만, 아무튼 '나'는 실패한 사랑의 흔적 같은 것은 완전히 사라지지 않을 것이라고 생각하게 된다. 그리고 자신이 수취자라고 오해하는 과정을 통해 '나'가 알게 되는 진실 역시 그것이다. 다시 말해, 시인의 편지가 그의 사후에도 수취자를 찾아가듯, 우리 모두는 언젠가 숨겨져 있던 진실을 맞게 되리라는 것, 이것이 바로 헤어진 여자친구를 잊지 못해 우울해하던 '나'가 잘못 배달된 편지를 통해 얻은 깨달음이다.

〔2008〕

---

4) 김연수, 「세계의 끝 여자친구」, 앞의 책, pp. 80~82.

작용·반작용의 법칙, 단 부작용에 주의할 것

1. 죄와 벌

프로이트 연구자로도 유명한 마르크 로베르는 자신의 주저 『기원의 소설, 소설의 기원』의 한 대목에서 어떤 소설이든 '죄와 벌'이라는 제목을 붙이는 것이 가능하다고 말한 적이 있다. 아닌 게 아니라 죄와 벌이라는 대립쌍은 그 의미가 명료할 뿐 아니라 강렬하기도 해서, 잠깐 생각해보면 도스토옙스키 이전에는 왜 이런 그럴싸한 제목의 작품이 없었는지가 오히려 이상할 정도라는 느낌이 들기도 한다. 물론, 어떤 소설이든 죄와 벌이라는 제목을 가질 수 있다면, 이 경우 죄란 예컨대 고리대 노파를 살해하는 것 같은 범죄 행위에만 국한되지는 않을 것이며, 벌 또한 마찬가지일 것이다. 무엇보다 정신분석학에서 말하는 죄란 죄의식이라는 심리 상태와 뗄 수 없는 관계를 가진 것이고 보면, 죄와 벌이라는 제목은 꽤나 넓은 의미 영역을 가리킬 수밖에 없다. 그래서 죄와 벌이라는 짝은, 아마도 어떤 행위가 수반하는 죄책감이나 부채의식, 그리고 그러한 감정 때문에 불안해하고 괴로워하는 내면의 드라마를 가리키게 될 것이다.

그런데 이런 식으로 이해한다면, 죄와 벌이라는 제목은 애초에 독자의 시선을 끌었던 명료함과 강렬함을 상실하게 되지는 않을까? 십중팔구 그럴 가능성이 큰데, 이러한 결과는 어쩔 수 없는 일인지도 모른다. 정작 도스토옙스키의 『죄와 벌』이 출간되었을 때도 범죄소설이나 추리소설을 예상한 독자들이 많은 관심을 보였다고는 하지만, 소설의 대부분이 기나긴 사변과 심리묘사로 채워져 있음을 알았을 때 그들은 어떤 반응을 보였을까? 제목에 속았다고 느껴도 어쩔 수 없지만, 그렇다고 『죄와 벌』이 죄와 벌에 대한 소설이 아니라고 할 수는 없으며, 오히려 죄와 벌에 대한 훌륭한 소설이라고 인정해야 할 수밖에 없지 않은가?

모든 소설이 죄와 벌이라는 제목을 달 수 있다는 의미에서, 그리고 죄와 벌이라는 내면의 드라마에 매우 자각적이라는 의미에서, 김미월의 소설 중에도 이러한 제목을 붙일 수 있는 경우가 적지 않다. 소설집 『서울 동굴 가이드』에 수록된 단편 중에서 「서울 동굴 가이드」 「(주)해피데이」 「수리수리 마하수리」 등의 작품에는 크든 작든 죄를 지었고 그 때문에 불행하고 불안한 삶이라는 벌을 견뎌야만 하는 주인공이 등장하고 있는데, 이러한 이야기는 보태거나 뺄 것 없이 죄와 벌이라는 제목을 가질 만하다.

몸이 퉁퉁 불어 있는 엄미, 그 팔에 안겨 있는 낯선 여자애, 제 것과 똑같은 그 애의 수영복. 코와 뒤와 입으로 물이 밀려들어왔다. 숨을 쉴 수가 없었다. 내가 모래사장에서 길을 잃어버리지만 않았어도, 엄마가 나를 찾아 헤매지만 않았어도, 그러다가 나와 똑같은 수영복을 입은 애가 물에 빠진 걸 발견하지만 않았어도…… 그런 일은 일어나지 않았을 것이다. 엄마, 미안해요……[1]

가령, 「서울 동굴 가이드」에서 어릴 때 놀러 갔다 잠시 길을 잃고 헤맸던 '나'는 공교롭게도 그 때문에 어머니가 죽었다는 죄책감에서 벗어나지 못한다. 시간이 흘러 어른이 되고서도 서울 시내에 있는 가짜 동굴의 안내원이라는, 평범하지 않은 일자리를 선택한 이유 역시 그때 어머니가 경험했을 "캄캄한 물속"을 잊을 수 없기 때문이다. '나'는 언제까지 자신의 잘못에 대한 대가를 치러야 될까? 이런 식의 죄와 벌이라면, 어쩌면 '나'는, 그리고 「(주)해피데이」의 종구와 「수리수리 마하수리」의 강 또한 영원히 행복해질 수 없을지도 모른다.

죄와 벌의 관계는 일종의 인과관계라고 할 수도 있다. 인과응보(因果應報)라는 말이 뜻하는 대로 원인으로서의 죄에 상응한 결과로서 벌이 주어진다. 따라서 논리적으로만 생각한다면 지은 죄와 똑같은 무게의 벌을 받는 것으로, 예컨대 '눈에는 눈, 이에는 이'와 같은 식으로 사건이 종결되겠지만, 세상일이라는 게 그렇게만 단순명료하게 흘러갈 리 만무하다. 죄와 벌이 간단하게 등가로 교환되는 세계란, 비유하자면 어떤 작용에 대해 크기는 같고 방향은 반대인 반작용을 순수한 상태로 관찰할 수 있는 고전 역학의 실험실만큼이나 현실과는 거리가 먼 공간일 것이다. 현실에서도 작용·반작용의 법칙은 유효할 테지만, 어떤 작용에 대한 반작용 이외에 다른 많은 힘들이 개입할

---

1) 김미월, 「서울 동굴 가이드」, 『서울 동굴 가이드』, 문학과지성사, 2007, p. 82.

수밖에 없는 한, 실험실에서의 결과를 기대하기란 요원한 일이기 때
문이다.

　바닷가에서 잠깐 길을 잃은 것이 어머니를 죽음에 이르게 하고 또
평생을 죄책감 속에서 살아갈 수밖에 없도록 만들었다면, 그것은 일
종의 작용·반작용이라고 할 수는 있으되 결코 등가적인 작용·반작용
이라고 할 수는 없다. 다시 말해, 평생 죗값을 치러야 할 정도로 큰
죄를 지은 것은 결코 아니라고 단언할 수 있다는 것이다. 그렇다면,
죄와 벌 혹은 작용과 반작용이 서로 같은 무게가 아니라면, 그것을
거부해버리면 되지 않을까? 그러나 문제는 '나'에게 죄를 물은 것이
어느 누구도 아닌 '나' 자신이며, 바로 그것이 죄의식의 핵심이라는
점이다. 죄의식을 갖는 것은 다름 아닌 '나' 자신의 요구에 의한 것이
며, 그런 한 '나'는 죄와 벌을 거부할 수 없다.

　어렸을 적 내 꿈은 뭐였을까. 생각이 나지 않았다. 〔……〕 지금의
꿈은, 그저 평범하게 사는 것이다. 길을 잃지 않고, 예상할 수 있는 일
들만을 겪으면서 무난하게 사는 것이다. 〔……〕 그러나 내가 다시 옛
날로 돌아가 꿈을 꿀 수 있다면, 나는 그날로 돌아갈 것이다. 수상 구
조대원이 될 것이다. 나와 똑같은 수영복을 입고 있는 아이와 그 아이
를 껴안고 있는 여자를 향해 헤엄쳐 갈 것이다.[2]

　거부할 수도, 그렇다고 감당할 수도 없는 죄와 벌의 잔인한 연쇄
안에서 '나'는 어쩔 줄 몰라 또다시 길을 잃고 헤매고 있는 것처럼 보

---

2) 김미월, 「서울 동굴 가이드」, 앞의 책, p. 81.

인다. '나'의 유일한 꿈은 그 연쇄가 시작되기 이전으로 되돌아가는 것이지만, 한번 일어난 일을 돌이킬 수는 없지 않은가(농담을 하기엔 '나'의 처지가 너무 안쓰럽지만, 아무튼 원상태로 되돌리는 것은 열역학 제2법칙에도 위배되지 않느냔 말이다). "눈을 감는다. 주문을 읊어본다. 수리수리 마하수리. 모든 게 원점 그대로 돌아가라. 수리수리 마하수리. 눈을 뜨고 나면 모두 없었던 일이 되어버려라."「수리수리 마하수리」의 강은 주문을 외기조차 한다. 물론, 그 주문은 무력하다.

2. 편지 교환

「서울 동굴 가이드」의 '나'는 "길을 잃지 않고, 예상할 수 있는 일들만을 겪으면서 무난하게" 살기를 간절히 원한다. 말하자면 부작용 없는 삶을 원하는 것일 텐데, 그 심정이 이해되지 않는 건 아니지만 그것은 애초에 불가능한 기대일 것이다. 복잡하게 얽힌 사건들의 연쇄 안에서 어떤 작용과 그에 정확히 대칭되는 반작용 따위를 무슨 수로 구별해낼 수 있겠는가? 사실 우리의 삶이란, 다들 얼마쯤은 힘과 각도가 빗나간 부작용들에 의해 이뤄진 것이라고 납득해야 할지도 모른다. 그리고 이런 종류의 부작용은 김미월 소설에 자주 등장하는 또 다른 모티프인 편지 배달(우편)과도 인연이 깊다.

김미월의 첫 장편 『여덟 번째 방』은 이제 막 제대한 스물다섯 살 휴학생 영대를 주인공으로 내세우고 있지만, 대부분의 이야기는 그보다 10년쯤 연상인 지영이 노트에 남긴 회고를 통해 전개되고 있다. 마치 자신이 존재하는 이유가 지영의 노트를 읽는 데 있다는 듯 영대는 그녀의 기록을 탐독한다. 왜? 독립을 결심하고 집을 나온 영대가 구한 자취방에 그녀가 살았고 그래서 우연히 노트를 얻게 된다는 설정 자체만으로는 그의 행동을 충분히 설명하지 못한다. 차라리 영대의 솔직한 고백처럼 "문자 그대로 할 일이 없기 때문"이라는 게 좀더 그럴듯한 이유로 보인다. 왜 할 일이 없는가? 그것은 어수선한 반지하 자취방으로 이사한 직후이기 때문이기도 하고, 별 볼 일 없는 휴학생이라는 처지 때문이기도 할 것이다.

우연히 손에 넣어 읽게 된 지영의 노트, 그녀를 대리해 수령한 등기 우편물, "내 곁엔 이제 아무도 없는 것 같습니다. 외롭습니다"라는, 발신인을 알 수 없는 문자메시지 등, 영대가 이사하자마자 기다렸다는 듯이 예상치 못한 편지들이 배달되기 시작한다. 그 편지들은 누군가에게 읽히기 위해 발송된 것임에는 틀림없지만, 적어도 영대를 수신인으로 한 것은 아니었다는 점에서 잘못 배달된 것이며, 또 그런 점에서 예기치 않은 부작용이라고 할 수도 있다.

죄의식이라는 부작용이 그러했듯, 잘못 배달된 편지의 수령이라는 부작용 역시 어느 누구도 아닌 바로 '나'에 의해 촉발된 것이다. 지영이 남긴 노트를 읽어가며 차츰 그녀를 "원래부터 잘 알고 있던 사람"처럼 느끼던 영대는 마침내 스스로를 "그녀가 주인공으로 등장하는, 이 세상이라는 한 권의 거대한 책을 읽은 유일한 독자"라고, 따라서 그녀의 노트는 오직 한 사람, 영대 자신을 위해 씌어진 것이라고 생각하기에 이른다. 그것은 착각이거나 오해의 산물일 수밖에 없지만, 그렇다고 해서 뭘 해야 할지 몰라 혼란스러운 영대에게, 똑같이 혼란스럽고 불안했던 자신의 이십대를 기록한 지영의 노트는 더할 나위 없이 적절한 순간에 배달된 편지이기도 하다는 점을 굳이 부인할 필요는 없을 것이다.

　그가 누군가. 25년간 단 한 번도 뭔가를 끝까지 해 본 일이 없는 영대였다. 자신의 의지에 따라 뭔가를 결정하고 그것을 이행해 본 경험이 전무한 그였다. 하지만 이번만은 끝까지 해 보고 싶었다. 어떤 일이 있어도 김지영에게 그녀의 노트를 전해 주고 싶었다.[3]

어느새 영대는 자신이 지영으로부터 받은 편지에 답장을 보내려고 한다. 그가 돌려주려는 것은 그녀의 노트일 뿐이지만, 그것을 애써 돌려주려고 한다는 것 자체가 "자신의 의지"에 따른 새로운 메시지를 전달할 것이기 때문이다. 요컨대, 영대는 잘못 배달된 편지의 수신인이 실은 자기가 맞다고 인정함으로써 그 편지에 적절한 답신을 돌려주려고 한다(「가을 팬터마임」에서도 이와 유사한 응대를 찾아볼 수 있다).
　영대의 사례에서는 편지 교환이 비교적 수월하게 성공하고 있지만, 언제나 그런 것만은 아니다. 이와 관련된 사례를 「수취인불명」에서 찾아볼 수 있다. 이 단편에도 몇 통의 편지가 보이는데, 등장하는 순서대로 나열하면 다음과 같다.

　① 비닐봉지를 뜯고 쿠키를 꺼낸 후 속에 돌돌 말려 있던 종잇조각을 편다.
　"뭐라고 쓰여 있어?"
　정이 눈을 크게 뜬다.

---

3) 김미월, 『여덟 번째 방』, 민음사, 2010, p. 234.

"음…… 당신의 사랑은 바로 다음 모퉁이에 있습니다."

"어머, 그것 봐. 그게 쿠키맨이라니까!"

정은 뭐가 그리 신나는지 발을 두어 번 구르기까지 한다. 나는 종이를 반으로 접는다. 다음 모퉁이의 그 '다음'이란 과연 어디일까.

② 듣는 둥 마는 둥 했던 정의 말들을 지금 이렇듯 생생하게 기억해낼 수 있다는 것이 놀랍다. 생각해보면 그녀의 이야기가 아예 맹랑하기만 한 것은 아니다. 남자는 실제로 나를 보면 웃는다. 내가 파란색을 좋아한다고 얘기한 다음날 그가 파란색 넥타이를 매고 왔던 것도 사실이다. 내가 계산대에 있는 날에만 포춘 쿠키를 샀었는지 그것까지는 모르겠다. 하지만 그가 계산대 앞에서 빨리 안 가고 뭉그적거렸던 것 같기는 하다.

③ 그것은 한국에서 온 엽서다. 수취인불명. addressee unknown. 우표가 붙어 있는 자리에 두 나라의 언어로 된 반송 사유 스탬프가 찍혀 있다. 그러니까 그것은 내가 보름 전쯤 그에게 보냈던 엽서다. 생일을 축하한다고. 곧 12월 31일이라고. 엽서는 그런 문장으로 시작되고 있다. 나도 안다. 그가 더 이상 그곳에 있지 않음을. 그 겨울 그의 집, 우리가 어깨를 나란히 기대고 앉아 눈 내리는 창밖을 바라보았던 그곳에 그는 이제 없다는 것을. 그러니 그것은 어치피 되돌아올 수밖에 없는 엽서였다.[4]

---

4) 김미월, 「수취인불명」, 『아무도 펼쳐보지 않는 책』, 창비, 2011, p. 195, p. 197, p. 201.

이별한 남자를 잊지 못해 무작정 뉴욕행 비행기를 탔던 '나'는 공항에서 우연히 만난 여자의 도움으로 변두리의 99센트 스토어에서 일하고 있다. 함께 일하는 동료 정은 매일 점심시간쯤 와서 포춘 쿠키를 사 가는 단정한 양복 차림의 남자가 '나'에게 호의를 품고 있다고 확신한다. 그의 일련의 행동이 관심의 표현이라는 것이다(②). 그럴듯도 하여 긴가민가한 상태와는 별도로, '나'는 먼 뉴욕까지 와서도 헤어진 남자를 잊지 못해 엽서를 보내지만 수취인불명으로 반송된다(③). 다른 곳으로 이사한 줄 뻔히 알면서 반송될 수밖에 없는 우편물을 보낸 이유는 뭘까? 기적적으로 그에게 전달되고, 그리하여 행운의 답장이 돌아오기를 바랐던 것일지도 모르지만, 아무튼 기대했던 일은 일어나지 않는다. 그렇다면 포춘 쿠키를 사 가던 남자 쪽은 어떤가? 이쪽 역시 기대와는 딴판인데, "그는 나를 자신의 은행 고객으로, 나는 그를 내게 관심 있는 남자로 오해해왔던 것"일 뿐으로 밝혀지기 때문이다. 결국 '나'와 두 남자 사이에서 오갔(다고 생각했)던 편지들은 모두 착각이나 오해가 빚은 부작용이었을 뿐이다.

그래서 '나'는 여전히 어떤 편지가 배달되기를 기대한다. 혹시 그 편지는 포춘 쿠키에서 나온 "당신의 사랑은 바로 다음 모퉁이에 있습니다"라는 메시지가 아니었을까? 하지만 그 메시지는 애초에 의미가 불분명한 수수께끼인 탓에 '나'는 어느 모퉁이가 바로 그 '다음' 모퉁이인지 알 수 없다(①). 12월 31일 타임스퀘어의 제야 행사를 구경하면서 한국으로 돌아갈 수도, 뉴욕에 머물 수도 없는 자신의 처지를 새삼 깨달은 '나'는 포춘 쿠키가 말한 그 '다음'과의 조우가 더욱 절실함을 느낀다. 소설의 마지막 장면처럼, 어떤 식으로든 그 '다음'은 '나' 앞에 당도할 것인가? 하지만 여태까지의 반복된 실패는 곧 당도

할 '다음' 또한 착각과 오해에 의한 한낱 부작용일 수도 있음을 강하게 암시하지는 않는가?

3. 소설의 기원

어느 지면에선가 김미월은 '내 문학의 기원'을 묻는 질문에 고등학생 때 받은 편지로 대답한 적이 있다. 야간자율학습을 빠지고 교문을 나서다 담임교사를 피해 몸을 숨긴 그녀의 눈에 전단 한 장이 들어온다. 때마침 내리던 비 때문에 글자가 번져가던 그 전단의 앞면에는 "제가 × 시들로 조촐한 시화전× 열고× 합니다. 관심 × × 분의 성원× 부탁× 립니다"로 시작되는 안내문이, 뒷면에는 「난장이가 쏘아올린 작은 공」을 비롯한 몇몇 작품의 목록이 적혀 있다.

그런데 말이다. 비 오던 날 저녁, 학교 담벼락에 붙어 있던 그 전단은 대체 어디서 온 것이었을까. 누가 내게 보내준 것이었을까. 작가가 되고 싶었으나 될 수 없다고 생각했던 어느 소심하고 나약하고 무기력한 사춘기 소녀에게, 꿈이 있다면 꼭 이루라는 메시지를 누군가 전해주려 했던 것일까. 그 전단의 주인공은 김작이니 할까.[5]

그 전단―편지 덕분에 작가가 되었다고 고백하는 김미월은 『여덟 번째 방』의 영대와 판박이로 닮았다. 그녀는 누가 썼는지도 모르는

---

5) 김미월, 「내 문학의 기원」, 『너머』, 2008 봄호, p. 235.

편지를 덥석 받아 그것이 오로지 자기를 위해 씌어졌다고 생각하며 답장을 돌려주려고 시화전이 열리는 공원에 갔을 것이다. 시화전 같은 건 열리지 않았고 그래서 그때 답장을 돌려주지 못했다고 해도 아쉬울 건 없는데, 왜냐하면 그녀는 여전히 소설을 통해 답장을 쓰고 있기 때문이다. 이런 점에서 굳이 편지를 받을 필요도, 답장을 할 필요도 없는, 다시 말해 작용·반작용의 잉여와도 같은 부작용으로서의 편지 교환을 김미월 '소설의 기원'이라고 할 수도 있다.

아무튼 우리의 삶을 작용·반작용만으로 납득하기란 거의 불가능하며, 따라서 부작용에 주의해야 한다. 어떤 부작용은 누군가를 작가로 만들기도 하고 또 누군가를 성장하게도 만들겠지만, 더 많은 경우 예기치 못한 알 수 없는 부작용 앞에서 불안하게 머뭇거릴 수밖에 없을지도 모른다(물론, 죄의식은 이런저런 부작용 중에서 가장 감당하기 곤란한 경우다). 그 부작용들에 대해 말하는 김미월 소설은 기원에 대한, '기원의 소설'이라고 할 수도 있다. 지금까지 살펴본 대로, 작가로서의 김미월은 그 기원에 대해 대단히 자각적이다. 그런데 그렇다고 해서 반드시 그 기원 자체에 대해서만 말할 필요는 없을 것이다. 가령, 삶을 이야기하다 보면 어느덧 삶의 기원에 이르게 되듯, 기원이란 원래 잘 안 보여도 어딘가에서 영향을 미치고 있는 것이 아니던가? 김미월 소설의 세계도 그런 식으로 좀더 확장되기를 기대해본다.

〔2009〕